BIBLIOTHÈQUE HISPANO-AMÉRICAINE

ICI ET MAINTENANT

DU MÊME AUTEUR

CHEZ LE MÊME ÉDITEUR

Scipion, 2015

Pablo CASACUBERTA

ICI ET MAINTENANT

Traduit de l'espagnol (Uruguay)
par François Gaudry

Éditions Métailié
20, rue des Grands Augustins, 75006 Paris
www.editions-metailie.com
2016

Titre original : *Aquí y ahora*

ISBN : 979-10-226-0289-1
ISSN : 0291-0154

À Fernanda

J'avais depuis peu une barbe naissante, formée de cinq ou six îlots de poils qui parsemaient mes joues comme un archipel capricieux et sombre. Je me demandais si une croissance aussi irrégulière me rapprochait de la maturité ou, au contraire, trahissait son éloignement. Dans le doute, comme il ne restait qu'un mois d'été, je laissais cette floraison prospérer lentement, en constatant de temps à autre devant le miroir que ce duvet avait frisé très différemment de mes cheveux. J'aimais aussi que ma barbe fût châtain, car elle contrastait avec la blondeur plutôt enfantine de ma tête, me donnant ainsi meilleure allure. En tout cas, cette nouveauté surgie sur mon visage constituait, ce mois-là, si pauvre en événements, la petite distraction de ma vie.

Je me levai du lit et me regardai dans le miroir posé au-dessus d'une vieille commode qui avait appartenu à mes parents. C'était un de ces monuments, muni d'une glace semi-circulaire surmontant une série de tiroirs, qui avait atterri dans ma chambre lors d'un des nombreux désastres familiaux, et dont, pour cette raison peut-être, les deux derniers compartiments n'avaient plus de poignées. Je regardai mon pantalon de pyjama, l'élastique usé et le bord de la ceinture qui pendait lamentablement sur mes hanches. J'avais le torse nu car ce matin-là il faisait chaud.

Je creusai mon ventre à la manière des fakirs et jetai un coup d'œil dans la pièce. La porte ouverte de l'armoire laissait voir une pile de chemises, cinq au total, repassées par ma mère. Depuis que je lui avais promis de trouver du travail pour gagner un peu d'argent pendant l'été, ma mère avait recommencé à repasser mes vêtements et parfois à ranger ma chambre. Sur les étagères basses de l'armoire se côtoyaient chaussettes, caleçons, mes albums de coupures de presse, une pile de la revue *Connaissance*, plusieurs exemplaires d'*Ici et maintenant*, ma collection de timbres, depuis longtemps abandonnée, et quelques boîtes d'échantillons. En s'éloignant de l'armoire, on trouvait éparpillés sur la moquette mon presse-papiers péruvien, un pot à crayons qui était tombé la veille sans que je songe à le ramasser et une enveloppe ouverte avec les photos de la fête de fin d'année d'où émergeait la tête de l'oncle Marcos, toujours enthousiaste et imbécile, qui sur ce cliché riait aux éclats, coiffé d'un sombrero mexicain enfoncé jusqu'aux sourcils et un gressin à la bouche comme si c'était un havane. J'écartai l'enveloppe du pied jusqu'à ce que son visage disparaisse de ma vue et je regardai de nouveau le miroir.

Cortés, Charlemagne, Socrate, Henri VIII, Darwin. Tous portaient la barbe. Napoléon, Flemming, d'après mon souvenir d'une image dans un livre d'école, Bolívar, Frédéric le Grand, eux n'avaient pas de barbe. Je ne sais combien de minutes je me livrai à cette classification quelque peu exténuante, ni quel était son objet. Par ailleurs, je ne me rappelais aucun personnage important de la vie publique qui eût porté une barbichette aussi lamentable que la mienne. Mais ce détail-là m'importait peu. Je récapitulais l'affaire de façon machinale, un peu comme lorsqu'on observe les miettes de pain tombées dans une assiette et qu'on se met inconsciemment à les aligner pour former un triangle parfait. Quelque chose comme ça. Une sorte de routine qui requiert une certaine précision, sans convoquer de pensées particulières, et à laquelle on peut se livrer tout en songeant aux activités quotidiennes ou en lisant le journal. Je croyais aussi que les énumérations aléatoires de données de ce genre étaient d'autant plus érudites si elles se faisaient sans réfléchir, un peu à la manière des pages de *Connaissance*, où les articles se succédaient sans lien apparent. *Ici et maintenant* offrait en revanche un ordre beaucoup plus logique et séquentiel, mais de quelque côté qu'on la prenne, c'était une publication infiniment plus ennuyeuse, et même si je collectionnais les deux, je n'aurais jamais eu l'idée d'emporter aux toilettes *Ici et maintenant*, alors que *Connaissance* campait sur le carrelage comme si c'était son habitat naturel.

Et Garibaldi, ne pus-je m'empêcher de penser, portait lui aussi la barbe. Je remontai mon pantalon de pyjama dont l'élastique flanchait. Quelque chose au sujet de la taille de mes jambes m'inquiétait. Les fémurs avaient grandi ces deux dernières années à un rythme supérieur à celui des tibias, de sorte que mes cuisses semblaient s'écarter dans le pantalon d'une manière simiesque qui me rappelait des photos d'orangs-outans que j'avais découpées pour mes albums. Quelle que soit la position des genoux, mes jambes paraissaient légèrement arquées, ce qui donnait l'occasion à mon oncle Marcos de se moquer de moi en disant que j'étais né à cheval. Plaisanterie dont il était le seul à rire aux éclats. Il faisait le geste de saisir des rênes, s'écriait *hue !* et trouvait cela très drôle, ou du moins en donnait l'impression. Il me faisait secrètement pitié. Non seulement à cause de la maladie de sa femme, mais aussi de sa singulière imbécillité qui dépassait de loin la bêtise socialement acceptable. Je me demandais parfois, lorsque je le voyais la main levée tenant des rênes imaginaires, comment ce serait de l'avoir pour père, collègue, chef, employé ; j'imaginais l'enfer quotidien qu'il pouvait représenter dans n'importe quel rôle concevable et je me sentais alors envahi d'une grande tristesse qui finissait par me faire oublier le mépris abyssal qu'il m'inspirait. J'étirai les jambes le plus possible, puis je m'assis sur le lit.

Une vague sensation ne cessait de me trotter dans la tête, sans se laisser saisir. L'impression d'oublier quelque chose d'important ou d'être sur le point de m'en souvenir, j'étais incapable de le formuler avec certitude. J'avais également cette légère sensation de vertige qui précédait chacune de mes *illuminations*, ces accès de clarté qui survenaient soudainement et dont les transcriptions furent parfois publiées dans le courrier des lecteurs de la revue *Connaissance.* Une seule fois, pour être exact. Il s'agissait de cette anxiété indéfinissable, presque toujours matinale, qui pour faire acte de présence profitait de l'état de léthargie dans lequel j'étais immergé jusqu'à onze heures et qui me laissait épuisé. Une fois (une de ces innombrables fois qui n'accédèrent pas à la publication) m'était apparu devant les yeux un rêve de la nuit précédente, déplié comme un rouleau de parchemin, ordonné et séquentiel, et je l'avais vu, cette seule et unique fois, comme une indication claire et rationnelle de ce que je devais faire pendant la journée et la semaine, avec des arguments pour et contre, non pas au moyen de vagues symboles mais avec ce que j'estimais être des *formes visuelles de la logique.* J'en avais tiré une espèce de théorie, selon laquelle les rêves sont, invariablement, un *raisonnement.* J'étais à ce point convaincu que ma lettre serait publiée que, comme toujours, je n'en avais pas gardé de copie. Et c'était bien dommage car, maintenant que je commençais à me gratter la tête au bord du lit, cette *illumination* m'aurait été bien utile pour flairer, guetter et découvrir cette autre qui s'enfuyait de mon œil intérieur pour se cacher dans un recoin de ma tête. Je commençai à me mordiller le poing. Au salon, quelqu'un avait allumé la télévision, et à travers la porte fermée de ma chambre me parvenait une chanson qui, je m'en souvenais, était chantée par un duo autour d'une bouteille d'huile d'olive. Je connaissais cette publicité horripilante et j'enrageais que cet air-là vienne perturber, retarder et probablement empêcher définitivement l'arrivée imminente de cette *illumination.*

– Vous allez regarder quelque chose de très important à neuf heures et demie du matin ? Quelque chose de si important que vous ne pouvez pas attendre onze heures ?

m'écriai-je à tue-tête à l'adresse de tout le monde et de personne.

Comme il fallait s'y attendre, il n'y eut pas de réponse. J'entendis des pas, que j'identifiai rapidement comme ceux du nain et l'instant d'après une brusque augmentation du volume de la musique. Puis les bruits de pas s'éloignèrent vers sa chambre, contiguë à la mienne, et le claquement d'une porte couvrit son petit rire typique.

J'étais sur le point de me lever, d'aller dans sa tanière et de lui apprendre deux ou trois choses sur la dureté de la vie, lorsque soudain quelque chose me cloua sur place, me maintenant paralysé sur les draps. Cette chose commença à se définir, venant vers moi comme une âme s'approche de la table d'un spirite. L'idée était relativement triviale, mais son mode d'apparition avait un côté nouveau et captivant. C'était plus ou moins ainsi : on ne se trouvait pas *sur* la terre, mais également, et de façon tout aussi patente, *sous* la terre ; ce qui définissait alors la gravité n'était pas que sa force nous fasse tomber par terre, mais bien plutôt qu'elle nous empêche de choir dans l'espace, tellement plus vaste et inhospitalier que le sol. Il ne s'agit pas, me dis-je immédiatement, d'une idée originale, mais seulement d'un joli phrasé. Je soupirai. Telle était la sorte de coup de massue destructeur que j'avais l'habitude d'asséner sur mes premières impressions.

Je me levai d'un bond, fis deux enjambées, ouvris la porte et marchai vers le téléviseur une main levée. À l'écran, un chien frappait un chat avec le couvercle d'une poubelle. Je les supprimai tous les deux d'une brève pression sur le bouton. Et presque en courant je me dirigeai vers la chambre du nain. En chemin je rencontrai ma mère. Elle traînait des pieds sur le plancher, comme si la tasse qu'elle tenait à la main gauche pesait des tonnes. Ses yeux scrutaient la surface du thé avec une concentration de pêcheur à la ligne et elle mit un moment à remarquer ma présence.

– N'entre pas comme ça dans la chambre d'Ernesto, tu vas l'effrayer, me dit-elle en levant la tête vers un point indéfini qui n'était ni mes yeux ni mes cheveux, avec la même expression qu'elle avait en scrutant le thé. Je portai une main à mon front.

– Il ne va pas être effrayé, il est réveillé. Il y a une minute, il regardait la télévision.

– Non, non, c'était moi, je m'étais assise pour la regarder, dit-elle, et elle se pencha pour jeter un coup d'œil à son fils préféré par l'interstice de la porte. – Je me suis levée une seconde et tu en as profité pour éteindre l'émission que je regardais.

– C'était un chien qui torturait un chat.

– Tu sais, je n'allume la télévision que pour me tenir compagnie. J'allais venir te réveiller. J'ai les petites annonces du journal, me dit-elle. – Elle s'avança vers la table et y prit une liasse de factures et de papiers, parmi lesquels un journal. – Les voilà.

Elle me tendit à hauteur de poitrine le journal roulé, dont la première page présentait la photo d'un groupe de présidents réunis à un sommet. Au premier coup d'œil, je crus qu'ils se donnaient tous la main. Le titre faisait référence à la paix. En le relisant, je pensai de nouveau au talent de vandale du nain, à sa façon de parvenir à toujours passer pour innocent et à ma propre voie qui en avait été d'autant plus malaisée et difficile. Si j'avais été doté d'une fraction de sa capacité d'adaptation, quasiment de l'ordre d'un virus, je n'aurais pas eu à me frayer un chemin dans la vie à force de ce que j'appelais des *frictions.*

– La meilleure est une place de groom dans un hôtel, me dit maman avant même que je commence ma propre lecture des annonces. Il y en a aussi une de laveur de voitures et une autre pour un dépôt de machines, mais ça ne te conviendrait pas.

Je me demandai bien pourquoi *ça ne me conviendrait pas.* Maman était habillée en orange clair, cette couleur qu'on appelle parfois saumon. Elle avait un air joyeux et complice, comme si me choisir un travail était une façon de conspirer avec et non pas contre moi. Je ne voulus pas faire le difficile. Derrière sa porte, le nain eut l'audace de feindre un bâillement bruyant, surjoué et faux à en faire pâlir les enfants des séries nord-américaines. Je ne pus m'empêcher de sourire. Je me rappelai une vieille explication sur l'origine du bâillement, venant, pensais-je alors, de mon oncle Guillermo – qui était mort. D'après cette théorie, ne bâillent que les animaux qui chassent. Le bâillement n'est pas contagieux comme effet secondaire et particulier d'une fonction plus centrale, mais tout le contraire. C'est justement l'*utilité principale* du bâillement d'être contagieux, de suggérer l'idée de dormir et de synchroniser le cycle de sommeil du troupeau pour faciliter les opérations de chasse. Ce genre d'explication me plaisait beaucoup : inattendue, paradoxale, brève. L'étrange était que, sans avoir jamais rencontré, même par hasard, un de ces îlots errants de connaissance, le nain était capable de convaincre maman de façon beaucoup plus efficace que moi, non pas tant par une véritable habileté histrionique que parce qu'il possédait une pulsion particulièrement développée dont j'avais toujours déploré l'absence dans ma nature : un instinct de survie aigu. Le succès vital du nain consistait, comme chez les vieux pinsons de Darwin, à être apte à réaliser une longue performance et à laisser une descendance, tandis que le mien, s'il en était question, consistait à rester au lit, les yeux ouverts fixés sur le plafond.

– Tu vas m'enlever ça, dit ma mère en indiquant mon menton.

– Quoi ?

– Ça.

Elle s'obstinait, me sembla-t-il, à ne pas prononcer le mot *barbe*, ce qui m'encouragea à l'obliger à le prononcer à tout prix.

– J'ai une tache ?

– Mais non, dit-elle finalement en soupirant. Elle se dirigea vers le téléviseur qu'elle alluma. Elle s'assit à l'instant précis où le chat actionnait un grand levier et électrocutait le chien, dont le squelette scintilla un instant puis s'éteignit.

Je revins dans la chambre et dépliai le journal sur le lit. Toutes les offres d'emploi étaient uniformément grises. Insupportable, celle de laveur de voitures, particulièrement l'été, et celle du dépôt suggérait le cambouis, des collègues de travail en sueur et des blagues lourdes à la pause-déjeuner. Le salaire aussi, j'imaginais, devait être dérisoire, même pour moi.

L'annonce de l'hôtel Samarcanda était en retrait de la page, à côté de la rubrique *Immeubles.* Encadrée par une double bordure noire terminée en arabesques sur les angles supérieurs, elle offrait : *Emploi d'avenir pour jeunes gens entre 15 et 20 ans possédant le goût du service, de l'ambition et du temps disponible. Employés de classe internationale pour un hôtel de classe internationale.* Au-dessous figurait un numéro de téléphone entre deux palmiers et une adresse située à huit rues de chez moi. À première vue, on avait l'impression d'un emploi idéal. D'un autre côté, si l'on cédait à cette *manie de la persécution* qui nous fait nous retourner lorsque quelqu'un dans notre dos nous regarde, cette annonce semblait avoir été délibérément publiée par mon oncle Marcos, ou par le nain, à seule fin de me mortifier. J'allais refuser de me soumettre à la corvée d'un entretien, ma mère allait dire *alors qu'est-ce qu'on décide ?*, il y aurait des remontrances et des soupirs et finalement l'idée flotterait qu'en plus d'être un élève médiocre pendant l'année scolaire, j'étais un incapable pendant les vacances, et cela en présence de mes ennemis qui, à l'affût derrière une porte guetteraient chacune de mes plaintes avec jubilation, en me faisant des grimaces.

Je lissai la page de journal où figurait la photo des présidents. L'un d'entre eux, je ne savais de quel pays, ressemblait à Edison. À une époque pas très lointaine, ma galerie de personnages admirés était dominée par lui, sa biographie et ses fantaisies inventives jalonnaient de très nombreuses pages de mes cahiers de coupures de presse. En particulier, l'idée qu'il se cachait derrière le phonographe m'impressionnait. Les maîtresses d'école ne cessaient de chanter les louanges de l'ampoule électrique, qui n'était jamais que l'adaptation technique de quelque chose que nous avions depuis l'âge des cavernes, et en revanche disaient en passant et sans surprise que quelqu'un avait eu l'idée de capturer le son dans un récipient, pour pouvoir accéder à volonté à un segment de temps sonore comme s'il était écrit. Ensuite, un article, qui par son côté insidieux, devait provenir, je ne me souviens plus très bien, d'*Ici et maintenant*, expliquait que l'inventeur Edison avait surtout digéré les inventions d'autres personnes, en leur trouvant des usages nouveaux et insoupçonnés, ce qui le fit descendre considérablement dans mon estime, à tort ou à raison, je ne sais pas. Et voilà que son visage apparaissait fortuitement dans ce sommet de présidents, réveillant mon animosité à son égard. Je me penchai un instant et constatai que le président en question était celui de la Belgique. À y regarder de plus près il ne ressemblait pas autant à Edison.

Je devais essayer de décrocher cet emploi. Mon *honneur* – disons-le – était en jeu. Sortir le matin avec des vêtements bien repassés pouvait me faire gagner de nombreux points sur le nain : rentrer à la maison fatigué, me mouvoir avec une lenteur épique et demander à ma mère un verre d'eau constituerait, je voulais le croire, un coup aux effets destructeurs. Il y avait en outre cette précision, *employés de classe internationale*, qui excitait le côté le plus narcissique de mon caractère, cette mémorisation obsessionnelle des capitales du monde : savoir qu'Oulan-Bator était en Mongolie, que la monnaie de l'Angola était le kwanza, qu'Agostinho Neto avait dirigé la guerre d'indépendance en 1975, et qu'on ne devait plus dire Haute-Volta, autant de détails qui, selon moi, me rendaient beaucoup plus digne d'être considéré comme un employé de classe internationale que, par exemple et sans aller chercher très loin, l'oncle Marcos. J'espérais, comme tout lecteur de *Connaissance*, qu'éclaterait spontanément dans un salon de l'hôtel une dispute entre deux vieilles, par exemple, à propos de la fin de la guerre de Cent Ans, pour me retourner en haussant à peine un sourcil et, de l'air modeste des érudits, mentionner le traité d'Utrecht de 1713 et plaisanter en ajoutant qu'une des conséquences indirectes de cet accord avait été la naissance du candombe. Il s'ensuivrait des sourires et des hochements de tête, une des vieilles m'ébourifferait les cheveux d'un geste un peu déplacé et moi je baisserais les yeux, humble. Quel meilleur endroit pour qu'une telle scène ait lieu que le salon d'un hôtel international ? Le nom de *Samarcanda* paraissait lui aussi parfait. *Avez-vous une expérience professionnelle ? Oui, en effet, j'ai occupé des fonctions importantes à l'hôtel Samarcanda.* Ah, si au moins c'était moi, et pas maman, qui avait découvert l'annonce ! Dans ces choses-là, l'ordre est essentiel. Arriver et dire : *j'ai trouvé cette superbe annonce de l'hôtel Samarcanda.* Au lieu de quoi, j'étais maintenant piégé par cette espèce de questionnaire qui ne me laissait le choix de répondre que *oui* ou *non*, ou pire, *ne se prononce pas*, trois possibilités d'une certaine façon indignes. Je devais évidemment choisir *oui*, mais je détestais donner l'impression de me soumettre à un ordre familial. La seule idée de recevoir l'approbation de l'oncle Marcos me faisait serrer les poings.

Je me levai et pris les ciseaux sur l'étagère. C'étaient des ciseaux à manche doré, aux lames piquetées de rouille, qui selon ma mère étaient arrivés dans cette maison avant moi, peu après qu'elle et mon père se furent mariés.

Je n'avais pas d'idée claire sur ce que devait être mon découpage du jour. Ce rituel supposait, entre autres choses, que l'article puisse satisfaire le caractère éclectique de mes intérêts, qu'il tombe sous mes yeux à l'improviste, de façon purement aléatoire, et que je découvre soudain que les ciseaux se mettaient tout seuls en mouvement. Il y avait à peu près un an que j'avais abandonné la visée éditoriale de ma sélection, l'envie d'expliquer dans quelle mesure la journée avait été importante pour ce que j'aimais encore appeler *l'humanité.* Je m'étais mis à penser que mes découpages ne formaient pas une séquence cohérente et j'avais alors cédé à une espèce d'acceptation de quelque chose mentionné une fois sur la couverture de *Connaissance* dont, je ne sais pourquoi, je ne voulus pas lire l'article explicatif, et qui était appelé, de manière catégorique et énigmatique, *chaos.*

J'écartai la photo des présidents, considérant que les sommets internationaux et les traités de paix étaient des événements suffisamment divulgués pour nécessiter, de surcroît, l'intervention de mes ciseaux. Je consultai lentement les autres pages du journal. Du séjour me parvenait le remue-ménage de ma mère qui changeait le canapé de place pour la énième fois. Il y avait eu à Paris l'apparition d'un virus localisé auparavant en Afrique du Nord, l'article traitait de questions relatives à l'immigration mais je le lus sans véritable intérêt, car ce qui avait attiré mon attention était plutôt son titre : "La vengeance des dépossédés." Le canapé cessa de se déplacer et maman entreprit, avec son habituelle parcimonie, de le doter de coussins. Je l'entendis les frapper, presque avec rage, pour leur redonner forme, accompagnant cette opération d'un marmonnement quasi inaudible. Je jetai un coup d'œil à la brève et sporadique rubrique scientifique ; les jours où je ne trouvais pas mon centre, elle était mon gilet de sauvetage. Articles brefs, chargés de noms propres, de lieux et de petites prouesses. Aujourd'hui, à peine une notule sur la capacité des salamandres à régénérer leurs pattes lorsque celles-ci étaient amputées et sur la recherche, par l'infatigable communauté internationale, du gène qui rendait possible cette régénération, en vue d'une éventuelle application aux êtres humains. Je fus irrité par la petite photo illustrant le texte, manifestement issue d'archives iconographiques, car l'animal ici représenté n'était pas une salamandre mais un triton, certes un batracien lui aussi, mais dont il n'était pas du tout question dans l'article. Je l'écartai donc à cause de cette imprécision.

Je cherchai de nouveau l'annonce de l'hôtel, son encadré noir et ses palmiers. La seconde d'après, les ciseaux se jetaient sur elle comme un martin-pêcheur sur une ablette. Je découpai de façon droite et précise. Puis je pris le bâton de colle, le nettoyai, avec le journal, des peluches qui s'y étaient agglutinées la veille, et enduisis les quatre coins. J'accordai à cette annonce une page entière de mon cahier, car quelque chose me faisait sentir que ce bout de papier avait un éclat de bon augure et qu'à l'avenir je rouvrirais cette page comme on revient souvent à la station balnéaire où on a appris à nager.

Je regardai quelques instants la page ainsi terminée, tandis que me venait aux lèvres, je ne sais pourquoi, la mélodie de *Cielito lindo*. Puis je me levai de manière un peu mécanique, allai devant l'étagère où les volumes du *Trésor de la jeunesse* alignaient leurs lettres dorées, les caressai lentement de l'index et pris celui qui affichait *Renoir-Syracuse*. Pendant que je parcourais le volume sans que mes pensées ne perturbent le mouvement de mes doigts, j'observai les pages se succéder jusqu'à laisser enfin sous mes yeux l'image de deux chameaux attachés à l'abreuvoir d'un caravansérail sous le ciel vaste et dégagé du désert. Au-dessous, la légende paraissait écrite pour moi : *Samarcanda*.

Je cédai sur la cravate, car je dus bien finir par accepter que la vie professionnelle exigeait, entre autres choses, de démontrer que l'on était capable de se sacrifier, comme disait maman. La cravate était seulement le signe le plus visible de cette disposition à mourir pour l'entreprise. Bien sûr, ma mère ne le formula pas ainsi, se limitant à remuer les lèvres pour dire autre chose tandis que j'imprimais cette tournure à ses mots. J'aimais me servir de leur rumeur pour structurer ma pensée. Non que ma mère ne fût pas un être raisonnable et susceptible de faire des associations pertinentes, mais elle dédaignait les lectures de référence, ma petite passion, et par conséquent ses pensées se dépliaient en l'air sans l'appui d'un exemple, d'une donnée permettant d'épingler tant bien que mal ces fragments isolés et insaisissables. De sorte que j'acceptai de me présenter à l'*entretien professionnel*, ainsi le qualifia-t-elle, vêtu de la veste de velours bleu marine qu'elle m'avait offerte pour mes quinze ans et de la cravate gris foncé qu'avait laissée mon père dans une malle de vêtements qu'il n'était jamais venu chercher.

Nous eûmes une longue conversation solennelle à la table de la salle à manger au sujet de ce que je devrais faire le lendemain. Elle était assise en face de moi, et non pas à côté, comme elle le faisait quand elle voulait ajouter une touche de *sérieux* à ses propos. Ses mains s'appuyaient sur la table, tandis que les miennes reposaient sur mes genoux. Il était tombé dans l'après-midi une bruine d'été et elle avait passé une petite veste de coton vert clair qu'elle portait encore sur les épaules comme une cape. J'imaginai qu'elle voulait se donner un air de magistrat. En général, maman manquait de véritable sévérité, de sorte que dans nos discussions elle tentait toujours de gagner du terrain, ou du moins d'éviter d'en perdre, en ayant recours à ce genre de détails.

Ce sur quoi je ne cédai pas, au risque de provoquer un petit scandale domestique, fut la question de la barbe. L'oncle Marcos eut la malencontreuse idée de s'arrêter à la maison *pour dire bonjour* au moment précis où ma mère s'écriait *quel gamin !*, une espèce de cri de guerre par lequel elle cherchait à me faire bouillir le sang, mais qui en réalité, peut-être par sa vague proximité sonore avec le mot *marcassin*, m'inspirait une sorte de dérive fantaisiste où je me voyais tour à tour comme un petit sanglier et comme un enfant couvert d'un épais pelage. Bien évidemment, l'oncle Marcos ne put s'empêcher de répéter *quel gamin ! quel gamin !*, et de rire, de ce petit rire qui semblait se contenter de récolter de la pitié faute d'obtenir de la sympathie. Entre deux rires, il regardait fugacement maman comme pour vérifier à chaque instant que son approbation lui était acquise. Il avait, comme toujours, le front luisant d'une mince pellicule de sueur, ce qui lui donnait un air hystérique. Ne parvenant à convaincre personne de sa soudaine hilarité, il cessa de rire et copia alors l'expression de maman, cette mine de circonstance, déjà très forcée chez elle, qui devenait bien pire chez lui.

En le voyant seconder maman de cette façon servile, j'essayai de définir pourquoi je le méprisais tant. En premier lieu, je déplorais que mon père ait eu le front, l'idée et le courage de nous abandonner et que son frère, en revanche, se soit obstiné à nous fréquenter comme si son charabia permanent et pesant souffrait la moindre comparaison avec la sobriété de papa. Je trouvais aussi suspecte cette adulation par laquelle mon oncle prétendait *rendre justice* à ma mère. J'ai toujours eu l'impression que dans ce domaine il était mû par un étrange intérêt personnel. Un après-midi, alors qu'elle se penchait devant une armoire pour ranger des chemisiers, je l'avais vu diriger vers le bas de son dos un regard qui ne dura qu'une seconde mais fut suffisant pour que je comprenne la nature de son *affection.* Il y avait aussi la question de son épouse, impotente, si souvent invoquée en paratonnerre compassionnel. Si elle lui faisait peine à ce point, pourquoi venait-il à la maison perdre des après-midi entiers à jouer au bridge avec ma mère ou à la charger d'absurdes commissions ? Quand on lui demandait des nouvelles de sa femme, il faisait sa traditionnelle mine affligée et, hochant un peu la tête de côté, il disait *chacun porte sa croix comme il peut,* ou une autre banalité du même genre. Il parlait d'elle comme s'il ne s'agissait pas de sa femme, alors que lorsqu'il parlait de maman, il l'impliquait dans des phrases qui commençaient par : *ta mère et moi, on se disait l'autre jour...* ou une autre tournure donnant à son anecdote un ridicule ton marital. Odieuse également était son obstination à vouloir se mêler de notre éducation. Particulièrement l'*éducation* du nain, qui consistait à le suborner par des friandises ou des jouets, et la promesse tacite de le soutenir chaque fois qu'il serait en conflit avec moi. Le soir où nous discutions de mon *entretien professionnel,* le nain ne cessait d'entrer et de sortir du séjour, feignant de venir chercher des cahiers et des livres qui lui étaient indispensables pour son numéro de cirque scolaire, les emportant un par un, avec une agaçante parcimonie, et en laissant toujours un tas qu'il reviendrait évidemment chercher après, puis c'était un autre et un autre, toujours avec le même sourire. Il s'était livré à ce petit jeu d'espionnage depuis le début de l'après-midi, à pas brefs et lents, comme un paon. Personne, bien sûr, ne lui reprocha cette provocation.

– C'est la cinquième fois que le nain entre ici depuis qu'on a commencé à parler. Je veux qu'il s'en aille ! m'exclamai-je soudain, exaspéré.

– Ne mêle pas Ernesto à ta mauvaise humeur, répliqua ma mère, en prononçant *Ernesto* comme on lit la signature d'un bibelot en porcelaine.

– Allons, tu n'es plus un *gamin*, ajouta l'oncle en incorporant le mot dans son vocabulaire, car évidemment lui et maman devaient tout partager. Il faut que tu écoutes ta mère, surtout que tu es maintenant en âge de prendre de sages décisions… Tu vas avoir dix-huit ans et les gens attendent que tu te comportes en adulte. Je n'ai jamais vu de groom barbu, et encore moins avec une barbe comme la tienne ! – Sur ces derniers mots, il se trouva tellement drôle qu'il ne put s'empêcher de rire, en montrant alternativement mon menton et le sien. Ma mère lui adressa un regard de vague reproche, mais sans conviction.

Je me levai brusquement de la table et allai à la fenêtre. En bas, sur l'avenue, passait une ambulance, phares allumés mais sirène muette. Je me rendis compte que j'avais les yeux chargés de larmes et qu'en atteignant ma cornée la lumière de l'ambulance se décomposait en scintillements diffus et en reflets. Je restai quelques instants absorbé par ces éclats rouges qui enflammaient le bord de mes paupières et mon indignation initiale fut lentement déplacée par le retour de mon autre moi, l'encyclopédique, mon sosie guerrier, l'érudit héroïque qui se chargeait de mes collections et de questions importantes, au lieu de se soumettre à ces bêtises.

– Je parie, dis-je en me retournant et regardant l'usurpateur dans les yeux, que si je te posais n'importe quelle question sur la guerre de Cent Ans, tu ne saurais même pas par quel bout la prendre…

Perplexe, il regarda maman une seconde et choisit de hausser les sourcils d'un air amusé.

– Eh bien, sourit-il, je pourrais dire, par exemple, qu'il n'est pas de mal qui dure cent ans ni de corps qui y résiste, mais ce ne serait peut-être pas une conclusion. – Et il s'apprêtait déjà à partir d'un de ses absurdes éclats de rire lorsque je levai la main.

– Le traité d'Utrecht, 1713, dis-je, triomphant. Mais je me rendis compte qu'en parlant de *conclusion*, il ne pensait pas du tout à la fin de cette guerre ni à ma remarque en général. Le sourire de l'oncle Marcos me rappela subitement Philippe V, son visage prognathe, son air de suffisance, et devant l'image inattendue de ce roi, je compris que le traité d'Utrecht, qui avait été signé par lui au détriment du futur Charles III, ne pouvait pas avoir conclu la guerre de Cent Ans mais la guerre de succession d'Espagne, une guerre que des siècles séparaient de l'autre. Je ne sais pourquoi, depuis des jours je mélangeais les Habsbourg et les Bourbon dans une seule guerre de trois cents ans. L'abondance de données, me dis-je compréhensif, n'était pas sans danger. Après cette pensée indulgente, je craignis que mon imprécision ne fût découverte d'un instant à l'autre par l'oncle Marcos, qui aurait pu rire de moi, cette fois avec raison.

Ma mère me regarda en silence. L'oncle Marcos continuait de sourire.

– Il y a la cravate grise, celle de la malle, dit-elle. Le ton qu'elle employa me plut, même s'agissant de l'affaire classée de la cravate. Personne ne se souciait de ce maudit traité d'Utrecht.

– Bleu marine et gris, ça va bien ensemble ? demandai-je.

– Merveilleusement bien, sourit-elle avec une certaine tristesse, puis elle se regarda longuement les mains. J'imaginai que dans un coin de son esprit elle réprimait l'envie de me retenir, de m'attraper par un mollet pour m'empêcher à tout prix de quitter la maison, car j'étais tant bien que mal – m'avait-elle dit devant la malle de papa qui encombrait une pièce – *l'homme de la maison*, et ce premier emploi, même limité à l'été, se profilait comme l'entrée d'une route par laquelle j'allais un jour disparaître. Je me rappelai ces mots, *l'homme de la maison*, prononcés sur le même ton que *merveilleusement bien*. À ce moment-là, cette espèce de nomination visait surtout à accroître ma coopération avec la campagne écrasante du nain, mais révélait quelque chose de plus chez maman : cette fatigue que je ne lui avais pas connue dans mon enfance et que le nain n'était pas non plus capable de voir maintenant, une fatigue de femme.

Je regardai la petite veste en coton posée sur ses épaules. En dessous, un chemisier sans manches gonflait à hauteur de la poitrine, informe, comme protégeant une sorte de matière inerte, du sable ou des grains, au lieu d'une personne. Elle n'était plus, comme lorsque nous étions petits, une *mère jeune*. Quand elle souriait, des rides s'allongeaient au coin de ses yeux et lorsqu'elle fronçait les sourcils, comme tout cet après-midi-là, elle ressemblait à son frère Guillermo – qui était mort.

– Ce costume ne me va pas bien. Les manches sont trop longues et le dos aussi – dis-je comme si je parlais seul.

On me l'avait acheté trop grand, avec l'idée que j'allais grandir. Mais j'étais resté aussi petit que le jour où on me l'avait offert. Une idée de papa. En cela il était prévoyant.

– Je te couds deux épaulettes à moi, comme ça on gagne vers le haut et tes manches seront plus courtes, dit-elle.

– Je vais avoir l'air d'une femme.

– Mais non, au contraire tu vas avoir l'air plus musclé, avec le dos plus large et les épaules plus hautes. Tu auras meilleure allure pour l'entretien.

En l'entendant sous-estimer ainsi l'aspect de mes véritables épaules, je pensai que maman ne jugeait pas mon apparence comme un point en ma faveur. Le matin, déjà, elle m'avait suggéré de ne pas submerger mes employeurs potentiels d'informations inutiles, pour ne pas courir le risque de paraître peu intéressé par le côté pratique du travail. Tout en l'écoutant continuer de vanter les avantages des épaulettes, et contrevenant complètement à ses conseils matinaux, je commençai à concevoir mentalement un entretien professionnel idéal. J'allais devoir attendre dans un couloir, assis sur un long canapé de velours. Une voix m'appellerait par mon nom d'un bureau d'où sortirait, abattu, un garçon plus âgé que moi mais moins éveillé.

En entrant, je trouverais, assis derrière une table, un quinquagénaire de taille moyenne, avec un accent nordique, qui m'inviterait à m'asseoir sans cesser de lire le formulaire de mes coordonnées. De temps à autre, il hausserait les sourcils et me jetterait un coup d'œil fugace. Je l'imaginais élégant mais austère, à la manière des protestants. Je le voyais aussi étranger, venu ici en quête d'un rêve personnel plus que de fortune. Il porterait une cravate sombre, bien qu'il soit le patron de l'hôtel et qu'il me reçoive dans son propre bureau. Il examinerait mon dossier comme on résout des mots croisés, avec une concentration gourmande, retardant le moment de parler, juste pour nous faire savourer le suspense.

– Hum, ferait-il enfin. Il est dit ici que vous avez un goût particulier pour la conjugaison des verbes.

– Oui, répondrais-je, mesuré et légèrement distant, en croisant les mains sur les genoux.

– Supposons, me dirait-il avec un sourire malicieux, que je vous demande la troisième personne du singulier du présent du verbe paître…

– Il paît. *Le cheval paît l'herbe*, répondrais-je sans la moindre hésitation. Il hausserait de nouveau les sourcils et marquerait une longue pause en revenant à mon dossier. Sa respiration serait lente et paisible.

– Vous vous intéressez aussi à l'histoire naturelle, dirait-il enfin.

– Mon père m'a initié à cette matière quand j'étais petit.

– Oh, je vois, murmurerait-il avant de garder un silence légèrement soupçonneux, pour ensuite me regarder en souriant. Imaginons maintenant que je vous demande ce qu'est un coati.

– Un procyonidé, et comme tel parent du raton laveur et du petit panda. Il vit à l'est de l'Amérique du Sud et au sud de l'Amérique centrale. Son genre et espèce est *Nasua Nasua*. – Je dirais tout cela d'une traite, avec assurance, mais sans me départir de ma proverbiale sobriété.

– Vous n'avez pas dit que c'était aussi un parent de l'*ours* panda, me reprocherait-il en clouant sur moi ses yeux sagaces.

– Eh bien, c'est là justement un point discuté, qui illustre dans quelle mesure les classifications sont arbitraires. Si on montre un ours panda à un enfant et qu'on lui demande ce que c'est, il dira sans doute qu'il s'agit d'un *ours*. Cependant, la communauté scientifique a jugé que la présence d'un pouce sur les pattes de devant le rendait plus proche des procyonidés, opinion qui pendant des années a été prépondérante. Pourtant, des analyses récentes effectuées sur le génome du panda l'ont de nouveau situé parmi les ursidés, exactement là où l'aurait placé un enfant…

Là, l'homme rangerait le reste des formulaires et, en me tapotant l'épaule, il me ferait visiter l'hôtel. Les suites et les chambres, les salons de fêtes, les salles de conférences, tout ce qu'il y aurait à voir me serait montré. Il me raconterait l'histoire de l'édifice, les anecdotes les plus amusantes sur les clients, la montée du perron par quelques célébrités… Nous sympathiserions. En parcourant les couloirs interminables, il me relaterait ses voyages, plisserait les yeux en évoquant la lointaine Samarcande, les silhouettes des chameaux se découpant sur les mirages flamboyants du désert et, pressant chaleureusement une main sur mon épaule, il rirait de mes ingénieuses trouvailles linguistiques.

– Quand on sait les coudre discrètement, les épaulettes sont très masculines, dit enfin ma mère après un long silence pensif, et elle regarda oncle Marcos comme quémandant son approbation. N'est-ce pas, Marcos, que c'est très masculin ?

– Mais oui, acquiesça-t-il en hochant exagérément la tête, puis en me faisant un clin d'œil : dans son maigre répertoire de mimiques, c'était celle qui lui donnait l'air le plus vulgaire. Mon regard passait de lui à la fenêtre, si bien que, croyant que je n'avais pas fait attention à lui, il recommença son horrible froncement de l'œil, cette fois beaucoup plus appuyé. Je regardai son visage blême, sillonné de veinules et d'horribles floraisons rougeâtres. La texture de ses joues était irrégulière et rugueuse. On aurait dit une couleur hâtivement appliquée, comme si, avant d'entrer en scène, quelqu'un l'avait maquillé de trois coups de pinceau négligents.

Je pensai alors à mon père. Combien plus significatifs étaient ses gestes. Marcos, qui lui ressemblait à peine, avait tenté de copier certaines de ses expressions, pour n'en faire que des grimaces vulgaires et simulées. J'aurais voulu lui dire de ne plus venir à la maison, que nous ne l'aimions pas, mais cela eût été faire inutilement violence à maman. En plus, depuis que Marcos se disait administrateur d'une station-service à cent mètres de la maison, lui demander de ne plus venir revenait à le priver de son club, de son bar, de sa salle de bain, de sa réserve, commodités auxquelles il n'aurait pas renoncé même si j'avais accroché à la porte une tresse d'ail et un crucifix. J'avais toujours été intrigué par sa façon de parler de son travail d'*administrateur*. Il y avait quelque chose de bizarre dans cette fonction, car en quoi une station-service exigeait-elle autant d'administration ? Chaque fois que je passais par là, je le voyais assis derrière la caisse, dans un ridicule uniforme bleu marine. C'était le seul et unique administrateur en uniforme du monde. Et quand, au milieu d'une phrase et mine de rien, je mentionnais son travail de *caissier*, il prenait toujours une minute pour formuler un correctif. L'irritation aiguë avec laquelle il réagissait à cette "imprécision" était ce qui, à mes yeux, constituait sa *véritable nature*, tandis que son rire vulgaire et sa prétendue malice étaient des exemples de ce mensonge élaboré et exténuant auquel il semblait consacrer sa vie.

En le regardant, il me vint à l'esprit le mendélévium de numéro atomique 101 et son existence fugace et intentionnelle. Il ne pouvait exister que par l'effort décidé de quelques laboratoires et n'offrait de témoignage de son apparition qu'à peine une fraction de seconde, et pourtant cette brévissime apparition suffisait pour lui assurer une place sur le tableau périodique, où il figurait (et là était le détail révoltant) au même titre que l'hydrogène, la pierre angulaire de l'univers. Ce genre de petites injustices me crispaient les poings. Je pensai que l'oncle Marcos était le mendélévium de notre petit ordre domestique. Maman était plutôt l'argon, un gaz rare et donc, si tout marchait bien, impossible à combiner avec tout autre élément. Je me mis à penser que le nain était un lanthanide et j'aurais voulu expliquer pourquoi, mais justement à cet instant je le vis entrer pour la énième fois à la recherche d'un de ses infâmes petits cahiers.

– Tu ne pourrais pas prendre tous tes cahiers en une seule fois ? De toute façon, personne ne croit que tu vas les lire ! lui dis-je avec une vieille irritation lassée.

Il s'arrêta un instant, leva la tête avec une expression qui se voulait compatissante et me regarda fixement dans les yeux.

– Tu as l'air très nerveux. Ta voix tremble un peu. C'est sûrement à cause de l'*entretien*, dit-il sur un ton clinique.

Le monstre qui était capable d'émettre cette sorte de murmure glacé avait à peine neuf ans ! Je me demandai avec angoisse quelle forme de contrôle parviendrait à exercer cette petite harpie sur ses semblables lorsqu'il aurait grandi, trouvé une fiancée et fondé une famille. J'imaginai ses enfants défilant devant son lit les yeux baissés, venant volontairement confesser chacune de leurs fautes plutôt que de se risquer à passer sous ce regard froid et scrutateur en ayant encore quelque chose à avouer.

– Personne n'est nerveux, répliquai-je finalement, dans un sursaut ridicule. Nous discutons de problèmes d'adultes. Il n'y a pas un dessin animé que tu pourrais regarder à la télévision ? Un de ceux qui te plaisent, où les personnages se battent à mort ?

– Allez, dit-il. Tu vas voir, dès que tu auras surmonté cette tension horrible, *dire ton prénom*, tu retrouveras ton calme.

Je me sentis soudain paralysé. Le nain connaissait au millimètre les fibres les plus sensibles de mon caractère. Il savait planter avec précision ses aiguilles, fines comme un cheveu, et atteindre le nerf souhaité, un nerf si caché que l'intention passerait inaperçue pour tout autre interlocuteur que moi. Il savait à quel point mon prénom me déplaisait et sa sonorité pompeuse et vieillotte me faisait honte. Bien sûr, il visualisait déjà avec une délicieuse clarté le tourment qui allait être le mien dans *cette situation particulière* que je n'avais pas encore prévue, absorbé comme je l'étais par les résonances orientales du nom de l'hôtel : me tenir debout devant celui qui allait m'interroger, avec mes jambes arquées, vêtu de mon costume informe et de cette cravate néolithique, et dire, sans me racler la gorge ni chevroter, *bonjour, mon nom est Máximo Seigner*, était une mission quasi impossible, une espèce d'exploit. Jamais, pendant les douze années du primaire et du secondaire, je n'avais rencontré ni entendu parler d'un autre sujet de mon âge prénommé Máximo. Même dans les livres d'histoire c'était un prénom qu'on ne trouvait que rarement. *Ernesto Seigner*, le nom officiel du nain, était supportable et avait même une vague réminiscence scientifique. Mais le mien avait été une espèce de vengeance assouvie par un grand-père paternel que je n'avais jamais connu et dont la main griffue avait jailli de la tombe pour écrire son prénom devant les yeux de mes parents qui hésitaient entre Alejandro (un prénom acceptable) et Saúl (qui m'aurait autant déplu que Máximo). Dans mon cas, la conjonction du prénom vieillot qui m'était échu et du patronyme qui le secondait évoquait un aide-horloger d'Innsbruck, un individu chenu et routinier. Par ailleurs, ma taille ne favorisait guère l'identification à un prénom aussi superlatif, car frôlant péniblement les soixante-cinq centimètres de mon deuxième mètre, il aurait été plus exact de me prénommer Mediano Seigner ou Intermedio Seigner. Le nain savait tout cela à la perfection, non parce que je lui en avais parlé, mais parce que justement son habileté consistait à détecter dans la voix de ses interlocuteurs le moindre signe de faiblesse, qu'il rangeait dans une espèce d'archive, en attendant l'occasion de le dégainer comme une épée.

– Bien sûr, Ernesto a raison, chaque fois qu'on veut se présenter à quelqu'un, on se sent un peu nerveux. C'est le propre des *situations sociales*, mon pauvre petit, dit maman avec les meilleures intentions du monde, comme toujours.

– Mariages, baptêmes, anniversaires… renchérit le nain en plein élan pyrotechnique. Matchs de football, camping… non ? Toutes ces choses qui font qu'on… eh bien, qu'on se demande *comment nous voient* les autres, est-ce qu'on est *présentable*… ou à quoi fait penser *notre prénom*…

– Ah, Ernesto, dit ma mère presque en riant, parfois quand je t'entends parler, j'ai l'impression que tu es un homme mûr, qui connaît la vie et qui comprend !

– Mais non, mais non, fit le Roi des Hypocrites. N'oublie pas que je suis *le plus petit.*

Je le regardai avec horreur. Je me tournai vers la fenêtre, d'où me faisait encore signe la lumière fatiguée et jaunâtre de l'éclairage public. Je laissai cette lueur guider quelques instants mon esprit, comme si, sans défense face aux humains, elle devait tenter sa chance comme une mite et voler jusqu'ici. Je mis quelques secondes à retrouver le chemin de retour dans ma chambre. Il fallait que je quitte la maison avant la fin de l'été, me dis-je, quoi qu'il m'en coûte.

La réception de l'hôtel était beaucoup plus petite que je l'avais imaginée. Elle n'était pas tendue de velours rouge et de rideaux, mais couverte d'une moquette marron en feutre de mauvaise qualité et de ton irrégulier, fanée à certains endroits par les rayons de soleil qui traversaient une baie vitrée donnant sur la rue. Déjà en arrivant, j'avais été perturbé de remarquer qu'il manquait à l'enseigne un fragment du deuxième *a* de *Samarcanda*. Je m'efforçai d'empêcher ces premières impressions de se cristalliser en préjugés ou en appréhension. L'offre d'emploi annonçait un hôtel international et je m'étais attendu à trouver un perron avec drapeaux et une porte à tambour. Au lieu de quoi la fenêtre de la réception donnait sur la rue. Il n'y avait même pas de portier à l'entrée, attendant l'arrivée des voitures pour se charger de les garer, perspective que dans mon imagination de la veille j'avais trouvée prometteuse, car n'ayant jamais conduit de véhicule plus gros qu'une bicyclette, m'asseoir devant une dizaine de volants tous les jours eût donné une touche de couleur à ma vie. Bref, il n'y avait devant cet hôtel ni portier ni volants devant lesquels s'asseoir, ni garage. Je terminai mon rapide coup d'œil au décor, car je ne tenais pas à me montrer trop attentif à ces trivialités, et je poussai la porte d'entrée.

À l'intérieur, j'hésitai entre attendre qu'on s'occupe de moi ou actionner la clochette sur le comptoir en bois, car il n'y avait personne à la réception. J'observai pendant une bonne minute cette clochette en bronze, le bouton qui la surmontait et le socle sur lequel elle reposait, une pierre polie et foncée, d'une variété que j'associai sur le moment à l'obsidienne. Il me sembla que la prérogative d'entrer et d'actionner la clochette devait être plutôt réservée aux clients et que ne pas y avoir recours était une première démonstration de ma compréhension du travail et de ma modeste place dans l'hôtel.

Passé quelques minutes, je m'assis sur une chaise près du comptoir. J'étais un peu étonné que la pièce ne fût pas bondée d'autres candidats au poste et je me demandai un instant si neuf heures du matin n'était pas une heure tardive dans un hôtel. De toute façon, comme l'annonce ne précisait rien sur l'horaire des entretiens, je me dis que j'étais le premier. Je ne savais si cela jouerait en ma faveur, ou si, au contraire, il aurait mieux valu que passent avant moi quelques balourds qui se mordaient la langue en parlant. Je restais fidèle à mon idée de faire bonne impression par contraste avec la moyenne. Je me demandai une dernière fois si je devais suivre le conseil de ma mère et accepter que dans n'importe quel emploi destiné à des jeunes, on recherche un garçon ordinaire, bien disposé et d'une intelligence moyenne. Mais combien de temps allais-je devoir attendre pour trouver un endroit où mes années de coupures de presse et d'attention aiguë aux détails obtiendraient une forme de considération ? Et si ce n'était le cas dans un hôtel international, alors où ?

De l'étage provenait le bruit lointain d'un aspirateur. À intervalles réguliers on entendait son roulement sur le plancher puis le frottement étouffé d'une portion de tapis. N'ayant rien de mieux à faire, je me concentrai sur les mouvements de la personne qui le maniait. Du claquement sec des talons, je déduisis qu'il s'agissait d'une femme. Les pas étaient cependant plus appuyés que graciles, ce qui forma dans mon esprit l'image d'une corpulente matrone, aux chevilles rondes et charnues et aux bras gros comme des jambes. La lenteur de ses mouvements suggérait au moins une cinquantaine d'années. Je commençais à me demander si c'était une personne aimable, qui rendrait mon travail plus supportable, si elle serait mon alliée, lorsque se fit entendre un gond lointain, qui paraissait provenir de la pièce donnant sur la réception.

Je me levai brusquement. On entendit des pas derrière la porte. S'il fallait se fier à leur nombre, quelqu'un était en train de traverser une pièce immense. J'essayais d'identifier si ces nouveaux talons étaient ceux d'une femme ou d'un homme, ce qui en la circonstance était difficile à déterminer, lorsque je découvris ma propre image dans un miroir près de la porte d'entrée. Je n'avais pas jusque-là remarqué ce miroir, absorbé que j'étais à imaginer la partie encore cachée de l'hôtel, cette espèce de royaume inconnu qui commençait triplement à l'escalier, au vieil ascenseur et à la porte derrière le comptoir. Reconnaître ce visage qui me regardait dans le miroir m'impressionna. Tout d'abord, peut-être à cause des arabesques dorées du cadre, mon reflet avait quelque chose de pictural, d'irréel. Puis je remarquai la pâleur presque fantomatique de ma peau. Ce n'était pas une pâleur noble, éthérée, mais un pur et simple symptôme de mauvaise santé. J'avais l'air d'un garçon asocial, reclus, qui n'aimait pas le soleil. Un garçon sans goût pour le sport, la marche, les balades à la campagne avec des amis. On aurait dit, ce qui m'alarma, le portrait exact de ce que j'étais, mais avec une précision exagérée, presque publicitaire, comme si mon aspect suggérait : *ne comptez pas sur moi pour folâtrer joyeusement avec vous dans les champs, ici vous ne trouverez pas l'un des vôtres.* Tout cela envahissait brusquement ma conscience en même temps que résonnaient deux derniers pas androgynes derrière la porte. Tandis que quelqu'un en tournait la poignée, un dernier et presque désespéré coup d'œil au miroir m'obligea à donner raison, bien malgré moi, à maman et à l'oncle Marcos : cette barbe était absurde pour passer un entretien professionnel, et d'ailleurs pour tout autre endroit. On aurait dit une espèce de gelée grisâtre étalée hâtivement sur mon menton. Mais, une fois de plus, c'était trop tard.

La porte s'ouvrit sur une femme très grande, aux épaules larges et à la silhouette plutôt triangulaire, dont les pieds lorsqu'ils étaient joints formaient la pointe inversée d'un triangle isocèle. Au rythme sévère des claquements de talon, je l'avais imaginée comme une espèce d'adjudant, hommasse et glaciale, mais maintenant que je découvrais cette dame un peu potelée et souriante, je ne savais plus comment réagir, avec ma crainte initiale ou avec un sourire de circonstance, improvisé et maladroit, mon vieux sourire des anniversaires.

– Bonjour, dis-je.

– Bonjour, répondit la femme. Elle devait avoir une quarantaine d'années. Son visage suggérait un passé meilleur, les pommettes étaient hautes et fermes et bien qu'elle fût légèrement plantureuse, on pouvait dire sans exagération que c'était une femme séduisante. Elle avait une vague allure nordique, son côté robuste évoquait davantage une chaleureuse villageoise suédoise qu'une femme au foyer et aux fourneaux méditerranéenne. Après m'avoir salué, elle m'avait regardé d'un air interrogateur, comme si le motif de ma présence n'était pas évident. Je me demandai un instant s'il était plausible qu'elle m'imagine comme un client potentiel. Jusque-là, je n'avais été client d'un hôtel que deux fois au bord de la mer, en vacances et en famille, à l'époque où papa avait la fourgonnette et aimait organiser des excursions homériques qui combinaient campings, hôtels et pensions, aussi exténuantes que l'année scolaire. Découvrir que ma présence, en costume-cravate, provoquait une certaine perplexité m'inspira soudain confiance et résolution.

– Je viens pour l'offre d'emploi parue dans le journal, dans laquelle on sollicitait un groom pour l'hôtel, dis-je d'un trait avec une syntaxe plus écrite que parlée. La femme sourit.

– Ah, oui, l'annonce. Nous, commença-t-elle, puis elle marqua une petite pause, assez longue cependant pour que je puisse me demander qui était à proprement parler ce *nous*, nous préférons dire employé, plutôt que *groom*, car ce mot a un côté un peu péjoratif. – Elle se tut de nouveau et me regarda dans les yeux. – Vous comprenez ce que je veux dire par *péjoratif*?

– Oui, répondis-je d'une voix mesurée, tandis que dans ma tête se pressaient dix synonymes sur le point de déborder par mes yeux, mon nez, ma bouche. Mais je gardai un silence discipliné.

– Depuis que nous nous sommes embarqués dans cette aventure d'ouvrir un hôtel, mon mari et moi avons voulu nous comporter avec humanité, pas comme de simples patrons cherchant un profit financier, mais comme faisant partie d'une société, d'une communauté qui, à l'image de toutes les autres, a besoin d'hôtels et de gens dévoués à ce travail. C'est, disons, la philosophie de cet hôtel. Vous comprenez ce que je veux dire par *philosophie* ?

Mon Dieu ! Que signifiait toute cette tirade didactique ? L'*aventure* d'ouvrir un hôtel ? Une *communauté* qui a *besoin* d'hôtels ? Est-ce que je comprenais ce qu'elle voulait dire par *philosophie* ?

– Je crois que oui, dis-je timidement.

J'avais les mains moites. Une gênante pellicule visqueuse s'était formée sur mes paumes depuis qu'elle avait commencé à parler, mais en l'entendant dire *philosophie*, j'eus l'impression que cette pellicule allait s'épaissir et finir par goutter sur le sol.

– Quel âge avez-vous ? me demanda-t-elle subitement.

– Bientôt dix-huit ans, répondis-je de façon mécanique.

– Bientôt ? répéta-t-elle en haussant les sourcils avec une certaine méfiance.

– Oui, bientôt, voulus-je mettre un point final à la question.

– Vous avez l'air plus jeune. Quel est votre nom ?

– Máximo Seigner.

Il y eut un bref silence qui me parut sans fin, un silence comme celui que l'on perçoit quand on tombe, cette sensation que tout le reste a cessé d'*exister* pour pouvoir surveiller attentivement le cours de notre chute jusqu'à ce que nous atteignions le sol. J'eus l'impression qu'elle souriait, mais je ne voulus pas la regarder en face par crainte de constater qu'elle réprimait réellement la tentation de se moquer de moi.

Comme elle ne disait toujours rien, je levai lentement les yeux vers elle. En effet, elle souriait, non pas de ce sourire que j'avais connu dans les cours de récréation, mais d'un autre qui laissait entrevoir une certaine tendresse, aux commissures des lèvres symétriques et ouvertement haussées, comme si elle n'avait pas la moindre intention de dissimuler son sourire, non plus que de l'afficher. Un geste qui, si ce mot convenait à une personne de son âge, exprimait presque de la candeur.

– Vous n'allez pas le croire, mais j'ai eu un frère, un frère que j'aimais beaucoup, mort il y a de nombreuses années, qui s'appelait aussi Máximo, dit-elle avec un air d'étrange nostalgie, mais en me faisant clairement le dépositaire, du seul fait d'être là et de porter le même prénom, de quelque chose de son affection. – C'était comme si ce sentiment avait été jusqu'à cette seconde enfermé sous pression et soudain libéré. – En réalité, son prénom était Maximilian, mais après de longues vacances en Espagne, d'où il était revenu avec une grosse moustache, à la mode basque de l'époque, nous avons commencé avec mes sœurs à l'appeler Máximo. – Elle me regarda un instant : je souriais comme les parents ébahis par les prouesses d'un enfant, comme un soldat qui revient chez lui, comme une fiancée. Je ne savais pas pourquoi, si c'était parce que mon prénom lui rappelait de tels souvenirs, ou simplement parce qu'une femme plus âgée que moi, mais énergique et joviale, me parlait avec cette soudaine intimité. En tout cas, ses paroles m'avaient presque fait rougir. – Je dois vous ennuyer avec ces souvenirs d'enfance, me dit-elle comme s'éveillant d'un rêve.

– Non, non, pas du tout. Bien au contraire. Ce n'est pas souvent que quelqu'un trouve agréable un prénom comme le mien. Il m'est un peu tombé dessus, c'était le prénom d'un grand-père que je n'ai pas connu. Et je n'ai jamais rencontré quelqu'un qui s'appelait comme ça, ni à l'école ni dans le quartier.

– Alors, ce grand-père vous a rendu service. Le monde est plein de Pedro et de Pablo, mais les beaux prénoms il n'y en a pas beaucoup. Mon frère non plus n'a jamais rencontré un homonyme et ça ne lui a pas manqué, il avait ses sœurs.

– Vous étiez combien de sœurs ? – La conversation s'était animée, aussi avais-je osé lui poser cette question.

– Nous étions trois filles entièrement consacrées à chouchouter de toutes les façons possibles ce petit frère, qui savait exploiter sa condition d'enfant gâté. Les fins de semaine, on lui préparait des tartes, des gâteaux, et il nous laissait faire. On lui achetait des vêtements et on l'habillait à notre goût, comme une poupée. On inventait de petites pièces de théâtre qu'on répétait et on lui faisait jouer toutes sortes de rôles, héroïques ou humiliants. On aimait l'avoir comme frère, c'était presque comme un jouet vivant. Il n'a pas atteint les vingt ans. – Elle marqua une pause et me regarda dans les yeux. – Il était de complexion menue, comme vous.

Je soutins son regard en silence. Il s'était installé entre nous un étrange climat de confidence et je ne savais pas comment revenir sur le sujet du travail à l'hôtel. Je me demandai si je ne devais pas attendre qu'elle en prenne l'initiative, étant donné que j'avais déjà évoqué la question. Je choisis donc de me taire et de jeter un coup d'œil vers la fenêtre, mais le silence finit par devenir gênant, comme si je lui reprochais par mon mutisme de retarder l'entrée en matière des sujets proprement professionnels. La vérité était que sa conversation m'avait complètement détourné de ce que maman et moi avions appelé *l'entretien*, et que j'aimais bien être apprécié pour autre chose que ma capacité à porter des valises, aussi ne souhaitais-je pas, avec une retenue confinant à l'obséquiosité, donner l'impression que j'étais impatient.

– J'ai un petit frère, dis-je enfin, abordant ainsi le dernier sujet dont j'aurais voulu parler en la circonstance, et en n'importe quelle autre.

– Ah, bon, murmura-t-elle. Et vous le gâtez ?

Sa question était de bonne foi, mais cette seule idée eut le don de me crisper.

– Je crois qu'il est assez gâté sans ma collaboration, dis-je un peu sèchement, avec l'impression de me montrer antipathique, aussi ajoutai-je : en tout cas, ce petit frère n'est pas très disposé à se considérer comme un jouet, alors que rien ne me ferait plus plaisir.

Elle sourit. J'avais une mèche de cheveux rebelle, une espèce de crin qui me tombait obstinément sur les yeux. Je faisais fréquemment un bref mouvement de la nuque pour la ramener en arrière, mais deux minutes après cette mèche retombait sur mon front comme un rideau de scène. Maintenant elle regardait ma mèche avec une étrange expression familière qui évoquait celle d'une sœur aînée, mais rappelait aussi, de façon un peu plus inquiétante, qu'elle était une femme et moi un jeune homme. Je m'efforçai d'écarter cette idée de mon esprit, car non seulement elle me détournait du possible développement de l'entretien, mais elle menaçait de faire venir la sueur sur mon front, une vieille réaction nerveuse. Si bien que je résolus de remettre sur le tapis la question du travail, au risque de paraître grossier.

– Je suis le seul à m'être présenté ? demandai-je.

– Comment ?

– Pour le travail, je suis le seul à m'être présenté ?

Elle parut perplexe.

– Je ne comprends pas. Vous n'êtes pas venu hier ?

– Hier, c'était dimanche. Je pensais…

– Ah, j'ai cru que vous étiez un des garçons qui se sont présentés hier et qui ont parlé avec mon mari. Il leur a fait un long exposé sur l'esprit de cet hôtel et il a eu après un bref entretien avec chacun. Vous n'êtes donc pas venu, vous n'étiez pas avec eux ?

– Non, j'ai pensé que c'était dimanche, le jour même de la publication de l'annonce, et que les entretiens commenceraient aujourd'hui lundi, à la première heure. – Je commençais à me montrer comme l'élève négligent que j'étais, passant par la salle des professeurs pour expliquer que je n'avais pas remis à temps mon devoir sur l'indépendance nationale. J'avais été brusquement abandonné par la foi et je sentais que dans quelques secondes les apparences allaient aussi m'abandonner. Que je sois venu hier ou aujourd'hui semblait indifférent à cette femme qui continuait de me regarder avec ce sourire légèrement ambigu, mais malgré cela je m'obstinai à démontrer que le lundi était mieux que le dimanche et que tous les autres garçons du monde étaient dans l'erreur, tandis que moi, Máximo Seigner, avec mon absurde veste en velours et mes jambes de cavalier congénital, j'avais raison. – C'est-à-dire qu'à la maison, on a lu l'annonce le matin, parce que le dimanche on se lève tôt, mais on a cru, justement parce que c'était dimanche...

– Non, s'il vous plaît, ne vous inquiétez pas, m'interrompit-elle en agitant la main. – Je crus que ma répétition obsessionnelle du mot *dimanche* avait fini par l'agacer, mais elle continuait de sourire. – J'ai dû sortir hier. Je n'ai pas pu assister aux entretiens, mais je sais que mon mari n'a pas encore fait son choix parmi les candidats, et j'ai pensé, quand vous m'avez parlé du travail, que vous étiez l'un d'eux. De toute façon, nous ne déciderons rien avant ce soir.

– Je pourrai alors moi aussi avoir un entretien ? demandai-je avec un enthousiasme hystérique, comme si ma mascotte préférée était morte sous mes yeux puis venait soudain de ressusciter et maintenant me léchait les joues.

– Que croyez-vous que nous sommes en train de faire ?

Je souris. Je pensai un instant que j'aurais aimé m'appeler Maximilian. La mèche, cette espèce de palissade qui me bouchait régulièrement la vue, était descendue sur mon front et j'entrevoyais, derrière ce rideau, les joues rondes et mûres de mon interlocutrice, sur lesquelles se creusait une petite fossette lorsqu'elle souriait.

Soudain, je la vis lever la main et la porter, après une brève hésitation, sur ma mèche qu'elle releva sur mon front. Puis elle retira sa main avec un naturel tout maternel et dit :

– Je vais vous expliquer ce qu'on va faire. – Elle employa le pluriel de façon déconcertante. – Puisque mon mari a sélectionné deux ou trois candidats, je crois qu'il est juste que j'en fasse autant. Je vous trouve sympathique. Ce soir nous aurons une réunion sur le sujet. – Elle me regarda avec une étrange joie et posa la main sur le bord de la clochette. – Et on sait comment sont les réunions à deux.

Je dus passer des heures à lire et relire le même exemplaire de *Connaissance*, niché sous l'oreiller, avant de retrouver mon calme. Il contenait un article, qu'il me fallut lire deux fois pour commencer à comprendre, sur la fatigue des métaux, un processus qui était illustré par un schéma beaucoup plus obscur que le texte, et que je m'obstinai à déchiffrer comme si ma vie était en jeu, car cette sorte de discipline m'aidait à *faire le point* dans un sens plus général, un point qui incluait, dans mes meilleurs jours, la compréhension de ma place dans la maison, de mon histoire personnelle, ou, par exemple, de la raison pour laquelle papa était parti.

Apparemment, les métaux ont, c'est du moins ce que je compris, une structure à l'échelle macromoléculaire, une espèce de treillis comme celui des cristaux, et les dilatations successives auxquelles ils sont soumis détériorent cette structure. Je ne comprenais pas du tout comment s'opérait cette détérioration, mais l'idée produisit une association immédiate avec mon père ; je ne sais pas pourquoi, ni si la question l'évoquait réellement, ou si n'importe quel sujet aurait pu le faire surgir de la même manière.

Papa, pensai-je, s'était dilaté jusqu'à ce que ça affecte sa structure la plus intime, cet invisible treillis qui le constituait. Je pensai cela sans ressentir le moindre reproche envers lui ni envers ma mère, qui avait pourtant tellement contribué à ces distorsions, comme le soleil dans la dilatation des rails de chemin de fer par une journée de chaleur.

Et j'avais beau essayer d'imaginer une structure similaire chez maman, je n'arrivais pas à me représenter sa structure comme celle d'un métal, mais plutôt comme celle d'un cristal parfaitement régulier, transparent et rigide.

Sous ce discours superficiel bruissait une rumeur très éloignée de mon univers domestique. J'étais sorti ce matin-là disposé à m'intégrer au monde du travail, abordage que je trouvais déjà suffisamment complexe en soi, et j'avais eu la chance de faire une rencontre ambiguë, d'une chaleur rare, qui m'avait à la fois fait plaisir et mis mal à l'aise. Les raisons du plaisir étaient diverses et plus ou moins évidentes, ainsi que je les énumérais : avoir été accepté si résolument, accueilli avec une affection quasi fraternelle, fût-ce à cause d'une coïncidence, avoir eu, en costume-cravate, une conversation d'adultes sans sombrer dans le ridicule, etc. Même la barbe au cours de l'entretien avait cessé de me gêner en favorisant l'association avec ce brave Maximilian, ses vacances au pays basque et la moustache qui s'ensuivit.

Les raisons du malaise, en revanche, étaient un peu plus diffuses et rôdaient autour de moi comme des silhouettes dans une pièce sombre.

Même si je ne jugeais pas comme strictement déplacé ce geste de la patronne de l'hôtel de tendre la main et de relever ma mèche de cheveux, je sentais encore le frémissement qu'il m'avait provoqué et je ne savais pas dire si cette frayeur était due à la soudaineté de son geste ou à un trouble d'une autre nature.

J'avais déjà connu, pendant les vacances, des situations d'une certaine proximité avec des filles. Avec deux pour m'en tenir à la vérité. J'avais eu avec l'une d'elles un bizarre croisement de jambes dans une piscine, une rencontre dont la durée excéda notoirement celle d'une distraction ou d'un accident. Comme j'avais toujours été, d'abord à l'école primaire, puis au lycée, critiqué pour ma lenteur à profiter d'un avantage, je consacrai la plupart des dix longues secondes que dura cet incident à me demander s'il y avait ou non une intention de la part de la fille, qui à l'issue de mes nombreuses réflexions s'éloigna en nageant comme elle était venue, ondoyant du torse et des jambes sous l'eau. Je repensai à elle plusieurs fois avec consternation, puis j'oubliai l'affaire, occupé comme je l'étais par la préparation de deux examens, l'un de géographie et l'autre d'anglais, prévus à la fin de l'été.

L'autre cas avait été plus frontal et laissé une trace plus profonde. Deux semaines après le départ de papa, nous étions partis camper, comme si ma mère cherchait, par cette caricature de vacances, à démontrer que tout allait bien et que la famille resterait unie dans sa laborieuse obstination touristique. Au bout de quelques jours dans cette station balnéaire, j'avais commencé à marcher le soir sur le quai, un long bras de béton armé au bout d'une avenue qui bordait notre camping. Quand le soleil virait à l'orangé, j'allais sur le quai et suivais son rougeoiement jusqu'à ce qu'il disparaisse dans la mer. Ma mère voyait cette habitude comme une manière de fuir mes devoirs scolaires qui, en raison de mon inaptitude pendant l'année, finissaient par envahir l'été. Mais je tenais à ce qu'on me laisse tranquille pendant cette seule heure de la journée, où je contemplais dans un silence absolu la surface hérissée de la mer, les nuages et le disque rouge s'enfonçant dans l'eau comme un poisson, et au bout de deux semaines j'avais fini par obtenir que mes sorties ne soient plus discutées. À ce moment-là, ma mère avait dû revenir en ville pour régler, dit-elle, des affaires relatives à la maison, me laissant pendant six jours la charge du nain, et à son retour j'avais gagné le droit de faire ce qui me plaisait, du moins pour le reste de l'été, car elle donnait l'impression d'être revenue sans forces, absente et sans envie de discuter.

Un soir, une fille passa en bicyclette quatre ou cinq fois derrière moi, toujours dans la direction opposée, avec une insistance que j'attribuai au début à l'agréable brise du crépuscule et à la lumière rosée qui colorait le quai, mais son manège finit par me provoquer une espèce de démangeaison. Sans tourner la tête, j'essayais du coin de l'œil de voir son visage. J'avais lu, je ne sais plus dans quelle publication, que les zones périphériques de la rétine étaient purement référentielles et n'étaient capables d'identifier des objets que sur la base de l'information enregistrée auparavant par le centre de l'œil, mais tournant le dos à la cycliste, je ne me résignais pas à accepter cette incapacité ni non plus à faire résolument et frontalement volte-face, de sorte que je me sentis de plus en plus inquiet, frustré et aveugle par choix, jusqu'à ce que la fille finisse par feindre une chute un peu spectaculaire. Je dis *feindre* parce que l'accident eut la bonne idée de survenir sur un petit talus herbeux au bord du chemin, seul endroit matelassé en vue. Aucun véhicule ne passant par là, qu'elle aurait dû esquiver, et le sol étant régulier, je n'eus pas l'impression qu'elle perdait le contrôle du guidon, mais plutôt qu'elle filait droit sur le talus pour s'y laisser tomber. Mais si tout cela n'avait pas été suffisant, le cri qu'elle lança l'aurait été : un cri, certes sonore, mais sans conviction, sorti de sa gorge sans la moindre surprise, comme si elle l'avait préparé dix mètres avant l'accident. Puis la chute proprement dite, semblable, quand on s'allonge sur l'herbe, à un jour de promenade à la campagne, mais à grande vitesse.

Devant de tels efforts pour entamer un dialogue, je ne pus faire moins que me retourner et poser une question qui me parut de rigueur.

– Tu n'as rien ? lui demandai-je, bien que je l'aie vue s'étendre dans l'herbe comme pour une sieste acrobatique.

– La cheville. Je crois qu'elle est cassée, dit-elle.

Moi, je croyais que la cheville était une articulation et pas un os, qu'elle pouvait se tordre, se fouler ou se disloquer, mais pas se rompre, raison pour laquelle cette imprécision me parut faire partie de la ruse. La fille avait de longs cheveux châtains, le regard fatigué souligné par deux cernes, et un serre-tête en feutre rouge. Elle semblait habillée par ses parents, car sa tenue était celle d'une fillette de neuf ou dix ans, bien que sa poitrine fût gonflée par deux seins petits mais très ronds. L'attitude qu'elle avait eue en tombant et sa réponse reflétaient une résolution attendrissante, comme si elle s'était préparée toute l'année à aborder à tout prix un garçon pendant l'été, et sentait, maintenant qu'elle avait employé l'astuce consistant à tomber de vélo, que toute la scène était plus ridicule que prévu, mais qu'il ne lui restait plus qu'à jouer son rôle jusqu'aux dernières conséquences et à affronter ses possibles imprévus.

– Tu vas pouvoir te relever ? dis-je pour prolonger la conversation.

– Je ne sais pas. J'ai peur d'avoir mal.

Je fis un pas vers elle. Je remarquai ses sourcils fournis et charismatiques. J'hésitai un instant à lui tendre la main, geste que je trouvai presque scandaleux, mais je me dis qu'elle en avait quand même déjà beaucoup fait en se jetant par terre. Je tendis mon bras vers le sien en deux mouvements successifs et brusques, comme dépliant un parapluie ou une chaise longue, trahissant par ma gaucherie l'indécision qui avait précédé cet accès d'audace.

Elle me prit la main le temps nécessaire pour se relever et une demi-seconde de plus. Puis elle la lâcha, chassa quelques brins d'herbe sur ses épaules et regarda sa cheville en penchant la tête de côté.

– La cheville, ça va, maintenant que je suis debout, dit-elle enfin.

– Fantastique ! m'exclamai-je, en le regrettant aussitôt. Ce mot était disproportionné par rapport à la réalité de la situation. Mais elle sembla trouver mon enthousiasme amusant car, tout en s'efforçant de maintenir un certain climat de douleur, elle eut un petit sourire et dit :

– Oui, c'est fantastique. Merci, je m'appelle Amelia.

Son prénom me parut suffisamment vieillot pour que je puisse lui dire le mien sans en rougir, mais je préférai malgré tout rester silencieux. Son visage exprimait une intense récapitulation mentale, comme si elle observait un défilé parcourant son esprit. Je me demandai un instant si la chute n'avait pas été plus réelle qu'elle n'avait paru et si cette expression de douleur n'était pas, en effet, liée à sa cheville. Je regardai sa tête et ses cheveux. Le serre-tête de feutre rouge était sans doute un cadeau de sa mère. Seul quelqu'un d'obstiné à freiner à tout prix la croissance de cette fille avait dû l'obliger à porter cette espèce de couronne. Elle avait l'air étrangement angoissée, comme dans l'attente de la fin imminente de quelque chose.

Je ne sais pas comment, en la voyant ainsi, je réussis à parler.

– Je viens tous les soirs sur le quai.

– Ah, fit-elle, en fronçant encore plus les sourcils. Puis un silence gênant s'installa entre nous et elle remonta lentement sur sa bicyclette. Elle semblait éprouver une grande déception.

– Demain, je viendrai sans doute, ajoutai-je en un dernier élan d'audace.

– On a une jolie vue... depuis ce quai. – Elle était déjà assise sur la selle et étirait alternativement les pieds pour rester verticale, tandis que ses yeux parcouraient le quai d'un regard attristé. – Je m'en vais demain, c'est vraiment dommage. Je suis avec mes parents.

– Ah, quel dommage.

– Sinon, je serais venue...

De façon soudaine et inexplicable son visage s'empourpra et commença à se déformer par un froncement général des sourcils, des yeux et du menton. Elle prolongea ce rictus pendant quelques secondes muettes avant d'éclater en sanglots, puis elle ouvrit les écluses de ses yeux comme s'ils débordaient. Elle porta une main sur son visage et de l'autre se débarrassa d'un geste de son serre-tête : elle donnait l'impression d'avoir résisté toute la journée à l'envie de se libérer de cette tenaille et avait enfin trouvé le courage d'y céder. Ses cheveux se défirent en désordre. Une mèche fut entraînée par le serre-tête et resta dressée comme une espèce de grue. De la main qui couvrait son visage je vis s'échapper deux larmes, l'une coulant de la joue jusqu'au menton, l'autre jusqu'aux veines du cou. J'observais cet effondrement soudain sans rien comprendre, ni la raison des sanglots ni le choix de l'interlocuteur, et surtout sans comprendre le moment choisi pour cette violente cataracte. Je me demandai de nouveau si sa cheville n'était pas vraiment foulée, bien qu'Amelia se tînt parfaitement debout, s'aidant de ses pieds sans douleur apparente pour maintenir la bicyclette. Mais bientôt cette curiosité pour la cause de sa réaction céda la place à une étrange empathie. Je sentais ses sanglots m'émouvoir peu à peu et en la regardant ainsi affligée, je me mis à éprouver une peine gigantesque, qui finit par être aussi profonde que la sienne et à me faire oublier toute explication concernant sa cheville ou sa chute. Après tant de sanglots, la congestion nasale l'obligea à sécher son nez d'un revers de manche, laissant sur le tissu des marques visqueuses bien visibles, qui la firent sangloter de plus belle avec une tristesse accrue.

Ses pleurs avaient une force communicative que sa conversation n'avait pas laissé voir jusque-là, une capacité à projeter sa peine directement au centre de la mienne et à la solliciter comme une vieille amie. Je regardai ses pieds une dernière fois. Je sentis tout à coup que j'allais moi aussi fondre en larmes. Elle tendit lentement un bras vers moi, me saisit un biceps presque au niveau de l'aisselle et s'y agrippa comme si elle n'allait jamais me lâcher. Je levai mon bras libre et l'attirai vers moi, plaçant son nez près de ma clavicule. J'avais les yeux irrités et rougis. Je me demandai pourquoi diable j'allais me mettre à pleurer. Au bout d'une minute, je conclus que le départ de papa et ces vacances lamentables que nous avions passées comme de pitoyables réfugiés sur la côte constituaient un motif suffisant pour me laisser aller à quelques larmes discrètes. Mais cela n'expliquait pas pourquoi je ressentais soudain ce lien profond, ancien, avec cette *Amelia* inconnue et presque encore une enfant. Rien, excepté la décrépitude de nos prénoms, ne suggérait qu'elle et moi avions quelque chose en commun, et pourtant ses hoquets me faisaient souffrir, comme si à cet instant ils pesaient plus que tous les événements passés et présageaient la noirceur de ceux à venir. Qu'elle soit juchée sur une bicyclette et moi debout créait un malaise particulier, car cela n'aidait ni à la logistique des pleurs ni à une éventuelle consolation. Je cessai de penser aux raisons de sa tristesse et je découvris alors ce qui rendait ses sanglots si vastes et habitables ; à mesure que je lui touchai doucement la tête, je perçus qu'elle pleurait pour le même motif que moi : pour rien. Absolument rien. Ce rien qui la faisait pleurer était donc illimité, aussi y étais-je inclus, me sembla-t-il. Je n'avais jusque-là jamais serré une femme dans mes bras, à l'exception de ma mère ou de ma tante handicapée, et toucher maintenant une fille d'un ou deux ans de moins que moi me donnait l'impression d'entrer en contact avec une autre espèce, une espèce pour laquelle faire la cour consistait, comme chez les chats, à gémir et à pleurer. Je la pressai brusquement contre moi de façon si étrange et fébrile qu'elle faillit tomber de sa bicyclette.

Ma soudaine frénésie sembla l'effrayer. J'étais moi-même surpris de ma conduite, si étrangère à ma retenue habituelle. Elle leva subitement une main comme pour me repousser, l'agita sans raison apparente et la reposa sur le guidon. Puis elle posa un pied sur la pédale et de l'autre prit soudain de l'élan en s'appuyant sur le talus herbeux qui lui avait servi de lit quelques minutes plus tôt. Et elle se mit à pédaler, en passant son avant-bras sur ses yeux pour sécher ses dernières larmes. Elle tourna la tête par-dessus son épaule et me regarda pour la dernière fois, puis elle s'éloigna rapidement sur l'avenue qui longeait la côte, où je la vis disparaître dans un virage bordé de falaises. Je ne l'ai jamais revue. Pendant le reste de l'été, puis tout l'automne, j'ai souvent pensé à elle. Pour une raison que j'ignore, me revenait mille fois en mémoire l'instant où elle s'était libérée de son serre-tête, comme si ce geste-là, plus que l'étreinte, avait déclenché mon élan de solidarité.

Maintenant que dans mon lit je me remémorais ces deux rencontres, il me restait encore la sensation d'avoir parlé avec mon corps une langue dont je ne comprenais toujours pas les mots qui la composaient, et d'avoir pu l'articuler quelques instants seulement par pur hasard, comme ces personnes qui parlent en rêvant et dont le témoin de leurs murmures reconnaît des mots latins ou quechuas.

Cette sensation d'étrangeté avait aussi dominé l'entretien du matin, nimbant son souvenir d'une auréole d'irréalité. Avait-elle vraiment touché ma mèche de cheveux ? Oui, elle l'avait fait. Et pourtant, je revoyais toute la scène comme un rêve, sensation accentuée par une série de négligences : je n'avais pas demandé son nom à la dame de l'hôtel, ce qui la faisait apparaître comme une espèce de bienfaitrice anonyme ; je n'avais pas non plus demandé le montant du salaire, troublé ou intimidé que j'étais par son discours humanitaire sur le *péjoratif* et les *employés*, et je ne savais pas pourquoi il ne m'avait pas été possible de voir son mari et pourquoi mon cas devait être traité par l'intermédiaire de sa femme. De toute façon, *ce moment-là*, celui de ma mèche de cheveux se dressant comme en lévitation, opacifiait tout autre souvenir de la matinée, me donnant l'impression pénible que la conversation, l'emploi, le costume en velours et la cravate n'avaient été qu'un simple prétexte pour donner lieu à ce geste.

Je me levai du lit et allai devant la commode où le miroir me renvoya une image dégradée de mon visage, dont la pâleur habituelle semblait avoir viré au vert, comme si j'étais sur le point de m'évanouir. Pourtant, grosso modo je me sentais bien et malgré mon estomac vide j'éprouvais une curieuse placidité comme si je venais de terminer un dîner somptueux. J'observai de nouveau ma barbe : je décidai de me raser aujourd'hui même. Mais j'attendrais que ma mère soit sortie faire les courses, pour ne pas lui donner la satisfaction de me voir capituler. Je haussai la tête jusqu'à ce que mes yeux abandonnent le miroir et qu'il ne reste sur la surface étamée que la partie inférieure de mon visage, le nez élargi ces deux dernières années comme un soulier déformé par l'usage, la bouche mordant la lèvre inférieure et cette barbe qui me salissait le menton comme une traînée de suie. J'avais apparemment cessé d'être un enfant depuis cinq minutes, ce que trahissaient discrètement cette espèce de masque sur le visage, la chemise que je n'avais pas encore ôtée et les dix ou douze centimètres gagnés ces deux dernières années.

De même que le matin précédent, j'avais une sensation d'imminence, comme si ce long passage en revue de souvenirs était le prélude à une autre de mes illuminations où l'expérience de la matinée catalysait une découverte aiguë et essentielle. J'ouvris l'armoire, écartai des revues empilées sur des pantalons et mes yeux s'arrêtèrent sur mes flacons d'échantillons. Dans un bocal, qui avait contenu des pêches au sirop, il y avait une mante religieuse séchée au soleil, la tête inclinée de côté et les pattes pliées comme pour prier. Un petit flacon de cachets d'aspirine recelait un papier de tournesol dont la couleur avait viré en réaction à un pH alcalin. J'ouvris une boîte de camembert, en bois tourné à la vapeur, et examinai deux cristaux, l'un d'acétate cuprique et l'autre d'alun, tous deux cultivés deux ans plus tôt dans un ballon sursaturé. Celui d'alun était un parfait icosaèdre et en le touchant je me rappelai mon émotion à le voir se former peu à peu, comme obéissant à un ordre explicite, et ma surprise finale devant sa parfaite régularité.

Je fermai les yeux et fronçai les sourcils : si une illumination devait couronner la journée, je devais l'aider à venir. La pression sur mes paupières provoqua sur la rétine l'illusion de recevoir une fausse lumière, une lumière indéfinie née justement du froncement de sourcils. J'aimais créer dans les yeux cette espèce de feu de Bengale et l'observer, en supposant que suivre attentivement ses modulations était une façon de me pencher sur ce territoire inconnu qui s'étendait derrière mes yeux, là où le nerf optique conduisait au redoutable *moi*.

J'observai ainsi une longue minute les métamorphoses de cette forme blanche et rouge, comme on tente de comprendre le comportement d'un animal dans la forêt, en se postant avec des jumelles derrière un talus. Il y eut un moment une forme coralline ondoyant sous l'effet de forts courants. Puis une longue limace. Une chenille. Une planaire. Une paramécie. Un oursin avec des piquants semblables à des éclairs. Dans leur brève fulguration, tous ces animaux étaient Máximo Seigner transfiguré. Ces formes naissaient de moi.

J'ouvris les yeux et revins à mon étagère d'échantillons. Sur les flacons stagnait encore cette forme organique comme un voilage blanchâtre sur mon champ visuel. Je me tournai vers le lit. Sur les draps, l'exemplaire de *Connaissance* était encore ouvert à la page de ce fichu article consacré aux métaux. C'était pénible... toute cette histoire de fatigue... le monde était compliqué.

Soudain j'entendis un éclat de rire. J'eus l'impression que c'était ma mère. Je ne savais pas qu'elle était à la maison. Je croyais qu'elle était allée accompagner le nain chez Ricardito, son ami et serviteur, et qu'elle ne reviendrait pas avant d'avoir couvert de compliments son fils devant la mère de ce malheureux. Je m'immobilisai un instant et tendis l'oreille. Il y eut un bref silence puis un autre rire entrecoupé, comme si maman l'étouffait en posant sa main sur la bouche. Je me demandai qui était avec elle, car le rire venait de sa chambre et on n'entendait ni la radio ni la télévision.

Je m'approchai à pas feutrés de la porte de ma chambre. Je ne savais pas très bien ce qui motivait cette précaution. Je pensais qu'en général le rire de ma mère n'exprimait jamais une joie authentique mais plutôt un enthousiasme laborieux et didactique, mais qu'en revanche, celui qui me parvenait maintenant, entrecoupé, suggérait un plaisir malicieux, juvénile. Si bien que je ne me sentais pas en train de me déplacer dans l'appartement de ma mère, qui était aussi mon foyer, mais plutôt de m'approcher de la chambre d'une fille inconnue, dont le rire ressemblait au sien.

Dans le couloir, je fis cinq grands pas sur la pointe des pieds jusqu'à atteindre la poignée de la chambre de maman. Je restai là, en silence, indécis ; je n'aimais pas l'idée de l'espionner, ni de coller mon oreille à la porte, j'hésitai entre faire irruption dans sa chambre ou retourner dans la mienne, deux possibilités que, par couardise, je repoussai une longue minute, pendant laquelle mes yeux finirent par se poser sur une gravure encadrée au bout du couloir, représentant Marie et Joseph à dos d'âne sur le chemin de Bethléem. Il me sembla que le graveur avait donné la même expression aux yeux des trois et je me demandai si cette exaltation de l'âne était intentionnelle ou si elle s'expliquait par un déficit général d'observation du monde animal qui m'avait toujours indigné chez les adultes.

Pendant que je me posais un peu machinalement cette question, le rire de maman fusa de nouveau, cette fois accompagné par un craquement du lit, une brève mais très nette plainte du sommier, comme si les lattes avaient accusé le poids d'un corps qui se redressait ou s'asseyait brusquement.

Je ne sais comment, mû par une sorte de courage inconscient, j'ouvris la porte d'un seul coup, laissant ma main posée sur la poignée et la moitié supérieure du corps penchée en avant, faisant intrusion dans la chambre.

Assis sur le lit, maman et l'oncle Marcos avaient un sourire jusqu'aux oreilles. Bien qu'il n'y eût rien de strictement lascif dans le regard de l'oncle ni non plus d'*incorrect* dans leur position, je perçus qu'ils se sentaient interrompus, car leur sourire s'évanouit instantanément.

– Qu'est-ce qui se passe ? demanda maman.

– *Comment ça*, qu'est-ce qui se passe ? demandai-je à mon tour sur un ton suspicieux et un rien énervé.

– Eh bien, tu entres en trombe et tu restes planté là, avec cet air effaré, dit-elle en souriant comme si l'élément suspect c'était moi et non pas eux.

L'oncle Marcos tenta lui aussi un vague sourire, n'aboutissant qu'à un réel tremblement de la commissure droite. J'eus l'impression, même s'il s'efforçait de le dissimuler, qu'il regardait ma barbe.

Parmi les nombreuses affaires que papa n'avait pas emportées dans sa fuite, il y avait un vieux blaireau au manche en bois, frappé d'un croisement d'initiales gravées au poinçon : *LS*, pour Leopoldo Seigner, un prénom qui partageait avec le mien cette sonorité d'antiquaille oubliée dans un marché aux puces.

Je le pris dans la main droite et passai les poils sur la paume de ma main gauche. Bien que n'ayant jamais tenté la manœuvre, il m'était arrivé plus d'une fois de m'asseoir près de papa pour le regarder verser de l'eau savonneuse dans un bol et la battre comme s'il s'agissait d'un œuf, jusqu'à obtenir une espèce de meringue dont il s'enduisait du cou jusqu'aux pommettes. Voir la lame du rasoir monter et descendre lentement sur son visage était comme assister au rituel d'une sorte d'art martial, et tout en observant ces gestes je m'étais promis, bien qu'appartenant à la génération des rasoirs jetables et de la mousse en bombe, d'essayer un jour cette méthode ancestrale, quelles qu'en soient les conséquences.

J'ouvris l'armoire de rangement et y pris le bol nacré, une sorte de sphère tronquée au bord arrondi, et y frottai du savon dans le fond. Je traçai la lettre *o* avec la pâte verdâtre du savon et ouvris le robinet d'eau chaude, juste assez pour qu'il goutte sur le savon et l'humidifie. Après quoi je commençai à touiller la pâte avec le blaireau. J'essayais de réaliser l'opération avec les mêmes gestes mécaniques que mon père, comme si mon esprit était occupé par ses problèmes, plus graves ou plus sérieux que les miens : élever deux enfants, faire vivre une famille, projeter de l'abandonner. Mais la vérité était que, dans mon cas, la fabrication de cette mousse mobilisait presque toute mon attention et j'avais beau tenter accessoirement de comparer l'épaississement de la substance visqueuse avec le procédé de conversion sol-gel, je n'arrivai pas à détacher mon esprit de ce que je faisais.

Je crois que l'un des intérêts de ma tentative de rasage au blaireau et au rasoir de papa était de comprendre que mon hésitation sur la *question de la barbe* comportait alors une pointe de défi, car me voyant avec les instruments du déserteur à la main, maman n'oserait pas complimenter mon nouvel aspect. C'était du moins ce que je pensais. La mousse finit par acquérir une densité de meringue et j'entrepris de m'en appliquer sur le menton en remontant sur les joues. Puis je m'en couvris le cou, même s'il n'y avait là pas grand-chose à raser. J'étais enchanté par l'idée de faire ainsi quelque chose de bien, d'accomplir cette tâche comme si c'était une mission dont dépendait une promotion, une décoration ou, plus précisément, un surcroît d'honneur.

Je finis de me barbouiller le visage de cette barbe blanche, posai le blaireau dans le bol et me regardai quelques secondes dans le miroir. Le fait est que, couvert de mousse, je n'étais pas radicalement différent de papa. Quelques centimètres de plus, un visage plus rond et quelques rides autour des yeux qui perçaient maintenant sous ce masque savonneux et j'aurais pu être M. Seigner en personne, de retour au foyer familial comme s'il ne s'était rien passé et tout prêt à faire disparaître de mon visage les traces de ma fuite à l'aide de ce rasoir et d'un peu d'eau. Je fronçai les sourcils comme il le faisait : la ressemblance était étonnante.

Puis je sentis qu'il y avait de l'usurpation dans ma tentative de lui ressembler, une dépossession perverse, analogue à celle que l'oncle Marcos orchestrait lentement, et je décidai alors de reprendre mon vieux regard craintif, avec le battement des paupières, les yeux sautant d'un endroit à l'autre comme ceux d'une souris, et de nous laisser ainsi, mon père et moi, tous deux tranquilles. J'ouvris la porte de l'armoire et cherchai le rasoir. Je le croyais dans un étui de plastique noir à côté des médicaments, mais quand je l'ouvris, l'étui était vide.

Je fixai l'objet un instant, stupéfait. Qui avait été capable de prendre ce rasoir et, surtout, pourquoi ? Le nain était encore loin de pouvoir se raser, et même si je l'avais parfois vu se livrer à de barbares vivisections de chenilles, qui se terminaient en général par une horrible bouillie de sucs verts et d'organicules sur un bout de carton, je ne l'imaginais pas osant pratiquer ce rituel avec le rasoir de papa, car le poids spirituel de ces étripages se serait alors accru jusqu'à l'intolérable, y compris pour un esprit froid et criminel comme le sien. On pouvait aussi penser qu'il avait pris le rasoir pour le cacher dans ses affaires comme un souvenir, car les photos de papa se faisant rare, son image pouvait s'estomper dans cet esprit sauvage mais infantile, et peut-être avoir besoin d'un ancrage matériel pour ne pas disparaître complètement. J'imaginai un instant le nain s'endormant avec le rasoir dans la main et j'eus presque un accès d'attendrissement, une lueur de son opaque monde sentimental. Puis je me regardai de nouveau dans le miroir, rivai mes yeux sur ce revêtement mousseux que je portais sur le visage, et je me sentis soudain comme une fiancée abandonnée devant l'autel, dans sa robe blanche, victime d'une longue et fréquente tromperie. J'ouvris la porte et m'écriai :

– Eh ! Le nain !

De longues secondes s'écoulèrent sans réponse. Furieux, je me dirigeai vers sa porte fermée. Je l'ouvris avec un zèle policier et scrutai un recoin à la recherche de l'accusé. Derrière son lit, accroupi sur la moquette, il levait à cet instant un âne en plastique que lui avait envoyé ma tante impotente à la fin des classes, comme un prix immérité pour ses remarquables notes scolaires. Je vis ses yeux presque purs, cloués sur ceux du petit âne, et je faillis un instant croire comme tout le monde qu'Ernesto Seigner était un enfant. Puis il se tourna et me dévisagea de ce même regard, sans la moindre variation, avec lequel il observait son jouet.

– Où est le rasoir de papa, celui de l'étui noir, dans l'armoire de la salle de bain ? lui lançai-je avec violence. Il cligna lentement des yeux.

– Quoi ? – Cette ruse lui faisait toujours gagner quelques secondes.

– Tu as parfaitement compris !

– Tu es plein de mousse, dit-il en souriant. Et là, je le vis prendre sa respiration et s'écrier : maman !

Je ne compris pas pourquoi il avait crié, car je ne l'avais pas encore pris par le cou, le moment qu'en général il attendait pour commencer à brailler.

– Maman ! s'écria-t-il de nouveau, cette fois à tue-tête. J'entendis un claquement de talons qui s'approchait puis je la vis s'encadrer sur le seuil d'un air vivement contrarié.

– Qu'est-ce qu'il y a ? demanda-t-elle en s'apprêtant à arbitrer le différend en faveur du *plus faible.*

– Rien, répondit le nain avec un sourire presque marital. Rien de mal, je veux dire. Bonne nouvelle, notre Máximo a décidé de se raser et veut se servir du rasoir de papa.

Il avait emprunté cet idiotisme, *notre Máximo*, à une série télévisée dans laquelle les maîtres de maison, un couple de détectives, appelaient ainsi leur majordome : *notre Jarvis.* Maman adorait, cela lui faisait croire que le nain me tenait en très haute estime. Il aurait été trop long et fastidieux de lui expliquer le côté vexant de l'expression, de sorte que je ne la relevais jamais en public pour ensuite, en privé, gratifier le nain d'une calotte sur la tête sans raison apparente.

– Ah, très bien, dit-elle avec satisfaction. Tu seras beaucoup plus *joli.* – Comme je détestais l'écho de ce qualificatif appliqué à un garçon ! Elle le savait très bien, je lui avais déjà dit cent fois que je n'étais pas un chérubin auquel correspondait cette *joliesse* ! Et pourtant, il était évident qu'elle le disait avec une satisfaction légitime, heureuse d'anticiper que je serais *joli* après m'être rasé, mais comme dans mon indignation il y avait aussi une nuance de plaisir filial, je décidai une fois de plus de rester silencieux.

– Le rasoir, le rasoir… répéta-t-elle pour elle-même, cherchant dans les archives infinies des détails domestiques. – Puis ses yeux s'allumèrent comme ceux d'un chien qui a trouvé un bâton. – Oui, je sais. Marcos l'a pris parce qu'il voulait un souvenir de son frère.

Que signifiait donc de dire ainsi *Marcos*, sans mettre devant le mot *oncle* ? Et de quel droit avait-il pris ce rasoir ? Que voulait-il en faire, parler à la lame comme il n'avait pas parlé à papa pendant des années ?

– C'était un souvenir à moi ! m'exclamai-je presque en pleurant.

– Máximo, personne ne pensait que tu voulais t'en servir. Je crois qu'il y a plein de rasoirs jetables dans l'armoire de la salle de bain.

– Mais c'était un souvenir ! recommençai-je à gémir.

J'imaginai alors le spectacle que j'offrais, piaillant comme une mouette, le visage couvert de cette barbe blanche de père Noël domestique, et un instant je faillis rire de mon malheur, mais je me retins à temps car cela aurait gâché mon interpellation du nain, qui tombait déjà assez mal.

Le téléphone sonna et le nain regarda vers le salon d'un air consterné, sachant que dès que maman aurait quitté le couloir j'allais lui secouer les puces. La sonnerie retentit une deuxième fois et maman hésita à aller répondre ou à m'en charger. Pour l'en dissuader, je lui indiquai la mousse sur mes joues qui aurait complètement barbouillé le téléphone. Elle soupira et s'éloigna vers le salon, et moi je m'approchai du nain en souriant.

– Te voilà seul, maintenant, avec notre Máximo.

J'aurais aimé le voir trembler à mon approche, comme un oiseau en vol percevant l'ombre d'un faucon. Mais il me regarda dans les yeux et dit :

– Tu vas me frapper parce que Marcos a pris le rasoir ? – Je pressentais qu'en n'employant pas, lui non plus, le mot *oncle*, tout le tableau de mes affects allait être exposé dans la conversation comme dans une espèce de vitrine. Je le regardai indigné et serrai un poing. J'entendis les talons pressés de maman dans le couloir et, me retournant, je la vis s'approcher avec un air mystérieux et fébrile.

– Máximo ! siffla-t-elle entre les dents, avec sa façon si scolaire et criarde de confier un secret… Máximo ! Une certaine Mme Badembauer te demande. Je crois que c'est le nom qu'elle m'a donné, Badembauer, elle veut te parler… Qui est-ce ?

– Badembauer ?

Je parcourus intérieurement la liste limitée de mes connaissances, mais après un passage en revue hâtif et nerveux, je ne pus associer ce nom qu'à celui d'un naturaliste allemand qui avait, au début du siècle, classifié les coléoptères américains en dix espèces. Et à personne d'autre.

– C'est ce qu'elle a dit… – Maman pointait l'index vers le téléphone comme si c'était l'appareil qui demandait à s'entretenir avec moi.

J'allai au fond du couloir et vis le combiné décroché en position d'attente. Je le pris et appliquai mon oreille, laissant seulement un bord en contact avec ma tête et maintenant le reste le plus loin possible de la mousse à raser, ce qui m'obligea à former avec mon bras un angle un peu simiesque. Mais le micro se trouvant ainsi trop éloigné de ma bouche, je dus parler en criant un peu.

– Allô !

– Máximo ? demanda une voix. Il me fallut deux secondes pour la reconnaître.

– *Lui-même*, répondis-je en copiant une expression de mon père, qui me plaisait pour son côté majestueux, parler de soi à la troisième personne.

– Ah ! Je suis Camila Badembauer. Nous avons parlé hier de la possibilité d'un emploi à l'hôtel. Je voulais vous dire que j'ai finalement convaincu mon mari de vous donner le poste.

Je ne sus pas quoi répondre. Je restai un instant silencieux, en essayant de me représenter leur conversation, elle plaidant pour un candidat qu'il n'avait pas eu l'occasion de rencontrer et le défendant comme *son* préféré à cause du seul écho de son prénom. Je pensai qu'à la place du mari, j'aurais dit non, ou en tout cas j'aurais au moins accepté d'accorder un entretien à ce garçon au prénom évocateur, mais jamais je ne lui aurais donné le poste aussi facilement, et j'imaginai alors M. Badembauer, s'il s'appelait ainsi, comme un homme faible et malléable, auquel cette femme gigantesque et énergique pouvait imposer sa volonté sur cette question et toutes les autres.

– Allô ? fit-elle de nouveau.

– Oui, je suis là, répondis-je tout étourdi.

– Ah, je pensais qu'on avait été coupés...

Mon esprit battait la campagne. J'imaginais le directeur de l'hôtel en train de lire la pauvre liste de renseignements sur laquelle ce matin-là j'avais noté, encore chamboulé par le geste déplacé de sa femme avec ma mèche de cheveux, que mes passe-temps favoris étaient la philatélie, l'entomologie et la *culture générale*. Comme j'aurais aimé pouvoir effacer cette bêtise ! Je savais maintenant que M. Badembauer avait, pour faire plaisir à son épouse, accepté de recruter un jeune homme qui mentionnait la culture générale dans la liste de ses passe-temps, et qu'il allait guetter chaque occasion d'identifier de nouvelles et insoupçonnées marques de cette bêtise dans mon travail quotidien. Je savais que dans chacune de mes futures maladresses, quand je lancerais une phrase déplacée à un client, quand je laisserais tomber une valise dans l'escalier, quand je renverserais un verre sur le revers d'un client pendant le petit-déjeuner, bref, chaque fois que mon incompétence se manifesterait, il se tournerait vers sa femme, sans un mot, et hausserait les sourcils, vindicatif, comme pour lui signifier *je te l'avais bien dit.*

– Non, je pensais simplement que vous aviez dû vous donner beaucoup de mal pour moi, dis-je sans savoir pourquoi.

Elle marqua une longue pause à laquelle je ne m'attendais pas et finit par répondre sobrement :

– Non. – Puis elle soupira. – Faisons une chose, venez demain pour essayer l'uniforme et, s'il vous va, vous pourrez faire la matinée et la nuit, car justement l'employé du soir est absent et nous avons besoin de quelqu'un à ce moment-là. Cela vous convient ?

– Ah… Oui. Non… oui, ça me convient très bien, oui, je répondis en bredouillant lamentablement.

– Alors, à demain, dit-elle.

– À demain, répétai-je comme un somnambule.

Elle raccrocha et je me tournai vers ma chambre sur le seuil de laquelle je vis ma mère qui câlinait amoureusement le nain, lequel tendait les bras vers son cou presque avec désespoir.

Qu'est-ce exactement que la loutre ? Elle ondule comme la martre ou le furet, mais la forme de sa tête et son comportement aquatique l'éloignent nettement des mustélidés. Par ailleurs, elle a l'agilité natatoire du phoque, la capacité de nager sous l'eau et il en existe même une espèce marine, mais la présence d'une queue et de pattes définies et terminées par des doigts l'écarte des pinnipèdes. Que diable est donc la loutre ? Il y avait une espèce qui me venait à l'esprit et dont j'avais le nom sur le bout de la langue depuis une bonne demi-heure, un nom qui évoquait toujours le mot *otter*, loutre en anglais. Bien sûr, me lever du lit et ouvrir le volume correspondant de la collection du *Trésor de la jeunesse* aurait résolu le problème, mais l'impression que je connaissais la réponse, même si pour l'instant je ne pouvais la formuler, m'obligeait à me triturer les méninges avec une fureur croissante, tout en restant plongé dans une quiétude obstinée.

En général, je détestais cette sorte de recherche lexicale, la chasse d'un terme qui s'enfuit en présence du regard intérieur et se réfugie dans un recoin, mais en l'occurrence cette recherche infructueuse servait à masquer une inquiétude beaucoup plus sérieuse et exaspérante, l'incertitude face aux événements qui allaient se dérouler le lendemain matin, lorsque j'entrerais dans cet hôtel, cette fois comme employé. Plusieurs images venaient m'angoisser chaque fois que la question de la loutre s'éloignait : la première était l'uniforme que j'allais devoir essayer sur place, et qui ne cessait de se déplier sous mes yeux, dans de nombreuses versions possibles, et, pire encore, que je ne pouvais m'empêcher de voir sur moi comme une enveloppe de mon squelette. Les uniformes ne sont jamais dessinés en pensant à des corps qui sont en pleine croissance, comme le mien, par bonds irréguliers et disproportionnés. J'imaginais avec consternation le moment où mes jambes enfileraient leur néandertalesque courbure dans le pantalon, qui serait, comme celui de tous les grooms, flanqué de passepoils des chevilles jusqu'aux hanches, placés là, ô ironie, pour suggérer sveltesse et célérité du service. La veste, s'il y en avait une, s'arrêterait à hauteur des reins comme celle des toreros, zone qui se prolongeait dans mon dos comme un ravin insondable jusqu'à un lointain et occulte coccyx. Et enfin, le calot, que j'avais vu sur la tête des grooms dans des films ou des séries télévisées, me rendrait ridicule, fût-il confectionné par le prince des tailleurs et à ma taille exacte, car il n'y a aucune manière élégante de porter un de ces absurdes bonnets.

La deuxième question était celle du fameux service de nuit, détail que je n'avais pas mentionné à maman en raccrochant, et dont je ne voyais pas l'intérêt de parler maintenant, du reste je ne trouvais pas les mots pour cela. Je pensais que le mieux était peut-être d'attendre le matin, de passer la pénible épreuve de l'essayage de l'uniforme à l'hôtel et de téléphoner à ma mère pour l'informer de mes débuts nocturnes comme si je venais juste de l'apprendre. Je savais cependant que cet horaire n'allait pas lui plaire du tout, car une chose est d'avoir un fils qui travaille dans un hôtel, une autre est de le savoir éveillé jusqu'à l'aube pour s'occuper du genre de clients qui entrent et sortent d'un hôtel à ces heures-là. Aussi craignais-je qu'une fois ma parole engagée, ma mère, alarmée, m'interdise de la respecter, et que je doive me livrer à de maladroites contorsions verbales pour expliquer mon impossibilité d'accomplir ma première tâche professionnelle.

J'essayai de consacrer un dernier instant au problème de la loutre et de sa classification. La loutre a des moustaches introuvables dans le reste du monde animal, à mi-chemin de celles d'un félin, d'un rongeur ou d'un phoque. Et ces doigts capables de manipuler des huîtres, de les ouvrir et même de les frapper à l'aide d'une pierre si la situation l'exige. Bien sûr, la loutre n'est pas un mustélidé. Ah, comme je détestais l'idée d'impliquer ma mère dans cette histoire du service de nuit ! Elle avait favorisé avec enthousiasme mon départ du foyer familial, mais maintenant que cet éloignement menaçait de me soustraire à son influence, elle allait y faire toutes sortes d'objections, et ce stimulant initial de la recherche d'un travail, celui de faire de moi un héros, courait le risque de se perdre pour toujours.

Je me redressai sur mon lit et scrutai le dos des volumes bien rangés du *Trésor de la jeunesse*. La vérité était là. La loutre cachait son genre et son espèce dans certaines de ces pages. Et pourtant, quelque chose m'obligeait à rester assis. Je me demandai si la distance qui sépare un adolescent d'un adulte équivalait à ces quelques mètres qui séparaient le lit de la solution de mes doutes au sujet de la loutre. Si j'avais cinquante ans, me dis-je, il y aurait déjà une demi-heure que je serais en train de lire un article bourré de références sur la vie et le comportement de la loutre, avec une illustration détaillée et signée Haeckel, une carte de son habitat dispersé et un panorama précis de sa branche dans l'arbre des mammifères. Puis je me rappelai les plaisanteries lourdes et répétitives de l'oncle Marcos, son insistance têtue à se dire *administrateur*, le brouillard dans lequel maman avait enveloppé le départ de papa et son joyeux acquiescement au destin, et je considérai alors qu'être adulte consistait plutôt à rester toujours au lit, sans franchir la distance qui nous sépare de la certitude, mais sans le savoir.

Je tendis l'oreille. Venant du bout du couloir, on entendait la télévision qui passait une publicité pour lubrifiants.

– Maman ! m'écriai-je sans réfléchir. L'annonce publicitaire s'acheva sur un air de fanfare. Puis on entendit le générique de "La question à un million", l'émission préférée de papa. J'eus envie d'aller au salon pour voir si maman la regardait ou si la télévision lui servait de toile de fond à une autre activité, comme coudre ou écrire son journal intime. Je me levai, chaussai mes pantoufles à carreaux et sortis de la chambre.

J'entendis la voix de l'animateur du jeu entamer "La question à un million" par la pompeuse présentation d'une jeune candidate, dont je ne retins pas le nom. J'arrivai au salon et regardai le dos de maman. Elle avait la tête penchée en avant, le front appuyé sur la main, comme si elle somnolait. J'avançai à pas feutrés par crainte de la réveiller. Quand je pus la voir de profil, je découvris le brillant de ses yeux rivés sur l'écran du téléviseur, deux larmes qui gonflaient au bord de ses paupières et le sillage argenté laissé sur ses joues par d'autres larmes qu'elle avait déjà versées. Elle regardait droit devant elle, sachant pourtant que j'étais là, pour s'épargner la désagréable explication de ses pleurs. Cette façon de rester muette me parut encore plus amère que le spectacle de ses larmes.

Je restai immobile sans rien dire. Puis j'allai à la cuisine et pris une banane dans la corbeille à fruits. Elle avait cette odeur piquante que dégagent les bananes quand elles commencent à se gâter. Je fis assez de bruit pour finir par alerter maman de ma présence et lui permettre de se ressaisir sans qu'elle se sente surveillée. Je pensai au dernier examen que je devais passer avant la fin de l'été, une épreuve de philosophie, dont je n'avais pas voulu me soucier jusque-là. Anomie et désagrégation sociale selon Durkheim et Merton. Max Weber et un certain Jaspers. Des noms que je n'avais entendus que de la bouche de mon professeur, une vieille, massive et lente, à la voix traînante et inaudible, qui exigeait de tendre au maximum l'oreille, effort inutile dans cette salle de classe mal insonorisée. Sa voix me berçait, m'invitant à m'intéresser à n'importe quoi sauf à ses paroles. Une fois, tout en l'écoutant, j'avais ébauché une petite bande dessinée policière, dans laquelle Durkheim était le détective et Merton son fidèle assistant. Bien entendu, Merton résolvait secrètement l'affaire, tandis que Durkheim récoltait les lauriers. J'avais ainsi esquissé une dizaine de pages, qui expliquaient en fin de compte pourquoi je devais repasser cet examen.

– Quel était, demandait le présentateur de "La question à un million", le nom du marin qui a aperçu la terre depuis le poste de vigie d'une des caravelles ?

Une musiquette, ponctuée chaque seconde par une trotteuse sonore, indiqua que le temps pour répondre s'écoulait. Je regardai maman. Elle ne pleurait plus mais gardait son regard rivé sur le téléviseur. Je décidai de ne lui parler du service de nuit qu'au tout dernier moment, comme toujours. Il lui serait plus difficile de refuser si j'avais déjà revêtu l'uniforme. Je m'approchai d'elle avec la banane à la main et m'assis. Je posai un bras sur son épaule.

– Rodrigo de Triana, lui dis-je.

– Quoi ? réagit-elle en émergeant de sa prostration et en me regardant dans les yeux, presque avec frayeur.

– Le marin. Celui qui a aperçu la terre. Il s'appelait Rodrigo de Triana.

– Bonjour. Je suis Máximo Seigner, annonçai-je à la femme de ménage, comme si mon nom devait lui dire quelque chose. Elle me regarda avec une certaine perplexité et tendit la nuque en arrière.

– Vous voulez voir Monsieur ou Madame ?

– Madame, répondis-je sans hésiter.

– Madame n'est pas là. Elle revient dans un moment. Si vous voulez voir Monsieur, il va sortir bientôt de ce bureau. Vous êtes le nouveau groom ?

– Oui, répondis-je sèchement.

Je découvris que depuis mon entretien de la veille, le mot *groom* me déplaisait, alors que jusque-là il ne m'avait jamais paru *péjoratif*.

La femme de ménage me regarda un instant avec un rien de défi, puis remonta du bout de l'index ses lunettes à grosse monture à la naissance de son nez. Elle les tenait attachées sur la nuque par un cordon marron. Un des verres était beaucoup plus épais que l'autre, si bien que l'œil droit dont il corrigeait la vue paraissait démesurément ouvert.

– Vous voulez que je prévienne M. Pitti que vous êtes là ? demanda-t-elle en raidissant de nouveau sa nuque.

– M. Pitti, c'est le patron ? Je croyais qu'il s'appelait Badembauer…

– Non, mais non, dit-elle avec un petit sourire en coin, ça c'est le nom de *jeune fille* de Madame… Elle s'en sert encore, parfois.

Je ne sais avec quelle intention elle prononça *parfois* sur ce ton. Si elle voulait suggérer qu'il y avait entre eux une forme de mésentente ou si elle se servait de son nom de jeune fille dans des situations particulières ou avec certaines personnes.

– Ah, bon… M. Pitti n'est donc pas lui aussi européen ?

Ma question visait – pensai-je à peine je l'avais formulée – à sonder dans quelle mesure M. Pitti pouvait éprouver de la sympathie pour Maximilian.

– Si, il est napolitain, répondit-elle en me faisant bizarrement un clin d'œil, comme si son propos devait être pour moi très évocateur. Mais ne voyant pas l'étincelle qu'elle espérait produire en moi, elle se crut obligée d'en rajouter : et comme elle est suisse, moi je me dis, une Suissesse et un Napolitain…

La porte grinça dans son dos et s'ouvrit à l'improviste. La silhouette fatiguée d'un homme s'encadra sur le seuil comme sur un porte-photo. Il tenait une canne d'une main serrée et noueuse. Sa tête était penchée en avant, comme pour signifier un acquiescement. Il avait des yeux cernés d'un vert olivâtre, sillonnés de veinules. Ses sourcils grisâtres et en bataille tombaient sur ses yeux comme une rangée de cils qui auraient mal poussé. Une grosse moustache de gondolier couvrait ses lèvres charnues et tremblantes.

– Une Suissesse et un Napolitain, disiez-vous… répéta l'homme d'une voix dure mais contenue. Comme je l'avais imaginé la veille, il portait un costume.

– Mais non, mais non, se défendit la femme de ménage, j'expliquais seulement à ce jeune homme certains détails sur les patrons de l'hôtel.

– Tiens donc, fit-il, certains détails… Et, dites-moi, qu'est-ce que vous lui expliquiez exactement ?

– D'où vous veniez, vous et Madame.

L'homme pinça un peu la bouche, comme s'il mastiquait un mot qu'il préférait ne pas laisser sortir. Puis il se tourna vers moi.

– Vous êtes donc le jeune Maximilian, dit-il sur le ton avec lequel un sergent recruteur aurait lu mon nom dans un dossier.

– Máximo, en réalité. Máximo Seigner, enchanté, dis-je en lui tendant une main hésitante, et mes doigts s'arrêtèrent trop près de son nombril. Mais il tendit la sienne et me serra la main avec une poigne dont je ne sus si je devais l'attribuer à une attitude virile ou brutale. Quand il m'eut libéré, je joignis mes paumes et baissai les yeux. J'étais intrigué par son castillan très pur, presque châtié, bien que ses *j* ressemblent à des *c*. S'il était vraiment italien, il y avait belle lurette qu'il avait traversé l'Atlantique. Pourtant, ce détail-là, la maîtrise linguistique, loin de me sembler bizarre chez Mme Badembauer, m'avait charmé.

– Ma femme a plaidé la cause de votre embauche comme si vous étiez une espèce de prodige de l'hôtellerie, dit-il sans cesser de clouer son regard sur moi comme l'instant d'avant il m'avait broyé la main. – Je restai silencieux et acquiesçai avec un sourire forcé. – Elle m'a dit que vous étiez... – Il marqua une pause quasi ténébreuse. – Mais parlez-moi plutôt de votre expérience professionnelle.

– Eh bien, en fait, ce sera mon premier emploi, dis-je honteux, comme si c'était moi, au lieu de sa femme, qui lui avais menti et qu'il me fallait maintenant l'avouer. J'aurais aimé que quelqu'un à ce moment-là fasse une blague, se mette à chanter, n'importe quoi pour détendre ce face-à-face. Même un *hue !* de l'oncle Marcos aurait été le bienvenu.

– Ah, fit-il en haussant les sourcils.

La femme de ménage me regardait, silencieuse. Elle saisit une branche de ses lunettes et les remonta sur son nez. Je me rendis compte que la monture était trop grande pour elle, ce qui rendait le grossissement de son œil droit encore plus monstrueux. Son expression, cependant, était passée de l'indifférence à une vague solidarité. Elle me regardait comme si j'allais payer les conséquences de la gaffe qu'elle avait commise.

– Madame a laissé ce sac avec l'uniforme pour que vous l'essayiez, dit-elle en me regardant puis en se tournant vers M. Pitti.

– Venez, suivez-moi, dit-il enfin en prenant le sac. Il me fit signe avec l'index, puis il déplaça sa canne.

Il entra dans la pièce qui donnait sur le comptoir de la réception, cette pièce que j'avais imaginée hier, à en juger par les pas de Mme Badembauer, longue et étroite. Quand j'entrai à mon tour, derrière M. Pitti, je constatai que ce n'était pas une pièce mais un couloir, dont le plancher résonnait comme une caisse de contrebasse. Ses pas étaient plus hésitants que les miens, en contraste avec sa façon décidée de frapper le sol avec la canne, comme si la fonction de cette espèce de bâton n'était pas d'assurer un appui aux pieds, mais de scander le pas. Je me demandai quelle sorte de douleur l'obligeait à se traîner ainsi, souffrait-il en permanence, ou était-ce le résultat d'un mal dont il allait guérir ? Chaque fois qu'il appuyait la jambe gauche, il émettait un *tsch*, à mi-chemin d'un chuintement et d'un soupir, presque inaudible, mais régulier comme une horloge. Je me dis que s'il ressentait une douleur à chaque pas, il avait dû avoir un accident, car en général une boiterie de naissance ne fait pas mal à chaque pas et pour les siècles des siècles. À moins qu'il ne souffre de rhumatismes, ou pis encore, de la goutte, une maladie très répandue chez les naturalistes du début du siècle, mais dont je n'avais jamais été témoin chez personne. Je savais, par exemple, que la goutte allait de pair avec une mauvaise humeur chronique. Je comparai cette démarche malaisée et torturée avec le pas dynamique et militaire de sa femme, et pensai que cet homme devait souffrir en marchant dans la rue avec elle.

Toutes ces pensées m'absorbaient pendant que nous remontions ce couloir sombre et humide qui paraissait interminable. Le dos de M. Pitti, large et haut, m'empêchait de distinguer l'endroit où nous nous dirigions, mais je pus néanmoins apercevoir fugacement une porte entrouverte.

Depuis le départ de papa, je n'avais jamais remarqué aucun homme se parfumant à l'eau de lavande. M. Pitti embaumait une senteur florale mêlée, si on traversait avec lui un couloir étroit, à un discret relent de sueur. Paradoxalement, les deux odeurs finirent par produire un effet calmant, si bien qu'en entrant dans la pièce j'avais fini par m'habituer à marcher en compagnie d'un inconnu.

Il ouvrit la porte et nous entrâmes dans un vaste bureau qui avait une grande fenêtre. Dans le couloir, j'avais imaginé que nous allions déboucher dans un sombre dépôt, aussi la découverte de cette pièce, où l'on apercevait entre les rideaux les racines et le tronc d'un arbre, me surprit agréablement.

– Entrez, me dit-il. Vous pouvez vous changer ici.

Il me tendit alors le sac et alla devant la fenêtre, comme si en regardant la rue, il m'accordait l'intimité nécessaire pour revêtir l'uniforme. J'étais pétrifié, le sac m'échappait des mains, j'avais la sensation d'être dans l'impossibilité de fuir, de reprendre le long couloir en courant pour ne jamais revenir dans cet hôtel. Je ne m'étais jamais déshabillé devant un homme adulte, à l'exception de mon père, et la perspective d'ôter mon pantalon devant un étranger plutôt hostile m'apparaissait cauchemardesque. J'eus un instant envie de demander la salle de bain pour me changer, mais je constatai aussitôt que la pièce n'avait qu'une seule porte – justement celle donnant sur le couloir – et que cette requête aurait été prise comme une marque d'immaturité.

M. Pitti sortit d'une poche de sa veste un paquet de cigarettes et en prit une. D'une main il tapota la cigarette contre le dos de l'autre main, opération que j'avais observée d'innombrables fois chez d'autres personnes sans jamais lui trouver une explication. Je restais debout, le sac à la main, incapable de bouger.

M. Pitti rangea le paquet de cigarettes et sortit de la même poche un briquet argenté. Il alluma lentement sa cigarette, comme papa. Je me rendis compte que, malgré son apparente irritabilité, quelque chose dans cet homme m'inspirait confiance, rien de plus cependant que son odeur, ce trait de délicatesse que supposait le geste de se parfumer d'eau de lavande alors qu'il était marié, âgé et prisonnier de la routine hôtelière.

Il se tourna subitement vers moi en soufflant la fumée.

– Et alors ? lança-t-il.

– Ici ?

– Ah, c'est donc ça... Écoutez, je regarde par la fenêtre. Et croyez-moi, je ne vais pas vous juger en fonction de votre physique. Et il ajouta, cette fois en souriant avec une certaine amertume et en levant sa canne : si on refusait les mal fichus, je ne serais pas ici.

Sur quoi, il me tourna franchement le dos et j'entrepris de déboutonner mon pantalon. Me trouver en caleçon devant le patron de l'hôtel était une circonstance que je n'avais pas imaginée. J'essayai de me calmer en pensant que la situation avait un côté domestique, presque familier, et que, tout bien réfléchi, Pitti se révélait un homme détendu et potentiellement affable.

Je vis surgir du pantalon les poils de mes cuisses. *Hue !* pensai-je, et je me pressai de crainte que Pitti ne se retourne. Je laissai le pantalon par terre et me mis à fouiller dans le sac à la recherche du pantalon de l'uniforme.

Je sortis d'abord une courte veste rouge, très semblable à celle que j'avais imaginée la veille, mais sans liserés sur le côté et munie d'épaulettes noires. Je la posai sur le bureau qui était devant moi et revins au sac.

À ma grande horreur, le deuxième vêtement était aussi une veste, mais trop grande. À part cela, il n'y avait rien d'autre. Je palpai le fond du sac avec le magique espoir qu'en insistant avec ma main, le pantalon manquant allait se matérialiser, mais je renonçai vite à cette pure pantomime. M. Pitti continuait de regarder par la fenêtre, l'air absent. Mon accoutrement en caleçon le laissant parfaitement indifférent, je décidai de l'interpeller.

– Excusez-moi. Dans le sac, il y a deux vestes, mais pas de pantalon, lui dis-je d'une voix pressante, comme si cette constatation était susceptible de consterner n'importe qui, et je répétai avec encore plus d'aplomb : il y a deux vestes mais pas de pantalon.

M. Pitti regarda les deux vestes et hocha la tête.

– Vous voyez ? dit-il enfin. Vous comprenez maintenant pourquoi on a besoin ici d'un nouvel employé ? Ce genre de choses me prend tous les jours la matinée entière !

Puis il prit le sac et sortit de la pièce en frappant le sol avec sa canne et en émettant son petit chuintement.

Me voilà maintenant, pensai-je, dans une situation qui ravirait le nain. Je me demandai si je ne devais pas remettre mon pantalon en attendant, mais je me rappelai aussitôt ce qui arrivait dans les camps de vacances à ceux qui se montraient, comme moi parfois, trop jaloux de leur intimité : ils étaient frappés d'ostracisme.

Il me revint en mémoire une expérience vécue dans le vestiaire des hommes d'un club où ma classe avait été invitée pour faire une heure de natation. La séance terminée, j'étais allé aux douches, comme les autres, où j'avais commis l'erreur monumentale de me mettre sous la douche en maillot de bain, sans savoir que ce que fait la horde dans cet endroit, c'est se mesurer, établir qui est le chef du troupeau et, par conséquent, désigner ceux qui doivent se soumettre. De sorte que se doucher en maillot de bain constituait, outre une absurdité pratique, un grave manque d'esprit grégaire, indiquant, comme je le compris plus tard, une totale indifférence aux échelons hiérarchiques.

Tisonné par ce souvenir des vestiaires, je m'assis sur une chaise posée contre le mur, en face du bureau, et m'efforçai d'adopter une posture *naturelle*, le corps en arrière et les bras croisés. J'étais donc assis, en caleçon, dans le bureau du directeur d'un hôtel. En quinze minutes de vie professionnelle, j'étais arrivé très loin. Je repensai à cette scène du vestiaire et à ses conséquences.

– Seigner ! s'était écrié un certain Benzer, un des orangs-outans de la classe. Tu veux te laver en maillot de bain ? Et tu vas aussi le garder mouillé sous ton pantalon ?

– On dirait que tu t'intéresses beaucoup à ce que j'ai dans mon maillot de bain, lui avais-je dit. J'avais cru qu'une réplique brève, sarcastique, allait lui clouer le bec. Au lieu de quoi il avait continué à me regarder avec la même insistance, mais aussi avec irritation.

– Eh bien... dit-il au bout d'un moment, c'est vrai, ça m'intéresse beaucoup. Et se retournant vers Turot, un petit rouquin, trapu et agressif : eh, Turot, tu ne trouves pas que c'est intéressant ce que Seigner a dans son maillot ?

Tous les deux avaient ôté leurs sandales en caoutchouc pour s'en servir comme matraques.

Une chose est de se battre avec deux énergumènes, et une autre, très différente, de se battre avec deux énergumènes nus, quand on est soi-même à moitié vêtu. La scène, heureusement, se limita à quelques coups de serviettes et à l'intervention du professeur d'éducation physique, lequel était lui aussi, conformément à l'étiquette imposée par la situation, tout nu.

Alors je me dis que se retrouver seul et en caleçon dans un bureau n'était pas si problématique. Je cogitais ainsi, en essayant de perfectionner ma *posture naturelle*, lorsque j'entendis les pas de M. Pitti dans le couloir. Sa diligence avait surmonté les obstacles de la goutte, et il m'apportait mon nouveau pantalon.

M. Pitti était peut-être un homme sensible, qui avait compris mon malaise dans cette situation et avait fait son possible pour ne pas me laisser en plan dans le bureau. Je me redressai un peu sur ma chaise, ne voulant pas non plus faire preuve d'une décontraction excessive.

J'entendis ses derniers pas, surpris que, pressé comme il devait l'être, Pitti ne se serve pas de sa canne, ou du moins n'en frappe pas le sol comme il l'avait fait jusque-là.

Au son des deux derniers pas avant que la porte s'ouvre, je compris ma stupidité. Quelle sorte de douleur, chronique ou passagère, se guérissait ainsi, magiquement, par le simple effet de la hâte du malade ? Je me levai d'un bond et pris mon pantalon comme on se raccroche à une branche au bord d'un précipice. Je le dépliai comme je pus et tentai précipitamment d'y enfiler ma jambe gauche.

Mme Badembauer entra en trombe, portant deux gigantesques sacs en papier et une boîte. Je trébuchai en tentant de remonter mon pantalon et faillis m'étaler à plat ventre devant elle. Dans ma précipitation, je fis tomber un de ses sacs, d'où s'échappèrent en roulant sur le plancher des pelotes de laine.

Je me penchai pour les ramasser, ne sachant pas si l'idéal était de les lui donner ou d'attendre qu'elle se retire et, rhabillé, lui rendre le sac au complet avec toutes ses pelotes. Comme toujours, je pris la plus mauvaise décision et, en me voyant effectuer avec grande gaucherie les manœuvres de sauvetage, elle se sentit forcée de rester et de ramasser le sac. Elle semblait en proie à une intense agitation, comme quelqu'un qui tombe d'un autobus en marche et se relève sain et sauf.

En lui tendant une pelote, je remarquai qu'elle faisait de gros efforts pour s'empêcher de rire. Lorsque je lui eus donné la dernière pelote elle ne se retint plus.

– Je vois que vous êtes ici comme chez vous.

Elle mit la main sur sa bouche et prit le sac par une anse.

– S'il vous plaît, dit-elle, excusez-moi d'avoir ri. Cela m'a amusé de penser que le garçon timide d'hier était en caleçon dans mon bureau. Mais en disant ça je ne fais que vous mettre encore plus mal à l'aise.

J'en avais presque le vertige. Ma mère avait cessé de me voir en caleçon depuis l'âge de douze ou treize ans, et chaque fois que je m'étais imaginé en petite tenue devant une femme, je m'étais représenté la situation comme le résultat d'un lent déshabillage mutuel, qui ferait franchir l'une après l'autre les barrières de la pudeur.

Mes yeux se remplirent de larmes. Si je ne réagissais pas, je risquais de m'évanouir à tout moment. Mais je commençais à peine à me ressaisir lorsque j'entendis, venant du couloir, le pas fatigué de M. Pitti, le lamento de sa canne sur le plancher et ce petit chuintement, comme d'un hibou. Je finis d'introduire la jambe gauche dans le pantalon, en tirant, mais je ne pus en faire autant avec la droite tant la présence de Mme Badembauer avait un effet déstabilisateur, et j'avais du mal en la voyant à me frayer un chemin entre les coutures.

M. Pitti entra dans le bureau avec un paquet portant le nom d'un pressing. Il leva la tête et trouva les yeux de sa femme qui le fixaient.

– Camila, tu mets ce pauvre garçon mal à l'aise.

– Tu aurais dû lui proposer une salle de bain pour se changer, dit-elle en souriant.

En fin d'après-midi, il se mit à pleuvoir abondamment. S'il subsistait une voix en moi pour m'inciter à rentrer à la maison et à oublier ce fameux service de nuit, c'était maintenant ou jamais, vu la grosseur et la violence des gouttes qui s'écrasaient contre la fenêtre dans un crépitement assourdissant. Le vent emportait des papiers et des feuilles dans la rue et une couche épaisse de nuages bouchait complètement le ciel, noirci comme par une nuit d'hiver et non pas un après-midi d'été. Je regardais l'eau dégouliner sur les vitres de la réception et je pensais que cette pluie était un prétexte parfait pour ne pas rentrer à la maison. *En voyant qu'il pleuvait tant,* dis-je à voix haute, *les patrons de l'hôtel m'ont invité à effectuer aujourd'hui même le service de nuit.* Puis la phrase me sembla bête, invraisemblable, et je l'écartai aussitôt.

Le large standard téléphonique, que M. Pitti avait appelé le *petit central* en m'indiquant comment composer les numéros, présentait seulement deux boutons rectangulaires et une affichette écrite à la main et collée au plastique par du ruban adhésif, indiquant *ligne extérieure presser 9.*

Vêtu de mon uniforme, je m'apprêtais à appeler maman. Il était déjà sept heures et demie du soir et je me disais qu'elle devait se demander, depuis deux bonnes heures, pourquoi je n'étais pas rentré, exténué et héroïque, à cinq heures de l'après-midi, comme le font tous les braves garçons qui travaillent.

Je ne savais pas pourquoi j'avais déjà renoncé deux ou trois fois à l'appeler. Bien sûr, il y avait ce problème du service de nuit, mais ce n'était pas le seul. Me retenait la perspective de devoir lui faire un compte rendu de ma première journée de travail, journée où aucun des défis de classe internationale annoncés ne s'était présenté sur mon chemin, alors qu'en revanche je m'étais occupé d'une kyrielle de tâches absurdes qu'un singe moyennement entraîné aurait pu accomplir. Par exemple, empiler par ordre de grandeur une série de valises dans un débarras où, je l'appris plus tard, étaient entreposés les paquets et affaires oubliés par les clients au fil des années. Pas un seul de ces sacs, boîtes et paquets ne paraissait provenir d'un autre pays, aucun n'était comme on aurait pu l'imaginer, couvert de décalcomanies ou de tampons de douanes lointaines. Il s'agissait d'objets des plus ordinaires, gardés par pure formalité, car personne ne viendrait jamais les réclamer. Après quoi, je dus aider la femme de ménage – cette créature dont les yeux hypertrophiés par les lunettes me rappelaient ceux d'un primate nocturne – à plier une pile inépuisable de draps blancs dont la taille et la quantité semblaient disproportionnées, non seulement pour cet hôtel, mais pour n'importe quel autre.

– Il y a beaucoup de clients, aujourd'hui ? avais-je demandé à la femme de ménage avant de commencer.

– Six. Mais demain il en arrive d'autres, parce qu'il y a une convention de libraires, me dit-elle en regardant une épaulette de ma veste.

– Une convention internationale ? demandai-je avec espoir.

– Non… juste huit vieux messieurs, certains viennent d'autres villes de province et deux de la campagne. Ils se réunissent dans la cafétéria, ils ouvrent des valises pleines de livres et ils les montrent, en mangeant tout le temps. Le soir, ils s'en vont. Il y a quinze ans qu'ils font ça. C'est la seule convention qu'on ait ici.

Je restai silencieux. Je ne voulais pas me sentir déçu. Personne n'avait dit que c'était au sens strict un hôtel international. Mais simplement qu'il était de *classe* internationale, ce que, n'ayant jamais quitté le pays, j'étais incapable de démentir.

– Et c'est des bons livres ? je finis par demander. Une question dépourvue de sens, énoncée pour chercher une sorte de consolation.

– Et comment je pourrais le savoir, jeune homme ? Vous croyez que je passe de table en table en leur demandant les livres et que je vais les lire dans un coin ? Si je m'approche de ces valises, c'est juste pour faire la poussière !

– Oui, dis-je machinalement. Excusez-moi.

Assis devant le *central*, je repensais à ce dialogue et je rentrais les épaules, la tête penchée en avant comme un fruit sur le point de tomber d'une branche. Dans quel monde croyais-je donc être ? J'imaginais la femme de ménage arrivant chez elle à la fin d'une journée de travail et se mettant à lire des vieux numéros d'*Ici et maintenant*, comme je le ferais peut-être le lendemain matin, et de me représenter ainsi une autre personne accomplissant un acte si naturel pour moi, je me rendis compte de l'étrange ridicule qu'il comportait et à quel point ma vie quotidienne, que j'imaginais vécue par une autre personne, cette femme de ménage par exemple, donnait la même impression de futilité. Je tendis la main et frôlai d'un doigt l'affichette : *ligne extérieure presser 9.* Que pouvais-je dire à maman ? Qu'en réalité n'importe quelle situation m'attirait davantage que d'être dans notre salon à me disputer avec le nain comme si j'avais moi aussi neuf ans ?

Je me rappelais un moment particulièrement sinistre de la journée, quand le moment fut venu d'aller manger dans la pièce de service, assis à une table minuscule en face de la femme de ménage qui levait les yeux de temps en temps, plus le droit que le gauche, et m'examinait comme si elle voulait vérifier que j'étais encore là, car je restais muet comme une tombe. À la fin d'une soupe à peine tiède, elle m'avait tendu la moitié d'une tranche de pain qu'elle avait partagée avec les ongles, en disant :

– Saucez l'assiette avec ce bout de pain et vous verrez que vous vous sentirez rassasié : l'autre groom de nuit *mange* la soupe, il ne la boit pas, parfois il ajoute quatre ou cinq morceaux de pain et les laisse tremper un moment.

À me représenter ces bouts de pain imbibés, j'eus un haut-le-cœur qui aurait pu m'empêcher de manger si je n'avais pas eu une faim de loup.

Quant aux clients, je n'en vis que trois. Une vieille qui sortit vers deux heures armée d'un parapluie, un voyageur de commerce qui me fit porter une valise ressemblant à un coffre gigantesque, et un des libraires de cette fameuse convention qui commençait le lendemain. C'était un vieillard desséché, qui arriva à six heures du soir et me demanda de le réveiller à sept heures du matin, comme s'il prévoyait de dormir treize heures. Je voulus lui poser des questions sur la convention, mais je fus intimidé par son visage exténué parce qu'il avait traîné jusqu'à la réception une malle que je pus à peine soulever. Ces trois rencontres furent tout le sel de la journée. J'imaginai que la soirée serait un véritable désert.

Je regardai par la fenêtre un arbre fouetté furieusement par la pluie, en un crépitement sonore et insistant. Il me sembla que c'était un mûrier. J'imaginai les vers à soie – *bombyx mori* – proliférant dans une fente du tronc envahie par l'eau. La journée me parut inhospitalière, non seulement pour ces hypothétiques vers, mais aussi pour moi.

Camila Badembauer, pensai-je soudain. Les deux mots vinrent à moi avec une sorte de joyeuse fatigue, comme si je les avais cherchés en vain toute la journée. Ils apparurent dans l'ordre, d'abord Camila, puis Badembauer, pour former ainsi *Camila Badembauer*, un ensemble qui eut sur moi l'effet d'un baume consolateur.

Pourquoi, après m'avoir humilié par son rire, d'abord seule puis devant son mari, avait-elle quitté l'hôtel sans un mot ? Par ailleurs, pouvais-je espérer qu'elle me dise : *Excusez-moi, Maximilian, mais je dois m'absenter pour faire une course* ? Je n'étais ni son fils ni son frère pour jouir d'une telle considération. Et pourtant, en repensant à l'après-midi passé en son absence, à exécuter les tâches les plus ridicules, je ne lui en voulais pas et ressentais plutôt une certaine fierté, comme si m'avoir abandonné après avoir fait de moi son *candidat* n'était pas une marque de désintérêt, mais de confiance. Une voix intérieure me disait qu'elle m'avait confié la responsabilité de l'hôtel.

L'instant d'après, je pensai que cette forme de consolation, fondée sur quelque chose de faux, était caractéristique de ma mère. Car bien sûr, Camila Badembauer ne m'avait pas confié la *responsabilité* de l'hôtel. Elle m'avait laissé tomber comme une vieille chaussette, après m'avoir convaincu d'accepter ce travail à force de relever ma mèche de cheveux et de se comporter avec moi comme avec son frère adoré. Elle avait même poussé le sadisme jusqu'à me voir trembler en caleçon et, après m'avoir indiqué la porte de la salle de bain, elle avait enfilé son imperméable, comme si elle pressentait l'arrivée de la pluie, et avait disparu dans le couloir pour ne plus revenir. Même la nouveauté de ma présence ne l'avait pas empêchée de partir.

M. Pitti, en revanche, était resté dans le fauteuil de son bureau, près de la bibliothèque donnant sur la fenêtre, à regarder alternativement un livre et les racines de cet arbre qui avait attiré mon attention lorsque j'avais débouché du couloir ce matin-là. Il paraissait absorbé et j'évitai, dans la mesure du possible, de l'interrompre, sauf à deux reprises.

La première fut pour lui demander si j'avais bien mis l'uniforme et si je devais rentrer chez moi pour revenir le soir, ou s'il voulait que j'effectue un service complet.

Il leva les yeux des racines de l'arbre jusqu'à mon visage et, sur le ton avec lequel il aurait parlé à l'arbre si celui-ci avait été disposé à l'écouter, il me déclara : *Comme je vous l'ai déjà dit, il nous manque l'autre employé, alors si vous voulez faire aujourd'hui le service complet vous pourrez prendre votre vendredi, bien que ce ne soit pas très orthodoxe d'accorder une journée libre le premier jour de travail, mais bon*, et d'autres bredouillis qu'il murmura en poussant un gémissement et se frottant la jambe.

La deuxième interruption se produisit quelques heures plus tard, lorsque je lui demandai si je pouvais passer un coup de téléphone, et d'où, question à laquelle il répondit par une pompeuse description quasi technique de la réception, qui m'avait fait imaginer un standard complexe – que par modestie il appelait le *petit central* – et qui cependant se révélait être cet appareil antédiluvien maintenant devant moi sans que je me décide à presser ce maudit 9, ni aucune autre touche.

À la fin de cette deuxième interruption, alors que j'étais sur le point de quitter la pièce, il me demanda :

– Ma femme est rentrée ?

Il avait prononcé ces mots avec une expression de bizarre urgence, qui s'effaça aussitôt, comme lorsqu'on vient de poser à un enfant une question trop hâtive et qu'on tente tout de suite par une mimique de dissiper sa complexité. Il avait commencé à pleuvoir et il cessa de regarder la fenêtre où de grosses gouttes glissaient sur la vitre comme des limaces pressées. Et je le laissai ainsi.

Je pressai la touche 9, attendis la tonalité et composai le numéro de la maison. J'entendis trois sonneries sans que personne ne décroche et pensai que je m'étais trompé de numéro car maman devait être, comme toujours, à la maison.

Je refis le numéro et attendis avec l'écouteur non loin de l'oreille et le regard perdu dans la pluie. Il y eut cinq, six sonneries, mais je laissai se reproduire cet écho qui, avec l'appareil en diagonale par rapport à mon oreille, me faisait penser à un électrocardiographe. Dehors, l'orage redoublait d'intensité et le vent qui agitait les branches du mûrier tenait plus de la mousson asiatique que d'un modeste petit orage local. En cela, au moins, ma journée avait quelque chose de cette “classe internationale” que j’avais cherchée en vain.

Au bout de la douzième sonnerie, j’entendis une voix d’homme que je reconnus aussitôt.

– Allô ?

C’était l’oncle Marcos.

– Bonjour, c’est Máximo, je veux parler à maman.

Il y eut un bref silence. Gênant. Je me sentais mal à l’aise de tomber sur l’oncle Marcos à cette heure de la journée. Mais il y avait autre chose. L’oncle Marcos semblait lui aussi mal à l’aise. Je tendis l’oreille, car on percevait en fond un murmure inintelligible, comme un gémissement de chien.

– Tu veux que je lui dise quelque chose ? me demanda-t-il au bout de ce pénible silence.

– Non, je veux parler à ma mère. Qu’elle prenne l’appareil, exigeai-je un peu irrité, non seulement par l’attitude de l’oncle, mais aussi par ce murmure que je reconnus peu à peu comme le traditionnel sanglot de maman, muet, intérieur.

– Ta mère est à la salle de bain en ce moment. Mais je peux lui transmettre ce que tu voudras, dit-il avec ce tremblement dans la voix, caractéristique des idiots qui croient pouvoir mentir avec naturel.

– Marcos, lui dis-je étrangement, car la nouvelle mode qui consistait à l’appeler par son prénom m’indignait, je sais que maman est là. Je l’entends, alors ne sois pas bête et passe-lui le téléphone.

– Dès qu’elle sort de la salle de bain… commença-t-il, et il y eut aussitôt des bruits de lutte. L’appareil changea de main.

– Allô, dit maman.

– On dirait que tu pleures.

– Non, je ne pleure pas.

– Pourtant on dirait.

– Jusqu’à quelle heure tu restes à l’hôtel ? me demanda-t-elle en ignorant ma remarque. Sa voix avait ce même tremblement nerveux que le jour où elle nous avait emmenés camper, cette façon de signifier *il ne s'est rien passé.*

– Justement, j'appelais pour ça. Je dois prendre le service de nuit, parce que l'autre groom est absent. Donc je vais rester jusqu'au petit-déjeuner demain matin.

– Ah bon, très bien, dit-elle sobrement.

Que signifiait ce *très bien* ? Allait-elle me laisser rester à l'hôtel sans me demander si tout s'était bien passé, si les patrons étaient convenables, s'ils me traitaient avec respect ? Je me demandai quelle affaire, quel problème pressant avait bien pu la distraire de mon inexplicable absence et des risques que j'allais courir.

– Je vais donc passer la nuit ici, lui dis-je, comme si cette précision était nécessaire.

– Tu auras un lit où dormir ? finit-elle par me demander.

– Dans la pièce où mangent les employés, il y a un lit de camp, lui expliquai-je pour lui briser le cœur. Je l'entendis se moucher.

– Bon, dit-elle. Il était évident qu'elle réduisait au maximum ses phrases pour cacher le ton de sa voix.

– Qu'est-ce qu'il t'a fait, l'oncle Marcos ? demandai-je de but en blanc, indigné.

– Quoi ?

– Je veux savoir ce que t'a fait l'oncle Marcos. Tu pleures, ça s'entend.

– Rien, rien de grave. Des petits soucis d'adultes. Marcos est passé et on en a profité pour parler.

– J'ai dix-huit ans.

– Dix-sept. Mais, tu sais, les parents font tout ce qu'ils peuvent pour épargner leurs enfants. Ce serait pareil si tu avais trente ans.

– L'oncle Marcos t'a fait quelque chose.

– Marcos est un être humain merveilleux, il nous a énormément aidés dans une période difficile. Ne lui en veux pas.

– Je veux savoir ce qui se passe, lui dis-je au bord du désespoir.

– Rien. Dans une certaine mesure, c'est bien que tu sois obligé de dormir là-bas, comme ça tu auras un peu de calme pour réfléchir. On a tous besoin de réfléchir un peu, dit-elle, et sa voix se brisa.

– Je vais rentrer à la maison.

– Non, il vaut mieux que tu ne viennes pas. J'ai eu une dispute avec ton frère. Je crois que je ne me sens pas très bien. Si tu t'es engagé à prendre le service de nuit...

Il y eut un bruit dans l'écouteur, un croisement de murmures, puis j'entendis la voix de Marcos.

– Máximo, ta mère traverse un mauvais moment. Le mieux serait que vous parliez demain matin, me dit-il sur un ton qui se voulait paternel. Je détestais ça.

– Tu as dû lui faire quelque chose. Elle pleure parce que tu lui as fait quelque chose.

J'étais furieux.

– À quelle heure se termine ton service ? me demanda-t-il en soupirant.

– À l'instant même si tu ne me repasses pas maman.

– Un moment.

Là, c'était son autre personnage qui parlait, *l'administrateur*. Je me mordis un ongle. J'en avais assez d'entendre cette espèce d'éclair étouffé, le son de l'appareil qui changeait de main.

– Allô, dit maman. Ne t'inquiète pas. On parlera demain. On commet tous des erreurs. Pour l'instant, il faut que tu m'écoutes, que tu restes là-bas comme on te l'a demandé et que tu essaies de faire ton travail avec le plus de sérénité possible.

– Et pourquoi je ne serais pas serein ? lui demandai-je, maintenant en plein désarroi.

– Oui... Oui, bien sûr, pourquoi tu ne serais pas serein ? dit-elle d'une voix mal assurée, qui tremblait comme un oiseau dans une tempête.

Quelque chose m'inquiétait profondément : quelle sorte de *dispute* pouvait-elle avoir eue avec le nain, son prince consort ? Comment et pour quel motif sa longue lune de miel avait été perturbée ? Mais je n'arrivais à articuler aucune de ces questions, car je sentais que me soucier de sa petite querelle domestique revenait à accepter l'importance du nain dans sa vie, cette hypertrophie qui avait fini par me faire quitter la maison.

Je gardai le silence, surtout parce que je ne trouvais rien à dire.

– Bon, fis-je enfin, je ne sais pour quelle raison. C'était le mot qui exprimait le moins mon état d'esprit, mais il était venu sur mes lèvres sans y être invité.

– Bon, répondit-elle. – Elle voulait, je le sentis, se montrer maternelle, même avec ce dernier mot. Elle semblait encore sangloter silencieusement chaque fois qu'elle inspirait, particulièrement après avoir dit *bon*. – Alors, à demain.

– Oui, murmurai-je. Elle raccrocha et je restai un instant avec le téléphone à l'oreille, en regardant la pluie arracher une feuille de mûrier qui tomba par terre comme si on l'avait fusillée.

L'espace d'une longue seconde, ma conscience parut s'évanouir, puis, sans raison, je me mis à penser au cycle de vie du saumon : naissance dans le lit d'une rivière, jeunesse dans la mer, poisson de mer pendant des années et un beau jour nostalgie du lieu de naissance et, sous l'effet d'un obscur élan de l'instinct, retour au foyer perdu, remontée des rivières contre le courant, et enfin arrivée à la maison, reproduction en état d'épuisement et mort.

La vision du saumon s'était glissée dans un corridor de mon esprit, comme si l'observation de son parcours allait apaiser l'horrible incertitude que ma mère avait semée un instant plus tôt. Même si ce n'était qu'un pur dérivatif, suivre les saumons à contre-courant finit par avoir un effet sédatif, car au bout de quelques secondes je raccrochai le téléphone, regardai longuement la main qui avait effectué cette opération, comme si c'était celle d'un autre, et me mis à fredonner l'air de cette publicité pour l'huile d'olive, qui m'énervait tant, où des gens dansaient autour d'une bouteille.

Un éclair interrompit la chansonnette, suivi d'un autre, puis la sirène d'une ambulance retentit devant l'hôtel. Des enfants bruyants et trempés passèrent en courant derrière un chien. Le mûrier continuait de gémir sous les coups de l'orage, la fenêtre déformait la rue et les phares des voitures se confondaient avec l'éclairage public. Je clignai des yeux. Le monde me paraissait désarticulé, aléatoire, comme si sa structure, semblable à celle des métaux, s'était affaiblie.

Il y avait eu un été particulier, un été passé dans une étrange torpeur qui me parut durer une éternité, alors que j'avais huit ou neuf ans. Neuf, exactement, puisque le nain venait de naître.

Papa avait changé de travail, du moins l'avait-il dit, et nous baignions dans un climat de renaissance. Il y avait la nouveauté du petit frère (j'étais, m'expliqua-t-on, *trop grand pour être jaloux*), on nous avait prêté une petite maison près d'une digue d'énormes roches basaltiques, il faisait chaud mais pas trop, j'avais depuis peu un vélo aux roues de compétition, bref, le monde était vaste mais aussi accueillant.

Le matin, je me réveillais en proie à cette excitation estivale que l'on perd ensuite à l'adolescence, cette espèce de projection aiguë et cyclique de ce que la journée va nous apporter, comme une insomnie diurne qui réjouit et martyrise à la fois. À huit heures du matin, l'envie de réveiller mon père était tellement forte qu'elle me faisait mal ; de le voir se redresser sur son lit comme un géant paresseux, un membre après l'autre, et me regarder avec une perplexité bizarre, comme disant *qui est ce gamin ?*, pour ensuite se frotter les yeux et indiquer dans un coin de la pièce l'attirail de pêche ; de sortir de la maison pendant que maman dormait encore, marcher jusqu'à la digue et là, après avoir observé l'eau comme on examine un malade chronique, dire *ce n'est pas un bon jour pour la pêche*, puis s'asseoir sur un rocher, ouvrir la boîte des lignes, vérifier un à un les nœuds, pour finir par les ranger ; et là, la mer à quelques mètres de nos chevilles, une brise matinale presque froide, une mouette dans le ciel, puis les petites pierres coincées entre les grandes, que je regardais comme si leur taille était un problème qu'elles devaient résoudre. Tous les matins, cette routine se reproduisait avec quelques variantes.

À cette époque, mon père parlait du nain en disant *le bébé*, et j'aimais bien le côté impersonnel de ce mot, car ce petit crapaud venant tout juste d'avoir un prénom, l'appeler *le bébé* le faisait exister un peu moins. D'autre part, je ne le connaissais pas encore au sens strict du verbe *connaître*, et je le voyais plutôt comme un animal que nous élevions : il ne parlait pas, ne marchait pas et communiquait à peine par ces gémissements gutturaux formant un code, que ceux de notre espèce, sauf maman, ignoraient.

Mes parents se parlaient beaucoup, mais toujours de choses triviales, qu'ils ne cessaient de commenter, comme s'il ne fallait pas les oublier. Le silence entre eux était rare et semblait rendre maman nerveuse, car chaque fois que papa, par exemple, se tenait muet devant la fenêtre, maman s'approchait dans son dos et lui demandait ce qu'il regardait, alors il battait subitement des paupières, comme si une main énorme venait d'écarter tout à coup le rocher sur lequel ses yeux étaient rivés, après quoi il disait "rien", que les vacances c'était *justement ça*, ne rien regarder en particulier. Parfois, après avoir dit cela, il se tournait vers moi avec son sourire triste et me demandait *tu ne crois pas ?*, comme si je pouvais comprendre ce qu'il voulait dire, alors je répondais que oui, il avait raison.

D'autres fois, après avoir parlé avec maman, il découvrait soudain ma présence et me demandait de but en blanc :

– L'éléphant africain ?

– *Loxodonta africana*, je répondais, comme si c'était une question de vie ou de mort. J'avais commencé à sept ans à collectionner ces espèces de joyaux de la connaissance et j'étais tout autant ému de les amasser que de les montrer car, comme les pierres précieuses, ces mots étaient à mes yeux aussi brillants que mystérieux.

– Et celui de l'Inde ?

– *Elephas elephas.*

Bien sûr, j'aimais particulièrement cette séquence qui réunissait deux frères évidents ne partageant pas le même nom.

– Et la girafe ?

– *Giraffa camelopardalis.*

Il regardait de côté, ou vers maman, comme s'il allait passer à autre chose, puis il repartait à l'attaque :

– Et le chimpanzé ?

– *Pan troglodytes.*

– Ça c'est le grand, mais le petit…

– *Pan paniscus.*

On se taisait. Quelques minutes s'écoulaient, tendues, comme avant un éclat de rire ou une dispute. La senteur de lavande embaumait l'air. Maman faisait des va-et-vient avec un livre ou un sac. J'attendais, j'avalais ma salive. J'aurais voulu avoir toujours neuf ans.

– Et le phoque ? disais-je finalement, au comble de l'excitation.

Papa rivait ses yeux aux miens, comme un mendiant, presque tremblant. Puis il commençait à sourire :

– *Phoca vitulina !* – Et on riait tous les deux. Cette plénitude avait quelque chose de triste. Comme une angoisse permanente de l'éphémère, qui rythmait le plaisir du moment, mais le problématisait, en faisait une espèce d'abîme.

L'après-midi, papa faisait la sieste. Il s'allongeait tout habillé sur son lit, ôtait ses souliers avec les pieds en les laissant tomber pesamment sur le plancher. Parfois il dormait la bouche ouverte, comme si quelque chose l'étonnait dans son esprit, et de son larynx montait alors un son qui n'était pas à proprement parler un ronflement mais pas non plus une simple respiration. On aurait dit une tentative de faire démarrer un petit moteur qui échouait tout le temps.

Sachant qu'il détestait être réveillé, je sortais de la maison à trois heures pour ne rentrer que vers cinq heures. J'allais parfois jusqu'à la digue, seul, et je lançais des cailloux dans la mer. Ou alors j'explorais les jardins des maisons inoccupées à la recherche d'insectes. S'il pleuvait, on pouvait trouver le lendemain des mantes religieuses et des scarabées. À la nuit tombée, on voyait parfois dans les herbes à l'abandon des lucioles qui émettaient leurs pulsations lumineuses.

Un après-midi, je sortis faire ma ronde en emportant un bocal vide. Il avait contenu des pêches au sirop que nous venions de manger au dessert. Je l'avais soigneusement lavé et débarrassé de son étiquette, opération qui m'avait paru interminable. Puis j'avais percé le couvercle de quatre trous afin que ma petite prison soit un minimum aérée.

J'attendis jusqu'à sept heures, en silence, jusqu'à ce que la lumière commence à décliner. Papa s'était allongé tard pour sa sieste, presque à cinq heures, et il dormait encore. Je sortis discrètement et marchai jusqu'à une grande maison abandonnée qui tournait le dos à la mer et m'avait toujours intrigué à cause de son mauvais goût : la façade était un pastiche de villa romaine bricolée au ciment et dans le fond se dressait au milieu des broussailles une statue qui se voulait grecque.

Vers huit heures, j'aperçus ma première luciole. Je m'en approchai à pas lents et la trouvai posée sur une feuille d'arum qui dépassait dans l'herbe. J'ouvris le bocal et en couvris ce ventre lumineux. Puis je le retournai avec l'insecte à l'intérieur et refermai. La petite lumière clignotante se reflétait sur le verre.

Je recommençai maintes fois la même opération pendant une demi-heure. À la fin, j'avais rassemblé une petite colonie d'une trentaine de lucioles, qui émettaient leur lumière à un rythme différent, ce qui donnait à mon bocal un côté arbre de Noël.

Je rentrai radieux à la maison, vers neuf heures du soir, en serrant le flacon contre ma poitrine. J'avais du mal à voir clairement le chemin, l'obscurité était totale et je marchais à pas lents et courts.

Lorsque j'aperçus notre maison, j'entendis aussi d'étranges éclats de voix. En me rapprochant, je découvris que c'était papa qui criait. Le nain pleurait lui aussi et leurs deux voix paraissaient se joindre. De temps à autre, maman haussait elle aussi le ton, mais avec ce manque de conviction, habituel chez elle, et elle disait deux ou trois mots qui se perdaient.

Cette dispute me mit d'abord mal à l'aise, puis j'eus la curiosité de savoir pourquoi ils criaient, et peur enfin de ce qu'ils allaient dire de mon retard au dîner. Devant la grille, je m'arrêtai un instant pour écouter :

– Toutes ces années ! – C'était la voix de papa. – Toutes ces années sans comprendre pourquoi j'ai toléré ça ! Pourquoi j'ai toléré ça !

La main sur la poignée du portail, je regardai mon petit harem de lucioles et je me demandais ce qu'il avait bien pu tolérer.

– Parce que la fidélité à cinq ans, ce n'est pas pareil qu'à vingt ans ou à quarante ! Et là, on dirait qu'on a cinq ans ! Eh bien, non, on n'a pas cinq ans ! On a… beaucoup plus ! Et deux enfants !

– Et il y en a un que tu fais pleurer, dit maman d'une voix presque inaudible.

– Qu'il pleure ! C'est ce que font les bébés : ils pleurent ! Il ne va pas en mourir !

Papa semblait véritablement hors de lui.

Je ne me rappelle pas exactement la suite de la dispute, elle s'est prolongée avec des termes abstraits, incompréhensibles, tels que : *Je suis quoi, moi ? Un chien, un chat, un meuble ?* Ou encore : *On peut tolérer de se faire une fois voler une pièce dans le porte-monnaie, mais pas de se faire voler tout le temps toutes les pièces dans tous les porte-monnaies.* Et d'autres phrases dépourvues de sens, lancées dans le feu d'une dispute sans motif, ou dont le motif m'était caché.

À un moment, je crus que maman pleurait car elle cessa complètement d'intervenir et je l'entendis gémir au milieu des cris de mon père. Jamais pendant mes neuf ans je ne les avais entendus se disputer et jamais, surtout, je n'avais entendu maman pleurer. Je m'approchai de la porte. De là, je pus entendre papa qui baissait subitement la voix et lui disait :

– Tu vois ? Je devrais te tuer, mais je te serre dans mes bras. Je te vois pleurer et je te prends dans mes bras, je n'en peux plus. Exactement ce que je dis : un chien, un chat… – Et il se tut. Le nain continuait de pleurer.

J'ouvris la porte et fis quelques pas vers le petit salon. Ma mère s'écarta des bras de papa et se tourna vers moi :

– Où étais-tu ?

– Dans les jardins. Celui de la maison à la statue.

– On ne doit pas entrer comme ça dans les jardins. On était inquiets. Tu vois, j'étais même en train de pleurer.

Je savais qu'elle n'avait pas pleuré à cause de moi, car j'avais entendu toute la scène, mais je me sentis quand même coupable. Papa lui adressa un regard réprobateur.

– J'ai rapporté des lucioles, dis-je en tendant le bocal à bout de bras. On aurait cru une lanterne chinoise. Papa les observa un instant :

– Tu vas devoir les relâcher. Les lucioles meurent en captivité.

– Je peux les garder seulement cette nuit, pour éclairer la chambre ?

– Non. Demain elles seront mortes et tu vas souffrir de les avoir tuées.

– Le couvercle du bocal a des trous pour qu'elles puissent respirer, dis-je en montrant les orifices que j'avais pratiqués avec un clou au début de l'après-midi.

– Elles vont mettre un peu plus de temps à mourir, mais elles vont mourir de toute façon, affirma-t-il en regardant maman encore avec reproche. Il faut beaucoup plus que des petits trous pour que ces bestioles ne se sentent pas coincées. Allez, viens, on va les relâcher dans la cour, dit-il en me posant une main sur l'épaule pour m'obliger à le suivre.

Nous allâmes à la cuisine, puis jusqu'à la porte donnant sur la cour. Avant de sortir, je me tournai pour regarder maman qui se penchait dans un coin du salon pour relever le nain. Elle était jeune, jolie et un peu triste, comme une fille trop tôt mariée, bien qu'à ce moment-là je ne sois pas arrivé à cette conclusion. Je pensai seulement que *si j'étais papa je ne me disputerais jamais avec elle.* Puis je fis un grand pas et sortis avec mon père.

– Bon, maintenant on va ouvrir le bocal, dit-il. Encore perturbé par la dispute, il s'efforçait de se montrer aimable. Il n'avait pas retiré sa main de mon épaule et ses doigts se refermaient légèrement sur ma clavicule. Allez, ouvre le couvercle.

Je tournai deux fois le couvercle en fer-blanc. Puis je le retirai d'un coup comme si les lucioles allaient suivre et se disperser dans la cour. Mais elles restèrent dans le fond du bocal, comme si c'était leur endroit naturel. Je les regardai un instant, perplexe, et me tournai vers mon père.

– Tu vois ? Elles ne veulent pas s'en aller.

– C'est parce qu'elles ne savent pas encore qu'elles sont dans un bocal. Elles n'ont pas été programmées pour savoir ce qu'est un bocal, cet objet n'existe pas dans la nature. Quand elles auront compris, elles vont vouloir s'en aller.

J'essayais d'imaginer comment elles allaient finir par comprendre ce qu'est un bocal. Est-ce qu'elles allaient, par exemple, lui trouver un nom dans la langue des lucioles, ou comprendre que le bocal était fabriqué par un animal beaucoup plus gros qu'elles, ou finir, en sachant tout ça, par s'y plaire ?

– On va s'asseoir ici. Il faut laisser le bocal au centre de la cour, me dit-il en montrant la marche devant l'entrée de la cuisine. Je te parie qu'elles vont sortir une par une.

Je posai le bocal dans la cour et allai m'asseoir à côté de mon père. Il sentait la sueur, mais gardait encore une trace de lavande. Je voyais bien que la dispute l'avait remué. À l'intérieur, le nain avait cessé de pleurer. Je fermai les yeux un instant et pensai à l'odeur de papa. Puis je les rouvris et regardai fixement le récipient.

Une petite minute s'écoula avant que la première luciole sorte. Elle s'arrêta une seconde au bord du bocal, parut hésiter, puis s'envola.

– On dirait que c'est la première à avoir compris, dis-je à papa en souriant. Je me grattai la tête. J'étais presque content en voyant ma lampe se décomposer.

Papa resta longuement silencieux et finit par émettre une espèce de soupir. Un bon moment plus tard, maman nous apporta des empanadas et retourna au salon pour coucher le nain. Une à une, les lucioles abandonnèrent le bocal. Il s'écoula une demi-heure avant que la dernière ait compris.

Papa avait fini par se rasséréner et sa respiration maintenant me berçait. Il était absorbé, le regard rivé sur le bocal vide. Puis il sortit brusquement de sa bulle, me regarda en indiquant le centre de la cour et dit :

– Tu as vu ?

Je ne sais pas combien de temps j'avais dormi. Je crus à mon réveil que je m'étais juste assoupi, mais en levant les yeux je vis que le ciel était devenu complètement noir. Je me redressai tout d'un coup, honteux de m'être endormi justement à la réception. C'était étonnant que personne, au cours de la demi-heure où j'étais resté éveillé devant le téléphone, ne se soit présenté au comptoir. Mais l'éventualité que quelqu'un l'ait fait pendant que je dormais et m'ait découvert ainsi m'inquiétait plus encore.

Je jetai un bref coup d'œil aux endroits ornés de pots de fleurs et à la porte ouvrant sur le couloir. J'étais seul comme un veilleur de nuit dans une usine désertée. On aurait dit que la nuit s'était installée depuis des heures. Pourtant, l'horloge de la réception marquait à peine neuf heures. Je lissai un pli de l'uniforme qui me traversait le ventre comme criant *cet employé s'est endormi !* Dehors, l'orage crépitait comme un feu gigantesque. Je m'approchai du petit miroir qui au moment de l'entretien avait fait naître en moi cette conscience aiguë et désagréable de ma barbe, et, par extension, une soudaine *conscience de moi-même.* Ce même miroir me renvoyait maintenant l'image d'un jeune garçon imberbe et craintif. Personne n'aurait parié que j'avais plus de quinze ans.

Je m'attardai un moment à examiner mon menton rasé, en me rappelant combien m'avait manqué le rasoir de papa et comment j'avais dû me résoudre à sa perte, et je poussai une longue et profonde expiration, une espèce d'ébrouement chevalin que je ne lançais que devant un miroir, car j'aimais voir mes lèvres trépider comme les lambeaux d'un pneu qui vient d'éclater. Malheureusement, cette fois l'expiration fut accompagnée par des postillons qui éclaboussèrent l'endroit du miroir où se reflétait mon front. Je levai le bras droit pour essuyer le miroir avec le poignet de ma veste lorsque j'entendis un bruit à la porte de la réception, une espèce de cliquetis nerveux qui tenait en même temps de l'intention voilée de passer inaperçu, comme ces voleurs qui tentent d'actionner une serrure dans tous les sens avant de la forcer. Mais là, il y avait quelque chose d'impératif, une maladresse qui faisait penser à un vieillard, une certaine difficulté à ouvrir une bonne fois pour toutes cette porte qui n'était ni lourde ni fermée à clé.

Abandonnant mon petit archipel de salive sur le miroir, je fis trois pas vers la porte, où je m'attendais à voir tomber à mes pieds, projeté par la fureur de l'orage, un de ces vieux libraires, trempé et tordu, que j'allais devoir traîner jusqu'au petit fauteuil de la réception, où il attendrait en tremblant une serviette et un café chaud. Cette image de nouvel arrivant avec une serviette sur l'épaule et une tasse de café fumant entre les mains se formait en moi à l'instant où la porte s'ouvrit et que s'encadra sur le seuil, tel un oiseau sous le porche immense d'une église, la dernière personne que je m'attendais à voir ici.

Je mis un peu de temps à le reconnaître. Il portait un manteau que je ne lui connaissais pas et qui, trempé comme il l'était, paraissait féminin. Sous la violence de la pluie, ses cheveux s'étaient séparés par une radicale raie au milieu, comme s'il avait plongé dans une piscine. Sous ce manteau qui semblait dégouliner de ses épaules émergeait à peine un tee-shirt jaune que je connaissais bien et que je détestais, frappé d'une petite couronne sur la poitrine, que j'avais toujours considéré comme le symbole d'une misérable monarchie, mais qui, en le voyant maintenant dans le contexte de *ma* réception, et si mal ajusté sur ce petit corps trempé comme une soupe, n'arrivait à m'inspirer d'autre sentiment qu'une dévorante curiosité et, en tout cas, un peu de peine.

– Je peux entrer ? me dit-il avec un filet de voix. Je remarquai que le rouge de ses yeux n'était pas dû à l'orage, car les paupières aussi étaient un peu gonflées. Il me vint à l'esprit que jamais, même quand papa était parti, je ne l'avais vu pleurer pour autre chose que mes coups, et même dans ces cas-là, il le faisait en versant des *larmes de circonstance*, bien dans sa manière. Mais là, son visage paraissait en proie à une douleur inconnue. Mille questions se pressaient dans ma gorge sans que je me résolve à les formuler, pour ne pas donner l'impression de céder. Que faisait donc le nain, trempé, à neuf heures du soir à la réception de l'hôtel Samarcanda, et en tout cas ailleurs que dans son lit ? Quel lien y avait-il entre sa présence ici et cette fameuse *dispute* à laquelle maman avait fait brièvement allusion ? Le visage qu'il m'offrait maintenant, ce regard patibulaire et le pitoyable ton suppliant avec lequel il m'avait demandé s'il pouvait entrer, étaient complètement nouveaux pour moi. Je l'observai quelques instants, plongé dans la plus grande perplexité, et je fis un geste qu'il interpréta comme une invitation à s'asseoir, car il s'avança tout dégoulinant vers le fauteuil.

– Pas là, lui dis-je brusquement. Tu ne vois pas que tu es tout mouillé ? C'est un hôtel, ici, pas ta chambre.

Il me regarda sans reproche, tel un petit vieillard résigné à la rudesse des autres. Il s'arrêta devant moi. Il avait laissé des traces d'eau et de boue sur la moquette, mais je n'avais pas envie de le rabrouer de nouveau. Son visage m'en dissuadait.

– Je vais chercher une serviette, dis-je enfin, et je me dirigeai vers la salle de bain du couloir, près de l'escalier. Je me sentais coupable de ces derniers instants, quelque chose en moi me disait que le traitement carcéral que j'avais infligé au nain était justifié à la maison mais pas ici, dans cette étrange circonstance spirituelle qui semblait nous réunir : moi, condamné à une certaine forme d'exil professionnel auquel avaient autant contribué la direction de l'hôtel que les sanglots de ma mère, et lui, trempé comme une soupe et fiévreux à la douane du pays de mon exil, venu ici après avoir été témoin ou protagoniste de qui sait quelle altercation dont le motif me concernait sûrement, car sinon on ne comprenait ni sa présence ni l'urgence de son regard.

Dans la salle de bain je décrochai maladroitement une grande serviette en faisant tomber par terre deux essuie-mains qui pendaient d'un anneau fixé au mur. Je me baissai pour les ramasser et voulus les remettre en place, mais je me redressai si brutalement que j'eus soudain un vertige. Mon champ visuel s'assombrit d'un coup, se remplissant en même temps de petits points lumineux. Je dus m'asseoir sur la cuvette des W-C, avec la serviette sur les jambes, pour attendre que passe cette petite tempête de neige. Ces points lumineux me rappelèrent les lucioles. Puis, je battis deux ou trois fois des paupières et le scintillement disparut. Je sortis à la rencontre du nain avec la serviette dépliée. Je ne voulais pas que mon vertige se remarque.

– Fais attention de ne pas éclabousser la moquette, lui dis-je dans un dernier accès de sévérité. Il me prit la serviette des mains, la laissa choir sur sa tête et fondit en larmes. Il pleurait en silence, comme s'il se rendait compte que lui et moi *on ne pouvait pas parler* et que ce fossé entre nous deux était impossible à franchir. Je vis glisser deux larmes cristallines sur ses joues, deux larmes d'enfant triste, qu'il sécha avec la serviette, en silence.

– Tu ne devrais pas être à la maison ? dis-je pour alléger le début de la conversation.

Il resta un moment silencieux, regardant d'abord les traces de ses chaussures sur la moquette, puis un endroit indéfini au niveau de mes genoux et finalement mes yeux.

– Si, dit-il.

Il ne semblait pas encouragé par ma question, mais plutôt intimidé, diminué. Son visage reflétait un état d'esprit que je croyais plutôt inconnu dans le territoire de ses affects : il était ravagé d'angoisse. Je regardai un instant ses yeux, son cou guère plus gros qu'un de mes bras, les petites clavicules saillantes sur un torse étroit, pour finir par ses côtes serrées qui me firent penser à une cage. Je me demandai un instant ce que j'éprouverais si je m'avais, moi, comme frère aîné, comment je serais vu par cet esprit qui n'était pour moi qu'un ensemble de nuages noirs et de mauvais pressentiments. Et si son talent pour le mal n'était que le reflet d'un esprit sensible mais tourmenté ? Je n'étais pas prêt à baisser la garde devant son potentiel infini de dévastation, et pourtant, en le voyant ainsi plongé dans cette espèce de désarroi, je ne pouvais que me demander quelle sorte de douleur s'était emparée de cette petite boîte d'os.

– Papa est mort, je crus l'entendre dire.

Il prononça bien trois mots, et l'un d'eux était sans aucun doute *papa*, mais je doutai des deux autres durant cet instant éternel où je le regardai perplexe, en me demandant si c'était là le pire, le plus démoniaque des trucs de ce bambin inextricable, ou s'il venait de me donner une nouvelle qui dépassait maman et la maison, et qu'il devait m'apporter en se trempant jusqu'aux os sous la pluie, dans une obscurité totale, comme un petit chérubin de la mort. *Quoi ?... quoi ?* Et de nouveau cette impossibilité d'articuler des mots qui s'apparentait à une espèce d'engorgement. Je ne pouvais même pas le regarder dans les yeux. S'il s'agissait d'un ultime coup de griffe donné dans l'idée de me disloquer complètement, il avait touché juste. *Quoi ?* résonna une dernière fois dans ma tête, et l'instant d'après venait sur mes lèvres :

– Quoi ?

Le nain porta une main à son front, comme lorsqu'on veut se sécher la sueur, mais il l'y laissa, immobile. Une goutte d'eau coula d'une mèche jusqu'à ses doigts. Je remarquai de nouveau ses yeux injectés et la pâleur de ses lèvres. Il avala une goulée d'air, se préparant à l'exhaler dans un long soupir et à ce moment précis la porte s'ouvrit, cette fois dans son dos, comme si l'orage en personne avait actionné la serrure et fermement poussé la poignée vers nous. Quelques feuilles de mûrier entrèrent jusqu'au tapis de la réception. J'imaginai, je ne sais pourquoi, que c'était papa qui entrait, déposé à notre porte par le vent, mais j'avais encore les trois mots du nain à l'oreille, ces mots qui, d'avoir signifié ce que j'avais cru entendre, auraient rendu pour toujours cette arrivée impossible. Je regardai la main mouillée qui tenait la poignée. Une toux aiguë de femme s'éleva, que j'associai à cette main encore sans maître.

– Il tombe des cordes ! s'exclama Camila Badembauer en ôtant sa capuche. Elle avait fait un pas maladroit en avant sans lâcher la porte, comme si elle s'appuyait sur la poignée pour rester debout. – Des cordes !, des hallebardes !, et qui tombent horizontalement, insista-t-elle en nous regardant, moi et le nain, avec une absolue familiarité, comme poursuivant une conversation qui se serait déroulée toute la journée. De biais, comme ça, clac ! Clac, clac, clac !

Elle mimait les hallebardes frappant de biais tout en s'assurant que son geste de la main correspondait bien à l'impact de chaque hallebarde heurtant le sol.

Elle avait un regard égaré. En repoussant sa capuche en arrière, ses cheveux étaient restés plaqués sur sa tête. Dans ce mouvement son imperméable s'était ouvert, car il n'était pas boutonné, et on pouvait voir l'eau ruisseler de son cou sur sa robe dont le tissu lui collait à la peau, épousant chaque pli, des clavicules jusqu'au ventre.

– Vous avez déjà vu des hallebardes tomber de biais ? demanda-t-elle en nous regardant, et je sentis alors venant des profondeurs de sa gorge une forte odeur d'alcool, de liqueur de fruit plus que de vin, car cette première exhalaison me laissa un relent douceâtre dans le nez. – Les gens de la ville qui n'ont jamais vu tomber des hallebardes… bon… je comprends, dit-elle, sentencieuse, en s'appuyant encore sur la poignée. Mais, il faut voir ça chez moi, quand les gardes suisses les frappent par terre… clac ! clac !…

La porte resta ouverte tout le temps qu'elle proférait ses propos bizarres, et l'eau, à chaque bourrasque, envahissait de plus en plus la moquette. Je m'avançai et, prenant la poignée par-dessus sa main, je fermai la porte en murmurant, je ne sais exactement pourquoi, *excusez-moi.* Ce geste la fit se tourner vers moi et son épaule vint frôler ma joue. Je regardai le nain qui s'empressait de sécher une larme. C'est alors qu'elle le découvrit réellement.

– Mais qui est cet adorable bambin et pourquoi il pleure ? dit-elle en lui prenant le menton avec sa main qui avait fini par lâcher la hallebarde.

– C'est mon frère, répondis-je en passant sous silence que Camila Badembauer m'avait dit en face que le nain était adorable, car je voulais en réalité que la conversation avec elle, cette rencontre que j'avais espérée toute la journée, se conclue le plus vite possible pour pouvoir demander à mon frère des éclaircissements sur les trois mots fatidiques qu'il avait prononcés. C'est pourquoi je ne m'étendis pas sur les raisons de ses larmes, que cependant elle ne voulut pas ignorer.

– Cet adorable bambin pleure parce que son grand frère lui manque ! dit-elle sans lui lâcher le menton et en nous regardant alternativement tous les deux. – J'eus l'impression qu'elle se servait de son menton comme elle s'était servi de la poignée pour rester debout. – On l'a laissé tout seul… tout seul à la maison, sans jeux et sans histoires, et il est venu ici pour les retrouver ! Pour retrouver son gentil Maximilian !

Le nain avait cessé de pleurer et la regardait fixement dans les yeux. Quelque chose semblait tourbillonner dans un coin de son esprit.

– Oui, dit-il après cet instant de réflexion, sur ce ton avec lequel il se disait *le plus petit.* C'était un *oui* de reddition inconditionnelle mais grâce auquel, de façon subtile, il se rendait maître de la situation. Je perçus soudain que le nain n'avait pas l'intention de rentrer à la maison et qu'il allait prolonger sa présence à l'hôtel le temps que son génie le lui permettrait.

– Bien sûr que oui, je peux reconnaître un petit frère adoré de loin, parce que j'ai... Maximilian a dû te raconter... Comment s'appelle cet enfant ? demanda-t-elle en me regardant soudain avec des yeux complètement égarés.

– Ernesto Seigner, dit le nain.

– Mais tu es tout mouillé pour un enfant de ton âge... Tu lui as proposé une douche, Maximilian ? me demanda-t-elle en posant une main sur sa petite épaule... Parce que si tu dois lui raconter une histoire et si vous devez faire des jeux... des jeux... on va l'installer dans une chambre... une bonne chambre, parce que les enfants doivent être heureux... avoir une enfance heureuse, tant qu'ils sont petits... Tes parents savent que tu es ici ? Tu les as prévenus qu'aujourd'hui on reste ici, à l'hôtel ? demanda-t-elle presque sans le regarder. Ses yeux parcouraient le tableau des clés derrière le comptoir et revenaient sur nous.

– Oui, ils sont au courant, mentit le nain avec un aplomb enviable.

En toute autre circonstance, je l'aurais démasqué, mais de trop grandes inquiétudes pesaient sur moi. Tout d'abord, c'était ma première et chaotique journée de travail. Ma mère m'avait répondu au téléphone en pleurant et se désintéressant complètement de moi. Mon frère, livide, venait de me transmettre une information vitale, qui était entravée, déformée, filtrée par la présence d'une femme en proie à une régression aiguë à son enfance suisse, où, d'une certaine façon, elle était passée du fracas d'une pluie de hallebardes à son adorable petit frère, que nous étions devenus à ses yeux, moi et mon frère, ou bien séparément, car lorsqu'elle prononçait "Maximilian", elle ne regardait personne en particulier. Je surveillais le nain avec une insistance désespérée en essayant de l'empêcher de mettre à profit l'ivresse de cette femme pour déclencher son plan d'invasion de l'hôtel, car sa présence me semblait constituer un bon motif pour mon licenciement le lendemain matin. Par ailleurs, si j'avais bien entendu la nouvelle qu'il m'avait apportée, elle signifiait un désastre absolu de ma vie émotionnelle, une espèce d'hécatombe, de fin du monde, devant lequel la perte de ce misérable petit emploi estival était reléguée à un très lointain deuxième ou troisième plan. Quoi qu'il en soit, je devais empêcher que la conversation avec cette version alcoolisée de Camila Badembauer se prolonge, de sorte que je décidai de confirmer la réponse du nain par un hochement de tête.

Le regard de Camila Badembauer avait erré sur le tableau des clés avec une insistance bizarre, et je finis par comprendre qu'elle passait en revue les chambres vides, ce qui n'était guère compliqué car, ainsi que me l'avait dit la femme de ménage, il n'y avait que six clients à l'hôtel, et toutes les autres clés pendaient au tableau comme un rappel choral de son nom exotique, chaque porte-clé portant en effet, maintenant presque comme une plaisanterie, le mot "Samarcanda" écrit en lettres rouges.

– La suite est un rêve ! Elle a un petit salon et deux chambres, comme un petit appartement ! déclara-t-elle en prenant à deux mains le menton du nain. Elle paraissait sur le point de tomber.

Nous la regardions en silence.

– La suite est un rêve, je vous dis ! répéta-t-elle en lâchant un instant une des ancres qu'elle avait plantées sur le menton de mon frère, puis elle indiqua la clé accrochée au coin supérieur gauche du tableau : c'est celle-là, Maximilian !

Quand elle haussa épaule et bras, sa robe mouillée souligna les volumes de sa poitrine. C'était une robe d'été couleur crème, qui lui moulait la taille, les hanches et le buste, et qui n'était vraiment pas conçue pour être portée mouillée, car le tissu paraissait maintenant collé à son corps, comme fraîchement peint sur la peau. Il me sembla que c'était une robe très moulante pour une femme mariée qui sort seule le soir, et je me demandai un instant si cette rivière alcoolisée que son haleine et sa conduite trahissaient avait été ingérée seule ou accompagnée, et par qui. Je m'égarais déjà dans cette pensée lorsqu'elle revint à la charge :

– Celle-là, au coin du tableau ! Et se tournant vers le nain : c'est un rêve, mais personne ne la prend, on ne sait jamais avec le goût des gens… on a beau faire des efforts… il y a une philosophie derrière les choses… rendre service… mais on ne sait jamais avec le goût des gens… c'est la meilleure chambre et on ne l'a louée que trois ou quatre fois… presque un petit appartement !

Elle tituba, se pencha soudain sur le nain et finit par poser un genou par terre.

– Où est mon mari ? demanda-t-elle en me regardant dans les yeux comme si je venais d'arriver.

– Il est allé se coucher à huit heures. Vous voulez que je l'appelle ?

– Non, non. Il n'aime pas me voir à… *contretemps*. Parce que en ce moment, je suis un peu à *contretemps*, Maximilian, dit-elle avec un reste d'accent étranger, notamment dans le *r* de *contretemps*. Elle me parlait sur un ton de douce confidence tout en caressant vaguement le menton du nain avec les doigts qui le tenaient encore.

– Si je m'assieds une ou deux heures toute seule, dans le petit salon de la suite, pendant que vous jouez dans les chambres, ce *contretemps* va passer et après je vais pouvoir regagner ma chambre, en meilleure forme, d'accord ? Celle-là, au coin, Maximilian. – Elle tenta de se relever, mais faute d'équilibre ou d'élan, elle s'immobilisa à mi-chemin, la poitrine redressée mais la tête baissée, comme si elle devait regarder par terre pour rester droite.

J'allai décrocher au tableau la clé de la suite, où je n'étais pas encore entré, car le deuxième étage était complètement vide et la femme de ménage s'en était occupée pendant que je restais à la réception. Je me demandais comment Mme Badembauer allait pouvoir monter. Je la rejoignis avec la clé. Je fis glisser la serviette sur la nuque du nain, mais n'osai aucun geste avec elle.

– Je vais avoir besoin de votre aide, Maximilian, me dit-elle avec un sourire éthylique. Vous allez me servir de béquille.

Et cela dit, elle leva un bras qu'elle me passa sur les épaules. Je la pris par les côtes en lui entourant le dos, sentant que la prendre par la taille aurait été inconvenant, même dans le cadre de cette situation absurde. Elle était passée du tutoiement au vouvoiement, ce qui me donnait l'impression d'être tantôt son employé, tantôt son frère, alors que je n'avais rien fait pour favoriser cette confusion.

Je me disais que dès que je l'aurais laissée dans le fameux petit salon de la suite, je pourrais aller dans une chambre pour avoir une explication avec le nain, ce qui était de toute évidence impossible au milieu de tout ce raffut pour maintenir Mme Badembauer debout. J'allais pouvoir lever, un par un et selon une séquence logique, tous mes doutes.

L'ascension de l'escalier fut interminable. En arrivant au premier étage, je crus qu'elle allait s'effondrer, mais après quelques secondes de repos sur le palier, nous reprîmes la marche vers le haut plus efficacement, comme si nous nous étions habitués à cette nouvelle relation symbiotique. Chaque fois que ses jambes titubaient ou que nous brisions le silence souhaitable à ce moment de la nuit, elle portait l'index perpendiculairement à sa bouche et émettait entre les dents une rumeur de pluie.

Finalement, au bout de cette exténuante montée, nous nous engageâmes, sans allumer la lumière, dans le long couloir du deuxième étage. L'avant-dernière porte avait le numéro 215, le même que celui gravé sur le porte-clé, et en atteignant le seuil, j'appuyai Mme Badembauer contre le chambranle comme s'il s'agissait d'une lourde valise, tout en donnant quelques estocades ratées à la serrure avec la clé de bronze, que je parvins à introduire à la quatrième ou cinquième tentative, avant que les six clients de l'hôtel viennent se plaindre de ce tapage nocturne.

La suite était plongée dans l'obscurité et pour allumer je dus lâcher un instant Mme Badembauer, qui pendant ces deux ou trois secondes d'absence glissa contre le cadre de la porte jusqu'à se retrouver quasiment à genoux. Je revins juste à temps pour la prendre par la taille et la traîner jusqu'au petit sofa du salon dont elle avait parlé. Je déposai son corps plantureux sur le revêtement rouge et m'assis à côté.

Je fis signe au nain de fermer la porte et, à ma grande surprise, il m'obéit. Nous nous retrouvâmes assis de chaque côté de Camila Badembauer, qui au bout de quelques secondes se mit à ronfler. Je me demandai si elle ne risquait pas, avec sa robe mouillée, d'attraper une pneumonie, mais je me dis que c'était l'été et que j'avais largement dépassé les limites de mon rôle. Je sentais encore dans la paume de ma main la chaleur née au contact de ses côtes, de son dos et de sa taille. Je la regardai dormir, une étrange félicité émanait de son visage, comme si, même ivre, trempée et perdue, elle préférait être sur ce sofa plutôt que n'importe où ailleurs. J'eus un bref élan de pitié pour M. Pitti, qui s'effaça aussitôt, car en rencontrant les yeux de mon frère je me rappelai que j'étais peut-être moi-même plongé, sans en avoir encore la certitude, dans le jour le plus triste de ma vie. Sans dire un mot, je me levai, lui pris la main comme on la prend à un enfant pour traverser la rue, et le conduisis dans une des deux chambres de la suite, où nous entrâmes sans allumer, car par la fenêtre filtrait la lueur de la rue et je ne voulais pas, si ces mots qu'il avait plantés en moi était vrai, qu'il me voie pleurer.

Nous nous allongeâmes sur un lit double gigantesque, couvert d'un dessus-de-lit en velours brodé d'arabesques. Je n'avais pas remarqué la décoration de la chambre, absorbé comme je l'étais à comprendre enfin la présence de mon frère ici, et ce n'est qu'ensuite, pendant les longs silences qui entrecoupèrent notre conversation, que j'eus l'occasion de remarquer le gobelin accroché au mur, la commode en acajou et les deux faux candélabres des tables de chevet.

Ernesto avait ôté ses chaussures et, avant de s'allonger sur le dessus-de-lit, il en plia un coin, comme le faisait maman, pour se couvrir les pieds. Avoir une conversation sans insultes était nouveau pour nous deux, et il nous fallut deux ou trois minutes pour que nous arrivions à nous regarder franchement dans les yeux, en retardant ce moment par de petits ajustements du couvre-lit et des oreillers.

Et bientôt il ne fut plus possible d'éviter de parler. Il leva les yeux et dut ensuite les plisser. Je tendis une main que je posai sur sa poitrine et à ce moment-là, comme si ce geste avait pressé un bouton de contact caché, il se mit à parler avec une peine profonde mais pacifique, qu'il déplia pendant presque une heure et demie, sans compter les pauses où nous restâmes muets sans nous regarder, absorbés dans les objets qui nous entouraient et à peine accompagnés par le discret ronflement de Mme Badembauer, qui nous parvenait du petit salon.

– Toutes ces histoires avec Marcos… avait-il commencé. Cette colère que tu avais contre lui… Tout ça, les disputes… Aujourd'hui, j'ai compris. Je ne sais pas si tu savais ce que j'ai appris aujourd'hui… Mais, bon, il y a eu une dispute… une grosse…

Sa voix était calme, comme s'il avait dû choisir entre parler ou respirer et qu'il avait décidé de faire les deux choses à moitié. Parfois sa main se figeait dans un geste, donnant l'impression que les doigts ne l'accompagnaient pas dans ce qu'il voulait dire.

– Maman est entrée dans ma chambre et il est venu derrière elle… Il la suivait comme un fou… Elle me disait qu'elle n'en pouvait plus, que le mensonge qu'on vivait était insupportable, un truc comme ça, juste au moment où il est entré et a commencé à lui dire *tu vas te calmer, tu vas te calmer*, et elle lui a écarté la main d'un coup de coude, je ne comprenais pas ce qu'elle voulait dire avec cette histoire de mensonge. L'oncle Marcos… il était comme fou, il lui disait de se taire, que notre maison était aussi sa maison et d'autres trucs, tout ça en criant… un vrai dingue…

Il se tut de nouveau, les doigts figés dans leur geste, et il me regarda de nouveau dans les yeux. Ma main était toujours posée sur sa poitrine. Je ne sais pourquoi, j'avais du mal à l'en retirer.

– Alors, elle m'a pris dans ses bras et m'a dit qu'il y avait eu une erreur terrible, que les adultes font des erreurs terribles et qu'après ils le regrettent toute leur vie, dit-il en soupirant.

Ma main avait glissé de son sternum vers son ventre. Cette espèce de grenouille tremblante avait eu le courage de venir me chercher sous la pluie pour me faire participer à cette douleur. Je l'aurais serré dans mes bras sans plus, mais maintenant il était évident que c'était moi, depuis toujours, qui avait manqué de courage.

– Et quand elle parlait de cette erreur, poursuivit-il, Marcos lui coupait la parole, il lui disait *qu'est-ce que tu veux faire, détruire la vie des gamins ?* Alors j'ai commencé à avoir peur. Maman a demandé à Marcos de sortir de la chambre. Elle lui a dit *s'il te plaît, je veux que tu sortes de…*

– Et qu'est-ce qu'il a fait ? je demandai indigné. Mon frère cligna des yeux. Je compris que je ne devais pas l'interrompre.

– Il est sorti. Il a dit quelque chose que je n'ai pas entendu et il est parti en claquant la porte. Maman est restée un moment en silence, puis elle m'a pris dans ses bras. Je l'avais souvent vue triste, quand elle venait dans ma chambre et me demandait si je pensais qu'elle était une bonne mère, si j'étais content de la mère que j'avais. Mais cette fois elle ne m'a pas posé ces questions. Elle m'a dit qu'il y a des choses qu'on fait bien ou mal, comme conduire une auto ou cuisiner, mais qu'après il y a le cœur, et là on est tous un peu maladroits, et elle m'a dit que papa faisait partie des moins maladroits et elle des autres, des plus maladroits. *Marcos est comme moi, il fait partie des très maladroits*, et elle s'est mise à pleurer… elle est sortie de la chambre…

– Et ce que tu m'as dit en bas, quand tu es entré ? je lui demandai, anxieux, brisant le vœu que j'avais fait un instant plus tôt.

– J'y arrive…

– Pardon. – Je réagis inexplicablement, alors que je ne l'avais pas du tout insulté.

– Elle m'a parlé de quand elle était jeune… Elle a dit comment elle était *devenue une demoiselle*. Elle a dit que les jeunes ne comprennent pas ce qui leur arrive, et après elle a parlé… de son quartier, des bals, et tout à coup de comment elle avait connu Marcos avant d'avoir dix-huit ans… J'ai commencé à m'embrouiller, parce qu'au début j'ai cru qu'elle allait parler de papa, mais non elle a dit Marcos et qu'elle s'était fiancée avec Marcos le jour où elle est allée voter pour la première fois, qu'il l'avait emmenée dans une camionnette de son travail et qu'il s'était montré galant… C'est ce qu'elle a dit, qu'il avait été *galant* avec elle… et qu'elle était jeune et blablabla, elle n'arrêtait pas de dire qu'elle était jeune, qu'elle était vraiment très jeune… Je ne sais pas comment ça a continué, elle a raconté des fiançailles, je ne sais pas, mais au bout d'un moment elle m'a raconté qu'ils s'étaient disputés et que Marcos était parti après une crise de jalousie, il a dit qu'il partait travailler en Colombie, ou qu'il allait faire fortune, je n'ai pas compris. Et il l'a laissée tomber.

– Comment ça… ? Marcos a été le fiancé de maman et il l'a laissée tomber ?

– Oui, il l'a laissée tomber.

Un moment plus tôt je m'étais appuyé l'autre main sur le front et maintenant je me pressais les sourcils avec les paumes, comme si je devais contenir le lobe préfrontal qui menaçait de déborder. Je sentais toutes ces nouvelles informations palpiter dans ma tête comme si ce flux chaud qui m'était entré dans les oreilles était en train de déplacer tout ce que j'avais rangé depuis des années sur mes étagères intérieures, les centaines d'articles que j'avais lus attentivement et mémorisés, ce grand classeur que j'avais tenté de distiller comme s'il s'agissait d'une liqueur bouillait maintenant … dans un tube, oui, c'est ça, un tube… c'était comme si un catalyseur avait empêché jusque-là une réaction naturelle et que maintenant ces nouvelles qui… se catalysaient…

J'étais épuisé. Je cessai quelques minutes d'écouter mon frère, envahi par un vertige intense que je cherchais à maîtriser en comprimant mes sourcils. Je ne sentais encore rien. Ni jalousie, ni haine, ni chagrin. À peine un bruit continu, une urgence aiguë de maintenir mon identité, de me palper le front avec les doigts et de vérifier que Máximo Seigner était toujours là.

Pendant qu'Ernesto parlait, je déambulais entre ses paroles et de longues associations hétéroclites, brèves et automatiques qui surgissaient pour sortir de ma tête la seconde d'après, comme balayées par le vent. Ce n'était pas vraiment des idées, plutôt des *noms d'idées*, venant d'une pensée mouvante, impossible à saisir et dont le murmure de mon frère était la bande-son. Cela commença simplement par le mot *minuscule*. Un mot qui faisait du bruit. Puis les consultations de mon classeur mental furent, plus ou moins dans l'ordre, l'évolution des chevaux depuis les petits mammifères à cinq doigts jusqu'aux équidés actuels (y compris la douleur que provoque toujours soit d'un coup, soit au long d'un million d'années, la perte d'un doigt), l'extinction des pachydermes américains, mais quel était ce bruit, là… la théorie d'Ameghino sur l'origine américaine de l'Homo sapiens, la théorie de l'émigration polynésienne sur les côtes du Chili, le long voyage de Thor Heyerdahl à bord du *Kon-Tiki*, ah !, bon Dieu !, quel est ce bruit ?… le mystère de la sensibilité des oiseaux migrateurs au pôle magnétique, les tentatives de Konrad Lorenz de devenir le leader d'une bande d'oies et son succès final, bref, une reconstruction serrée de mon univers depuis *Connaissance* jusqu'à *Ici et maintenant*, comme si cet anarchique compendium avait en un certain sens retardé cette autre grande dissolution que le nain, Ernesto, déplorait en ce moment sur l'oreiller.

La tête inclinée et les yeux fixés sur moi, il parla de la Colombie, d'une fabrique de tissus ou quelque chose de semblable, du refus de Marcos d'écrire à maman et de répondre à ses lettres, de l'angoisse croissante de notre mère, une angoisse de mort que seule l'aide patiente de papa, le frère discret de ce jeune homme dépravé et impulsif, avait pu apaiser. Il parla d'innombrables lettres restées sans réponse et là, c'est l'indignation, l'indignation d'imaginer maman écrivant des lettres à un individu distant et insensible, qui le soir même m'avait menti au téléphone dans le salon de ma propre maison, qui me fit revenir sur le lit de cette suite et au mince filet de voix du nain.

– Papa est devenu ami avec maman. Au début, ils se voyaient seulement pour parler des dernières nouvelles de Marcos, comment ça se passait dans son travail, s'il avait reçu les lettres de maman, s'il y avait un espoir qu'il revienne.

Et peu à peu ils ont aussi parlé d'autres choses. *Ton père était un homme adorable*, m'a dit maman, *un homme gentil.* Maman me disait ça et dehors Marcos marchait en faisant du bruit... il se comportait comme un idiot. Mais pourquoi maman me disait tout cela maintenant ?

J'aimais bien voir mon frère avec des bouffées d'indignation, de cette indignation que je ressentais depuis des années pour des motifs abstraits, ou qui souvent le concernaient, indignation devant la résistance que le monde oppose quand on passe la tête hors de l'enfance et qui ne semble jamais disposée à faiblir. Je me rendis compte qu'Ernesto s'avançait déjà vers ce monde terrible qui l'attendait au coin de la rue, la redoutable adolescence. Un de ces quatre matins il allait arriver devant ce vide, découvrir qu'il ne pourrait plus *être le même* pour faire le bonheur des autres, mais qu'il devrait être *comme les autres*, se joindre au chœur de ceux qui l'avaient gâté et cherchaient un objet d'affection plus digne que lui.

– Marcos ne revenait plus, alors maman et papa se sont fiancés. Comme elle n'avait pas de parents, personne n'a crié au scandale, et la mère de papa a fini par les accepter, parce qu'elle aussi voulait qu'ils soient heureux, et Marcos avait disparu de la circulation. Ils se sont mariés et ils t'ont eu. – Il marqua une pause et me regarda, il semblait attendre que je lui indique si je souhaitais continuer à écouter l'histoire. J'eus du mal à rester silencieux et à le regarder dans les yeux. – Et un jour la grand-mère est morte.

– J'avais deux ans, ajoutai-je seulement pour l'accompagner dans son récit.

– Oui, dit-il, et il se tut un moment. Il regarda la porte donnant sur le petit salon, où Camila Badembauer venait de pousser un soupir aigu, pour reprendre ensuite son ronflement habituel, opaque, comme le bourdonnement discret d'un petit moteur.

– Et alors ? demandai-je.

– Alors Marcos est revenu. Il est revenu de Colombie pour l'enterrement. Et tout le monde a dit sa tristesse et s'est embrassé, comme dans les enterrements où on s'embrasse beaucoup. Papa s'est senti jaloux de Marcos, Marcos qui était revenu. Maman m'a dit que pendant la veillée il les surveillait, pour savoir par exemple s'ils se donnaient l'accolade, *l'accolade funèbre*, a dit maman. Papa n'aimait pas que Marcos soit là, tout près. Il n'est pas reparti… Et après l'enterrement, ils se sont disputés…

– C'est pour ça qu'ils ne se parlaient pas.

– Oui, c'est pour ça. Ils ont arrêté de se parler le jour où papa est rentré du travail et qu'il a entendu maman qui riait au téléphone, il a cru qu'elle était avec Marcos, mais elle lui a juré qu'elle parlait avec une amie. *Je ne te connais pas d'amies*, il lui a crié, *et tu n'as aucune raison de rire dans mon dos*. Et les disputes ont commencé, en secret, parce que papa avait honte de ce qu'il croyait qui se passait. Maman a dit que papa était devenu un *jaloux chronique*, il paraît que c'est une maladie. C'est ce qu'elle a dit, que c'était une maladie.

– Une fois, je les ai entendus se disputer, dis-je presque pour moi… Et lui je l'ai entendu demander s'il était un *meuble*, je n'ai pas compris ce que ça voulait dire.

Il me regarda et se tut un instant. En voyant son expression, je me dis que lui, peut-être, comprenait. Mais je n'eus pas le courage de lui demander.

– Pendant que maman me racontait tout ça, elle devait s'arrêter souvent pour se moucher, parfois elle se taisait et pleurait. Marcos venait de temps en temps à la porte et posait des questions idiotes, du genre *ça va ?* ou *vous voulez que je vienne ?* Et maman lui demandait de partir. Elle avait l'air morte de fatigue.

– Pourquoi elle ne le virait pas de la maison ? Il y a longtemps qu'on aurait dû le virer, avec ses manières ridicules et ses prétentions de *faire partie de la famille* ! Depuis des années ! m'exclamai-je, obnubilé.

L'espace d'une seconde, un mastodonte américain tomba de nouveau dans une fosse devant moi, pendant qu'une tribu entière lui transperçait les flancs de lances.

Ils avaient ainsi disparu, disait un article. Puis la vision s'évanouit et je revins à mon frère. Lui aussi paraissait furieux et ce chœur empathique qui nous réunissait m'encouragea à reposer ma main sur sa poitrine. C'était si nouveau et si bon de le toucher avec douceur que je lui étais presque reconnaissant de pleurer.

– C'est ce que j'ai dit à maman. Pourquoi rendre papa jaloux ? Qu'est-ce que ça nous aurait coûté de cesser de voir l'oncle Marcos ? On s'en fichait de lui. *Ça nous aurait coûté, oui*, elle m'a dit, *parce que l'oncle c'était la famille et qu'on l'aimait*. Et quand elle a dit qu'on *l'aimait*, là j'ai senti ce ton sournois, oui... sournois, je suis sûr que c'était ce petit ton mielleux qui devait exaspérer papa. Je ne sais pas, mais elle a dit qu'*on l'aimait...*

– Je le connais bien, ce ton, c'est le ton avec lequel ils se défendent... dis-je, en jouant les inquisiteurs.

– J'ai commencé à l'accuser, et elle à pleurer encore plus. Je lui ai dit que j'avais toujours vu les petits sourires qu'elle faisait à l'oncle, mais que jusque-là j'avais été bête. *Si Máximo l'apprend, il va le bouffer tout cru*, je lui ai crié, *il va le courser jusqu'à sa station-service et l'écraser comme un crapaud !* Elle a mis les mains sur son ventre, comme si elle avait mal, et elle a dit que personne ne savait ce que c'était de vivre quand on est surveillé, vivre avec un policier qui dort dans le même lit que toi et qui te regarde, te regarde, te regarde. Elle a dit que si Marcos n'avait pas été là, elle serait devenue folle. *Marcos a fait des efforts pour continuer sa vie*, elle a dit, *il a épousé Edna avec les meilleures intentions, et après, elle a eu cette fièvre... la fièvre des rhumatismes... elle est tombée gravement malade...*

– Edna l'impotente ! Edna l'impotente ! Marcos me répugnait tellement, qu'elle ne me faisait même pas pitié ! je m'écriai en me retenant de bourrer l'oreiller de coups de poing.

– Il y a ça et puis un jour, il n'y a pas longtemps, papa est passé en voiture devant la porte d'un bar près du port et il les a vus, maman et l'oncle, qui se tenaient par la main.

Maman lui a dit qu'ils se passaient la carte, qu'ils ne se touchaient pas, mais papa était comme fou. Il a crié à maman qu'il avait eu une vie de malade avec elle et qu'il devait se contenter de ce qui lui restait de santé, ou sinon qu'il allait faire quelque chose de très mal. D'où la maladie. Et d'après maman il disait tout ça en lui agitant le rasoir sous les yeux, elle était morte de peur. Après, il a jeté le rasoir dans la baignoire, il a voulu remplir une valise avec ses affaires, mais il s'est énervé et il l'a laissée ouverte sur la table de la salle à manger, avec les chemises et les caleçons, et il est sorti à moitié habillé, comme un fou.

– Je me souviens d'être entré et d'avoir vu les habits entassés dans la valise comme si un chien les y avait mis, en vrac, comme pour être jetés. – Je lui dis, et aussitôt me revint ce doute qui ne voulait pas prendre forme, une corde d'angoisse qui vibrait dans mes tympans. – Et papa ?

– On n'a rien su de lui pendant des mois. Marcos l'a cherché dans les endroits où il allait quand il était jeune, dans des hôtels et même au commissariat. Maman sentait que c'était sa faute, mais elle était aussi un peu soulagée, parce qu'elle avait eu trop peur. Elle a alors fait très attention à nous. Elle a changé tout ce qu'elle a pu de l'histoire du départ de papa, parce que Marcos lui disait qu'on était encore trop petits pour connaître la vérité. À la fin des classes, encore sur les conseils de l'oncle, on est allés tous les trois camper au bord de la mer… tu sais, ce camping, quand elle est partie en me laissant avec toi…

Je me levai brusquement. Comme si je ne pouvais plus en supporter davantage. Cet été-là me revenait à l'esprit comme une angoisse intense, encore vive. Les après-midi passés sur ce long quai qui était pour moi, à la fin de la sieste, le seul refuge contre cette *frénésie quotidienne* dans laquelle baignait la maison et qui se révélait maintenant beaucoup plus profonde et nette : une sensation indéfinissable de la fin de tout, la peur bleue de voir l'été se terminer, cette étreinte avec Amelia, une parfaite inconnue qui avait semblé me comprendre sans parler et qui ne trouvait pas, comme moi, le foyer de son vertige de mort. Avec les révélations du nain, je me rappelais maintenant de petits signes sur le visage de maman, un frémissement de ses narines, une grimace involontaire, une dilatation presque imperceptible des pupilles, tous ces petits détails qu'un esprit exalté remarque, et j'avais commencé à rassembler inconsciemment des indices, comme si cette sensation d'imminence tragique, que j'associais avec la fin de l'été, avait été en réalité l'intuition de la fin de notre famille, de la fin de notre vie commune et le début de cette incertitude, de cette incomplétude qui est la sortie définitive de l'enfance. Amelia, avec son serre-tête se dressant soudain sur ses cheveux en bataille, m'apparut un instant et j'eus presque envie de lui crier de rester, que moi aussi je la comprenais. Puis je sentis une ombre sur mes yeux.

– Et papa ? demandai-je de nouveau, obstiné.

Nous avons fini par nous endormir. Ce n'était pas le sommeil qui nous avait gagnés, ou du moins pas cette douce somnolence qui envahit un paysan à la fin d'une journée de moisson. C'était plutôt une revanche que le corps prenait contre un gouvernement injuste, une sorte de grève, un sabotage pour déjouer de sombres plans de domination.

Le murmure de la chambre voisine nous accompagna jusqu'au bout et ce fut peut-être pourquoi ma dernière lueur de conscience fut consacrée à M. Pitti, dont le visage me parut plus triste que jamais, mêlant l'expression qu'il avait ce matin-là, lorsqu'il traînait sa jambe en proie à la goutte, avec le visage de papa, qui ne m'abandonna que lorsque je m'endormis.

Pendant ce prélude au sommeil, ma main posée sur l'épaule du nain s'était couverte d'une pellicule de sueur. Nous étions restés longuement dans les bras l'un de l'autre, avant qu'il finisse de parler et de sangloter, jusqu'au moment où nous fondîmes en larmes sans prononcer un mot de plus. Nous nous regardions à peine, comme deux enfants naturels qui auraient fait connaissance à l'enterrement de leur père. Il aurait été tellement plus facile, avais-je pensé plusieurs fois au cours de notre échange, de se rendre compte de toutes ces choses si nous avions été un peu plus fraternels. Après tous ces tremblements, les hoquets de sa cage thoracique s'apaisèrent, il se calma et retrouva un rythme régulier, auquel son corps se plia comme s'il s'agissait d'une voie qui le ramenait à l'enfance. Il maîtrisa ses lèvres, vida les dernières cornues de l'angoisse par deux longs soupirs et me laissa seul, accompagné mais seul, sur la vaste moitié du lit.

Je ne sombrai pas aussitôt dans l'inconscience. Ma tête était une espèce de tanière parcourue par d'innombrables rongeurs. L'un d'eux trouvait soudain un endroit où creuser un terrier et un instant son existence se faisait plus bruyante que le reste de la colonie. Les pattes fouillaient, grattaient des lambeaux de souvenirs, indistinctement heureux ou tristes, et au moment où allait être convoquée la forme originale de ce passé maintenant rongé, d'autres pattes émiettaient un anniversaire, une sortie au parc, l'une ou l'autre de ces longues vacances au camping de la première époque, la vie avec papa avant d'aller à l'école.

Je regardais Ernesto dormir en émettant de petits soupirs irréguliers que j'avais déjà entendus dans l'escalier quand nous avions traîné Mme Badembauer. Ils m'avaient alors paru une manifestation de plus de cet être inconnu, dont l'existence entière s'était déroulée sans que je remarque ces bruits. *Le bébé* revint dans mes oreilles, ou plus précisément mon père disant *le bébé*, expression qui décrivait parfaitement l'émetteur de ce soupir et pourtant ne concernait pas du tout *le nain*, cet autre personnage surgi après des années de distorsion, plutôt tout le contraire de l'image d'un bébé.

Je finis par m'endormir, même si ce répit ne dura guère, car quelques minutes plus tard je me réveillai avec une terrible sensation d'estomac noué, les mâchoires serrées et la langue complètement sèche. Je me levai et sortis de la chambre.

Dans le petit salon, Camila Badembauer s'était recroquevillée sur le sofa. J'eus l'impression qu'elle grelottait et j'allai dans la chambre vide de cette suite, allumai et pris une couverture dans l'armoire. Je l'étendis sur elle en prenant soin de lui couvrir les jambes, la taille et le ventre. Je l'observai un instant. Quelle importance que je la parcoure ainsi des yeux puisqu'elle dormait à poings fermés, tout comme le nain et moi-même, dans une certaine mesure, car je vivais une espèce de rêve éveillé.

Je me dis qu'elle devait avoir une quarantaine d'années. Maintenant qu'elle n'avait pas à jouer les dames, elle paraissait même plus jeune. Peut-être trente-sept. Ses yeux bougèrent sous ses paupières et j'imaginai un instant qu'elle rêvait de son village, de son frère, des pluies de hallebardes, de sa vie antérieure quand elle était jeune. Un peu triste, je pensai qu'elle était encore belle et maman me revint à l'esprit, et ce mensonge qu'elle avait ourdi si maladroitement autour de nos vies, combien elle avait dû se sentir seule.

Je voudrais la serrer dans mes bras, pensai-je, pour aussitôt me rendre compte, troublé, que je ne savais pas si j'avais songé à maman, à cette mère de plus en plus distante à qui j'avais dit au revoir le matin même, ou à cette femme qui dormait, ivre et étrangement heureuse à quelques centimètres de mes genoux. Comment ce serait, me demandai-je, d'être dans les bras de cette femme gigantesque et vigoureuse ? Est-ce que ce serait semblable à l'étreinte avec Amelia, ou très différent, plus animal. Comment savoir ?

Elle leva la main vers un sourcil et le frotta. Je souris. En faisant ce geste, elle donnait l'impression d'avoir quatre ans. J'eus soudain une étrange et fugace illumination, une de ces illuminations qui se produisaient sans prévenir, sans le petit bruit rationnel qui les faisait habituellement tinter. Plus qu'une idée, c'était une sensation corporelle, et qui pouvait, traduite en mots, se résumer ainsi : sur un certain plan, intangible mais non pour cela moins réel, maman, le nain, M. Pitti, l'oncle Marcos, Camila Badembauer, moi, bref, tous, nous avions le même âge et nous étions, d'une certaine façon, *la même chose*. Je ne voulais pas dire seulement que nous étions des personnes, mais que nous formions tous, en groupe, une seule personne en laquelle nous cohabitions, non seulement nous, mais toutes les personnes que nous connaissions, que nous avions vues ou entendues, ou qui avaient, selon un point de vue plus vaste, simplement existé.

Je pensai au prénom Máximo, cet objet encombrant que j'avais dû porter depuis toujours comme un fardeau, mais grâce à la vision de cette personne collective, son poids se répartissait sur une centaine d'âmes, se faisait infinitésimal sans perdre cependant sa substance, comme dans les dilutions homéopathiques de Paracelse, où la présence infime a même plus de pouvoir que l'abondance. Durant le bref instant de cette vision, *Máximo* fut un mot privé de sens, presque beau, comme un biscuit émietté et emporté par une fourmilière, impossible à distinguer d'autres biscuits qui auraient été Ernesto, Marcos, ou Camila, dispersés sur le dos de milliers d'insectes également indifférents ou satisfaits de la trouvaille de la moindre miette et incapables de concevoir la rondeur distante, inutile, du biscuit entier.

Cette explosive disparition de la haine fut brève. La vision s'évanouit et il n'en resta qu'une espèce de phrase, dite par quelqu'un qui n'était plus cette nouvelle personne diffuse, mais le vieux moi plaintif, une voix qui disait *pauvre papa*.

Camila Badembauer tendit la main vers mes genoux, sans savoir que j'étais là, et je reculai d'un pas, craignant qu'elle me découvre en train de l'observer. Ses doigts tâtonnèrent un instant dans le vide et se replièrent.

Elle remua un peu, puis rentra les épaules, comme si l'absence de ce qu'elle pensait trouver avec la main l'avait fait se méfier de l'environnement. La couverture que je lui avais placée sur les jambes et le ventre semblait maintenant insuffisante pour réfréner le frémissement qui la parcourait : elle transpirait encore, son cou était sillonné par un corridor d'humidité qui descendait jusqu'aux clavicules pour disparaître dans le décolleté. Je remarquai le pli formé par une boutonnière ouverte qui me rappela un portrait de Marie Stuart que j'avais découpé un matin de l'automne passé : le front ample et haut, presque comme un reflet du décolleté, un brocart de perles et de rubis, mais surtout ce regard, digne bien qu'implorant silencieusement la clémence, et sous le portrait, cette espèce de légende qui s'était gravée dans ma mémoire : *Fin tragique pour une vie splendide.*

Sous l'effet du dernier visage de cette *vie splendide*, j'eus la nostalgie des pages de mes albums, les meilleures, celles que j'avais composées avec ferveur, choisissant des illustrations dans l'agitation visionnaire des matinées, cette aube de l'éveil que ma mère appelait *obnubilation* et qui constituait en général le meilleur de ma journée. Un classique était la page où j'avais collé les photos de Craig et Dart sous une gravure du crâne de l'enfant de Taung, le premier australopithèque connu. J'avais pris soin d'encadrer l'article à l'encre bleue et d'écrire dessous, de mon impeccable calligraphie, "*Trouvé dans les gorges d'Olduvai, dans le Transvaal*", comme si cette légende allait aider les futurs visiteurs de mon musée personnel à s'orienter dans l'histoire. Méritait aussi une mention spéciale, bien sûr, le visage souriant de Valentina Terechkova, placé à droite de la chienne Laïka, comme si cette espèce de portrait de famille pouvait se concevoir sans la présence du brave Gagarine, que j'avais sûrement exclu de la page, le considérant comme déjà trop célèbre. Mon cahier ne s'intéressait pas à des célébrités, mais plutôt à des personnages obscurs et des événements qui donnaient du monde l'image de ce qu'il était. Darwin, par exemple, n'était pas présent dans mon cahier ; en revanche Wallace et Lamarck y figuraient comme deux petits frères espiègles. Des dryopithèques avaient un encadré en rouge, alors que j'avais écarté de mes ciseaux un *homo habilis*, façon de dire : *bah, pour des collectionneurs de stars de cinéma, il y a déjà ces adolescentes avec leurs horribles fan-clubs.* Moi, c'était autre chose. Un sauvetage – j'aurais presque voulu le déclamer sur un podium –, pas une collection de pacotille.

Je posai une main sur mon front en soupirant. Je ne sais pourquoi, je dus fermer les yeux. C'était comme si je m'étais lancé dans un discours enflammé, dressé au-dessus d'une foule, et que j'avais dû être porté, après un malaise, par des gardes du corps en nage. Ce même désir d'évanouissement qui m'avait assailli dans la salle de bain à l'arrivée du nain s'emparait de nouveau de moi : une tempête de points lumineux se détacha de la face interne de mon front pour retomber devant mes yeux. Ah, la tempête ! Maman attribuait ces pertes occasionnelles de connaissance à la *croissance*, mot qu'elle prononçait avec un enthousiasme un peu hystérique. Cet espoir-là n'était pas une consolation suffisante face à ces tornades de flocons lumineux. Je crus pendant une interminable seconde qui arriva, s'installa et sembla vouloir durer toute une vie, que j'allais tomber à genoux, car je sentais mes jambes flageoler et mon corps s'incliner irrésistiblement en avant. J'ouvris les yeux, en un ultime réflexe de civilisation, car si ma chute se prolongeait j'allais me retrouver sur les jambes de Camila Badembauer.

Mes yeux ouverts dissipèrent cette tempête comme on tire un rideau et, libéré de ses lueurs et de la vivacité des souvenirs, je pus de nouveau voir la pièce, mais complètement déformée : le sofa quasi ovale sur lequel dormait la patronne de l'hôtel, la minuscule porte de la chambre où s'était réfugié mon frère, mes pieds se perdant dans la moquette lointaine, et enfin une superposition serrée et gélatineuse de murs et de personnes qui semblaient s'éloigner de moi en toute hâte, comme si cette pièce était l'univers, effectivement en expansion.

Peu à peu, l'expansion s'arrêta, comme il paraît aussi que ce fut le cas du véritable univers, qui selon deux Russes allait se comprimer un jour avant de recommencer : de la même façon, il y eut un moment ou la pièce cessa son expansion et reprit ses dimensions habituelles. Mes jambes avaient retrouvé leur force et juste avant de m'effondrer j'avais pu m'appuyer sur un accoudoir du sofa. Mon visage se retrouva tout près du dossier et de là je pus respirer, involontairement, une bouffée des effluves bigarrés qu'exhalait la chevelure de Camila Badembauer, un parfum bizarre, aigrelet, chargé d'odeur de pluie, d'humidité, de laque, de baume capillaire et de peau. C'était un mélange inconnu, différent de l'odeur de coton de ma mère, une odeur opposée, pour ainsi dire, à la trace lactée que gardait le souvenir d'Amelia, et en même temps étrangement familière, comme si un instant, pendant le passage fugace de ces petites particules par mes narines, j'étais devenu le véritable Maximilian et que je reconnaissais à travers le parfum de cette chère Camila ma grande et éternelle sœur, elle et moi devenant une fois de plus deux facettes seulement de cette personne collective, réduite en miettes, que j'avais été une minute avant.

Je me redressai promptement, craignant que ce parfum n'aggrave mon vertige. Mon rhinencéphale était occupé à faire des récapitulations. Qui, comment, que se passait-il ? Avec quel plaisir j'aurais réveillé Camila pour lui dire combien la journée avait été longue, combien d'heures et quelle distance me séparaient maintenant de mon foyer, lui avouer la véritable raison pour laquelle mon frère avait décidé de la tromper pour passer la nuit à l'hôtel, lui parler de papa.

Je me ressaisis brusquement. J'avais déjà cessé d'être un groom, ou cesserais de l'être, à cause d'une élémentaire question d'honneur, le lendemain matin, quand j'allais aider à porter les bagages des participants à cette ridicule convention de libraires, servir le petit-déjeuner et attendre l'arrivée du groom de service. Quand je verrais arriver mon remplaçant, je me rendrais dans ce bureau où j'avais si brièvement séjourné en caleçon et, une fois assumée la profondeur de la crise déclenchée dans ma vie ces dernières heures, je présenterais ma solennelle et irrévocable démission aux patrons de l'hôtel, lesquels, profondément consternés, me demanderaient de revenir sur ma décision. Quelle que soit la forme de ma démission, la nouvelle vie que j'avais imaginée la veille, en me voyant à la tête d'un hôtel international, entouré d'aventuriers et de scientifiques, était déjà terminée. Comment continuer après les nouvelles apportées par le nain ? J'essayai de visualiser la fin, le crépuscule d'une carrière prometteuse, de celles qui commencent tout en bas ; je tentai d'imaginer le retour à la maison, la montée de l'escalier de notre immeuble et, je ne sais pourquoi, s'ajoutaient à ma vision deux valises que je portais péniblement. Dans mon scénario, j'avais passé des semaines à l'hôtel, loin de mes albums, du regard vigilant de ma mère et des disputes mesquines avec le nain. Dans cette vision du lendemain, j'apparaissais en uniforme, comme si la veste et le pantalon s'étaient incorporés à l'image que j'avais de moi-même. Dans une certaine mesure, cette vision s'inspirait du souvenir d'innombrables films où un soldat revient de la guerre et arrive chez lui encore en uniforme, comme si le foyer paternel était une nouvelle extension du champ de bataille. Une arrivée épique. J'étais là, dans mon costume de groom, traînant deux énormes valises dans l'escalier avec une calme dignité, et j'entendais ma mère chanter en haut des marches. La chanson était *Cielito lindo*, une rengaine que je ne l'avais jamais entendue chanter et qui pourtant semblait parfaitement adaptée à sa voix. Mon père était absent de la scène, mais à mesure que je montais, l'escalier embaumait une odeur de plus en plus prononcée de lavande et mes pieds qui gravissaient péniblement les marches étaient en quelque sorte mus par cette odeur.

Je respirai profondément, non pas dans ma vision, mais là, à un pas du sofa, sans me résoudre à retourner m'allonger près du nain, pour veiller sur son sommeil inquiet, ou, en revanche, intérioriser en solitaire la douleur indicible que ses paroles m'avaient causée et me coucher dans l'autre pièce, pour la savourer comme une friandise. J'avais plus que tout envie de retrouver cette sensation d'ordre que seules me procuraient mes collections et la lecture de mes revues. Si j'avais eu devant moi les étagères où s'empilaient les exemplaires de *Connaissance* et d'*Ici et maintenant*, j'aurais, comme d'habitude, tendu la main vers eux sans regarder, confiant de trouver comme toujours une sorte de correspondance entre un article choisi au hasard et mon état d'esprit à ce moment-là. La manœuvre s'apparentait, comme justement je l'avais lu dans *Connaissance*, à la correspondance entre les hexagrammes du Yi Jing et les circonstances particulières de celui qui consulte le livre. L'article, au titre vague, "Sagesse millénaire ou ordre cosmique", avait attiré mon attention à cause de ce *ou* gênant en plein milieu. Puis j'avais été absorbé par la lecture, comme on écoute le bruit de la pluie à une fenêtre, ou le tapotement rythmique d'un volet agité par le vent, et dans cette rêverie j'avais fini par comprendre que la raison pour laquelle les articles, quels qu'ils fussent, avaient un lien avec ma journée, mon dernier raisonnement, ou la conversation que je venais d'avoir avec ma mère, était peut-être que tous, sans exception, parlaient de *quelque chose*, et que les faits, les idées, toutes les *choses*, prises deux par deux, étaient toujours liées. Quelle relation y a-t-il entre une tortue et un triangle isocèle ? Tous deux, pour commencer, sont des choses qui *existent*, bien que sur des plans différents, et cette simple coexistence les associe d'une façon que je trouvais émouvante, du moins tant que dura la rêverie où j'étais plongé. Même si cette illusion de totalité s'évanouit rapidement, je n'étais pas en fin de compte un témoin omniscient et distant, capable d'apprécier l'illusion implicite en divisant le tout en petites unités, portant des noms différents, mais un être humain de dix-sept ans, à plat ventre sur son lit, dans une chambre en désordre, dont la porte fermée visait à me procurer un après-midi paisible, à installer le silence et à ce que maman oublie ainsi, le plus longtemps possible, que je devais faire la vaisselle.

Je décidai finalement d'aller dans la chambre inoccupée, de m'allonger sur le lit et de réfléchir à mon père, à mes perspectives d'avenir, au sort de ma mère et du nain, à l'idée de me raser régulièrement, à l'inévitable et progressive invasion de mon espace intime par les femmes, à la peur de rester petit avec des jambes arquées, à l'importance du calcium en l'occurrence, à l'équilibre acido-basique, au bizarre filigrane de la chaîne carbonée, à la cohésion interne des atomes, et avant que cette ampoule de plus en plus petite m'emmène dans les particules subatomiques, la conscience m'abandonna, ou plutôt se retira dans une pièce interdite pour moi, le Máximo Seigner qui se parlait à lui-même à l'état de veille. Avant de m'endormir complètement, se forma une ultime et fugace vision : dans un immense théâtre plein de loges, Enrico Caruso habillé en clown chantait une seule note prolongée, et le public qui emplissait la salle commença, sans attendre qu'il eût fini, à applaudir debout. Puis je ne vis plus rien.

Il y eut d'abord un éclair qui parut fulgurer devant mes yeux, car l'espace interne des paupières, orangé quand nous affrontons le soleil les yeux fermés, devint un instant presque blanc. J'ouvris les yeux alors que la lueur avait disparu, encore saisi par un aigu présage de catastrophe, et je battis des paupières en essayant d'orienter mon regard vers quelque chose de saillant susceptible d'être perçu dans l'obscurité de la pièce. À cette brève seconde succéda le bruit différé du tonnerre, tellement assourdissant qu'une fois de plus il me parut s'être déclenché à un jet de pierre de mon oreille. Je levai brusquement la tête, effrayé et troublé, et respirai profondément.

Un détail m'inquiétait, probablement antérieur à l'éclair : ma respiration paraissait suivie d'un étrange écho, comme si je respirais par de nouveaux orifices que je ne contrôlais pas.

Je me dis ensuite que le nain avait dû s'installer dans mon lit en découvrant que je n'avais pas regagné le sien. Ce devait être l'explication de cette double respiration, car je m'étais couché avec la lumière allumée et quelqu'un l'avait probablement éteinte. D'autre part, étant donné que je m'étais allongé sans me déchausser, qui donc m'avait ôté mes souliers ? Tandis que ces ébauches de raisonnements me traversaient l'esprit sans s'arrêter, l'autre respiration se dissociait peu à peu de la mienne, se changeant en une présence clairement située à ma gauche. À en juger par la profondeur de ce doux gémissement, il ne s'agissait pas du cycle ténu et régulier du nain.

Peu à peu, la chambre devenait intelligible, mes pupilles s'adaptaient à la faible lumière provenant de la fenêtre. Il m'aurait suffi de tourner la tête pour finir de retrouver la réalité, mais un mélange d'incertitude et de terreur me paralysait depuis le coup de tonnerre. Cette terreur aurait pu être prédominante si cette respiration régulière ne m'avait procuré une conscience aiguë de mon nez et de son horizon olfactif, au seuil duquel s'exhalait un parfum connu, presque familier, mais qui offrait maintenant une nuance nouvelle, comme s'il avait muté sous l'effet de substances mêlées à l'odeur primordiale, produisant ainsi un certain changement de nature. Je me rappelai une dispute entre mes parents, où la rage avait altéré le parfum de lavande de mon père, peut-être par une montée d'adrénaline, cette substance qui perturbe tellement les chiens, ou simplement la sueur. Peut-être n'étais-je seulement conscient de ces changements qu'à cause de ce souvenir qui m'avait sensibilisé les narines au point de leur faire percevoir d'infimes nuances qui autrement seraient restées imperceptibles. En cela seulement cette dispute rappelait la situation présente, chargée d'un fort message odorant.

Avant que je ne puisse assigner cette nouvelle odeur à une identité concrète, à côté de moi dans le lit, une main envahit mon champ de vision et se posa sur ma joue avec une douceur tendre et maternelle.

Je tournai la tête vers Camila Badembauer, qui me regardait, réveillée et dans l'expectative. La faible lumière parvenant de la fenêtre me permettait à peine de discerner l'expression de son visage, mais l'éclat de ses yeux ouverts prouvait clairement qu'elle me regardait, et le calme avec lequel elle avait accueilli la déflagration du tonnerre me faisait penser qu'elle était réveillée depuis un moment et que peut-être elle avait consacré un certain laps de ce temps à me regarder, car ses yeux étaient sereins, déjà accoutumés à la semi-obscurité.

Sa main descendit sur ma poitrine. Pendant ce trajet elle frôla la base du cou et la veste qui me couvrait le sternum. Je découvris que son bras s'était libéré du manteau et, la seconde d'après, qu'elle avait aussi ôté sa robe. Toutes ces observations s'enregistraient dans une zone périphérique de ma conscience, celle peut-être qui se charge de cligner des yeux ou de nous maintenir dans une position verticale, car l'autre conscience, celle que ceux qui me connaissent appellent Máximo, semblait avoir implosé à l'instant où j'avais senti cette main glisser sur ma poitrine. Si quelqu'un m'avait demandé qui j'étais, ce que je faisais là, où finissait exactement mon corps et commençait le lit ou la jambe de Camila Badembauer, je n'aurais pu qu'émettre une espèce de gémissement. J'avais l'esprit blanc, vide, ou plutôt envahi d'un bruit tellement bigarré qu'il n'y avait rien, aucun souvenir, aucune association, à peine un bref instant la figure de M. Pitti, fatigué, traînant la jambe dans le couloir, puis de nouveau le néant.

Elle se redressa un peu, de sorte que son corps s'écarta de l'ombre que le mien et l'encadrement de la fenêtre projetaient sur elle. Elle se tourna vers moi, la hanche reposant encore sur le lit et me sourit. La lumière révéla d'abord sa poitrine puis son ventre. La nudité atténuait l'embonpoint de son corps qui, joliment appuyé sur un bras, offrait de merveilleuses proportions. Un instant, Máximo Seigner revint à mon oreille, mais seulement pour me murmurer, avec un tremblement d'enfant excité : *une femme nue*. Puis il se replia, laissant à mon corps la responsabilité d'une sorte d'assemblée intérieure, dont les membres, tour à tour muets et furibonds, se succédèrent au pouvoir pendant les minutes suivantes. Encore qu'à vrai dire, ils étaient aussi parfaitement sous la responsabilité de mon corps, que moi je l'étais de l'hôtel.

Cette main qui errait sur ma poitrine déboutonna lentement ma veste, tandis que la voix énorme de Camila Badembauer me murmurait quelque chose que je compris d'abord comme *mon papi*, mais qui était en fait *mon petit*.

Elle dit aussi quelque chose à propos d'un *enfant de l'été*, et un instant elle sembla rire, ou pleurer, avec un profond soupir alcoolisé, puis à la fin de ce gémissement ambigu, elle se pencha sur mon visage, l'inclina vers la gauche et me donna un baiser sur l'oreille. Elle appuya sa joue contre la mienne, puis tout son corps contre le mien, qui fut submergé par sa chair chaleureuse. Elle me prit délicatement le cou, puis les épaules.

Sans pouvoir la repousser, impulsion que par ailleurs je n'éprouvais absolument pas, je levai un peu les bras et, après un instant d'hésitation, je l'étreignis à mon tour. C'était une forme nouvelle d'étreinte, qui ne s'effectuait pas seulement avec les bras mais avec tout le corps, une étreinte inédite, différente de celle que j'avais eue avec Amelia, car dans celle-là, la personne responsable de mes actes était, malgré le trouble et un certain flux de courants secrets, le vieux moi bien connu, alors qu'à présent j'avais l'impression d'une version amplifiée, innombrable de moi-même.

Elle répondit à mon étreinte en augmentant la tendresse, l'intensité de la sienne. Je sentis sa joue caresser la mienne, ses épaules se contracter et se détendre. Je n'avais jamais reçu un courant physique aussi direct, aussi gratuit et chargé d'émotions. Cette étreinte renouvelait d'une certaine façon toute l'affection que j'avais reçue dans ma vie et l'actualisait. Cette personne collective que j'avais perçue sembla tout à coup s'incarner en moi, car j'éprouvais une subite dissolution de mes limites corporelles, semblable à celle de mes vertiges, mais agréable en l'occurrence. Sans cesser d'être moi, j'étais aussi mon père et ma mère. Camila était ma fiancée, mon épouse, la mère de mes enfants et la grand-mère de nos petits-enfants, son corps m'appartenait tout comme j'appartenais à mes parents ou à mes enfants, lesquels dans cette vision étaient nombreux et couraient autour de moi plus ou moins habillés. Je serrai Camila contre moi de toutes mes forces. Je sentis la robustesse de ses os, tandis qu'elle continuait à me balbutier quelque chose à l'oreille, maintenant en allemand, alternant murmures et baisers circulaires dans mon oreille qui parfois s'aventuraient jusqu'à mes yeux.

Timidement, progressant avec les doigts sur sa peau en tâtonnant comme un aveugle, je posai les mains sur ses fesses, qui me parurent abondantes, comme si elles étaient en même temps deux et beaucoup plus, alors elle me redressa et en trois ou quatre gestes expérimentés elle me déshabilla comme on plume un poulet, de manière à la fois décidée et désinvolte, après quoi elle me rallongea sur le dos.

Elle vint sur moi avec un étrange sourire, maternel, fraternel, marital. Au contact de ses cuisses sur mes pauvres jambes arquées, je sentis se hérisser subrepticement mes cheveux sur la nuque, et une sensation inconnue, qui pourrait se décrire comme le fourmillement intérieur de centaines d'insectes, de pucerons chargés de saccharose, qui se bousculaient sous mon épiderme en déversant leur fardeau sucré, ou encore d'innombrables vermisseaux énergiques et affamés, comme si j'étais en proie à un processus de décomposition qui allait entraîner la mort d'un être mais aussi l'allégresse d'une autre forme de vie.

Des années durant j'avais prévu, désiré, préfiguré en rêve et redouté un vaste catalogue d'initiations possibles de ma vie amoureuse. Je m'étais imaginé marié, formant un couple dépassionné et serein comme celui de mes parents. Ou encore enlevant une jeune fille aguerrie à une famille intolérante qui tentait d'empêcher notre fuite. Je m'étais vu découvrant la nudité cachée sous la tunique d'une archéologue pendant d'obscures fouilles au bord de l'Euphrate. J'avais rêvé d'une fille belle, à peine adolescente, qui m'aimait dans un champ. J'avais même fantasmé sur la mère de Benzer, mon camarade de classe, que j'imaginais aussi sauvage que lui, se vengeant sur moi des reproches reçus d'une autre femme lors d'une réunion de parents d'élèves. Je m'étais représenté joyeux, dépité, impatient, déconcerté, nerveux, ou en paix avec moi-même. Mais jamais, au grand jamais je n'aurais été capable d'imaginer une aussi grandiose fièvre que celle qui m'avait envahie au contact de Camila Badembauer. Je ne sais si ce fut d'être hors du foyer familial, la journée passée entre adultes, l'arrivée du nain avec ses horribles nouvelles ou la pure et simple sensation d'être ici, mais quelque chose, un signal qui paraissait palpiter en moi et se propager dans tout mon être, me faisait me sentir faible, pitoyable, bouillir de joie et de saisissement, sentir simultanément une tension insupportable et l'harmonie la plus intense de ma vie. Je me sentais comme un arbre, autant paralysé que soumis à des tropismes impératifs : s'étirer, chercher la lumière, s'enfoncer dans le sol à la recherche de l'eau. La présence de ces extrémités qui me parcouraient me paraissait d'une force à se réveiller la nuit en sentant que le destin nous a dotés de nouvelles paires de bras et de jambes.

Soudain l'impression m'assaillit que Camila aussi était allègre. J'eus même l'idée fugitive qu'elle était *heureuse*. Il me sembla que cette gaieté alcoolique que j'avais remarquée à son arrivée à l'hôtel était peut-être un pur et simple sentiment de plénitude, un bonheur constitutif, exubérant et enraciné dans ses os, capable de satisfaire M. Pitti, cet homme qui s'était probablement enivré avec elle, et moi-même, et que si le monde était cette chose ouverte et généreuse qui s'ouvrait sous mes yeux, tous les trois, ou la multitude que nous étions, avions toutes les raisons d'être comblés. Camila Badembauer, l'adulte qui dirigeait un hôtel et la petite fille qui avait couru dans son enfance sur la neige ; l'épouse de Pitti et la célibataire qu'elle était aussi ; l'immigrante tenace et cette autre, celle qui peut-être avait ourdi un plan pour séduire un garçon qui commençait tout juste à se raser pendant une nuit d'été pluvieuse, déchirée par des éclairs ; toutes ces Camila, dans cette chambre et sur ce lit, m'appartenaient. Mais en même temps, un autre courant interne me disait que rien, même pas moi, n'était une chose que l'on pût posséder, et cette interruption abrupte de mes désirs d'appropriation me provoquait un vertige tout à la fois insondable et libérateur.

Bien sûr, rien de tel ne se dépliait en moi comme une idée. C'était plutôt, disons, des épiphanies corporelles. J'avais, par exemple, une vibration particulière aux genoux, quelque chose que l'on pourrait appeler *conscience de la rotule*, la découverte soudaine qu'on avait là un os flottant et que cet os se manifestait beaucoup plus dès qu'il cessait d'appartenir seulement à soi, car un genou de Camila pouvait être identifié par un frottement avec le mien et les deux genoux paraissaient se conjuguer en une même et prenante notion d'existence, de sorte que mon genou était d'autant plus le mien qu'il s'éloignait de moi. Ainsi en allait-il pour les trop stigmatisés muscles abdominaux, dont j'avais toujours cru être dépourvu, peut-être à cause d'une croissance problématique, et qui dans le contexte de notre étreinte, réveillés par le contact de cet autre abdomen si généreux en modulations, paraissaient soudain animés de centaines de contractions individualisées, presque comme s'il s'agissait d'une colonie de muscles indépendants qui se seraient mis d'accord pendant ma gestation pour former la paroi de mon ventre mais qui auraient pu, s'ils l'avaient voulu, se désagréger et migrer en diverses directions. Une voix insaisissable m'appelait : je devais me laisser aller. De la même façon qu'avec le genou, plus je m'éloignais de Máximo Seigner, plus je me rapprochais de lui.

La crainte d'être vu avec une érection, une peur ancienne qui ne m'avait pas lâché depuis que j'avais entendu parler pour la première fois des rituels amoureux des adultes, disparut à l'instant : elle s'évanouit simplement, car lors d'une brève visite, ma conscience m'indiqua que cet événement si redouté s'était déjà produit à mon insu depuis quelques minutes, non seulement sans provoquer de conséquences fâcheuses, mais en augmentant le climat régnant d'allégresse. Après cet aimable avis, ma conscience se plaça à l'endroit du lit qui lui revenait, c'est-à-dire près de la conscience de Camila Badembauer, où elle l'embrassa et l'attira contre elle avec la même ferveur que ma bouche, mon visage et mon corps entier se pressaient contre elle. Les infatigables fourmis que j'avais imaginées avant achevèrent de désagréger ce qui restait de nos biscuits jusqu'à les réduire en miettes infimes, se perdant ensuite en files qui, je le crois encore aujourd'hui, auraient pu alimenter aisément dix, cent, mille, un million de fourmilières anonymes.

Qu'est-ce qu'il a mon garçon ? me dit Camila en souriant. Il y avait déjà quelques minutes qu'elle séchait mes larmes, mais jusque-là elle l'avait fait en silence, car les mots avaient complètement disparu, non seulement de l'interaction entre nous deux, mais aussi en grande partie de notre paysage intérieur.

– Je vais démissionner, dis-je au bout d'un long silence.

Il me fallut quelques instants pour me faire à l'idée que j'étais nu, en train de parler, car celui qui s'exprimait ici menaçait de redevenir mon moi connu, le Máximo simiesque auquel son crétin d'oncle lançait *hue !* Je m'efforçai de dissiper cette ombre.

– Comment ça, *démissionner* ? Tout de suite ? – Elle exhalait encore un discret relent d'alcool, mais son sourire ressemblait déjà davantage à celui de la veille.

– Demain, dis-je d'un ton un peu sombre.

– On est *déjà* demain. Il doit être presque cinq heures, dit-elle légèrement déconcertée par mes pleurs, mais toujours souriante. Mes larmes, quand elle ne les interceptait pas, roulaient de mes yeux vers mes tempes, et de là à l'oreiller sans produire le moindre froncement sur mon visage. Je savais que si je commençais à pleurer à chaudes larmes, la nouvelle douloureuse que m'avait apportée le nain ne me permettrait pas d'arrêter.

– Et pourquoi mon garçon veut-il démissionner ? Il n'a pas été heureux ? Pourtant je l'ai vu très, très heureux, vraiment heureux ! dit-elle plus maternelle que jamais. Elle me sécha une autre larme et me prit une main. Je ne pus plus me retenir.

– À cause de… quelque chose ! répondis-je sans savoir pourquoi.

– Allons, ça ne doit pas être si méchant que ça.

– C'est la chose la plus horrible.

Elle garda le silence et me passa la main sur le front, on aurait dit qu'elle lisait avec les doigts.

– Ça ne peut pas être aussi méchant, répéta-t-elle.

– Un jour, il y a longtemps, ma mère nous a emmenés camper. On allait souvent camper, au bord de la mer, ou parfois d'une rivière, mais cette fois-là, c'était différent, parce que mon père avait quitté la maison après toute une histoire. C'est long à expliquer. Et là-bas, j'étais seul au début, très seul, j'allais au bord de la mer, je marchais, je lançais des cailloux dans l'eau et même un jour j'ai fait la connaissance d'une fille…

– Est-ce que mon garçon va me dire qu'il est tombé amoureux ? Qu'il est amoureux d'une fille qu'il a l'impression d'avoir trahie ? C'est pour ça qu'il pleure, mon grand garçon ? me demanda-t-elle, troublée et souriante à la fois, car je voyais bien que la possibilité que cela explique mes larmes l'amusait un peu.

– Non, ce n'est pas ça. Cette fille, je l'aimais un peu, c'est vrai. Enfin, je ne sais plus. Peut-être juste un moment, mais pendant ce moment je l'ai aimée plus qu'aucune autre femme, à part ma mère. Me rendant compte de ce que cette dernière phrase trahissait de puéril en moi, j'ajoutai aussitôt : je l'aimais différemment de ma mère, bien sûr.

– Alors ce n'est pas elle le problème ? dit Camila.

Elle souriait encore un peu, mais le flux croissant de mes larmes avait fini par l'inquiéter, car maintenant non seulement elle séchait mes yeux, mais en plus elle lissait mes cheveux humides.

– Pendant qu'on était au camping, ma mère s'est absentée quelques jours pour retourner à la capitale. Elle a dit qu'elle devait régler des questions urgentes. Elle avait appelé presque tous les jours un oncle à moi pour lui demander où était allé papa. Comme cet oncle était son unique famille, il s'est chargé de trouver mon père, pendant que ma mère s'occupait de nous. Au début, j'ai été intrigué qu'elle parte comme ça, si brusquement, et qu'elle me laisse la responsabilité de mon petit frère...

– Le petit chéri, dit-elle sur le même ton un peu irritant de la veille.

Cela ne me déplut pas, mais curieusement je cessai de pleurer juste à ce moment-là.

– Pas pour moi, en tout cas. J'ai passé la moitié de ma vie à le détester. En réalité, je ne pourrais pas dire pourquoi. Le fait est que j'ai dû m'occuper de lui pendant cinq jours, puis ma mère est revenue et on n'a pas parlé de ce qu'elle avait fait tout ce temps en ville. Je ne sais pas pourquoi, mais on ne parle jamais avec les parents de ce qu'ils font quand ils ne sont pas là.

– Peut-être parce qu'on ne veut pas qu'ils s'en aillent et qu'on n'aime pas les imaginer loin de nous, suggéra-t-elle de manière un peu didactique.

– Non, on n'aime pas ça... répétai-je en me frottant le bord de l'œil. Hier soir, quand mon frère est arrivé, il m'a dit que le jour où ma mère s'était absentée du camping, elle était allée enterrer papa. On l'avait retrouvé dans une espèce de bordel d'une ville de province, il ne m'a pas dit laquelle. Complètement soûl, il avait glissé dans la salle de bain et s'était cogné la tête contre le lavabo. Il tenait à la main une petite radio qui était encore allumée quand on l'a trouvé.

– Une radio... ? répéta-t-elle comme si ce détail l'impressionnait plus que tout le reste.

– Oui, une radio. Son nez s'était rempli de sang et il est mort, non pas à cause du coup sur la tête, mais parce que avec ses narines bouchées il n'a pas pu ouvrir la bouche. Il est mort noyé dans une minuscule flaque de sang. – Je fis un petit geste du pouce et de l'index pour souligner le mot *minuscule.* – C'est une mort stupide, indigne d'un homme intègre qui allait peut-être pour la première et unique fois de sa vie dans un bordel. – Je me tus et regardai mes mains, la partie de mon corps qui lui ressemblait indubitablement le plus. Peut-être, je me dis, que ce n'était pas la première fois qu'il allait au bordel. Qu'est-ce que j'en savais ? Et quelle importance ? Il y eut un silence prolongé, presque gênant entre nous, qu'elle finit par briser au bout d'une minute.

– La mort est une chose horrible même pour un homme qui passe sa vie entière à boire et à aller dans ces maisons closes. Personne ne mérite de mourir plus qu'un autre, dit-elle. – Puis elle parut se rappeler que nous n'avions pas une conversation sur la mort en général, mais sur une en particulier, concrète, fraîche et terrible. – Mais comment ça se fait que tu ne l'aies appris que hier soir ?

– Mon père est parti justement parce que ma mère le trompait avec son frère. Ou parce qu'il le soupçonnait. C'est pour cela que lorsqu'on a découvert sa mort, mon oncle a demandé à ma mère de venir à la capitale avant de nous dire quoi que ce soit. Une fois ensemble, ils se sont persuadés que nous n'étions pas prêts à connaître les véritables circonstances de sa mort, ils croyaient qu'apprendre la foire qu'il avait faite pendant ses derniers jours allait ternir l'image de l'homme irréprochable que nous avions de lui.

Une feuille de mûrier emportée par l'orage se colla soudain sur la vitre de la fenêtre, presque comme une main. Tant qu'elle y resta, nous la regardâmes dans un silence craintif. Puis la feuille s'envola et Camila m'écouta de nouveau.

– Des sornettes ! – J'avais un peu perdu le fil de mon récit et le repris avec cette exclamation bizarre. – Des sornettes ! Ce que probablement ils ne voulaient pas, c'est passer pour responsables de sa mort devant nous. Alors ils ont eu l'idée, ou plutôt il a dû avoir l'idée, parce que c'est un imbécile, de différer la nouvelle jusqu'à mon dix-huitième anniversaire, comme si cette date allait faire de moi un adulte capable d'accepter cette horreur. Ils l'ont donc enterré tous les deux, seuls.

– C'est affreux ! dit-elle, abandonnant résolument sa théorie que tout cela ne devait pas être bien méchant.

– Une chose affreuse accomplie par un être noble et tendre comme l'est ma mère. Un être faible, aussi.

– Pourquoi tu ne m'as rien dit, hier soir ? demanda-t-elle soudain, en proie à une légitime angoisse qui m'émut.

– Je ne sais pas. Tout d'abord parce que je l'ai appris petit à petit. Il y avait aussi cette histoire de votre... *contre-temps*, qui se prolonge encore un peu. Et puis aussi l'espoir inconscient, qui était né en moi depuis que vous m'aviez relevé une mèche de cheveux pendant notre premier entretien, que quelque chose comme ce qui s'est passé... allait se passer.

Son sourire revint. Elle avait une fossette sur une seule joue qui paraissait m'appeler comme une petite bouche entrouverte près de la grande.

– Et pourtant on me vouvoie encore, dit-elle, coquette.

– Camila, murmurai-je, comme si je venais d'apprendre son prénom, et à le prononcer je me sentis adulte pour la première fois de ma vie. Je repoussai de la cuisse ma veste que j'avais laissée sur le bord gauche du lit. Je pensai qu'aucun fer à repasser au monde ne pourrait effacer les plis très voyants qui s'étaient formés au niveau du cou. Je m'y résignai avec un petit soupir. Si mon aventure nocturne était découverte, je devrais affronter mon destin avec sérénité.

– Monsieur Seigner, répondit-elle en me pressant la main. Tu as dû passer une nuit terrible.

– Et aussi une nuit fantastique. Je ne sais pas pourquoi, mais pendant un seul jour et une seule nuit, j'ai reconsidéré complètement ma vie, je me suis senti mourir, disparaître et briller, exploser et imploser... Vous savez ce qui arrive aux naines blanches quand elles s'éteignent ?

Il y eut un silence. Je devenais un peu lyrique et nous nous en rendions compte tous les deux, en souriant.

– Qui t'a appris à parler comme ça, Máximo Seigner ?

– Je ne sais pas. J'ai toujours parlé comme ça, en moi-même. Seulement en moi-même. On ne se plante pas au milieu d'une cour d'école pour expliquer en hurlant la chimie des émotions ou l'empreinte de la mère sur les poussins qui viennent de briser leur coquille. On est trop occupé à se protéger des coups, à ne pas paraître ridicule, à passer inaperçu. On parle alors tout bêtement de ce qui intéresse les autres. C'est peut-être la première conversation que j'aie comme ça, avec ma voix intérieure.

– Et avant ?

– Avant ?... Attendre, attendre que la coquille de l'œuf se brise. Vivre chez moi, en respectant et parfois même en défendant certaines règles... C'est pour ça que je vais démissionner. Mon père est mort.

En prononçant ces mots, le son de ma voix m'inquiéta. Je tentai de retrouver cette sensation d'être adulte que j'avais éprouvée en disant *Camila*, mais je n'y parvins pas. Ce n'était pas comme un endroit où l'on aurait pu arriver pour s'y installer, mais plutôt une note profonde qui résonnait un instant en soi pour devenir aussitôt inaudible. L'histoire de papa avait été indiscutablement une infamie. Et pourtant, où allais-je revenir si ce n'est chez ma mère ? Pouvais-je décider de ne pas lui pardonner et m'éloigner définitivement de sa vie, de ma vie antérieure ? C'était suffisant, me dis-je, d'avoir perdu un de mes parents. Et si l'oncle Marcos, maintenant que sa bassesse était devenue publique, décidait de devenir, de manière encore plus brutale, mon tuteur ? Bon, la vie est longue. Je pensai combien le monde s'était réduit depuis l'époque où il était soutenu par des éléphants debout sur des tortues, devenant de plus en plus petit par rapport à la dimension relative prise par l'univers, et ce dramatique changement de dimension me consola un peu, comme s'il me faisait savoir que la dimension de ma tragédie personnelle allait à son tour diminuer par rapport à ma future expérience. Elcano, Magellan, Cook, Von Braun, Armstrong, avaient tous perdu quelque chose en partant, et on ne se souvenait pas d'eux à cause de cela. Alors je me promis que le souvenir de mon père ne serait pas celui de sa perte.

Je regardai la robe de Camila, qui pendait maintenant en ondoyant à la fenêtre ouverte. Dehors la pluie avait cessé et la nuit commençait à prendre la teinte violacée qui préludait à l'aube. Camila était restée silencieuse près de moi, en écoutant le souffle du vent contre la fenêtre : elle ne m'avait pas lâché la main.

– Si ton intention de démissionner a quelque chose à voir avec ce qui s'est passé cette nuit, je te supplie de réfléchir. Nous pouvons oublier mon écart de conduite. Je serai respectueuse, je te le promets, dit-elle, presque affligée.

La scène à laquelle j'assistais était une fiction devenue réalité : je voulais démissionner et l'un des patrons de l'hôtel, consterné, me demandait de revenir sur ma décision. Et ce patron-là était une dame suisse qui était entrée depuis vingt-quatre heures dans ma vie comme un éléphant dans un magasin de porcelaine, en cassant joyeusement toutes mes vitrines. Un instant j'eus envie de m'agenouiller devant elle, de lui prendre la main et de lui faire la plus enflammée des déclarations d'amour. Lui promettre une vie d'aventures et de voyages, de rencontres avec des explorateurs, des érudits et des scientifiques, une vie de communion passionnée et de sérénité. Lui dire tout ce qu'avait signifié son apparition dans ma vie.

Mais je restai silencieux. Une note nouvelle vibrait en moi, qui me rendait muet. Je sentis un hérissement semblable à celui de mes illuminations épisodiques, bien que dans ce cas il ne s'agisse pas d'un schéma infructueux pour la machine du mouvement continu, ni d'un système de signes exécutés avec des tuyaux pour communiquer avec les éléphants. Cette fois, la ligne argumentaire était très ténue, mais pouvait se résumer ainsi : je ne *devais* pas l'aimer. Certes, je pouvais le faire, mais je ne *devais* pas. Il se peut qu'à son propre horizon cette possibilité n'était même pas envisagée, et si elle l'était, ce ne serait qu'à partir du flux imprévisible des événements. En tout cas, ce ne serait pas la conséquence d'une déclaration ardente, surchargée de mots clinquants.

Je pouvais m'en aller, retourner au sein de ma famille aimée et fracturée que j'avais quittée hier. Je pouvais décider d'attendre ma majorité et trouver une place d'employé à temps complet dans un hôtel, avec chambre individuelle et repas. Je devinais que Camila Badembauer aurait exercé une pression pour m'obtenir cela. Les deux possibilités, partir ou rester, s'ouvraient devant moi comme de vastes champs où poussaient allègrement deux plantes distinctes. Pour la première fois je percevais qu'il existait hors du domicile familial quelque chose susceptible de devenir un foyer. Pour m'en aller, je devais bien sûr renoncer, par exemple, à ces examens ridicules qui m'attendaient à la fin du lycée. Bah, pensai-je, je n'y ai fait que dissimuler ma véritable éducation et répéter des sornettes comme un perroquet. Je devais faire ce qui me chantait, jouer ma vie à pile ou face et voir ce que le sort me réservait.

Je pensai un instant au visage de maman, à la douceur de ses traits de biche, que j'avais toujours aimés. Je l'imaginai pleurant, puis riant. Je la revis fredonnant une chansonnette qu'elle aimait, *Suo è il mio cuore.* J'essayai aussi d'imaginer l'expression avec laquelle elle avait accueilli le plan de Marcos, sa tête se détournant avec résignation, presque comme une caricature de ce que doit être un acquiescement. Puis je voulus l'espionner en train de pleurer devant la tombe de papa, où qu'elle fût, et d'arracher de mauvaises herbes à la tombe voisine, près de la stèle que je me figurais grisâtre et que j'allais bientôt voir de mes propres yeux. Elle était là, sa robe ondoyant au vent, ses sanglots retenus, discrets, si caractéristiques, pressant contre sa poitrine un petit sac, l'autre bras le long du corps, les jambes flageolantes la soutenant à peine, à force de lutter chaque seconde contre l'impulsion de tomber à genoux. Ah ! Pourquoi n'avait-elle pas compté sur mon appui en pareille circonstance, au lieu de choisir ce crétin de Marcos, incapable de comprendre papa, les raisons de sa fuite et la portée de sa mort. Quelle sorte de consolation ce misérable avait-il été capable de lui offrir ? Puis, je m'écartai de quelques pas de la scène, comme j'avais lu que font les peintres pour avoir une vision d'ensemble, et de ce point de vue dissocié, je vis de nouveau maman, Marcos, papa, le nain, Camila, M. Pitti, la femme de ménage, Amelia, animés et unis, comme les appendices d'un seul et unique grand céphalopode. Il n'y avait pas de raison de haïr une partie de l'animal et d'en chérir une autre. Il s'agissait d'un tout, d'un système. D'un grand être vivant. Je me souvins alors que certaines de ces idées étaient suggérées dans cet article aride, "Sagesse millénaire ou ordre cosmique ?", si bien que mon esprit mystique commença à s'affaiblir, comme s'il se vulgarisait jusqu'à devenir médiocre, et je décidai alors de poser mon regard absent sur Camila.

Elle surveillait du coin de l'œil l'état de sa robe, commençant sûrement à sentir qu'il était temps de la remettre, tout en craignant de blesser mes tendres sentiments.

– Alors ? dit-elle enfin.

– Alors quoi ? répondis-je en me levant.

– Tu vas rester ou partir ?

Ce ton presque suppliant ressemblait à celui d'une fillette qui demande qu'on mette fin à sa privation de dessert.

Je la regardai dans les yeux. Je ne voulais pour rien au monde être pour elle une source d'angoisse.

– Mon service finit à neuf heures et demie, quand j'aurai aidé à installer les tables pour la convention des libraires et que l'autre groom viendra prendre le relais. Neuf heures et demie. Je dois déjeuner, renvoyer mon frère à la maison pour qu'il rassure ma mère, rassembler mes affaires et réfléchir. À l'heure du changement de service, j'aurai pris une décision, c'est promis.

– Mais, dis-moi, tu n'aimerais pas rester ?

– Tout à l'heure j'aurai pris une décision, répétai-je un peu laconiquement. Puis, comme si un automatisme s'était emparé de moi, j'entrepris de lisser les plis de ma veste.

Il me fut étonnamment facile de donner des ordres au nain. Il était, le pauvre, attentif à chacune de mes paroles, comme si c'était la première fois qu'il avait un frère aîné. Je jouai ce rôle du mieux que je pus, minutieux dans mes instructions, soupesant avec soin nos perspectives et exerçant une équanimité inédite chez moi, qui m'allait cependant à merveille ainsi que je le constatais. Je lui dis que la vie était imprévisible, que les faits les plus atroces comportaient des conséquences bénéfiques, que la disparition des dinosaures marquait l'épanouissement des mammifères, que la fin d'une étoile signifiait, avec un peu de chance, la naissance d'une supernova, et que tout papillon supposait la disparition de la larve qui le précédait. Son visage paraissait un grand écran sur lequel je projetais cette espèce de film aux couleurs criardes. Il me regardait et acquiesçait en fronçant les sourcils. Parfois son visage se détendait, il esquissait un sourire et, dans ces brefs instants, j'en arrivais presque à sentir qu'avoir un frère pouvait se révéler une bonne affaire.

Je lui suggérai de rentrer à la maison le plus vite possible, non sans lui avoir expliqué clairement que la raison pour laquelle je restais à l'hôtel jusqu'à la fin de mon service était la valeur de la parole donnée, l'honneur, etc., car mon image à ses yeux était en hausse et je voulais continuer à savourer ce moment. Je lui dis au revoir sans quitter la chambre, pensant qu'il pourrait sortir plus facilement seul de l'hôtel qu'avec mon escorte.

Je le vis remettre le manteau de maman, se tourner vers moi, m'adresser un regard où brillait encore une lueur de son vieux mépris nanesque, et sortir en martelant l'escalier de ce pas de centurion que je lui avais toujours envié. Il allait avoir, me dis-je avec une certaine amertume, l'occasion de perdre de son élégance.

Quand il fut parti, je trouvai que la solitude de la suite était l'environnement idéal pour essayer de digérer ma dernière journée, ma dernière semaine, ma dernière année. Je tentai une nouvelle fois de défroisser ma veste, que j'avais enfilée. J'appuyai les mains sur mes cuisses, comme un vieillard, m'assis sur une chaise au dossier ouvragé devant le lit où avait dormi mon frère et je me mis à réfléchir à mes prérogatives. Je n'avais pas une longue tradition de choix sur mes épaules, en dehors de la réflexion occasionnelle au sujet de l'article à découper dans le journal, et bien que j'eusse fait de ces choix-là une question de vie ou de mort, je me rendais compte maintenant à quel point jusqu'à hier l'univers de mes décisions avait été succinct. Il y avait peut-être en moi une certaine emphase pompeuse à l'idée de *forger mon propre destin* à partir de ces décisions ; je comprenais que Copernic ou Kepler avaient sans nul doute fait d'innombrables choix conscients entre *a* et *b*, mais aussi qu'ils avaient assurément été mus un milliard de fois par les circonstances, ou avaient agi de façon irrationnelle, par pur caprice, bien que ces actes aléatoires ne soient jamais cités comme la cerise sur le gâteau de leurs vies. Je sentis que ce modèle de certitude face à la disjonction, la décision indubitable entre *a* et *b*, avait un côté peut-être illusoire.

Je me rappelai un article lu un soir au sujet des diverses écoles helléniques, une synthèse très résumée, publiée dans *Connaissance*, où étaient expliquées deux idées antagoniques sur le monde : l'une, dynamique, fondée sur l'appréciation des variations infinies que présentent les choses dans leur devenir, et l'autre, archétypique, selon laquelle chaque entité de ce monde s'attache à une essence immuable, son côté tangible et changeant n'étant qu'un pâle reflet de cette essence. Je ne me rappelle pas laquelle des deux idées était d'Aristote et laquelle de Platon, car l'article était confus, bref, et cherchait plutôt à présenter une chronologie de ces écoles, mais on trouvait, aligné du côté dynamique, Héraclite qui disait *on ne se baigne jamais deux fois dans le même fleuve*, phrase que j'avais répétée devant ma mère pendant le dîner et qui me valut en réplique un regard sarcastique du nain et l'accusation que moi, en tout cas, fleuve ou pas, je ne me baignais jamais deux fois dans la semaine. Le fait est que depuis lors, je sentais que cette question comportait un problème implicite. Le fleuve Nil était le fleuve Nil. Il y avait sans doute des éléments essentiels à son *être Nil*, tels que couler en Égypte et pas en Louisiane, ce qui l'aurait fait s'appeler Mississippi. Et en même temps, il était raisonnable, étant donné l'infinie mutabilité de toutes choses, qu'un observateur se baignant régulièrement dans le Nil puisse conclure qu'il ne s'était pas agi deux fois du même fleuve, ou du moins pas *exactement* du même fleuve. Pourtant si on demandait le soir à cet homme ce qu'il avait fait le matin, il répondrait sans réfléchir qu'il s'était baigné dans le Nil, et il n'aurait jamais l'idée de dire qu'il s'était baigné dans un autre fleuve, inconnu, se trouvant au même endroit que le Nil la semaine précédente. À cet instant, je fus irrité de penser que les deux idées étaient considérées comme opposées, alors qu'en les lisant elles m'avaient paru parfaitement complémentaires.

Je me demandai si me souvenir maintenant de cet épisode n'était pas une façon de me suggérer que *toute* disjonction entre *a* et *b* était illusoire, stratégie qui me permettrait en plus de sortir par la tangente de toutes les décisions que j'aurais à prendre dans le futur, en alléguant qu'en réalité *a* et *b* ne s'excluaient pas et que *blablabla*. Épuisé, je regardai les paumes de mes mains en pensant à une chemise que papa avait oubliée sur le bureau de ma chambre, et après ce flash il me sembla que, appliquée aux problèmes de cette vie, l'idée de rendre toujours *a* et *b* équivalents n'allait pas me mener très loin.

Je me massai de nouveau les cuisses comme un vieillard perclus de rhumatismes douloureux. Au diable le monde hellénique, Máximo Seigner ! me dis-je. Ta mère t'attend à la maison, avec son horrible amant, et elle va tenter de te gagner à sa cause. Je devais être ferme. Je pensai aussitôt que, d'après ce que m'avait dit le nain, ma mère et Marcos s'aimaient depuis qu'ils étaient jeunes, ils avaient donc dû trouver quelque chose l'un chez l'autre, quelque chose de significatif et peut-être d'invisible pour nous, car une affection construite sur un manque total d'empathie n'aurait jamais pu être aussi durable. *Tu vois ?* me dis-je, *ils n'ont pas encore prononcé le moindre mot que déjà tu essaies de leur donner raison.* Je me demandai ce qu'aurait pensé papa de ce dernier raisonnement, s'il l'aurait trouvé correct. Puis je me rendis compte que ces deux derniers jours, analysés du point de vue de ce qui est *correct*, laissaient beaucoup à désirer.

Je m'étais présenté à un emploi avec la seule intention de m'éloigner de ma famille. J'avais obtenu le poste en triomphant des autres candidats par des moyens plus ou moins frauduleux. J'avais, en toute conscience, caché à ma mère ce service de nuit. Et enfin, j'avais accueilli dans mon lit une femme mariée, dont le mari, c'était un comble, paraissait un homme bien. Et à présent, un plan pour récidiver faisait partie de mes hypothèses. Décidément, je n'étais un modèle de conduite pour personne. J'imaginai quelque voisine de quartier disant à son enfant : *Tu ne dois pas être aussi dissipé, sinon tu risques de finir comme le garçon de cet immeuble, ce Máximo Seigner, qui mène une vie turbulente et qui perd ses emplois.* Contre toute attente, cette image me fit sourire. En repensant à mon aventure nocturne, je me sentis très proche de ce père inconnu qui avait pu avoir l'idée d'aller dans un bordel. Et d'y mourir.

Je finis de faire le lit et remontai résolument mon pantalon, geste providentiel car l'instant d'après la porte s'ouvrit brusquement sur M. Pitti, souriant, peigné et parfumé, comme s'il avait eu une matinée merveilleuse.

– Terminé ? me dit-il en me regardant avec une étrange joie dans les yeux.

– Quoi donc ? répondis-je étourdi.

– Ici.

– Ici ? répétai-je en proie à une profonde désorientation.

– Oui, vous avez terminé cette chambre ? Ma femme m'a dit que vous étiez en train de la faire, expliqua-t-il, puis il se tourna vers le couloir et s'écria : ma chérie ! Camila !

Son appel fut suivi par un claquement cadencé de talons qui m'était familier. Et Camila apparut à la porte, souriante.

– C'était la chambre dont tu parlais ? Elle n'était pas faite la semaine dernière ? demanda Pitti à sa femme, sans une ombre de suspicion.

– Mais non, chéri. Qui s'occupe de toutes ces choses ?

– Ah ! fit-il, quasi extatique, ajoutant comme s'il voulait le dire à elle, mais aussi à moi : ma femme !

À cet instant, j'entrevis clairement qu'après avoir quitté la chambre, Camila avait pris la précaution d'offrir à son mari un réveil splendide. En imaginant cet homme lent, fatigué, accablé par la goutte, lui montant dessus, j'éprouvai un violent accès de jalousie, mais avant que je puisse comprendre pourquoi, cette première réaction se mua en une étrange et profonde sympathie. Il y avait quelque chose de très louable à être amoureux à son âge et de cette femme si volage, cette espèce d'exploit appelait ma solidarité. Je compris aussi, je devrais plutôt dire je *vis*, pourquoi Camila restait avec lui. C'était un homme bon et âgé, qui l'aimait avec désespoir et la suivrait avec sa canne jusqu'au bout du monde. Je regardai Camila et la vis heureuse à côté de ce père affable qui lui caressait l'épaule avec une élégante délicatesse.

– Les libraires sont en train de se réunir, me dit Pitti avant de poursuivre dans le couloir sa ronde matinale. Il y en a un très vieux à la 305, qui a appelé la réception pour qu'on l'aide à descendre une malle. Allez-y, vous vous occuperez de cette suite plus tard, de toute façon personne ne la prend jamais.

Je pensai que si M. Pitti avait imaginé l'usage extensif que cette chambre avait eu seulement cette nuit-là, il m'aurait cassé sa canne sur le crâne, ou pire, il aurait seulement souri avant de s'éloigner en marmonnant dans le couloir, sachant que la vie était ainsi.

Je les vis descendre l'escalier, comme deux fiancés s'enfuyant au premier étage. Avant que le visage de Camila ne disparût au détour du palier, elle m'adressa un sourire ténu et s'éclipsa.

De nouveau seul, dans mon uniforme de groom, je fermai lentement la suite et donnai deux tours de clé, tandis que la mélodie de *Suo è il mio cuore* me revenait en mémoire. J'avais sommeil, une lourdeur générale empesait mes bras et mes jambes, et mes os craquaient à chaque mouvement comme s'ils voulaient me rappeler leur existence. Je me mis néanmoins à siffler la chansonnette en me dirigeant vers la 305.

Je pressai trois fois le timbre, car les deux premières restaient sans effet. La troisième, je gardai mon doigt collé au bouton, comme si j'étais électrocuté, et quelques secondes plus tard j'entendis un bruit étouffé, comme la rumeur d'un blaireau se traînant hors de son terrier.

L'homme qui m'ouvrit la porte était celui qui la veille m'avait fait monter la malle. Dans l'agitation de la matinée, j'avais oublié son visage et que j'avais moi-même déposé ce sarcophage dans la chambre 305, en me demandant quelle sorte de livres exigeaient un tel coffre.

Peut-être parce que la catastrophe de ma famille avait rendu insignifiants les aléas de la vie quotidienne, ou parce que les événements de la nuit et du matin avaient stimulé mon insolence, je me sentis libre, dès que l'homme m'eut fait entrer, de lui demander ce que contenait sa malle.

Il était en train de se sécher les mains avec une petite serviette. Maintenant qu'il était devant moi, je pus constater qu'en effet il ressemblait à un blaireau, avec son nez rond, sa moustache effilochée et ses tempes blanches. Ma question le fit sourire :

– Dans cette antiquité ? Des livres, mon garçon. À quoi pensais-tu donc ? À un cadavre ?

– Des livres modernes ? demandai-je d'un ton un peu pressé.

– Dans quel sens ? D'*actualité*, tu veux dire ? fit-il en souriant.

– Oui, c'est ça.

– Non, je crains que non. Certains, en tout cas, *conservent* une certaine actualité, mais ce sont tous des livres anciens. On pourrait dire que je suis une espèce d'antiquaire. Je les achète dans de vieilles maisons où personne ne s'intéresse à ce que le grand-père avait dans sa bibliothèque, après quoi je cherche des acheteurs qui sauront les apprécier. C'est ce que je fais depuis quarante ans. Tu aimerais voir ce qu'il y a dans cette malle ?

Il me regarda avec l'expression d'un vendeur de jouets qui remonte le ressort d'un automate devant un enfant. Je me dis qu'il y avait peut-être longtemps qu'il n'avait pas parlé avec quelqu'un de mon âge. Je l'imaginai célibataire, sans enfants ni petits-enfants, parcourant les rayonnages de villages perdus et soufflant sur la poussière du dos d'innombrables volumes reliés en cuir, qui au premier coup d'œil se ressemblaient tous.

– Oui, j'aimerais beaucoup, répondis-je. Je pensai que dans une heure je serais de retour à la maison en train de demander l'emplacement exact de la tombe de Leopoldo Seigner. Et je me rendis compte que ma tentation, plus que de découvrir le contenu de cette malle, était de m'y glisser dedans et d'y passer la journée.

Il se pencha et entreprit d'ouvrir le petit cadenas avec des gestes parcimonieux. Je remarquai que ses mains tremblaient un peu et qu'une opération aussi simple que celle d'ouvrir une malle lui demandait des efforts démesurés. En observant le mouvement de ses doigts, je me rendis compte pour la première fois à quel point je regrettais de ne pas avoir eu de grands-parents. En d'innombrables occasions j'avais vu des enfants le long des rues et des places marcher main dans la main avec des vieillards au regard absent, mais je ne les avais jamais véritablement enviés. Et pourtant, avoir des grands-parents aurait empêché, par exemple, l'enterrement de mon père en catimini, car une telle atrocité ne peut être dissimulée qu'à des mineurs sans défense. J'imaginai des grands-parents furieux venant nous chercher au camping, le nain et moi, pour empêcher un tel scandale. Des grands-parents tremblotants, comme l'homme de la 305.

– Voilà, dit-il, et les charnières grincèrent.

Je me penchai sur la malle ouverte où un ensemble de volumes vieux et grisâtres évoquaient des animaux embaumés.

– C'est des livres de ce siècle ?

– Quelques-uns, oui. D'autres sont du siècle passé, douze du précédent et deux du XVIIe. Dans une convention comme celle d'aujourd'hui, certains pourraient être considérés comme des *incunables*, dit-il avec une sorte de lassitude orgueilleuse. Ou plus modestement, comme des ouvrages difficiles à trouver. Tu aimes lire des livres ?

– En général, je lis des revues, répondis-je avec une solennelle dignité.

– Pas de livres ?

Sa question trahissait une pointe de déception. Elle fut suivie de quelques secondes de silence.

– Plutôt des revues.

– Quelques livres, quand même ?

Il y avait une insistance quasi sénile dans ses questions, une certaine anxiété, comme celle d'un vieillard ramolli qui demande : *et moi, j'y étais à cette fête ?*

– Eh bien, j'en ai commencé quelques-uns. *Les Merveilles de la chimie*, que j'ai presque terminé. *Le Poème du Cid*, dont j'ai lu deux chapitres de plus que ceux exigés par le professeur. *Le Corsaire noir*, de Salgari, que j'ai aussi presque terminé. – J'énumérais ces titres avec les doigts, comme si je craignais d'en perdre le décompte. – *Les Tigres de Malaisie...* mais de celui-là je n'ai lu que quelques pages. Comme je vous l'ai dit, je lis plutôt des revues.

– Des revues de... avec des femmes ? s'enquit-il avec une tranquille résignation.

– Non, non, répondis-je, troublé. Pas ces revues-là, plutôt scientifiques, historiques, sur des thèmes généraux...

– Que serait par exemple un *thème général* ? demanda-t-il amusé, en s'asseyant sur le lit, comme si la convention des libraires s'éloignait jusqu'à s'évanouir à l'horizon.

Je réfléchis un bref instant à une liste de thèmes généraux. Mais la seule chose qui me vint à l'esprit fut les larmes du nain, ces sanglots inédits de la veille, l'amertume de sa voix.

– La mort, par exemple, est un thème général, dis-je sans savoir très bien pourquoi. Et j'eus aussitôt l'impression d'avoir dit une grossièreté en évoquant la mort devant un homme de cet âge.

– Je crois que ce sera bientôt pour moi un thème particulier, dit-il avec un sourire indulgent. Dans quelle sorte de revues lis-tu des choses sur la mort ?

– Je suis abonné à deux : *Ici et maintenant* et *Connaissance.* Disons que ce sont mes lectures de chevet. Vous les connaissez ?

– Je crois que j'ai vu une fois *Ici et maintenant* chez un coiffeur... Ça m'avait paru monotone, aride, un bulletin spartiate, écrit dans le jargon de Jules Verne. L'autre, je n'en ai jamais entendu parler.

Un instant, je pris son attaque furieuse contre *Ici et maintenant* comme une espèce d'affront personnel et je sentis mes joues s'empourprer de colère. Mais deux secondes plus tard je me rappelai que cette opinion était aussi, dans une large mesure, la mienne.

– C'est un peu vrai, dis-je sur un ton conciliateur, c'est peut-être pour ça que je me suis abonné aux deux. *Connaissance* est une revue plus distrayante, avec beaucoup de photos et des articles brefs, mais *Ici et maintenant* me semblait une revue plus adulte, et j'ai voulu les deux en me disant qu'au bout de cinq ans d'abonnement je serais un adulte et que j'aurais besoin de références plus sérieuses.

En terminant cette phrase, je m'assis à mon tour sur le lit, comme si c'était la chose la plus naturelle du monde.

– Tu t'es *abonné* pour cinq ans ? Combien coûte une énormité pareille ? demanda-t-il presque en riant.

– Pour mon treizième anniversaire, mon père m'a demandé ce que je voulais comme cadeau. J'avais passé une mauvaise année, de celles où rien ne marche, et je lui ai dit que je voulais lire.

– Ah, je comprends ! Alors c'est un beau cadeau... dit-il en regardant sa malle ouverte. Il semblait ne pas penser du tout aux revues.

Moi aussi j'observai la malle. Il y avait un livre en allemand qui me parut très ancien. Il remarqua mon regard, prit l'ouvrage et me le mit dans les mains. Le titre, aux lettres dorées en relief, était *Die Leiden des jungen Werthers*. Je ne savais pourquoi, mais dès que je l'eus touché, je ressentis le besoin impérieux de l'avoir.

– C'est un roman du XVIIIe siècle, la troisième édition allemande des *Souffrances du jeune Werther*. Je l'ai trouvé chez un dentiste qui voulait que j'emporte toute la bibliothèque de son père et que je lui paie les livres au kilo. Si cette grossièreté consistant à se débarrasser ainsi d'une bibliothèque ne m'avait pas paru une infamie, je l'aurais informé de la qualité des livres qu'il jetait les yeux fermés. Je lui ai acheté toute sa bibliothèque. Avec ce que chaque kilo de livres lui a rapporté, il a dû s'acheter trois kilos d'oranges ou de citrons, ce qui à ses yeux devait être un bénéfice. Nous étions tous les deux amplement satisfaits. Et toi, tu es devenu adulte ?

– Pardon ?

– Je te pose la question parce que tes abonnements doivent toucher à leur fin, et comme pendant tout ce temps tu prévoyais de devenir adulte... précisa-t-il d'un air goguenard en sortant un autre livre de la malle.

Impressionné, je m'agrippai aux *Souffrances du jeune Werther* comme à une bouée de sauvetage lancée au milieu d'une lagune très profonde. Pourquoi ne m'étais-je souvenu à aucun moment de cette question ? Confiant dans l'arrivée régulière de mes chers fascicules, j'avais oublié que j'allais avoir dix-huit ans et que ce jour-là marquerait la fin de mes abonnements. Je me rendis compte que mon esprit avait retardé toute l'année l'arrivée de ce seuil inévitable. Qu'allais-je lire dorénavant ? Mes albums de coupures de presse, maintes fois parcourus comme le journal d'un naufragé ? Un quotidien, cette routine si vague et sans lien réel avec ma vie ? Des livres ? Cette année-là, la lecture de mes revues était devenue beaucoup plus compulsive et je me demandai si cela n'était pas dû à ce que dans un coin de ma tête, la lutte contre le vertige de la dernière livraison me faisait déglutir abondamment avant un jeûne long et incertain. Je m'y étais consacré corps et âme, comme si, après les examens de fin d'année, m'attendaient d'autres épreuves beaucoup plus difficiles, à affronter devant qui sait quelle sorte de maîtres.

J'ouvris au hasard *Les Souffrances du jeune Werther* et laissai l'odeur balsamique du papier jaunâtre monter vers mes narines, les imprégnant d'une exhalaison archaïque, lointaine, comme s'il s'agissait d'une espèce de lettre fanée que l'on doit lire avec le nez. En respirant ce mélange de papier, de colle, de vieux fils et de cuir, je découvris que cette odeur était justement celle que j'escomptais trouver dans un hôtel appelé *Samarcanda*, une combinaison élégante, surannée, chargée de résonances anciennes. Ce livre en allemand était le premier contact avec le vaste monde que mon emploi de groom m'offrait. Je souris et répondis :

– Non, je pense que je ne suis pas devenu adulte, ou du moins que je n'ai pas réussi à parcourir le chemin qui va de *Connaissance* jusqu'à *Ici et maintenant*.

Je sentis qu'entre nous s'était installée une étrange familiarité. Il me semblait que, s'agissant d'un libraire de livres anciens, la conversation sur des publications récentes pouvait lui paraître stérile et que peut-être pour cette raison il avait un peu oublié la convention. Mais une autre raison profonde m'incita soudain à prolonger la conversation : outre l'odeur de Werther, parvenait à mes narines un autre parfum plus intangible qui paraissait provenir de l'endroit du lit où le vieillard était assis, de ses mains, de son cou. Un parfum qui m'atteignit peu à peu, car c'était une exhalaison quasi imperceptible, peut-être partiellement réveillée par la serviette avec laquelle il se séchait quand j'étais entré dans la chambre. C'était ce parfum de lavande qui m'était si cher. Hier, je l'avais aussi perçu sur M. Pitti, comme une délicatesse exempte de coquetterie, pur réflexe odorant de l'amabilité, de l'acceptation que l'autre puisse occuper la même pièce que soi. Je me demandai combien de temps encore le parfum des hommes de bien me rappellerait mon père, jusqu'à quel âge je sentirais ce même frémissement en entrant, par exemple, dans un ascenseur occupé par un professeur de piano, ou dans un taxi que vient de quitter un ébéniste. Je me dis qu'il y avait sûrement des millions de personnes de grande valeur qui ne sentaient pas la lavande, voire qui dégageaient des miasmes fétides tout en étant honnêtes et honorables. Mais il y avait quelque chose de spécifique dans ce parfum, une espèce de vieillesse, ou plus encore une singulière et insistante permanence dans le temps.

– Je comprends. Moi, je crois que je suis devenu adulte quand j'ai cessé d'y penser. Ça viendra. Ce livre te plaît ? demanda-t-il en se levant.

– Le problème c'est qu'il est en allemand. Cela le rend impossible à lire, du moins pour moi. Mais j'ai l'impression que c'est un bon livre.

J'avais encore la tête chamboulée par les odeurs et les revues. Je me rappelais que j'avais souvent pensé qu'il existait une orbite abstraite de la vie, pleine d'intérêts divers et variés, de sauts temporels, de relations imaginaires entre soi et les choses, de rêverie ; une orbite où semble avoir lieu l'enfance, car il est plus facile pour un enfant de concevoir qu'une bouteille est une poupée sans bras que pour un adulte. J'ai toujours cru que l'adulte tend à voir la bouteille comme une bouteille, qu'il est déterminé par les circonstances où il perçoit les choses et qu'il a perdu ce lien gratuit avec celles-ci car, au sujet de la bouteille, il se soucie d'abord de savoir où l'acheter, à quelle occasion la boire, où la jeter quand elle aura cessé de satisfaire une fonction. Encouragé par cette idée d'immédiateté que j'avais toujours identifiée avec monde adulte, j'associais le titre *Ici et maintenant* avec cette prison, le présent, la stricte circonstance de l'événement, et je le reliais alors plus ou moins naturellement à l'aridité des articles et à leur horrible mise en page, à l'absence de stimulations visuelles et au manque total de fantaisie dans la présentation, et je le voyais ainsi, surtout en opposition à *Connaissance*, car le titre faisait allusion à cette chose beaucoup plus vaste que le présent qu'est justement la connaissance des choses et des faits, non seulement immédiate mais cumulée, non seulement concrète mais associée, subtile, si bien qu'entre ces deux univers on choisissait ce dernier, non seulement parce qu'il était plus vaste, mais aussi d'une certaine façon plus ancien, parce qu'il offrait l'illusion d'un horizon lointain vers lequel on doit aller, et parce que par définition la *connaissance* n'est justement pas l'*ici et maintenant.*

Et cependant, malgré toute l'élaboration de cette théorie, je me rendais compte que ces deux derniers jours j'avais dû vivre comme jamais l'ici et maintenant, en m'enterrant frénétiquement dans ses sables comme un mollusque de plage. J'avait vécu la responsabilité, la honte, l'incertitude, le dépit, la douleur pour la mort de mon père et le plaisir du corps d'une manière inédite, tout cela condensé en un aigu et presque douloureux présent, et pourtant la connaissance, cette sphère lointaine, la somme des choses conçues, concevables et inconscientes, avait été visitée avec autant de hardiesse que dans toute ma vie, si ce n'était plus encore peut-être, comme si cette sphère insaisissable constituait en réalité la plus vaste des formes de l'ici et maintenant. Peut-être qu'il en allait de même avec ces deux titres qu'avec le Nil, c'est-à-dire qu'on est en même temps "ici" et loin, ou enfermé dans un présent qui cependant ne se limite pas au "maintenant".

Je tendis le livre à l'affable blaireau. Il me resta dans la paume de la main le doux souvenir du cuir et la sensation d'avoir touché quelqu'un plutôt que quelque chose. Pendant qu'il le rangeait dans la malle et fermait le cadenas, je remarquai que sa moustache, plus qu'à celle d'un blaireau, ressemblait à celle d'une loutre, ce qui provoqua en moi une subite et fugace révélation. Comme si quelqu'un dépliait, lumineuse, la page jamais consultée de l'encyclopédie, s'éclaira sous mes yeux le doute qui m'avait tenaillé ces derniers jours, au sujet de la vie et du comportement de la loutre, ainsi que l'origine de ma confusion : la loutre de rivière était un rongeur et son allure de rat l'éloignait de la loutre marine, qui était un mustélidé. Ce qui m'empêchait de les séparer complètement était que les deux s'appelaient *loutre*, même si elles n'avaient d'autres points communs que le nom – et une singulière moustache – comme Máximo Seigner et Maximilian Badembauer.

Je pris la malle fermée, qui pesait un âne mort, et commençai à la traîner, heureux de n'avoir pas eu à traverser ce seuil redouté, celui d'aller chercher le volume de l'encyclopédie et d'élucider le problème de la loutre, car j'avais été guidé jusqu'ici par le simple fil des associations et des souvenirs. J'allais trouver le moyen de me réabonner à ces revues, ou peut-être à d'autres, ou bien j'allais commencer à me constituer une véritable bibliothèque, dont le premier ouvrage serait, indiscutablement, *L'Origine des espèces*. L'autre groom allait bientôt arriver. J'avais jusqu'à neuf heures et demie pour réfléchir, parmi une foule de choses, au deuxième titre.

Avec une subite résolution, je posai la malle par terre et me tournai vers le vieillard :

– Je crois que j'ai quelques livres qui pourraient vous intéresser, mais je ne les vends pas au kilo.

L'homme-blaireau-loutre me regarda l'air amusé, comme si tout ce qui ne concernait pas la convention pouvait le distraire et lui proposer mieux. Il semblait chercher à imaginer quelle sorte d'offre pouvait venir de quelqu'un de mon âge portant une veste de groom.

– Je croyais que tu n'avais pas de livres, me dit-il en haussant les sourcils.

– Ce ne sont pas à strictement parler des livres. Il s'agit du *Trésor de la jeunesse*, dis-je triomphal, comme si en lui livrant ainsi mon encyclopédie, j'allais franchir d'un bond la ligne qui séparait l'adolescence de ce qui se trouvait au-delà.

Il écarquilla les yeux : il semblait confronté à une proposition encore plus absurde, plus imprudente et simplement plus drôle que celle du dentiste. Il s'immobilisa, posa sa main sur ma tête et remua avec tendresse mon ridicule calot, comme on le ferait en parlant à un enfant. Puis, en riant, il demanda :

– Mais qui, aujourd'hui... qui voudrait ce genre de choses ?

Montevideo, 2001

BIBLIOTHÈQUE HISPANO-AMÉRICAINE

Histoires d'amour d'Amérique latine
Présentées par Claude Couffon

Selva ALMADA
Après l'orage

Eugenia ALMEIDA
L'Autobus
La Pièce du fond

Federico ANDAHAZI
La Villa des mystères

José María ARGUEDAS
Yawar fiesta
El Sexto

Jaime AVILÈS
La Nymphe et le sous-commandant

J. BLANC, J. HOCQUENGHEM, Y. LE BOT ET R. SOLIS
La Fragile Armada (La marche des zapatistes)

Alfredo BRYCE-ECHENIQUE
Le Petit Verre de ces dames
Ne m'attendez pas en avril
Noctambulisme aggravé
L'Amygdalite de Tarzan
Guide triste de Paris
Le Verger de mon aimée

Pablo CASACUBERTA
Scipion
Ici et maintenant

Horacio CASTELLANOS-MOYA
La Servante et le Catcheur

Ana CLAVEL
Les violettes sont les fleurs du désir

Mario DELGADO APARAÍN
La Ballade de Johnny Sosa
Une histoire de l'humanité
Les Pires Contes des frères Grim (avec L. Sepúlveda)

Pablo DE SANTIS
Le Théâtre de la mémoire
La Traduction
Le Calligraphe de Voltaire
Le Cercle des douze
La Soif primordiale
Crimes et jardins

Jesús DÍAZ
Les Paroles perdues
La Peau et le masque
Parle-moi un peu de Cuba
Les Initiales de la terre

Ramón DÍAZ-ETEROVIC
Les Sept Fils de Simenon
La mort se lève tôt
Les Yeux du coeur
La Couleur de la peau
L'Obscure Mémoire des armes
Le Deuxième Vœu

Alicia DUJOVNE-ORTIZ
L'Étoile rouge et le poète

Mauricio ELECTORAT
Sartre et la Citroneta

Jorge FRANCO
Melodrama

Santiago GAMBOA
Perdre est une question de méthode
Les Captifs du Lys blanc
Esteban le héros
Le Syndrome d'Ulysse
Nécropolis 1209
Prières nocturnes

Mempo GIARDINELLI
Fin de roman en Patagonie

Javier GONZALEZ RUBIO
T'aimer fut mon châtiment

Sylvia IPARRAGUIRRE
La Terre de Feu

Alejandro JODOROWSKY
L'Arbre du Dieu pendu
L'Enfant du Jeudi noir

Miguel LITTÍN
Le Voyageur byzantin
Le Bandit aux yeux transparents

Elsa OSORIO
Luz ou le temps sauvage
Tango
Sept nuits d'insomnie

Leonardo PADURA
Electre à la Havane
L'Automne à Cuba
Passé parfait
Le Palmier et l'Étoile
Vents de carême
Les Brumes du passé
L'homme qui aimait les chiens

Ángel PARRA
Mains sur la nuque

Alfredo PITA
Le Chasseur absent

Horacio QUIROGA
Contes d'amour de folie et de mort
Anaconda
Les Exilés
Au-delà
Le Désert

Sergio RAMÍREZ
Il pleut sur Managua

Pablo RAMOS
L'Origine de la tristesse
Encore cinq minutes María

Evelio ROSERO
Les Armées

Hernán RIVERA LETELIER
La reine Isabel chantait des chansons d'amour
Le Soulier Rouge de Rosita Quintana
Mirage d'amour avec fanfare

Les trains vont au purgatoire
Les Fleurs noires de Santa María
Le Virtuose
Malarrosa

Carlos SAMPAYO
L'année où le lion s'est échappé

Antonio SARABIA
Le Ciel à belles dents
Les Invités du Volcan

Luis SEPÚLVEDA
Histoire d'une mouette et du chat qui lui apprit à voler
Journal d'un tueur sentimental
Le Monde du bout du monde
Le Neveu d'Amérique
Les Roses d'Atacama
Rendez-vous d'amour dans un pays en guerre
Un nom de torero
Le vieux qui lisait des romans d'amour
La Folie de Pinochet
Les Pires Contes des frères Grim (avec M. Delgado Aparaín)
La Lampe d'Aladino et autres histoires pour vaincre l'oubli
L'ombre de ce que nous avons été
Histoires d'ici et d'ailleurs
Dernières nouvelles du Sud (avec D. Mordzinski)
Histoire du chat et de la souris qui devinrent amis
L'Ouzbek muet et autres histoires clandestines

Enrique SERNA
Quand je serai roi
Coup de sang

Karla SUÁREZ
Tropique des silences

La Voyageuse
La Havane année zéro

Paco Ignacio TAIBO II
Le Rendez-vous des héros
De passage
L'année où nous n'étions nulle part
Archanges
Ces foutus tropiques
Le Retour des Tigres de Malaisie

Amir VALLE
La Havane-Babylone

Cet ouvrage a été composé par
FACOMPO
à Lisieux (Calvados)

Impression réalisée par
Corlet, Imprimeur, S.A.
14110 Condé-sur-Noireau

N° d'édition : 16131001 – N° d'impression : 176973
Dépôt légal : février 2016

Imprimé en France

1

Emma Soubeyrand quitta discrètement le cortège de la noce. Malgré un léger retard, dû à Mamette qu'on avait perdue sur le chemin de l'église, tout s'était bien passé. À présent, Paul était marié, pour le meilleur et pour le pire comme le veut la tradition, et Emma espérait bien qu'il s'agirait du meilleur. Les années de malheur, de doute, d'angoisse étaient révolues, le mauvais sort enfin conjuré.

Parvenue devant le *Café des Tilleuls*, elle se dépêcha de remonter le rideau de fer. Tout Cucuron allait bientôt défiler ici, par sympathie ou par curiosité, pour trinquer aux jeunes époux. *Jeunes* n'était peut-être pas le mot exact car Paul avait déjà trente-trois ans, Marine trente, et ils vivaient ensemble depuis sept ans. Leur fils, Baptiste, venait de fêter ses six ans ; en conséquence, cette union ne faisait que régulariser une situation établie de longue date. Néanmoins, Emma se sentait satisfaite d'avoir marié l'un de ses fils.

Dès l'aube, des tables avaient été installées sur toute la terrasse du café, il ne restait qu'à les draper des nappes blanches repassées la veille. Emma se débarrassa de son chapeau et se mit au travail en fredonnant. Deux de ses quatre enfants étaient casés, la famille s'agrandissait !

— Laisse-moi faire ! lança Simon qui arrivait, tout essoufflé d'avoir marché vite sous le soleil impitoyable de cette fin de mai.

— Tu n'as qu'à prendre les plateaux de verres et les poser un peu partout, suggéra Emma, on passera avec les bouteilles... Ah, et puis, n'oublie pas les fleurs !

Elle lui adressa un sourire éblouissant, émue qu'il se soit autant dépêché pour l'aider. Sans lui, que serait-elle devenue ? Ils avaient beau être comme chien et chat, tous les deux, ils s'aimaient vraiment. À l'époque où elle s'était retrouvée veuve, elle avait cru qu'elle ne s'en sortirait pas. Élever seule quatre gamins aussi turbulents que les siens, alors qu'elle était clouée dans son *Café des Tilleuls,* tenait de l'exploit. Simon, propriétaire d'un garage de l'autre côté de la place, avait d'abord proposé un petit coup de main à l'occasion, pour un bricolage ou même pour tenir le comptoir, et peu à peu il s'était rendu indispensable. Respectant le deuil d'Emma, il n'avait pas parlé d'amour, du moins pas au début. Il avait fallu des mois avant que la simple solidarité se mue en complicité, puis en tendresse, jusqu'à ce qu'il ose enfin se déclarer.

— Ils arrivent ! cria-t-il.

À l'autre bout de la place, le cortège venait d'apparaître. Emma prit le temps d'admirer son fils, de loin, notant la manière dont il tenait fermement Marine par la taille, sa démarche assurée, son sourire de triomphe. Il semblait si heureux que, par superstition, Emma croisa les doigts.

Derrière les mariés, Mamette trottinait, accrochée au bras de Vincent. Celui-là, avant qu'il accepte de se mettre la corde au cou, beaucoup de vent allait souffler sur le Mourre-Nègre ! Coureur, séducteur, Vincent n'avait qu'à se servir parmi la clientèle de son salon de coiffure, toutes les femmes se l'arrachaient et il ne s'attachait à aucune. Mais pour l'heure, c'était de sa grand-mère qu'il s'occupait galamment, la remorquant vers le café. La pauvre Mamette perdait de plus en plus la tête, confondait les gens, mélangeait les dates, et usait ainsi sans pitié les nerfs d'Emma qui ne se décidait pourtant pas à envisager la maison de retraite.

— Je vais chercher le champagne ? proposa Simon.

Un petit vent tiède s'était levé, balayant la place et faisant voler le voile de la mariée.

— Oui, commence à ouvrir les bouteilles, approuva Emma.

Elle restait immobile, les mains sur les hanches, occupée par le spectacle de tous les Soubeyrand qui avançaient vers elle, réunis au complet, ou presque. Ils étaient sa famille et, coûte que coûte, elle continuerait à les préserver. Ce serment-là, elle se l'était fait certaine nuit dont elle ne voulait plus se souvenir et, jusqu'à présent, elle n'avait pas failli.

À dix heures du soir, la fête battait toujours son plein. Sur la terrasse du *Café des Tilleuls,* transformée en piste de danse, les couples s'enlaçaient tandis que, dans la salle, le champagne coulait à flots.

Emma était la seule à n'avoir rien bu, soucieuse de conserver le contrôle de la situation. Par cette chaleur, se désaltérer avec de l'alcool revenait à se saouler en un rien de temps. Une nouvelle fois, elle mit en route le lave-vaisselle professionnel qui nettoyait soixante verres en quelques minutes.

— Je crois bien qu'il n'y a plus un seul Cucuronais chez lui ! soupira Rosine en déposant un grand plateau sur le plan de travail. Ils sont tous là, trop contents de boire aux frais de la mariée...

Employée du café depuis une dizaine d'années, Rosine ménageait rarement sa peine, mais la fatigue devait commencer à se faire sentir.

— Vous pouvez partir, lui dit Emma, le plus dur est passé. Je n'ouvrirai pas demain matin, profitez-en pour vous reposer...

D'un simple hochement de tête, Rosine acquiesça avant d'ôter sa blouse. Emma lui glissa alors quelques billets dans la main, puis quitta la cuisine. Dehors, l'air était d'une douceur étonnante, bien différente de la canicule qui plombait les journées. Sur le buffet, dressé contre la façade du café, les reliefs de la pièce montée avaient fondu. Emma alla vers Paul, qui regardait sa femme danser avec le maire.

— Elle est très belle et tu as raison de l'aimer, murmura-t-elle en s'asseyant à sa table.

Sourire aux lèvres, son fils ne se donna pas la peine de répondre, néanmoins elle savait tout le mal qu'il avait eu à convaincre Marine. Ce mariage constituait sans aucun doute une grande victoire pour lui, ou du moins la preuve qu'il attendait désespérément.

— Maintenant qu'elle est entrée officiellement dans la famille, dit-il à mi-voix, ce serait juste de ne plus rien lui cacher...

— Tu es fou ?

Emma avait répliqué trop fort, trop vite, et elle fit un effort pour se reprendre.

— Je te préviens, Paul, il n'est pas question de déterrer ces vieilles histoires.

— Dommage, ce serait l'occasion ou jamais ! claironna Vincent qui venait de s'arrêter à leur table.

Emma se retourna et lui lança un regard dur.

— Tu trouves ? Le jour du mariage de ton frère ? Une façon de finir la journée en beauté ?

Vincent était un peu éméché, il titubait sur place.

— On a fait une grosse bêtise, maman...

D'un geste hésitant, il voulut saisir le verre de Paul, mais sa mère, plus rapide, le prit et le vida sur les graviers.

— Tu devrais aller te coucher, Vincent.

— Oh, non, pas question ! J'ai encore plein de filles à faire danser... À commencer par la mariée ! Je lui ai promis un rock, je vais aller la délivrer de Richard...

Hilare, il désigna le maire, Richard Bresson, qui gesticulait lourdement face à Marine. Soulagée, Emma se mit à sourire.

— C'est ça, vas-y...

Dès qu'il se fut éloigné, elle reporta son attention sur Paul.

— Tu parles trop, mon grand. Profite de ton bonheur et oublie donc le passé.

Elle se leva sans lui laisser le temps de répliquer, cherchant des yeux Simon. Soudain, elle avait envie de danser elle aussi, de savourer la fin de la fête. À cinquante-deux ans, elle n'avait jamais pris le temps de s'amuser ni de se laisser vivre, elle avait bien le droit de s'accorder une petite pause. Elle repéra enfin Simon, qui se tenait adossé à un tilleul et qui regardait dans sa direction. L'avait-il épiée toute la soirée ? Il lui disait souvent qu'il la trouvait belle, quoi de plus agréable pour une femme d'âge mûr ? Elle traversa la terrasse, descendit jusqu'à lui et le saisit par la main.

Dans la cuisine dévastée, Emma, en robe de chambre, se demanda si elle n'allait pas se mettre à ranger. Elle n'avait pas du tout sommeil, comme toujours après l'amour. Simon venait de partir, elle avait baissé le rideau de fer derrière lui, et elle décida de s'octroyer une petite coupe de champagne. Peut-être même une cigarette ? Elle avait cessé de fumer quelques années plus tôt, mais parfois, lors d'occasions exceptionnelles, elle en grillait une. Sa manière à elle de tenir en respect le démon du tabac.

Avec un soupir satisfait, elle se servit d'abord un verre puis s'installa à la grande table. Elle avait toujours adoré le silence de la nuit, à peine troublé par des bruits d'insectes ou de lointains coassements. La fenêtre donnant sur la cour était largement ouverte, laissant entrer la relative fraîcheur de la nuit.

Emma songea successivement à sa fille, Sophie, qui devait dormir pelotonnée contre son mari, puis à Paul, qui entamait sa nuit de noces avec Marine, enfin à Vincent, qui s'offrait sans doute du bon temps dans les bras de n'importe quelle fille. Le seul à propos duquel elle ne savait rien et ne pouvait faire aucune conjecture était Antoine.

Antoine... Déjà sept ans d'absence. Sept ans, deux mois, quatre jours, elle en tenait précisément le compte. Celui des cartes postales laconiques qu'il envoyait aussi. Le Brésil était trop loin pour qu'elle imagine quoi que ce soit, et si elle pensait à Antoine, c'était ici qu'elle le revoyait, à Cucuron, avant le drame. Ou alors enfant, lorsque, ombrageux aîné du clan des petits Soubeyrand, il entraînait ses frères et sa sœur dans de grandes virées à vélo. À eux quatre, ils lui avaient fait des coups pendables, des frayeurs quotidiennes, mais au fond d'elle-même elle faisait confiance à Antoine, certaine qu'il ramènerait toujours les trois autres à bon port. Ce fils-là était son premier enfant, peut-être son préféré, et jamais elle ne se remettrait tout à fait de son départ.

Elle écrasa sa cigarette, ferma les yeux. Non, décidément, elle attendrait le lendemain pour nettoyer le chantier de la réception, il y avait trop de désordre, et du reste une douce somnolence était en train de l'envahir. Demain. Elle rangerait demain. Toute sa vie, elle s'était accrochée à l'espoir de l'aube suivante, d'un autre jour. Exactement comme l'héroïne d'*Autant en emporte le vent*. L'idée lui arracha un sourire ironique : elle n'avait plus rien d'une jeune première, n'en déplaise à Simon !

Le bruit d'un moteur, au-dehors, la sortit brutalement de sa rêverie. Cucuron était un calme village de Provence où, même en saison, les noctambules n'étaient pas légion. Elle écouta, avec un peu d'appréhension, les pneus qui freinaient sur la place, les portières qui claquaient, puis un coup sonore fut frappé contre le rideau de fer. Le cœur battant, elle se leva, quitta la cuisine et traversa la grande salle du café sans allumer. Elle était seule ici, juste avec Mamette qui dormait au second, et sans arme pour se défendre. Quand une voix d'homme s'éleva, elle retint sa respiration.

— Madame Soubeyrand ? Ouvrez, c'est la gendarmerie...

Elle reconnut l'intonation de Lucien Sorgue, le capitaine, que tout le monde à Cucuron appelait Lulu. Pourtant, au lieu de se sentir soulagée, elle fut aussitôt submergée par une vague d'angoisse. La pendule, derrière le comptoir, indiquait quatre heures dix. Que pouvaient vouloir les gendarmes, au beau milieu de la nuit ? Maladroitement, les doigts fébriles, Emma déverrouilla le rideau de fer et commença à le remonter.

Lorsqu'elle aperçut le visage de l'officier de gendarmerie, elle sut qu'un nouveau malheur venait d'arriver.

Marine connaissait par cœur l'hôpital d'Apt puisqu'elle y travaillait en tant qu'infirmière. Après avoir laissé le reste de la famille Soubeyrand dans la salle d'attente, elle alla se poster à la sortie du bloc pour intercepter le chirurgien de garde. Ses collègues lui avaient précisé qu'il s'agissait du Dr Vialey, l'un des meilleurs de la région.

En faisant les cent pas dans le couloir désert, Marine envisageait toutes les possibilités, y compris la pire. Même à jeun, Vincent conduisait sa moto comme un fou, elle le savait, et cette nuit il avait beaucoup bu pour arroser le mariage. Son mariage... Une bouffée de culpabilité lui fit monter les larmes aux yeux. Elle aimait bien Vincent, il la faisait rire chaque fois qu'il lui coupait les cheveux. Dans son salon de coiffure, où il paradait au milieu des femmes, il racontait des histoires drôles, ne ménageait ni les compliments ni les sourires charmeurs. Depuis le départ de son frère Antoine pour le Brésil, c'était lui l'enfant terrible de la famille. Sauf qu'à trente ans il n'était plus un enfant, et

— Les médecins n'en savent rien. Il peut se réveiller... ou pas.

— Ils le soignent ? Ils lui font des examens, il a des traitements ?

Elle dut deviner la colère qui était en train de l'envahir car elle répondit, d'un ton brusque :

— Ils font le maximum. Ne te trompe pas de cible, Antoine.

En une seconde, il se sentit redevenir un petit garçon. À cette époque-là, elle le perçait à jour si facilement qu'il avait pris l'habitude de ne rien lui cacher. Soudain bouleversé, il s'approcha d'elle, lui entoura les épaules de son bras.

— Je veux qu'il se réveille, chuchota-t-il d'une voix étranglée.

— Crois-moi, tu ne peux pas le vouloir aussi fort que moi !

Elle appuya sa tête contre lui, dans un geste d'abandon, et ils demeurèrent ainsi, veillant sur Vincent.

Mamette fut bien la seule que le retour d'Antoine n'étonna pas, puisqu'elle ne s'était pas aperçue de son absence. Lui, en revanche, fut très frappé par la sénilité de sa grand-mère, qu'il avait quittée lucide. Bien sûr, dans ses lettres, Emma avait glissé ici ou là de petites phrases résignées à propos de Mamette, cependant il ne s'y était pas attardé. À travers chacun des courriers de sa mère, il guettait des nouvelles de Marine, mais sur ce sujet-là Emma n'était guère prolixe. En son temps, elle avait seulement annoncé la naissance de Baptiste, sans donner de détails.

Dans la grande salle du café, après la fermeture, toute la famille Soubeyrand s'était réunie autour d'Antoine, et Simon avait débouché quelques bouteilles de rosé bien frais. Antoine fut présenté à ceux qu'il ne connaissait pas : son beau-frère Arnaud Rouvier, les enfants de celui-ci, Agathe et Romain, enfin son neveu, Baptiste, qu'il embrassa avec une émotion trop évidente.

Paul arriva le dernier, prétextant des clients tardifs à la pépinière. En réalité, revoir Antoine constituait pour lui une épreuve. S'il l'avait fait revenir, c'était uniquement pour Vincent, et déjà il le regrettait.

— Ah, quand même ! s'exclama Antoine lorsque son frère s'arrêta enfin devant lui, après avoir salué tous les autres.

— Salut, Antoine. Bon voyage ?

— J'aurais préféré te trouver à l'aéroport.

— Non, je ne pouvais pas, j'ai beaucoup de boulot en ce moment.

Ils se dévisagèrent avec curiosité, sur la défensive l'un comme l'autre.

— On s'embrasse ?

— Les mecs font ça, au Brésil ? ironisa Paul sans bouger.

— Les frères font ça.

Antoine franchit le pas qui les séparait et ils échangèrent une accolade maladroite. Sans Marine, Paul aurait été heureux de serrer son frère dans ses bras, mais la jeune femme avait fait d'eux des rivaux, des ennemis.

— Viens fumer une cigarette avec moi, proposa Paul en s'apercevant que toute la famille les observait.

Ils sortirent ensemble dans le petit jardin, à l'arrière du café, et s'éloignèrent des fenêtres ouvertes.

— Je sais à quoi tu penses, Antoine. Tu as vu Baptiste et tu pourrais croire que... Mais non. Marine est tombée enceinte six mois après ton départ. *Mon* fils vient juste d'avoir six ans.

Soulagé de l'avoir dit, Paul reprit son souffle. Dans la pénombre, il distinguait mal le visage de son frère et il ajouta, pour faire bonne mesure :

— Nous nous aimons, Marine et moi. Si

tu dois rester ici, je veux que les choses soient claires.

— Ne t'inquiète pas, c'est très clair !

Antoine accusait le coup, sa voix le trahissait. Avait-il cru qu'il lui suffisait d'apparaître, après plus de sept ans d'absence, pour reconquérir Marine ? L'idée était insupportable à Paul, qui laissa tomber sa cigarette et l'écrasa rageusement.

— Le mieux, déclara Antoine en recouvrant son calme, ce serait de ne plus parler du passé.

— Et de ne plus y penser non plus. Tu y arriveras ?

La question était stupide, Paul le savait pertinemment mais il n'avait pas pu s'empêcher de la poser. En fait, la seule certitude qu'il aurait aimé avoir concernait Marine. Avait-elle oublié Antoine ?

— Rentrons, décida-t-il, ils vont tous se demander ce qu'on fait.

— Je te rejoins dans une seconde.

Appuyé au mur de pierres sèches, Antoine laissa Paul retourner seul dans le café. L'air tiède de la nuit était chargé de l'odeur caractéristique des plantes aromatiques – thym, sarriette, estragon et romarin –, que leur mère cultivait dans de grandes vasques de

— Comment va ton frère ? s'enquit Raphaël en reprenant un visage sérieux.

— Pareil.

— Je suis passé le voir hier et avant-hier.

— Oui, les infirmières me l'ont dit. Tu es gentil de...

— J'adore Vincent, nous étions souvent fourrés ensemble ces derniers temps. Tu le connais, il aime bien faire la fête, on a pris de sacrées cuites tous les deux ! Sincèrement, ce qui lui est arrivé m'a rendu malade, je pourrais être à sa place : moi aussi j'ai conduit fin saoul plus souvent qu'à mon tour... Je n'arrête pas d'y penser, je suis vraiment désolé pour lui.

Antoine hocha la tête, essayant de dissimuler son émotion. L'état de Vincent restait critique, sans aucune amélioration. Allait-il vivre comme un légume durant des mois, des années ? Personne ne semblait en mesure de se prononcer sur son avenir, et sans doute étaient-ce seulement les machines qui le maintenaient en vie.

— Je t'offre un verre ? proposa Raphaël.

Son bureau était vaste, clair, ultramoderne, avec un coin salon où se trouvait un petit réfrigérateur.

— Non, merci, il est trop tôt pour moi.

Mais si tu as un peu de temps à me consacrer, je vais avoir besoin d'un coup de main.

— Du temps ? Tu tombes bien, j'en ai à revendre !

— On ne dirait pas, plaisanta Antoine avec un geste circulaire. Tu as tout du businessman, non ?

— Ne te fie pas aux apparences. Papa m'a bombardé à un poste créé spécialement pour moi parce qu'il n'y connaît pas grand-chose en informatique, mais je suis un peu comme les productions maison : une potiche.

L'amertume de Raphaël n'étonna pas vraiment Antoine. Il conservait le souvenir d'un garçon instable, hypersensible, très enfant gâté. Raphaël aurait voulu être un aventurier ou un héros, malheureusement il n'en avait pas l'étoffe et n'avait pas su se libérer de la tutelle de son père.

— Je compte me réinstaller chez moi, expliqua Antoine.

— Ah bon, tu restes ? s'écria Raphaël.

— Décidément, ça stupéfie tout le monde...

— Ben oui ! Je te croyais lancé dans le commerce des pierres précieuses, ça me faisait rêver.

— Sur place, c'est plutôt un cauchemar.

La vie au Brésil n'a rien de romantique, crois-moi ! J'ai fait une ou deux bonnes affaires, rien de mirobolant.

Antoine n'ajouta pas que la misère dans les faubourgs de São Paulo était intolérable, le climat très dur à supporter, et l'éloignement un enfer. Depuis son retour, il mesurait à quel point la France lui avait manqué, et en particulier ce petit coin perdu de Provence, à trente kilomètres à l'ouest de Manosque. Jamais il n'avait su expliquer aux Brésiliens en quoi consistait le charme puissant de la montagne du Lubéron, avec ses croupes massives, ses pentes abruptes et ravinées, ses murettes, ses cabanes de pierres sèches appelées « bories ». Et pourtant, il aurait pu en parler des heures entières sans se lasser, tant l'exil lui pesait. Ces trois derniers jours, hormis les moments passés au chevet de son frère, il n'avait fait que regarder la couleur du ciel, respirer les odeurs et jouir de la lumière. Il se sentait profondément enraciné ici, il n'en partirait plus.

— Si tu peux m'accompagner, dit-il à Raphaël, je verrai dans quel état est la maison, la voiture qui n'a pas tourné depuis sept ans, le jardin qui doit être en friche...

— On y va maintenant ?

Déjà debout, Raphaël se fendit d'un large sourire.

— En réalité, tu cherchais un chauffeur et une femme de ménage.

— Exactement !

Réconforté par l'attitude chaleureuse de son copain, Antoine serra, au fond de sa poche, le trousseau de clefs que sa mère lui avait rendu le matin même, à contrecœur.

Il fallut deux pleines journées pour rendre l'endroit habitable. L'ancien atelier de Jean Soubeyrand avait souffert de l'abandon et des hivers sans chauffage, mais n'avait pas été vandalisé. Bien que couverts de poussière, tous les vieux tours, moules, fours semblaient intacts. Quant aux deux pièces d'habitation qui jouxtaient l'atelier, il avait suffi d'en ouvrir les fenêtres pour chasser l'odeur de renfermé.

Depuis la nuit du drame, Emma n'y avait pas remis les pieds. Elle ne voulait ni se plonger dans les souvenirs de son mari ni imaginer qu'un jour Antoine pourrait revenir. Pour elle, cette maison était désormais maudite. Jean y était mort, Antoine avait dû fuir ; la végétation pouvait bien tout recouvrir, elle s'en moquait.

Antoine ne voyait pas les choses de cette manière. Il avait seize ans au moment du décès de son père et, deux ans plus tard, il s'était installé là avec autant de bonheur que de nostalgie, bien décidé à reprendre le flambeau et à devenir un grand céramiste. Peut-être y serait-il arrivé sans ces événements épouvantables qui l'avaient contraint à s'expatrier ? Aujourd'hui, il était de retour, il allait essayer de recommencer à zéro.

Dès le deuxième jour, il fit venir Simon, qui déclara le vieux 4 4 Honda hors d'usage mais pas irréparable. Avec une batterie neuve et une bonne révision, il devait pouvoir reprendre du service.

Marie-Angèle déserta une fois de plus son couvent pour prêter la main à son neveu, apportant des draps, des balais et de l'eau de Javel. Puis ce fut au tour de Sophie, qui débarqua avec un énorme ravitaillement, très heureuse de la décision de son frère et prête à tout pour qu'il reste. Devant un tel consensus familial, Emma fut obligée de s'incliner. Malgré ses angoisses, elle décida de faire bonne figure à son fils aîné et de s'en remettre au destin.

À l'hôpital, où les Soubeyrand se relayaient, Vincent n'émergeait toujours pas du coma. Marine avait interrogé obstinément tous les médecins du service jusqu'à obtenir la vérité sur son état, et elle était la seule à savoir que, même s'il se réveillait un jour, Vincent serait probablement paraplégique. À quoi bon l'apprendre à Emma ? Si Vincent devait mourir sans avoir repris connaissance, pourquoi ajouter à la douleur de sa mère ? En attendant une quelconque évolution, Marine avait décidé de se taire. Durant ses heures de travail, dans le service de médecine générale, elle s'arrangeait pour passer voir Vincent plusieurs fois par jour, mais elle évitait avec soin les moments où Antoine était là. Chaque jour, en fin d'après-midi, il venait s'asseoir au chevet de son frère et l'observait en silence, désespéré, puis il s'en allait après l'avoir embrassé.

Un soir où Antoine s'était un peu attardé, Marine le rencontra dans le hall de l'hôpital. Elle s'apprêtait à rentrer chez elle, pressée de retrouver son fils et son mari, et pas du tout préparée à ce face-à-face qu'elle redoutait tant.

— Marine, attends ! Tu as bien cinq minutes ?

Il s'était arrêté devant elle, lui barrant la sortie.

La tendresse de Paul, jamais en défaut, l'avait un peu rassérénée, elle se sentait moins mal, presque étonnée d'avoir éprouvé un chagrin d'une telle intensité.

— Tu as meilleure mine, dit Paul en la rejoignant.

— Babou dort ?

— Quasiment...

Il s'arrêta juste derrière elle, posa les mains sur ses épaules.

— Si quelque chose ne va pas, murmura-t-il, tu dois m'en parler.

Incapable de répondre, elle ferma les yeux tandis qu'il lui massait doucement la nuque.

— Tu as vu Antoine ? C'est ça ?

Il y avait songé tout seul. Bien sûr. Il ne devait même penser qu'à ça depuis le retour de son frère. Et pourtant, c'était lui qui l'avait fait revenir.

— Je l'ai rencontré dans le hall de l'hôpital, avoua-t-elle prudemment.

Inutile d'accumuler les mensonges, Paul devinait toujours presque tout d'elle.

— Et alors ?

— Rien.

Elle lui échappa pour se tourner vers lui et le regarder en face.

— Tu n'as aucune raison d'avoir peur, Paul. Le passé est mort.

Une demi-vérité, destinée à l'épargner.

— Mort ? répéta-t-il, incrédule. Pourquoi pleurais-tu, Marine ?

— Je ne sais pas. Tout ce temps perdu, ou... Je me suis rendue malheureuse pour rien. Antoine n'avait pas d'explication à me donner, pas de réponse à ma question, mais ça n'a plus d'importance.

— Vraiment ?

Il avait tellement envie de la croire, tellement besoin d'être rassuré qu'il en était bouleversant.

— Je suis bien avec toi, Paul. Je t'aime.

En guise de réponse, il l'entoura de ses bras et la serra trop fort.

Penché sur le moteur du 4 4, Simon écoutait le bruit régulier des cylindres.

— C'est bon ! décida-t-il.

Il lâcha le capot qui se referma avec un bruit sec.

— Tu peux rouler, il ronronne ! Mais attention, hein ? Vas-y mollo, ne fais pas comme Vincent ou ta mère me tuera...

Avec une grimace navrée, Antoine secoua la tête.

— C'était lui qui avait la passion de la vitesse, pas moi.

— N'en parle pas au passé, il n'est pas mort ! aboya Simon.

— Non, mais quand il se réveillera, il sera sûrement guéri des motos.

Simon haussa les épaules puis ébaucha un petit sourire triste.

— Je suis un peu responsable : à force de parler des grosses cylindrées avec lui, je lui ai donné le virus. Quand il était ado, je lui offrais déjà des motos télécommandées...

Il prit un chiffon qui traînait sur le capot d'une autre voiture, s'essuya les mains, puis ramassa deux outils qu'il rangea dans la poche arrière de sa salopette. Soigneux, méticuleux, amoureux des moteurs, il travaillait dans son garage du matin au soir en sifflotant, et l'essentiel de ses lectures se composait de revues automobiles.

— Je n'aurais pas dû l'encourager, ajouta-t-il. Je n'ai jamais été fichu de vous donner de bons conseils !

— Heureusement qu'on t'avait, répliqua Antoine.

Sans Simon, une présence masculine aurait fini par leur manquer, à tous. Alors, même si Antoine avait eu un peu de mal à l'accepter, au début, il s'était vite attaché à lui, comme ses frères et sa sœur.

— Ta mère m'a dit que tu comptes rester parmi nous... Cucuron ne te paraît pas ridiculement petit, après São Paulo ?

— Fous-toi de moi, va !

— Non, Antoine, je suis sérieux. Il n'y a pas de travail, ici – en tout cas pas pour un garçon comme toi. Au Brésil, tu gagnais bien ta vie, tu faisais des affaires...

— Si tu crois tout ce que maman raconte ! En rapatriant mes fonds, j'ai de quoi tenir un an, pas davantage.

Ouvrant de grands yeux, Simon le dévisagea, incrédule.

— Là-bas, j'ai touché à tout, des trucs rentables et aussi des coups foireux. Les pierres précieuses ne poussent pas sur les arbres, ce n'est pas si simple ! Quand Paul m'a téléphoné, j'étais sur le point de gagner enfin un peu d'argent mais... Bref, on verra bien. J'ai des amis, sur place, qui défendront peut-être mes intérêts.

— Antoine, Antoine ! Tu t'entends ?

Simon recula de quelques pas, mit ses poings sur les hanches et le toisa.

— Tu parles comme un voyou. Tes « intérêts », tes « coups foireux », tes « amis »... Tu ne peux pas t'exprimer plus clairement ? Tu as des choses à cacher ? Moi, quand je suis de sa sœur pour parler de leur père, il murmura :

— Tu étais petite, Sophie. Tu ne te souviens peut-être pas très bien de lui, mais c'était un homme merveilleux, patient, sensible... Il avait du talent, il aurait pu gagner de l'argent au bout du compte, mais il n'en a pas eu le temps. Ou la chance, je ne sais pas. Dans ce genre de métier, il faut aussi avoir une bonne étoile.

— Et tu l'as, toi ?

Elle se pencha vers lui, appuya sa tête sur son épaule.

— Je voudrais que tout aille bien pour toi, Antoine, tu le mérites tellement ! Alors, ne te lance pas dans n'importe quoi.

— Entendu, maître, répondit-il en riant. C'est comme ça qu'on appelle les avocats, non ? Mon cher maître... La toute petite Sophie est devenue une grande avocate !

— Pourquoi « grande » ? Je commence à peine ! Si je n'avais pas rencontré Arnaud, je ne serais même pas installée.

Antoine baissa les yeux vers sa sœur, mais il ne voyait que ses cheveux, pas son visage, et ne pouvait surprendre son expression.

— Je n'ai pas encore eu l'occasion de bavarder avec ton mari, mais il a l'air plutôt sympa.

— Oh, oui ! C'est quelqu'un d'adorable, de très positif... Exactement l'homme qu'il me fallait !

— Et ses enfants, ça ne te gêne pas ?

— Non, ils ont tout de suite été gentils avec moi, en plus ils sont gais et bien élevés.

— Alors, tu es heureuse ?

Il s'en voulut de l'avoir demandé, au lieu de la laisser se confier, mais il était pressé d'obtenir une certitude.

— Comme tu le sais, répondit-elle lentement, je ne suis pas très douée pour le bonheur.

La détresse de sa sœur lui donna un désagréable sentiment d'impuissance.

— Tu as réussi tes études, ton mariage, à quand ton premier enfant ? Je suis sûr que ça changerait tout pour toi, que tu oublierais, que...

— Mais j'essaye, Antoine ! Je me damnerais pour être enceinte et je n'y arrive pas !

Il perçut ses sanglots silencieux et convulsifs, contre son épaule. Consterné, il mit son bras autour d'elle, la berçant doucement.

— Qu'est-ce que tu as, ma puce ? Calme-toi, je suis là.

Les mots qu'il utilisait lorsqu'elle était enfant. Leur mère disait : « Surveille ta sœur, cette Gloria aux immenses yeux sombres ? Il n'était pas sans reproche, il le savait très bien.

Enfermée dans sa chambre, Emma avait pleuré pendant des heures. Simon était venu frapper à sa porte sans succès, puis Rosine, qui s'inquiétait de devoir tenir seule le café tandis que sa patronne s'offrait une crise de nerfs. Finalement, Marie-Angèle s'était déplacée, et c'est à elle qu'Emma avait ouvert.

Imaginer Vincent paralysé et cloué dans un fauteuil d'infirme pour le restant de ses jours semblait un cauchemar, et pourtant, n'était-ce pas préférable à sa disparition ?

— S'il se réveille, Emma, vas-tu continuer à pleurer comme ça devant lui ? À te lamenter ? Bon sang, reprends-toi, tu l'as assez dit aux autres !

Véhémente, Marie-Angèle continua sur ce mode jusqu'à ce que sa sœur se calme.

— Toi, tu t'en fiches, bougonna Emma en recommençant à se maquiller, tu roucoules avec ton bon Dieu sans te demander pourquoi il frappe au hasard ! Moi, je suis seule avec mes questions.

— Tu n'es pas seule, c'est faux. Tu as Simon, tu...

— Je ne peux pas tout lui dire ! Ni lui faire vivre l'enfer. Est-ce qu'il m'impose sa famille, lui ?

— Je te rappelle qu'il n'en a plus. Et qu'il préférerait épouser tes problèmes, ou même t'épouser toi, plutôt que se sentir sur la touche. De toute façon, il n'y a pas que Simon autour de toi.

— Oh, non ! Il y a maman, qui délire du matin au soir, et Paul, qui ne vit que pour Marine, et maintenant Antoine, qui va nous attirer tous les ennuis de la terre !

— Tu n'es pas contente qu'il soit là ? s'insurgea Marie-Angèle.

En train de se brosser les cheveux, Emma s'interrompit, une main en l'air.

— Si... Mais pas à ce prix-là.

Elle secoua la tête, reposa la brosse d'un geste las, puis elle plongea son regard dans celui de sa sœur.

— Marie, je suis fatiguée d'avoir peur. Tout ce que je fais, depuis sept ans, c'est me tuer au travail pour oublier la trouille. Seulement, il y a quelque part un salaud qui ne veut pas que j'oublie. Alors je m'occupe de maman, des enfants, du café, de Simon... Toi, à Aigues-Blanches, tu as la paix, tu fais ce que tu as toujours voulu faire. Le jour de ta

3

Lucien Sorgue s'était arrêté aux *Tilleuls* pour boire un café. Contrairement à l'idée toute faite qui consiste à croire les gendarmes trop portés sur la bouteille, Sorgue ne consommait jamais d'alcool avant de rentrer chez lui, le soir, et d'ôter son uniforme. Dans la journée, il se désaltérait avec des sodas ou du café glacé, dont il avait toujours une Thermos dans sa voiture de patrouille. Aussi la soif n'était-elle pas le but de sa visite. Installé à la terrasse, il attendit qu'Emma ait déposé la tasse devant lui, et il lui désigna la chaise voisine.

— Auriez-vous une minute, madame Soubeyrand ?

Étonnée, elle le scruta une seconde avant de s'asseoir en silence.

— Vous qui connaissez tout le monde, vous devez vous souvenir de Laurent Labaume ?

Ce nom parut avoir sur elle un effet répulsif car elle sursauta.

— Labaume ? Bien entendu !

Comme elle n'ajoutait rien, Sorgue prit un carnet dans la poche de sa chemise et consulta ses notes.

— Il y a une dizaine d'années, Labaume s'était associé avec votre fils Antoine et un certain Cantel...

— Oui, admit Emma à contrecœur. Ils avaient acheté ensemble une vieille grange, sur la route de Lourmarin, pour en faire une discothèque.

— Le *Stax*... Un truc pour jeunes, qui a tout de suite bien marché.

— En saison, oui. Et les samedis soir. Antoine a le sens du commerce et du contact, il tient ça de moi.

Elle avait recouvré son sang-froid et elle ajouta, en hâte :

— Ils n'ont jamais eu de problème, tout était en règle !

— Oui, admit Sorgue en soupirant. D'ailleurs la boîte existe toujours, et elle a toujours le même succès, avec Cantel seul aux commandes. Votre fils et Labaume se sont retirés de l'affaire à peu près au même moment.

— ... fils à papa.

Devant son air piteux, elle eut envie de rire. La réussite de Richard Bresson avait été trop rapide et lui était montée à la tête, tout le monde le savait à Cucuron. Mais on lui pardonnait volontiers, d'une part parce que son entreprise offrait du travail et apportait une certaine richesse au village, d'autre part parce qu'il avait perdu un fils, le frère de Raphaël, qui s'était suicidé quelques années plus tôt. Depuis ce drame, Richard couvait son second fils et lui passait tout.

— On n'a jamais les parents qu'on voudrait, constata Sophie en soupirant.

Raphaël éclata de rire, comme si elle avait dit quelque chose de très drôle, et au bout de quelques instants elle fut gagnée par son hilarité.

Juste au-dessus du hameau de Garbaud, à environ cinq cents mètres d'altitude, des véhicules tout-terrain de la gendarmerie étaient stationnés près d'un puits à peine accessible. Un peu plus haut dans la montagne, on devinait les ruines d'une ancienne ferme.

À côté de Lucien Sorgue, le juge et le médecin légiste bavardaient en attendant la remontée du corps. Une première exploration, menée par un jeune gendarme athlétique et solidement encordé, avait permis de déterminer qu'un cadavre se trouvait bien à quinze mètres de profondeur, disloqué sur les briques du puits asséché.

— Je veux que vos hommes ratissent le fond, rappela le juge Herrero d'une voix coupante. Et vous enverrez le tout au labo, il y aura peut-être des éléments exploitables.

Sorgue hocha la tête, exaspéré par l'autoritarisme du juge qui n'avait pas cessé de le harceler.

— Pour une fois, j'aimerais qu'on ne nous reproche pas d'avoir bâclé l'enquête ! ajouta Herrero.

Il posa un regard incisif sur Sorgue, décidé à lui signifier qu'il tenait les gendarmes pour maladroits et négligents. Au moment où le capitaine allait répondre, il se tourna vers le légiste.

— Vous passerez cette autopsie en priorité, n'est-ce pas ? Je vous ai fait adresser le dossier dentaire et médical de Laurent Labaume, j'espère que vous pourrez identifier avec certitude ce qui reste du corps. Si vous trouviez la cause du décès, en prime...

Là non plus, il n'attendit pas le commentaire, notant soudain de l'agitation autour du puits. Il se dépêcha de rejoindre les gendarmes qui étendaient quelque chose sur une bâche, et il se pencha pour regarder, sans manifester la moindre répulsion.

Bien avant l'heure habituelle, Emma avait poussé dehors les derniers clients. Une fois le rideau de fer baissé, elle rejoignit Marie-Angèle, Antoine et Paul dans la cuisine, dont elle referma soigneusement les fenêtres. Seule Sophie, retenue au tribunal, manquait à la réunion de famille. Emma exposa la situation aux autres de manière assez brutale.

— « *Mes lettres iront par deux* », ce salaud nous annonçait donc son courrier aux gendarmes ! Pour la partie : « *Finis les jours heureux* », je crois qu'on a du souci à se faire !

Antoine et Paul, toute rivalité oubliée, échangèrent un regard plein d'angoisse.

— Je ne comprends pas, conclut Emma en jetant la lettre anonyme sur la table, devant ses fils. Cet immonde corbeau sait probablement tout, et depuis sept ans... Pourquoi a-t-il autant attendu ? Mystère !

Il y eut un long silence puis Antoine suggéra, d'un ton rageur :

— Parce que je suis revenu ?

Sa mère le regarda droit dans les yeux mais ne répondit pas, et ce fut Marie-Angèle qui prit la parole, très calmement.

— Et après ? Quelqu'un a quelque chose à se reprocher, ici ? La seule erreur a été de se taire, je ne vous apprends rien. Si vous vous décidez à parler avant que votre mystérieux correspondant le fasse à votre place, ce sera un moindre mal.

— Jamais ! riposta Emma.

— Mais pourquoi, à la fin ? C'est de la folie, vous allez tous finir en prison !

— Elle a raison, lâcha Antoine amèrement. De toute façon, ils vont rouvrir l'enquête, poser des questions...

— Surtout à toi, murmura Paul, tu étais son associé.

— C'est bien pour ça que tu dois repartir, ils n'iront pas t'interroger à Sâo Paulo, dit Emma dans un souffle.

Elle s'accrochait à son idée, celle qu'elle avait défendue si longtemps et si âprement comme la seule solution possible. Alors qu'Antoine s'apprêtait à répliquer, la porte donnant sur le petit jardin intérieur s'ouvrit à la volée et Marine apparut, essoufflée, furieuse.

— Qu'est-ce que vous faites enfermés là-dedans ? Si c'est une affaire de famille, vous auriez pu me prévenir !

Elle marcha droit vers le téléphone, qu'Emma avait décroché pour avoir la paix, et elle le remit sur sa base.

— J'ai essayé ton portable, mais je n'ai eu que ta messagerie, dit-elle à Paul en le fusillant du regard.

Puis elle se tourna vers Emma, qui semblait sur le point de l'apostropher vertement, et elle la prit de vitesse en annonçant, d'une voix soudain très douce :

— Vincent vient de reprendre connaissance.

Atterrés, les quatre autres la dévisagèrent en silence durant quelques instants.

— Quand ? explosa Emma. Pourquoi ne m'as-tu pas appelée ? Qu'est-ce qu'il a dit ?

— Il émerge à peine, les médecins sont avec lui... et vous étiez tous injoignables ! Vous conspirez contre quoi ?

— Rien, une vieille histoire de famille... Allez, dépêchons-nous !

Emma avait déjà ramassé son sac, ses clefs, et elle piaffait d'impatience.

— Je t'accompagne, décida Antoine.

Marie-Angèle lui emboîta le pas et Paul

voulut se dresser à son tour, mais Marine l'en empêcha.

— On ne peut pas y aller tous ensemble. Vincent risque d'être un peu déboussolé, les premières heures.

Visage fermé, elle contemplait son mari sans la moindre indulgence.

— Où est Baptiste ? Je vous croyais à la maison...

— Il est là-haut, avec Mamette, elle l'aide à faire ses devoirs.

— Je croyais aussi qu'on ne devait rien se cacher, toi et moi !

Apparemment mal à l'aise, Paul esquissa un geste d'impuissance. Dehors, le moteur du 4 x 4 d'Antoine ronflait déjà.

— Tu as voulu qu'on se marie, que je fasse partie de ta famille, que je porte le nom de Soubeyrand, ajouta Marine d'une voix ferme. Alors, dis-moi en quoi consiste cette « vieille histoire » sans importance !

Qu'il puisse avoir des secrets pour elle la révoltait. Elle ne lui avait jamais rien caché – hormis, peut-être, l'étendue de son désarroi face à Antoine, quelques jours plus tôt. Mais ce sujet-là ne méritait plus d'être abordé, ils en avaient parlé trop souvent, et d'ailleurs elle s'était juré de ne plus penser à Antoine, de ne même plus le regarder.

— Je suis désolé, murmura-t-il d'un air piteux, mais ça ne concerne pas que moi. J'ai donné ma parole à maman, je ne peux pas la reprendre.

— Si tu préfères ta mère à ta femme, c'est que tu as encore besoin de grandir !

À peine prononcée, elle regretta sa phrase. La tête levée vers elle, Paul la considérait avec une expression indéchiffrable. Il resta muet un assez long moment, pesant peut-être le pour et le contre.

— Parle-moi de Vincent, lança-t-il enfin.

Georges Herrero était un juge intègre, et consciencieux jusqu'à l'acharnement. Hélas ! ces qualités ne semblaient pas suffire à lui assurer une belle carrière, il en faisait l'amère expérience avec la mutation dont il venait d'être victime. Atterrir à Avignon ne ressemblait guère à une promotion, pour lui qui arrivait de Lyon, mais sans doute n'avait-il pas eu l'échine assez souple devant sa hiérarchie.

Peu lui importait, il n'était pas décidé à changer de comportement. Les directives du garde des Sceaux, si elles étaient contraires à sa probité, n'auraient jamais aucune chance de l'atteindre. De toute façon, relégué dans le Vaucluse, il n'instruirait probablement que des affaires insignifiantes.

Sauf celle-ci, peut-être ? Il jeta un dernier regard sur le dossier ouvert devant lui, qu'il connaissait déjà par cœur. L'identification de Laurent Labaume n'avait posé aucun problème : le corps retrouvé au puits de Garbaud était bien le sien. À savoir, celui d'un jeune homme disparu sept ans plus tôt. Les membres de sa famille avaient été entendus, restaient ses associés et ses amis de l'époque – parmi lesquels, en tête de liste, figurait Antoine Soubeyrand. Celui-là était le seul à avoir un casier judiciaire. Six mois pour trafic de drogue – une condamnation relativement lourde – et, peu après sa sortie de prison, Antoine Soubeyrand avait filé en Amérique latine. Entre-temps, Labaume avait disparu.

— La famille Soubeyrand..., marmonna Herrero.

Il avait sous les yeux, parmi les pièces du dossier, quelques renseignements sur ces gens-là. Le père, décédé, la mère qui tenait un bistrot, la tante religieuse et la fille cadette avocate, enfin les trois fils, si disparates. Le pépiniériste venait de se marier, le coiffeur avait eu un grave accident de moto, et l'aîné, Antoine, l'ancien associé de Labaume, rentrait juste du Brésil après des années d'absence. Une coïncidence avec la lettre anonyme ?

Non, Georges Herrero ne croyait pas aux coïncidences. Il réexamina la lettre, qui selon le labo ne portait aucune empreinte digitale. Les mots avaient été découpés et collés assez maladroitement. « *Trois amis dans une boîte de nuit. Sont-ils amis ou ennemis ? Un mort attend au fond du puits. Sis à Garbaud, non loin d'ici. C'est Labaume qui y gît.* »

— Un poète, en plus...

Relevant brusquement la tête, il s'adressa à son greffier d'un ton sec.

— Vous pouvez faire entrer Antoine Soubeyrand.

Il observa avec intérêt l'homme qui pénétra dans son bureau quelques instants plus tard. Ce type-là devait plaire aux femmes, avec sa silhouette athlétique et son regard sombre, mais pour l'instant il avait seulement l'air excédé d'avoir attendu plus d'une heure le bon vouloir du juge. Une tactique qu'Herrero appliquait presque toujours aux témoins susceptibles de devenir des suspects.

— Je vous ai convoqué pour vous entendre dans le cadre de l'instruction ouverte sur le décès de Laurent Labaume, annonça-t-il.

La nervosité d'Antoine parut augmenter d'un cran, et il prit place tout au bord de la chaise que le greffier lui avait désignée.

— Disparu en juillet 1996, Labaume a été votre associé...

— Le mien et celui de Régis Cantel, répondit Antoine.

— Je sais, monsieur Soubeyrand, je sais ! Laissez-moi parler, voulez-vous ? À l'époque de cette disparition, l'affaire a été classée, faute de preuve, comme chaque fois qu'il s'agit d'un adulte en pleine possession de ses moyens. D'ailleurs, pas de cadavre, pas d'enquête. Aujourd'hui, nous avons le corps, et il va nous apprendre beaucoup de choses sur les circonstances de la mort... qui n'est pas une mort naturelle.

Le juge vit Antoine prendre une profonde inspiration avant de demander, d'une voix sourde :

— En quoi suis-je concerné ?

— À moi de le découvrir. Je constate déjà que vous n'êtes pas surpris, ou au moins chagriné pour votre ami.

Dans le silence qui suivit, Antoine baissa la tête pour fuir le regard insistant d'Herrero.

— Laurent n'était pas mon ami, dit-il enfin. Juste une relation. On avait fait des virées ensemble, d'où l'idée d'ouvrir une boîte. Plutôt une bonne idée, ça a tout de suite marché d'enfer.

— Oh, mais ça continue ! Régis Cantel est très satisfait. Pourquoi vous êtes-vous retiré de cette affaire prospère ?

Relevant les yeux, Antoine parut soudain plus sûr de lui, presque désabusé.

— J'ai fait de la prison, j'imagine que vous le savez.

— Une histoire de drogue, oui. Péché de jeunesse ?

— Pas du tout ! Je n'ai jamais touché à cette saloperie. Labaume ne s'en privait pas, lui, mais c'est moi qui ai porté le chapeau. En sortant de taule, j'ai récupéré mes billes, j'en avais marre de tout ça, je voulais faire ma vie ailleurs, alors je me suis tiré loin d'ici.

— Vous avez beaucoup d'ennemis, on dirait, soupira Herrero en poussant la lettre anonyme vers Antoine.

Tandis qu'Antoine parcourait la feuille, il l'observa attentivement.

— Là non plus, vous ne semblez pas étonné…

— Je devrais l'être ? C'est quoi, ce truc ? Il y a quelque part un mec au courant de ce qui est arrivé à Laurent et qui n'a rien dit pendant sept ans ? Entrave à la justice, non ? Attrapez ce corbeau, et vous aurez votre coupable !

Son assurance augmentait à vue d'œil et le juge se demanda pourquoi. Faisait-il fausse route en trouvant à Antoine Soubeyrand une belle tête de faux témoin ?

— Vous n'êtes pas l'auteur de ce quatrain douteux, j'en suis persuadé, déclara-t-il posément. D'autant moins que, si je décrypte bien ces vers de mirliton, vous y êtes désignés, Cantel et vous, comme de possibles assassins...

Cette fois, il obtint la réaction espérée : Antoine devint livide.

— Pour l'instant, poursuivit-il, c'est surtout à vous que je m'intéresse. Avant toute chose, j'aimerais connaître votre profession. Vous avez été tenancier, dealer, aventurier...

— Dealer, non !

Du bout du doigt, Herrero tapota le dossier.

— C'est écrit là.

— Mais...

— Peu importe ! Aujourd'hui, que faites-vous exactement ?

Satisfait d'avoir réussi à déstabiliser Antoine, il continuait à l'étudier sans complaisance, attendant qu'il perde son sang-froid.

— Je compte rouvrir l'atelier de mon père.

— Oh ! Ainsi vous allez devenir... potier ?

— Pourquoi pas ? L'entreprise Bresson est la preuve qu'on peut réussir dans la céramique !

Furieux, Antoine s'était levé, et d'un geste impérieux le juge Herrero lui intima l'ordre de se rasseoir.

— Je n'ai pas fini, monsieur Soubeyrand. Loin de là...

Assise au chevet de Vincent, Emma ne parvenait pas à se rassasier du spectacle. Elle le regardait cligner des yeux, bavarder, tourner la tête, et elle retrouvait sur son visage des expressions familières qui la bouleversaient.

De l'autre côté du lit, Paul souriait à son frère.

— Tu n'as pas droit à l'alcool, Vialey a été formel... À la tienne, mon vieux !

Il agita sous le nez de Vincent son gobelet de carton plein de champagne.

— À cause de toi, j'ai bien cru qu'on n'en boirait jamais plus.

Soulevant délicatement la nuque de Vincent, il l'aida néanmoins à avaler une gorgée.

— Ne le dis à personne, et surtout pas à Marine ! Elle t'en veut à mort depuis que tu l'as obligée à passer sa nuit de noces aux urgences.

Avec une grimace navrée, Vincent se laissa aller sur son oreiller.

— Elle est gentille, ta femme, articula-t-il d'une voix éraillée. Elle passe me voir dix fois par jour depuis que je me suis réveillé.

— Avant aussi, affirma Paul, seulement tu ne t'en souviens pas.

— De rien... Noir absolu, ça flanque le vertige.

Vincent essaya de se redresser mais abandonna presque aussitôt.

— J'aimerais bien me lever, je me sens complètement vaseux.

Emma se força à intervenir et elle le fit avec fermeté, comme si de rien n'était.

— Chaque chose en son temps, mon chéri. Pour l'instant, il n'en est pas question.

Une boule en train de se former dans sa gorge l'obligea à toussoter afin de dissimuler son émotion. Vialey et le reste de l'équipe médicale avaient décidé de ne révéler à Vincent la gravité de son état que d'ici un jour ou deux, lorsqu'il serait en mesure de supporter le choc.

— J'arrive à temps pour trinquer ? lança Antoine depuis le seuil de la chambre.

Par-dessus l'épaule de Paul, Vincent adressa à Antoine un sourire radieux.

— Tu es vraiment rentré, alors ? J'ai cru à une blague... Et tu vas rester ?

Emma surprit l'expression à la fois résignée et agacée de Paul tandis que l'aîné répondait :

— Je suis revenu pour toi, et je reste parce que c'est mon droit.

À sa manière de le dire, Emma devina que sa rencontre avec le juge, à Avignon, avait dû tourner à l'affrontement, et elle éprouva une soudaine bouffée d'angoisse.

— Ne fais pas cette tête-là, maman ! s'écria Vincent en lui tendant la main. Tu as tes trois fils autour de toi, tu devrais être contente ?

Elle baissa les yeux vers lui, prête à lui sourire, mais elle se figea brusquement, horrifiée. Sur le drap blanc, une large auréole était en train de se former. Elle voulut se reprendre, cependant Vincent avait suivi la direction de son regard et il se mit à bredouiller des excuses.

— Oh, je suis désolé... Mais je ne... Bon sang, je crois bien que je viens de...

La peur parut prendre le pas sur sa gêne, il lâcha la main de sa mère pour saisir celle de Paul.

— Je me pisse dessus et je ne sens rien ! C'est normal ?

Emma se leva avec une telle brusquerie que sa chaise se renversa. Elle savait très exactement ce qui allait arriver et ne voulait à aucun prix être celle qui répondrait aux questions affolées de Vincent.

— Je reviens ! jeta-t-elle d'une voix trop aiguë.

Sans écouter personne, elle se précipita hors de la chambre, ravalant ses larmes.

Les résultats de l'autopsie, bien que tenus secrets, ne faisaient plus aucun doute : Laurent Labaume avait été assassiné sept ans plus tôt. Après Antoine, ce fut au tour de Paul, puis de Sophie d'être entendus par le juge. Mais celle-ci, forte de ses connaissances d'avocate, n'était pas décidée à se laisser faire et elle tint tête à Herrero, affirmant ne pas comprendre son acharnement contre la famille Soubeyrand.

Interrogé lui aussi, Régis Cantel s'était montré évasif, tout en laissant entendre que, à l'époque, de fortes tensions existaient entre Labaume et Antoine.

À plusieurs reprises, Emma tint conciliabule avec ses fils et sa fille, ce qui donna à Simon l'impression d'être mis à l'écart de la famille. Marine, qui n'était pas dans la confidence non plus, éprouva pour sa part un véritable sentiment de rejet. Paul ne lui avait jamais rien caché, c'était la première fois qu'il refusait de répondre à ses questions, et elle ne comprenait pas pourquoi. Elle faillit s'adresser à Antoine afin d'obtenir des explications, mais elle s'était juré de l'approcher le moins possible et elle préféra finalement s'abstenir.

Pendant ce temps, Vincent, à l'hôpital, devenait fou. L'idée de demeurer infirme pour le restant de ses jours lui était si insupportable qu'il ne pouvait penser à rien d'autre. À tous ceux qui lui rendaient visite il opposait un visage fermé et un silence hostile. Refusant le soutien psychologique proposé par l'hôpital, il passait ses journées prostré. Même Liliane, pour qui il avait eu un faible avant son accident, ne trouvait pas grâce à ses yeux malgré tout le mal qu'elle se donnait pour tenir le salon de coiffure en son absence. Dès qu'il était seul, il essayait en vain de bouger ses jambes, épouvanté de ne rien sentir à partir de la taille. Paralysé, incontinent, pourquoi vivait-il encore ? À quoi allait ressembler son existence dans l'avenir ? Il ne pouvait même pas se raccrocher à un vague espoir d'amélioration car les médecins ne lui en avaient laissé aucun.

Six jours après être sorti du coma, il tenta de se suicider en s'ouvrant les veines. Par chance – ou par malheur –, Marine était de garde cette nuit-là, à l'étage en dessous. Comme à son habitude, elle était passée le voir deux ou trois fois durant son service, et ce fut elle qui le découvrit, peu avant l'aube, au milieu d'une mare de sang.

Une fois hors de danger, il parut se résigner à son sort, s'offrant une ultime crise de larmes dans les bras de ses frères mais, au fond de sa tête, quelque chose venait de mourir aussi sûrement que dans son corps.

La tentative de suicide de Vincent perturba profondément Sophie. Survenant après le retour d'Antoine, la découverte du corps de Labaume, puis l'interrogatoire du juge, le geste désespéré de son frère mit un comble à ses angoisses latentes. Pour oublier, elle se réfugia dans le travail, penchée sur ses dossiers du matin au soir, jusqu'à ce que son mari commence à s'inquiéter de son attitude.

Il la sentait de plus en plus fragile et instable, prête à fuir devant il ne savait quel danger, toutefois, il répugnait à la questionner. Emma, qu'il prit la peine d'aller voir, lui recommanda la patience sans plus d'explications. Trop amoureux pour prendre le risque de brusquer sa femme, Arnaud était également trop intelligent pour ne pas deviner qu'un mystère existait bel et bien dans la famille Soubeyrand. Impuissant, il se borna à entourer Sophie de tendresse, mais lorsqu'il devait s'absenter, il se faisait plus de souci pour elle que pour ses enfants.

Puis ce fut l'été, accompagné d'une épuisante vague de chaleur, et les premiers touristes apparurent. Dans son couvent, Marie-Angèle se rongeait les sangs, culpabilisée de n'avoir pas su convaincre Emma quand il l'aurait fallu.

4

Une nouvelle lettre anonyme, postée de Manosque cette fois, arriva aux *Tilleuls* le 22 juin. Fébrile, Emma déchira l'enveloppe, extirpa la feuille et lut : « *Petit Poucet, je sème des cailloux. Ce sont des indices, ils mènent jusqu'à vous.* »

Effondrée, elle resta une bonne minute la tête basse, essayant de réfléchir. Chacune des menaces contenues dans les lettres s'étant réalisée, le juge Herrero avait dû recevoir un courrier lui aussi. Et sans doute ne tarderait-il pas à convoquer de nouveau les membres de la famille. D'ici peu, la situation deviendrait intenable, mieux valait prendre les devants. Au fond d'elle-même, Emma s'en sentait capable.

Après s'être accordé un petit moment de réflexion, elle confia le café à Rosine et traversa la place en direction du garage de

Simon. Elle trouva celui-ci penché sur un moteur, comme à son habitude.

— Simon, j'ai besoin de toi ! lança-t-elle d'un ton qu'elle essaya de rendre désinvolte.

— Ce serait trop beau..., marmonna-t-il en se redressant.

Il lui jeta un coup d'œil et parut trouver à son goût la jupe bleue à volants, la chemise blanche sans manches.

— Tu es bien belle, ce matin.

— Pas les autres ? plaisanta-t-elle. Écoute, je sais que ma voiture n'est pas prête...

— Tu l'auras ce soir, j'attends les pneus.

— Oui, mais si tu pouvais m'en prêter une en attendant, j'ai des courses à faire à Avignon.

— Tu tombes bien... j'y vais vers quatre heures, chercher des pièces pour une Renault.

— Non, non, ce sera trop tard, je dois y aller tout de suite !

Avec un haussement d'épaules, Simon sortit de sa poche un chiffon et s'essuya soigneusement les mains. Puis, sans regarder Emma, il se dirigea vers un tableau de clefs et en décrocha un trousseau qu'il lui tendit.

— Des courses, hein ? Tu me prends vraiment pour un pauvre idiot. Tiens, c'est la

Twingo, là-bas, celle que je passe aux clients en dépannage...

Un peu gênée, elle prit les clefs en silence, ne sachant comment le remercier.

— Pourquoi me mens-tu, Emma ? Tu n'as plus confiance en moi ?

Il n'y avait aucune agressivité dans ses questions, seulement de la tristesse, et elle faillit craquer. Que n'aurait-elle pas donné pour se laisser aller sur son épaule ! Mais elle n'en avait pas le droit, elle devait le tenir à distance pour le préserver. Et aussi parce qu'il n'était pas le père de ses enfants.

En s'installant au volant, elle lui adressa juste un petit signe de la main, auquel il ne répondit pas. Pauvre Simon... Depuis le début, elle ne pouvait s'empêcher de le comparer à Jean Soubeyrand. Cet homme-là avait été le grand amour de sa vie, celui qu'on ne trouve qu'une fois. Séduisant, intelligent et sensible, il l'avait éblouie dès le premier jour, lui avait fait voir le monde différemment, l'avait réconciliée avec elle-même. À seize ans, elle s'aimait si peu ! Elle sortait d'une terrible épreuve dont elle croyait bien ne jamais se remettre, qui lui laissait une plaie ouverte que Jean avait su cicatriser. Il était beaucoup plus âgé qu'elle, il voulait des enfants, il l'avait épousée avec une dispense, et la naissance d'Antoine leur avait procuré à tous deux un bonheur inouï.

Emma profita d'un stop pour baisser les vitres de la Twingo. Agacée, elle tenta de chasser ses souvenirs. Penser à Jean la rendait inutilement triste et ne faisait que compliquer ses rapports avec Simon. Lui aussi avait des qualités, lui aussi avait su l'aider à un moment difficile de son existence. Et parfois, quand elle était dans ses bras, elle se sentait amoureuse de lui pour de bon. Alors pourquoi le rejetait-elle en permanence ? Cherchait-elle inconsciemment à se punir ?

— Arrête, ma fille, arrête..., maugréa-t-elle entre ses dents.

La circulation était dense dans Avignon, et elle eut du mal à se frayer un chemin jusqu'au palais de justice. Ensuite, il lui fallut encore une demi-heure pour persuader successivement l'huissier de service puis le greffier, et il était presque midi lorsqu'elle se retrouva enfin face au juge Herrero.

Très dignement, elle sortit de son sac la lettre anonyme reçue le matin même, la fit glisser sur le bureau et croisa les bras.

— Voilà, monsieur le juge... Je suppose

que vous en recevez également ? En ce qui me concerne, j'en ai un plein tiroir ! Je n'ai aucune idée du nom de l'auteur, mais c'est forcément quelqu'un qui m'en veut et qui tient à salir ma famille.

— C'est curieux, dit Herrero d'une voix très douce, votre fils Antoine a utilisé la même expression : « quelqu'un » lui en voulait aussi, paraît-il, lorsqu'il a été inculpé de trafic de drogue...

D'un geste vif, il prit la lettre et la rangea dans le dossier *Labaume* qui était posé en évidence sur un coin du bureau.

— Vous avez convoqué mes enfants, vous les avez interrogés, et je me fais du souci pour eux. S'il suffit d'un corbeau pour mettre la justice sur une fausse piste... Il est pourtant clair que la disparition de Labaume ne profitait pas à mon fils ! Il n'avait plus aucune part dans cette boîte de nuit, il...

— ... s'était violemment querellé avec Laurent Labaume peu avant le drame. Vous l'ignoriez ? J'ai le témoignage d'une serveuse de l'époque.

Le ton du juge avait radicalement changé et Emma se sentit mal à l'aise.

— Les gens ont bien de la chance d'avoir une mémoire infaillible, murmura-t-elle. Si vous me demandiez qui s'est engueulé avec qui dans mon bistrot, il y a sept ou huit ans, je serais incapable de vous répondre.

Sa repartie surprit le juge qui se fendit d'un mince sourire.

— Madame Soubeyrand, vous voudrez bien faire parvenir à mon greffier toutes ces lettres que vous prétendez avoir reçues.

— Je ne prétends pas, c'est un fait ! Interrogez le facteur, la poste...

— Et vous n'avez pas jugé bon de déposer une plainte contre X pour harcèlement ?

— Auprès de qui ? Des gendarmes ? Vous croyez qu'ils n'ont que ça à faire ? Je ne sais pas d'où vous venez, monsieur le juge, mais ici, dans les petits villages, les corbeaux ne sont pas rares. Des désœuvrés, des détraqués...

— Le nôtre est plutôt bien informé.

— Je ne pouvais pas le deviner.

Après cette passe d'armes, ils s'observèrent en silence, sans qu'Emma baisse les yeux.

— Désiriez-vous me confier autre chose ? interrogea Herrero.

— Non. Je pense avoir fait mon devoir en venant spontanément. Je suis la seule de la famille que vous n'avez pas convoquée !

— Chaque chose en son temps, madame Soubeyrand...

Il la laissa se lever et lui adressa un signe de tête. Lorsque Emma franchit la porte, son cœur battait à grands coups, mais elle était contente d'elle.

Allongés face à face, à même les dalles de pierre entourant la piscine, Agathe et Romain jouaient au pendu mais, du coin de l'œil, ils surveillaient Sophie qui somnolait sur un transat. Ils s'étaient rapidement attachés à elle, depuis le jour déjà lointain où leur père, un peu embarrassé, la leur avait présentée. Privés de leur mère qui les ignorait depuis le divorce, avides de tendresse, ils n'avaient pas résisté longtemps à la gentillesse de Sophie, qu'ils considéraient davantage comme une grande sœur que comme une belle-mère.

— Alerte, voilà la TT du fils Bresson, grogna Romain en mettant une main en visière.

L'Audi rouge, dont les chromes scintillaient au soleil, était en train de se garer en contrebas de la bastide.

— Je trouve qu'il vient un peu trop souvent, déclara Agathe à voix basse. Et comme papa n'est jamais là...

Leur père leur avait demandé de veiller sur Sophie, qui semblait très perturbée ces temps-ci, et les deux adolescents prenaient la consigne au sérieux.

— Euh... V ? proposa Romain.

— Pendu !

Elle reposa le stylo avant de sauter sur ses pieds pour aller réveiller Sophie.

— Tu as de la visite, annonça-t-elle.

La jeune femme ouvrit les yeux, considéra Agathe d'un air égaré, puis elle découvrit Raphaël qui traversait la pelouse et son visage s'éclaira aussitôt. Agathe se sentit vaguement contrariée par ce sourire ; mais après tout Raphaël était un ami d'enfance de Sophie, lui aussi devait s'inquiéter pour elle.

— J'apporte du champagne ! claironna Raphaël en brandissant une bouteille. Papa est tellement content de la manière dont tu as pris le contentieux en main qu'il va te recommander à tous ses copains ! Tu es très en beauté, ma Sophie...

Il la détailla d'un œil connaisseur tandis qu'elle enfilait un tee-shirt sur son maillot de bain.

— Salut les jeunes..., ajouta-t-il à l'adresse d'Agathe et de Romain. Si vous alliez chercher des verres ?

— Tu es un habitué, tu connais le chemin de la cuisine ! répliqua Agathe d'un ton aigre.

Le côté play-boy de Raphaël ne l'impressionnait pas du tout, et elle tenait à le lui montrer. Désinvolte, il haussa les épaules puis se dirigea vers la bastide sans protester.

— Qu'est-ce qu'il t'a fait ? demanda Sophie avec un sourire amusé.

— À moi, rien. Mais toi, il te drague.

— Raphaël ? Bien sûr que non ! C'est mon meilleur ami, Agathe... Et rassure-toi, ton père n'en prend pas ombrage, il le trouve très gentil.

— Oh, lui, il ne voit jamais rien !

Agathe tourna le dos à Sophie, bien décidée à ne pas trinquer avec Raphaël. De toute façon, un devoir inachevé de maths l'attendait dans sa chambre, où elle monta se réfugier.

À seize ans tout juste, elle se savait différente de la plupart des filles de son âge. Son père le lui faisait parfois remarquer, se moquant d'elle gentiment lorsqu'il la voyait plongée dans l'une de ses interminables rêveries. De nature contemplative, elle n'appréciait ni les boîtes de nuit enfumées où hurlait la techno, ni les soirées bruyantes entre copains du lycée avec beuveries de rigueur. En revanche, elle pouvait marcher durant des heures dans les collines environnantes, occupée à regarder la nature et à réfléchir, ce que personne ne comprenait.

Assise à son bureau, elle observa un moment le ciel dans l'espoir d'apercevoir un aigle ou un faucon avant de se mettre au travail. Sous sa fenêtre ouverte, le rire de Sophie se mêlait à la voix grave de Raphaël. Avec un soupir résigné, elle baissa les yeux vers le livre ouvert devant elle.

— Non ! Non ! hurla Sophie, en bas.

Agathe se pencha en avant et découvrit le spectacle de sa belle-mère se débattant dans les bras de Raphaël. Il la tenait juste au-dessus de l'eau, prêt à la laisser tomber dans la piscine. Ils avaient l'air de beaucoup s'amuser, tous les deux, et Sophie s'accrocha si bien à Raphaël qu'ils basculèrent finalement ensemble avec un nouvel éclat de rire, aspergeant Romain qui était resté sur le bord.

Songeuse, Agathe ferma sa fenêtre pour ne plus les entendre. Pourquoi son père prenait-il un risque pareil ? Raphaël avait quinze ans de moins que lui et, ami d'enfance ou pas, il cherchait à séduire Sophie, c'était une évidence.

— J'ai le droit d'avoir un autre avis ! explosa Vincent. Vialey est venu flanqué d'un neurologue qui ne m'inspire pas du tout confiance, et ils étaient là à pontifier, sûrs d'eux, formels... Ils m'ont littéralement exécuté ! D'après eux, je n'ai aucune chance de remarcher, or aucune chance, ça n'existe pas... Il y en a forcément une sur mille, ou sur un million, on dirait qu'ils n'ont jamais entendu parler de l'exception qui confirme la règle !

Il s'agitait tellement dans son lit que de la sueur perlait sur ses tempes et plaquait ses cheveux trop longs. Compréhensif, Antoine acquiesça, légèrement interdit. Après tout, peut-être existait-il une infime possibilité ? Vincent n'avait que trente ans et il était assez volontaire pour subir n'importe quel type de rééducation.

— On va consulter les plus grands, je te le promets, affirma Antoine. Je vais me renseigner, je t'emmènerai à Paris s'il le faut.

Debout au pied du lit, Marine toussota pour attirer leur attention.

— Ne commencez pas à vous monter la tête, dit-elle d'un ton neutre, très professionnel.

Ulcéré, Antoine la dévisagea. Pourquoi intervenait-elle ? Pour ôter à Vincent le dernier espoir auquel il pouvait se raccrocher ?

Son statut d'infirmière ne lui donnait pas le droit d'être cynique ni de démoraliser son frère, qui s'enfonçait chaque jour davantage dans la dépression.

— On ne t'a rien demandé, lâcha-t-il rageusement. Et, ne t'en déplaise, nous ne sommes pas ici dans un hôpital de pointe ! Vialey est bien gentil mais...

Il fut interrompu par l'arrivée de Liliane qui venait d'entrer timidement dans la chambre dont la porte n'était pas fermée.

— Je vous dérange ? Je peux repasser plus tard.

— Non, soupira Vincent, tu es la bienvenue. Tu viens me donner des nouvelles du salon ?

Il semblait à la fois heureux de voir la jeune femme et humilié d'être cloué dans son lit.

— Tout le monde t'embrasse, et je t'apporte plein de cadeaux... Colette t'envoie des calissons et Mme Marchand t'a fait elle-même un gibassier !

Elle déposa la galette sucrée sur la table roulante, et Antoine, remarquant que son frère esquissait un sourire las, en profita pour se lever.

— Bon, on va vous laisser. À demain, Vincent.

Il saisit Marine par le bras et l'obligea à sortir avec lui.

— Tu es vraiment obligée de jouer les rabat-joie ? gronda-t-il dès qu'ils se furent assez éloignés.

— Tu es complètement irresponsable d'entretenir ses illusions ! répliqua-t-elle, furieuse. Tant qu'il n'acceptera pas la réalité, il ne pourra pas entamer sa réadaptation.

— Épargne-moi ta psychologie de comptoir, tu veux ?

— De comptoir ? C'est toi qui as vécu dans un bistrot, pas moi !

Dressés l'un contre l'autre, ils étaient sur le point de se dire des horreurs, et Antoine céda le premier.

— Viens, dit-il plus doucement, allons boire un verre. Il faut qu'on parle, tous les deux.

Elle avait fini son service, il le savait, pourtant elle protesta.

— Je dois aller chercher Baptiste à l'école, je...

— À quelle heure ?

— Dans une heure, avoua-t-elle du bout des lèvres.

— Alors, nous avons tout le temps !

Antoine reprit son bras, décidé à l'empêcher de s'enfuir, et ils quittèrent l'hôpital. Marcher à côté d'elle en la tenant ainsi lui procurait une sorte de plaisir amer qui le bouleversait. Comment avait-il pu être assez inconséquent pour perdre Marine sans se battre ? Pour croire qu'il pourrait se consoler avec d'autres et l'oublier ? Les années n'avaient pas effacé le sentiment violent, passionné, qu'il éprouvait toujours pour elle. Rien qu'à frôler sa peau, juste au-dessus du coude, et à respirer son parfum, il se sentait devenir fou.

Ils entrèrent dans un bar qui annonçait : « Salle climatisée », et allèrent s'installer tout au fond comme si, par un accord tacite, ils ne souhaitaient ni l'un ni l'autre qu'on les aperçoive ensemble.

— Tu aimes toujours le café glacé ? demanda-t-il avec un sourire charmeur.

Apparemment étonnée qu'il se souvienne de ce détail, elle hocha la tête en silence.

— Je suis désolé de m'être mis en colère, mais voir Vincent dans cet état-là est un vrai crève-cœur. Je le connais mieux que personne, et si on ne lui laisse aucun espoir il va refaire une bêtise.

— Alors, tu préfères lui mentir ?

— Si ça l'aide à passer le cap, pourquoi pas ?

— Tu ne fais que reculer l'échéance : à Paris ou ailleurs, n'importe quel grand ponte lui dira la même chose que Vialey, et chaque fois il retombera dans le désespoir. Il faut qu'il accepte, ensuite il reconstruira sa vie différemment.

— Reconstruire une vie d'infirme ? À trente ans ? On dirait que tu parles de quelqu'un d'autre ! Tu le connais, bon sang, à part la vitesse, les femmes étaient sa seule passion ! Il ne va pas se mettre à collectionner des timbres ou à rédiger un essai philosophique !

— Pour commencer, répondit-elle sans s'énerver, il doit aller dans un centre de rééducation. Il en existe un formidable, pas très loin d'ici, où on pourra continuer à l'entourer et où il apprendra à être autonome.

— Autonome..., répéta Antoine d'une voix sourde. Mon Dieu, Marine, c'est toi qui parles comme ça ? Avec un tel détachement, du haut de ton expérience... Tu étais tellement sensible, si facilement émue ! Qu'est-ce qui t'est arrivé ?

— Je me suis fait larguer par l'homme de ma vie, ça forge le caractère. Après, on s'apitoie moins facilement sur les autres. Pour oublier, j'ai énormément travaillé, et figure-toi que, dans ma profession, on apprend à ne pas pleurnicher parce que ça n'aide personne.

Estomaqué, il resta d'abord sans réaction, puis, d'un geste spontané qu'il ne songea pas à maîtriser, il prit la main de Marine, sur la table.

— S'il te plaît, murmura-t-il.

Elle tressaillit mais ne chercha pas à se dégager. Durant quelques instants, ils demeurèrent silencieux, les yeux dans les yeux, pétrifiés par ce contact de leurs doigts mêlés.

— Marine, c'était moi, l'homme de ta vie ? réussit-il enfin à articuler.

Son envie de la prendre dans ses bras et de la serrer contre lui était si forte qu'elle en devenait douloureuse.

— Oui, mais ça ne t'intéressait pas, Antoine, tu ne...

— Je t'aime toujours.

Il se mordit les lèvres, impuissant, et se résigna à la lâcher.

— Excuse-moi, je n'aurais pas dû le dire.

Elle ne bougeait pas, continuant à le regarder avec une telle intensité qu'il perdit contenance.

— Tu vas être en retard à l'école... Pour

Vincent, peut-être as-tu raison, je ne sais pas...

Nerveusement, il fouilla sa poche et déposa de la monnaie sur la table.

— Je te raccompagne à ta voiture ?

— Non, répondit-elle d'une voix étranglée. Non, ne bouge pas, sois gentil.

Avant qu'il ait pu esquisser un geste pour la retenir, elle se leva. Il la vit franchir en hâte la porte du bar, bousculant un client au passage, puis s'élancer dans la rue. Plus malheureux qu'il ne l'avait été depuis bien longtemps, il se sentit à la fois frustré et coupable. C'était sa faute si elle était mariée avec un autre, si elle avait un enfant d'un autre, et pourtant, ainsi qu'il venait de le découvrir, elle non plus ne l'avait pas oublié. Lorsque leurs mains s'étaient enlacées, il avait su avec certitude qu'elle le désirait. Allait-il trahir Paul une seconde fois ? Il s'était promis d'éviter Marine, de garder ses distances, et à la première occasion il se parjurait ! Ne possédait-il donc plus aucune volonté, pas le moindre sens moral ? Paul avait été très clair : « J'ai une femme et un fils auxquels je tiens par-dessus tout. » Antoine ne pouvait pas provoquer une guerre fratricide au milieu de tous les ennuis qui accablaient la famille.

Ruminant de sombres pensées, il quitta le bar à son tour, alla récupérer son 4 4 sur le parking de l'hôpital et prit la route de Cucuron. Peut-être n'aurait-il pas dû revenir du Brésil. À Santos, près de São Paulo, il avait presque réussi à se forger une existence acceptable, que le retour en France rendait bien dérisoire. Non, il ne voulait pas finir ses jours en Amérique latine, tout ce qu'il désirait au monde se trouvait là, au pied du Mourre-Nègre, et il allait rester. De toute façon, Vincent avait besoin de lui, son refus d'accepter l'évidence – comme sa tentative de suicide – en était la preuve.

Lorsque Antoine arriva chez lui, il eut la mauvaise surprise de découvrir une voiture garée juste devant l'atelier et, assis à l'ombre sur le muret, le juge Herrero qui l'attendait.

— Ah, monsieur Soubeyrand ! J'ai failli partir...

Georges Herrero vint vers lui avec un sourire affable et la main tendue.

— J'avais envie de voir ce fameux atelier où vous exercez votre nouveau métier.

— Eh bien, je vous en prie, la visite est gratuite !

Antoine déverrouilla la porte vitrée et fit signe au juge de le suivre.

— Voilà, c'est ici...

La présence d'Herrero devait avoir une autre raison que la simple curiosité, mais Antoine feignit d'être dupe.

— J'ai remis deux fours en état et je viens d'en racheter un, ultramoderne, qu'on doit me livrer ces jours-ci.

— Oh, mais vous êtes en train de faire cuire quelque chose ! s'exclama Herrero en s'arrêtant devant la porte du four-couloir. Ce sera bientôt prêt ?

— Non. C'est très long, même pour un vulgaire pot à olives.

— Vous avez trouvé l'inspiration, alors ?

— Le mot est fort. Disons plutôt que je me suis mis au travail. Je dispose de toutes les archives de mon père, avec ses croquis, ses idées... Lui était un véritable artiste, j'espère que je le deviendrai à mon tour.

— Il n'est jamais trop tard... Évidemment, dans l'immédiat, ce sera peut-être moins lucratif qu'une boîte de nuit ! À ce propos, j'ai auditionné une seconde fois votre ancien associé, Régis Cantel. Il avait d'abord fait état de tensions entre vous et la victime, Labaume, mais il s'est montré plus bavard en précisant que vous vous étiez violemment querellés. Son témoignage est corroboré par celui d'une serveuse de l'époque. Pourquoi ne m'avez-vous pas parlé de cette dispute, monsieur Soubeyrand ?

— Parce qu'elle n'a aucune espèce d'importance. Des engueulades, j'en ai eu plein, et avec des tas de gens !

— Vous auriez menacé de mort Laurent Labaume.

— Et après ? Une phrase du genre : « Je vais te tuer » ? Régis aussi s'est souvent disputé avec Laurent ! Aurait-il omis de vous le raconter ?

Un sourire sarcastique apparut sur le visage d'Herrero, qui murmura :

— Si je comprends bien, vous vous accusez réciproquement, Cantel et vous... C'est très intéressant. Très !

Une lampe se mit à clignoter sur la porte du four et une sonnerie retentit, permettant à Antoine d'échapper au regard attentif du juge. Il abaissa plusieurs manettes, entrouvrit la porte.

— Bon, je vais vous laisser à vos occupations, décida Herrero.

Toujours de dos, Antoine hocha la tête sans répondre. Il attendit que la voiture du juge démarre puis s'éloigne, et là seulement il se décontracta en poussant un profond soupir.

Ce type avait tout du bouledogue, il ne serait pas facile de lui faire lâcher prise. Manifestement, Herrero ne croyait pas un seul instant à sa vocation de céramiste. Pourtant...

Avec précaution, Antoine ouvrit en grand la porte du four, alluma la lumière intérieure. Il éprouva tout de suite une forte déception, aussitôt suivie d'une bouffée de rage. Heureusement qu'il n'avait pas montré ça au juge ! Le vase sur lequel il s'acharnait depuis plusieurs jours était d'une poignante banalité. À peine un vase, d'ailleurs, plutôt un récipient, façonné sans génie, émaillé sans fantaisie, tout juste d'aplomb.

Contrarié, découragé, Antoine s'éloigna du four. Comment son père s'y prenait-il donc pour faire d'un peu de terre des objets extraordinaires ? Enfant, Antoine avait réalisé sous sa direction des choses plus intéressantes que l'horreur qui refroidissait dans le four.

— Un coup pour rien, maugréa-t-il.

Il s'était précipité stupidement, il allait devoir se calmer. Commencer par un modeste petit pot. Maîtriser les formes, d'abord, et ensuite réfléchir sur les couleurs. Se plonger dans les notes de son père. Pourquoi avait-il choisi un vase, l'une des créations les plus difficiles dans sa terrible simplicité ?

— Tu n'as rien à perdre et rien à prouver, tu pars de zéro, mets-toi ça dans le crâne !

Il décida que, avant tout, il irait faire un tour dans le showroom de Richard Bresson. Pas pour l'imiter mais, au contraire, pour déterminer ce qui devait différencier un simple artisan – artiste, ce serait pour plus tard ! – d'une production quasi industrielle. Richard était l'exemple de la réussite, celle qu'aurait pu connaître Jean Soubeyrand s'il n'était pas mort, celle qu'Antoine visait aujourd'hui. Et, n'en déplaise au juge Herrero, il y parviendrait.

— Ne le prends pas comme ça, Paul, je suis vraiment fatiguée...

Dans l'obscurité de la chambre, Marine ne pouvait pas voir l'expression de son mari mais elle le devinait malheureux et humilié. En sept ans, c'était la première fois qu'elle le repoussait. Lorsqu'elle avait senti ses mains sur elle, elle s'était crispée, incapable de simuler un désir qu'elle n'éprouvait pas, puis s'était maladroitement excusée en prétextant qu'elle avait sommeil.

— Je comprends, dit-il d'une voix glaciale.

Il alluma sa lampe de chevet, se leva et enfila un slip, un tee-shirt.

— Où vas-tu ?

— Boire une bière sur la terrasse. Endors-toi.

Parfois, il aimait demeurer dehors la nuit, seul, à contempler les étoiles et respirer les diverses odeurs en provenance de la garrigue. Mais ce soir, sans doute voulait-il seulement oublier l'affront que sa femme venait de lui infliger. Afin d'éviter tout malentendu, elle le retint par le bras.

— Tu es fâché, tu ne devrais pas...

— Pourquoi ?

— Il n'y a aucune raison.

— Vraiment ?

D'un geste sec, il se dégagea, mais resta debout à côté du lit, la regardant avec insistance.

— Je sais à qui tu penses, Marine.

Elle ferma les yeux, certaine de ce qu'il allait dire, cependant il acheva, impitoyablement :

— Depuis qu'Antoine est rentré, tu n'es plus la même, c'est dur à accepter.

— Tu es ridicule, Paul. Je croyais le problème réglé, Antoine absent ou pas.

Ils avaient passé tant de nuits à en parler,

sept ans plus tôt, qu'elle était malade à l'idée de recommencer.

— Tu m'as déjà quitté une fois pour lui, rappela-t-il amèrement. J'aurai toujours peur, je n'y peux rien. Et quand je te vois pâlir dès qu'il t'adresse la parole, je pense avoir raison de m'inquiéter !

— Paul, s'il te plaît, ne gâche pas tout...

— Moi ? C'est toi qui ne veux pas que je te touche ! Un signe qui ne trompe pas.

— Je suis crevée, voilà pourquoi ! Je fais des gardes de nuit, le service est débordé, on est en sous-effectif, et dès que j'ai trente secondes devant moi je fonce voir Vincent ! Alors, j'ai le droit d'avoir sommeil, ça n'a aucun rapport avec toi.

— Aucun ? Tu crois ?

Il se pencha vers elle, écarta le drap et lui posa une main sur un sein, l'autre sur la cuisse. Braquée, elle se recula aussitôt pour échapper à ce contact mais il insista.

— Arrête, Paul ! s'écria-t-elle, furieuse.

— Eh bien, tu vois, la preuve est faite... Moi, à n'importe quel moment de la journée ou de la nuit, il suffit que tu m'effleures pour que j'aie envie de toi.

— Tu mélanges tout, tu cherches la dispute !

— Et je t'empêche de dormir, d'accord. Fais de beaux rêves, ma chérie !

Marine se redressa, prête à exploser, mais au même instant Baptiste fit irruption dans la chambre, les cheveux ébouriffés et l'air boudeur.

— Pourquoi vous criez comme ça ?

Incapable de lui donner une réponse, Marine se borna à lui adresser un sourire rassurant.

— Ne t'inquiète pas, bout de chou, ce n'est rien du tout. On parlait trop fort, on t'a réveillé ? Va vite te recoucher, je viendrai t'embrasser.

Leur fils les regarda l'un après l'autre avant de repartir, traînant les pieds. Dans le silence qui suivit, Paul hésita un peu, la tête baissée, puis il sortit à son tour sans ajouter un mot. Restée seule, Marine se sentit brusquement accablée. Quelle que soit sa mauvaise foi, combien de temps pourrait-elle nicr la réalité ? L'après-midi même, dans ce bar où Antoine l'avait entraînée, l'évidence s'était imposée : il l'attirait toujours autant. Quand il lui avait pris la main, un violent désir l'avait submergée, la ramenant des années en arrière et effaçant d'un coup toute trace de rancune. Antoine la chavirait, elle n'y pouvait rien. Durant sa si longue absence, elle avait réussi à se persuader que leur histoire était finie, qu'avec Paul elle construisait enfin quelque chose d'important et de stable. Des mots de raison, des serments trop calmes.

Machinalement, elle essuya une larme qui glissait sur sa joue. Elle n'avait pas besoin de regarder par la fenêtre pour imaginer Paul, assis sur le vieux rocking-chair en teck, face à la colline. Dans ces moments-là, si elle décidait de le rejoindre, il lui disait qu'il savourait son bonheur. Allait-elle détruire ce qu'ils avaient mis sept ans à construire ?

— S'il n'habite pas chez vous, où est-il ? rugit Cantel en donnant un coup de poing sur le comptoir.

— Je ne vois pas pourquoi je vous le dirais ! riposta Emma d'un air de défi.

— Parce que, sinon, je démolis tout dans votre troquet minable !

Accompagné de deux hommes baraqués qui devaient être les videurs de sa boîte de nuit, Régis Cantel avait fait une entrée fracassante aux *Tilleuls*. En principe, on ne le voyait jamais à Cucuron. Sa discothèque, le *Stax*, se trouvant sur la route de Lourmarin, il s'était acheté une maison dans les environs de Cavaillon.

— Laissez Antoine tranquille et rentrez chez vous, répliqua sèchement Emma.

Il fallait davantage qu'un Régis Cantel pour l'effrayer, mais la présence de ses deux acolytes pouvait faire tourner l'incident au règlement de comptes.

— Je le trouverai tout seul, affirma Régis. Pas question de lâcher le morceau : je tiens à lui flanquer ma main dans la gueule, ça lui apprendra à réfléchir avant d'accuser quelqu'un de meurtre ! Surtout lui ! En attendant, merci pour votre aide...

Saisissant un lourd cendrier publicitaire posé devant lui, il le lança violemment en direction de la rangée de bouteilles, juste derrière elle. Une étagère s'écroula, dans un fracas de verre brisé, tandis qu'Emma s'obligeait à demeurer immobile, les bras croisés, le regard fixé sur Régis.

Dans la salle, les rares consommateurs à cette heure matinale s'étaient levés, mais hésitaient encore à intervenir lorsqu'une voix se fit entendre.

— Qu'est-ce qui se passe, ici ? Il faut appeler les gendarmes ?

Simon traversa la salle d'un pas décidé et s'arrêta devant Régis.

— C'est toi qui fais du scandale ?

Il fut aussitôt entouré par les deux videurs dont l'attitude menaçante ne laissait aucune place au doute. Simon n'avait rien d'un athlète, il ne ferait pas le poids. Inquiète, Emma décroisa lentement les bras. Elle ne possédait pas d'arme mais il y avait une série de couteaux à viande, près de la caisse, et elle esquissa un pas de côté.

— Restez où vous êtes, ma p'tite dame ! lui lança l'un des videurs.

— Ne t'en mêle pas, dit Régis à Simon. Je veux savoir où se planque Antoine Soubeyrand, c'est tout.

Soutenant son regard, Simon eut un sourire amusé.

— Tu vas trop au cinéma, Régis... Ou alors, c'est à force de vivre la nuit que tu as perdu le sens des réalités ! Toutes ces bouteilles cassées, tes deux molosses prêts à mordre, ça veut dire quoi ? On n'est pas en Corse, ici !

Il se mit à rire, sans se forcer.

— Allez, va-t'en. À mon avis, si tu le lui demandes, le juge t'organisera une confrontation avec Antoine et tu n'auras plus besoin de le chercher.

Indécis, Régis parut hésiter. Pour ne pas mettre d'huile sur le feu, Emma continuait à se taire et à ne pas bouger. Au bout de quelques instants, Régis tourna la tête, regarda les consommateurs toujours immobiles au fond de la salle. L'un d'eux avait son téléphone mobile à la main.

— Si tu le vois avant moi, Simon, conseille-lui de bien réfléchir la prochaine fois qu'il ouvrira sa grande gueule, parce que en guise d'assassin c'est lui le coupable idéal !

Régis quitta le café à grandes enjambées, ses hommes lui emboîtant le pas. Emma, soulagée, laissa échapper un petit sifflement d'admiration.

— Chapeau, Simon... Tu le connais bien, ce branque ?

— C'est un habitué du garage. Un vrai fondu de bagnoles. Presque autant que le fils Bresson...

— Moi, je ne l'avais pas vu depuis qu'il allait à l'école primaire. Il a mal vieilli !

Et c'était avec cet homme-là qu'Antoine s'était associé, dix ans plus tôt ? Comment s'étonner qu'il ait connu autant d'ennuis ?

— Je vous offre une tournée ! lança-t-elle aux quatre clients qui s'étaient approchés.

S'ils n'avaient pas brillé par leur courage pour intervenir, du moins n'étaient-ils pas partis en courant. Emma leur servit des anisettes avant de faire signe à Simon de la suivre dans la cuisine. Elle ferma la porte, s'adossa au battant et lui tendit les bras.

— Viens que je t'embrasse. Sans toi...

Simon ne se fit pas prier, la saisissant par la taille pour l'attirer à lui. Son baiser fut si fougueux qu'elle en eut le souffle coupé.

— J'étais devant le garage quand Régis est entré aux *Tilleuls* avec ses deux copains, et je me suis dit que je ferais mieux de passer voir. L'idée qu'on puisse s'en prendre à toi, je crois que ça me rend fou. Je t'aime, Emma.

Cette déclaration intempestive la prit de court. À leur âge, les serments d'amour n'étaient plus de mise et elle se sentit gênée par la sincérité de Simon, d'autant plus qu'elle ne savait pas quoi lui répondre. Certes, il était son amant depuis des années, son ami, aussi, mais leur liaison était paisible et elle s'en accommodait fort bien.

— Et si on se mariait ? ajouta-t-il d'une voix altérée.

Jamais elle n'aurait cru qu'il irait jusque-là.

— Simon, tu plaisantes ?

— J'en ai l'air ? J'ai eu peur pour toi en traversant la place, et je me suis dit que cette place, entre nous, est de trop. Voilà...

Le mariage était une idée parfaitement ridicule, mais comment le lui faire comprendre sans le vexer ? Tandis qu'elle cherchait désespérément une échappatoire, Emma fut sauvée par Rosine, qui venait de mettre son vélo dans le jardin et qui les contemplait depuis le seuil de la cuisine, éberluée.

— Il n'y a personne au comptoir ? Qui s'occupe des clients, alors ?

Simon lâcha Emma qui en profita aussitôt pour filer.

Le couvent d'Aigues-Blanches possédait un cloître roman fort bien conservé, entourant un jardin où s'épanouissaient deux grands figuiers. L'endroit offrait une étonnante impression de sérénité avec son petit bassin de pierre, au centre, qui servait d'abreuvoir à de nombreux oiseaux : huppes, martinets et fauvettes.

Les religieuses et leurs visiteurs arpentaient volontiers le cloître à pas lents pour bavarder ou méditer, profitant des jeux d'ombre et de lumière. Sous leurs pieds, les larges dalles de pierre blanche semblaient briller, polies par les siècles, et au-dessus d'eux les voûtes sur croisées d'ogives assuraient une relative fraîcheur.

À côté de Marie-Angèle, Agathe se taisait, comme presque chaque fois qu'elle venait passer là un moment. En arrivant, elle avait fait une halte à la chapelle, selon son habitude, avant de rejoindre Marie-Angèle pour cette longue déambulation durant laquelle elle n'avait pas prononcé plus de dix phrases.

Marie-Angèle ne posait aucune question à l'adolescente. Elle la devinait différente des filles de son âge et la laissait tranquille, feignant de trouver naturelles ses fréquentes visites.

— Sophie n'a pas l'air bien, en ce moment, dit soudain Agathe en s'arrêtant.

Elle s'approcha d'une des colonnes dont elle examina le chapiteau sculpté.

— Et papa s'inquiète, forcément... Enfin, il s'inquiète quand il est là, c'est-à-dire pas souvent ! Ils mènent des vies de dingues, tous les deux.

— Vous vous en sortez, Romain et toi ? demanda doucement Marie-Angèle.

— Oh, oui, très bien ! Mais c'était plus agréable quand Sophie était... moins perturbée. On l'aime beaucoup, tu sais...

— Je sais, et c'est réciproque. Mais Sophie est fragile, je ne t'apprends rien, et elle a été très choquée par l'accident de Vincent.

Agathe se retourna vers elle, l'air songeur.

— Il y a autre chose, j'en suis sûre.

L'extrême sensibilité de la jeune fille lui permettait de comprendre, d'instinct, l'état d'esprit des gens qui l'entouraient. Aussi Marie-Angèle préféra-t-elle ignorer sa dernière phrase. Oui, Sophie allait mal, mais il n'était pas question d'en discuter avec qui que ce soit, hormis Emma.

— Ton père est ce qui pouvait arriver de mieux à Sophie, se borna-t-elle à dire. Il saura l'aider, ne t'inquiète pas.

Elle le pensait sincèrement. La solidité d'Arnaud lui avait plu dès qu'elle avait fait sa connaissance. Emma le trouvait arrogant alors qu'il était seulement, et à juste titre, sûr de lui. Sûr de ses qualités d'avocat, sûr d'aimer sa femme avec passion, sûr d'être de taille à élever ses deux enfants.

— Tu as de la chance de vivre ici, remarqua Agathe. Tu as la paix, le silence...

— C'est un lieu magnifique, je suis d'accord avec toi, mais je ne suis pas venue là pour fuir le monde. J'ai autant besoin d'action que de réflexion et, à Aigues-Blanches, on peut alterner les deux de manière très constructive.

— Et Dieu dans tout ça ?

La question, posée de manière abrupte, semblait avoir échappé à Agathe qui baissa les yeux, embarrassée. Marie-Angèle comprit qu'elle tenait là un début d'explication à l'attitude de l'adolescente et qu'elle devait absolument rester neutre.

— C'est pour moi une conviction profonde, inébranlable, qu'on appelle la foi et qui m'est venue très jeune. Mais pour chacune d'entre nous, dans ce couvent, le parcours a été différent.

Agathe médita la réponse un moment puis, avec un sourire timide, elle déclara :

— Je crois que j'aimerais bien être baptisée.

Pour prendre un peu d'exercice, Emma avait voulu monter à vélo jusqu'à l'atelier, ainsi qu'elle le faisait volontiers à l'époque où son mari passait là-bas le plus clair de son temps. Elle aimait le surprendre, en lui portant un panier de victuailles, et rester à le regarder travailler. Au bout d'un moment, distrait par sa présence, il lâchait ce qu'il était en train de faire et la prenait dans ses bras malgré ses mains pleines d'argile. Ainsi avaient-ils conçu Sophie, la petite dernière...

Mais trente ans de plus pesaient lourdement dans les jambes d'Emma, qui dut finir le chemin à pied, en poussant sa bicyclette.

— Antoine ! Tu es là ?

Hors d'haleine, elle traversa l'atelier où la chaleur était à peine supportable et pénétra dans la grande pièce à vivre, plus fraîche, dont Antoine avait fermé les persiennes. Il était assis devant la table à tréteaux qui lui servait de bureau, penché sur les carnets de croquis de son père.

— Je n'ai plus l'âge de pédaler comme ça, la prochaine fois je viendrai en voiture ! s'exclama-t-elle.

Elle se laissa tomber sur le radassié tandis qu'Antoine, compatissant, allait lui chercher un verre d'eau.

— Drôle d'idée de monter ici en plein cagna...

— Je voulais te parler.

— Le téléphone existe, m'man !

— Sois gentil, Antoine, ne me prends pas pour une idiote.

Il parut étonné par son ton sec, mais elle était déterminée à ne pas se laisser émouvoir et elle poursuivit :

— Je t'ai expliqué que tu ne pouvais pas rester en France, et j'avais raison : Cantel est venu faire du scandale aux *Tilleuls*.

— Ce fils de pute ! explosa Antoine.

— Il n'a pas apprécié que tu fasses peser des soupçons sur lui, tu peux comprendre.

— Je me défends de mon mieux !

— Tu as choisi la mauvaise tactique. Tout s'arrangera si tu t'en vas.

— Sûrement pas ! Herrero est accroché à mes basques, il ne me laissera pas quitter la région. Même si j'arrivais à partir, il est capable de lancer un mandat international... Aujourd'hui, c'est trop tard, les dés sont jetés. Je croyais pourtant avoir suffisamment payé, mais non...

Cessant de lutter contre l'évidence, Emma se prit la tête entre les mains, accablée.

— Sans ces lettres, nous étions tous hors de danger, chuchota-t-elle.

— Eh bien, ce n'est pas le cas !

Elle leva les yeux vers lui et l'observa en silence. Il était aussi beau que l'avait été son père, aussi séduisant avec son regard sombre et farouche. De plus, il était courageux, intelligent, honnête... Mais il risquait de finir en prison, et elle en porterait l'entière responsabilité.

Il dut percevoir sa détresse car il s'approcha d'elle, s'agenouilla sur les tomettes et lui saisit les mains. Ils n'avaient plus besoin de parler, ils s'étaient tout dit.

5

Devant les portes ouvertes de l'ambulance, Vincent venait d'être installé dans son fauteuil roulant. Dès qu'il regarda autour de lui, il parut horrifié.

— Antoine..., dit-il d'une voix rauque. Antoine !

Son frère se plaça aussitôt derrière lui et lui posa une main sur l'épaule.

— Antoine, c'est ici que je vais passer les prochains mois ? Combien de mois ? Trois ? Six ?

Malgré un soleil radieux, les longs bâtiments du centre de rééducation semblaient bien austères. Ici ou là, dans les allées goudronnées, des convalescents se traînaient sur leurs béquilles ou tentaient de manœuvrer avec plus ou moins de maladresse leurs déambulateurs. Des handicapés actionnaient à grands coups de bras rageurs les roues métalliques de leurs fauteuils, et quelques vieillards étaient affalés sur des bancs de pierre.

— Tu as vu ça ? Tu ne vas pas me laisser là, dis, Antoine ?

Son angoisse était si pathétique qu'Antoine en fut bouleversé, mais il n'avait aucun moyen de soustraire son frère à ce qui l'attendait.

— C'est le meilleur centre de tout le Vaucluse, déclara-t-il très vite. Avec les kinés les plus performants, les méthodes les plus...

— Je ne resterai pas !

Cette fois, le ton indiquait carrément la panique, et Antoine fit un effort pour conserver son sang-froid.

— Allez, mon vieux, ne fais pas l'enfant, nous étions bien d'accord...

— Non, pas du tout ! C'est maman qui a choisi, tranché, imposé, pas moi ! Comme toujours, elle décide de ce qui est bon pour nous, hein ? Tu trouves que ça nous a porté bonheur ?

— Arrête, Vincent, arrête...

— Tu t'en fous, tu seras parti d'ici dans une heure ! Tu me vois au milieu des gâteux, des grabataires, des infirmes ? C'est ça mon horizon, à partir d'aujourd'hui ? Je te préviens, je préfère me foutre en l'air !

Il s'était mis à crier, au bord de la crise de nerfs, et l'un des ambulanciers s'éloigna en hâte, sans doute pour prévenir un médecin. Marine, qui jusque-là s'était discrètement tenue à l'écart des deux frères, contourna le fauteuil de Vincent et se pencha vers lui.

— Calme-toi. Tu ne resteras que le temps nécessaire, et tu rentreras chez toi dès que tu seras autonome.

— Je ne le serai jamais et tu le sais très bien ! hurla-t-il.

Antoine se raidit, comprenant que son frère, malgré sa colère et sa terreur, commençait à affronter la vérité. Son avenir allait désormais se limiter à une existence de paraplégique assisté. Sans plus jamais marcher, courir, ni faire l'amour à une femme. Il vivrait assis ou couché pour toujours, contraint de lever la tête pour regarder les autres.

— Vincent..., dit-il doucement.

Marine dut sentir qu'Antoine était sur le point de craquer, trop sensible à la détresse de son frère pour pouvoir l'aider, et elle prit la main de Vincent, se remit à lui parler d'une voix apaisante. Antoine ferma les yeux une seconde, les rouvrit sur le même spectacle d'éclopés. Vincent ne protestait plus, mais il restait crispé comme s'il cherchait à s'enfoncer dans le dossier de son fauteuil.

Quand l'ambulancier reparut, flanqué d'un des médecins du centre, Vincent se laissa pousser vers le bâtiment principal sans rien dire. Ensemble, ils visitèrent le rez-de-chaussée, avec la salle à manger, le salon télé, la cafétéria et le fumoir, puis le sous-sol où se trouvaient les salles de musculation et la piscine, enfin la chambre qu'occuperait Vincent durant son séjour, et dont la grande baie vitrée donnait sur le parc.

— Maintenant je vais vous demander de bien vouloir nous laisser, déclara le médecin fermement, nous avons à faire connaissance, mon patient et moi.

Antoine regarda Vincent jusqu'à ce que celui-ci acquiesce en silence, l'air buté.

— Je repasserai ce soir pour dîner avec toi, promit-il avant de quitter la chambre.

Suivi de Marine, il regagna le parking où il avait garé son 4 4. La jeune femme étant venue dans l'ambulance, depuis l'hôpital, il allait devoir la raccompagner. Sans un mot, il démarra et roula durant plusieurs kilomètres les yeux rivés à la route, mais soudain il s'arrêta sur le bas-côté, coupa son moteur.

— Excuse-moi, murmura-t-il, ça ira mieux dans deux minutes...

Il appuya son front contre ses bras croisés sur le volant, luttant pour surmonter l'émotion qui le submergeait. Au bout d'un moment, il sentit la main de Marine se poser sur sa nuque et il tressaillit.

— Je ne peux pas m'y faire... Pauvre Vincent ! J'ai tellement de souvenirs avec lui, si tu savais...

— Je sais.

— Il était aussi casse-cou que moi, mais comme il avait quatre ans de moins, il devait s'accrocher pour me suivre ! Paul s'en foutait, il nous trouvait dingues... Ce qu'on a pu escalader, dévaler, explorer... Et pour sa première fille, il était pressé, c'est moi qui ai dû la lui trouver... Il voulait toujours tout avoir, et tout de suite. Un affreux jojo au grand cœur qui jouissait du moindre plaisir avec gourmandise, entre deux fous rires ! Comment veux-tu qu'il supporte ce qui l'attend ? Il ne va pas s'accrocher à la vie pour le seul bonheur de respirer s'il est privé de tout le reste !

— Il y arrivera, Antoine. L'instinct de conservation est le plus fort, crois-moi. Tu ne l'aideras pas si tu pleures sur son sort.

— Je ne pleure pas ! protesta-t-il en se redressant brusquement. Pas devant toi...

Ils étaient trop près l'un de l'autre, et trop troublés pour être sur leurs gardes. Lorsque Antoine la prit dans ses bras, elle n'essaya même pas de résister, mais, à l'instant où leurs lèvres se touchaient, ils entendirent le bruit d'une voiture qui freinait brutalement à leur hauteur, de l'autre côté de la route. Hébétée, Marine reconnut la Renault de Paul et n'eut que le temps de se reculer sur son siège. Déjà son mari traversait dans leur direction.

— Qu'est-ce que vous foutez là ? gronda Paul en ouvrant la portière d'Antoine à la volée.

— Je ramène Marine, elle était dans l'ambulance avec Vincent. Si tu vas le voir, tu tombes mal : il est entre les mains d'un toubib.

La voix d'Antoine était posée, assez convaincante, mais Paul saisit son frère par l'épaule et l'obligea à sortir.

— Je t'ai demandé ce que vous faites là, arrêtés ?

Sans un regard pour Marine, il entraîna de force Antoine un peu plus loin.

— Si tu la touches, Antoine, je te démolis, dit-il entre ses dents. C'est ma femme, tu entends ?

— Je ne l'ai pas touchée. Mais de toute façon, personne n'appartient à personne.

Les yeux dans les yeux, ils restèrent une seconde à se défier, puis Antoine se dégagea. Entre-temps, Marine était descendue du 4 4. Elle traversa pour s'installer dans la voiture de Paul dont elle claqua violemment la portière.

Après plus d'une heure de discussion avec le médecin du centre, Vincent se sentait épuisé, déprimé, mais du moins sa panique était-elle surmontée pour l'instant.

Sans entrain, il explora d'abord le parc, dont les larges allées couvertes d'asphalte facilitaient la circulation des fauteuils. Si son horizon devait se limiter à cette espèce de jardin public, combien de temps lui faudrait-il pour connaître par cœur le moindre buisson, la plus insignifiante plate-bande ? Délibérément, il baissait la tête chaque fois qu'il croisait quelqu'un, peu désireux d'engager la conversation car il ne souhaitait ni raconter son malheur ni écouter celui des autres.

Alors qu'il s'apprêtait à rentrer, il aperçut Liliane qui se hâtait vers lui, sourire aux lèvres, et il se renfrogna aussitôt, contrarié par cette visite inattendue.

— C'est magnifique, ici ! s'exclama-t-elle joyeusement.

— Pour ceux qui ne font que passer, sûrement...

— En tout cas, tu ne risques pas de souffrir de claustrophobie !

— Qu'est-ce que tu en sais ? Là ou ailleurs, je suis enfermé dans ma peau, répliqua-t-il d'un ton rogue.

Comme prévu, le sourire de Liliane s'effaça, mais il n'avait aucune envie de subir la gaieté forcée qu'elle se croyait obligée de lui infliger.

— Je viens te donner des nouvelles du salon, déclara-t-elle.

— S'il y a bien quelque chose dont je me fous éperdument, ce sont les clientes, les permanentes et les couleurs ! Écoute, Lily...

— Pas les clientes, non, le chiffre d'affaires. Les résultats de ce mois-ci sont excellents, je croyais que ça te ferait plaisir.

— Plaisir ? D'après toi, je vais en faire quoi, de ce fric ? Me racheter une grosse cylindrée ? Me payer un tour du monde ? Ou bien m'offrir un fauteuil neuf avec des chromes rutilants et une assise en cuir ?

Il avait élevé la voix, très agressif, et il la vit pâlir puis reculer de quelques pas.

— Vincent, je t'en prie, arrête..., bredouilla-t-elle.

Les larmes aux yeux, elle le considérait avec une telle compassion qu'il fut submergé de haine.

— Va-t'en ! hurla-t-il. Et ne remets plus les pieds ici, compris ?

Elle continua de reculer, faillit trébucher, alors seulement elle se détourna et partit en courant. Il la suivit des yeux, remarquant malgré lui ses longues jambes bronzées autour desquelles virevoltait sa petite jupe plissée. Il l'avait toujours trouvée appétissante, ravissante. En plus, elle était douée pour la coiffure, c'était la meilleure coupeuse du salon. Et gaie, serviable, facile à vivre... Mais c'était dans une autre vie, quand il pouvait observer les jolies filles et leur offrir des fleurs avant de les mettre dans son lit. Avec Liliane, il avait loupé le coche, s'interdisant de la draguer parce qu'elle était son employée.

— Quel con je suis...

— Ah, ça !

Arrêté à sa hauteur, un handicapé lui souriait.

— Faire fuir une aussi belle fille, c'est pas malin. D'autant plus qu'elles ne se bousculent pas, ici... Je m'appelle Bertrand. Et toi ?

Vincent toisa le jeune homme, négligeant la main tendue.

— Oh, je vois ! reprit l'autre avec une mimique compréhensive. C'est ton premier jour au centre ? Ne t'inquiète pas, tu vas t'y faire, on s'y fait tous...

— Je ne crois pas, non, maugréa Vincent en actionnant les roues de son fauteuil.

Il ne lui restait plus que ses bras pour se mouvoir, et ses muscles étaient douloureux de tous les efforts fournis depuis quelques heures. Les dents serrées, il se propulsa vers le bâtiment principal sans plus se préoccuper du dénommé Bertrand.

Sophie quitta le bureau du juge la tête haute, conservant l'air vaguement agacé qu'elle avait affiché durant tout l'entretien. « Une petite conversation amicale, maître ! » Herrero était un excellent magistrat, compétent, obstiné, et l'entrevue s'était déroulée sur un ton confraternel, entre juristes avertis. Néanmoins, Sophie faisant partie de la famille Soubeyrand, il avait voulu l'entendre à son tour.

Sept ans plus tôt, lors de la disparition de Laurent Labaume, interrogée comme tout le monde par la gendarmerie, elle avait affirmé ne rien savoir, une déclaration qu'elle maintenait encore. Mais jusqu'à quand cette position demeurerait-elle tenable ?

En descendant les marches du palais de justice, Sophie croisa quelques confrères à qui elle rendit distraitement leur salut. Les questions d'Herrero l'avaient replongée dans son passé de façon désagréable, et à présent elle éprouvait un malaise diffus, impossible à surmonter. N'était-il pas temps pour elle de consulter un psychologue ? Jusqu'ici, elle s'y était farouchement refusée, certaine que la passion de son métier et surtout l'infinie tendresse dont Arnaud l'entourait seraient suffisantes pour éloigner tous les dangers. À l'évidence, elle s'était trompée. Elle se sentait de plus en plus mal, et la façade de sérénité qu'elle s'était construite s'effritait chaque jour davantage. Le simple fait de revoir Antoine l'avait déjà déstabilisée, mais le pire s'était produit avec la découverte du corps de Laurent Labaume. Penser à l'autopsie lui soulevait le cœur, la rendait folle.

Essoufflée sans raison, elle marcha très lentement jusqu'à sa voiture. Jamais elle ne connaîtrait la paix si elle ne pouvait pas parler à quelqu'un. N'importe quel médecin ferait l'affaire, puisqu'ils étaient liés par le secret professionnel, elle n'avait qu'à en choisir un au hasard, à Cavaillon ou à Salon-de-Provence.

Sur la route du retour, elle essaya de se calmer, de penser à ses dossiers en cours. Si elle craquait maintenant, elle réduirait à néant les efforts de toute la famille, ce qui serait terriblement injuste car personne n'avait rien à se reprocher. Sauf sa mère, bien sûr, mais celle-ci ne le reconnaîtrait jamais !

En arrivant à la bastide, elle eut la surprise de trouver la table mise pour deux, sur la terrasse, avec des bougies et une bouteille de champagne dans un seau plein de glace. La maison était calme, le téléviseur éteint. Elle gagna la cuisine où Arnaud s'activait, occupé à découper de fines tranches de saucisson d'Arles.

— Je t'ai préparé des toasts à la tapenade et une salade de crudités, annonça-t-il gaiement. Les enfants sont allés au cinéma avec ta mère, Simon nous les ramènera après... Alors, pas trop méchant ce juge ? Il a une sale réputation chez nos confrères lyonnais !

Il lui mit un plat dans les mains, prit le reste et la précéda vers la terrasse. La piscine était éclairée, ainsi que les réverbères du jardin, donnant une atmosphère de fête à la soirée.

— Je crois que j'ai pensé à tout ce que tu aimes, poursuivit-il en allumant les bougies à la citronnelle, supposées éloigner les moustiques.

Sur un coin de la table, Sophie avisa une coupe de fruits confits. Son mari savait qu'elle en raffolait. Il avait dû s'arrêter chez Béchard, cours Mirabeau, en sortant du cabinet.

— Tu es si gentil..., constata-t-elle d'une voix mal assurée.

Le compliment ne sembla pas lui faire plaisir, sans doute avait-il espéré quelque chose de plus chaleureux.

— Et je t'aime, ajouta-t-elle tout bas.

— Vraiment ? Parfois, je me le demande... Après tout, tu pourrais te lasser de ton vieux mari !

Il plaisantait mais leur différence d'âge devait être un souci pour lui car il en parlait souvent. Il s'approcha d'elle, la prit tendrement dans ses bras.

— Je rêvais d'une soirée en tête à tête avec toi.

Il posa une main au creux de son dos et la serra davantage contre lui.

— Si on s'occupait sérieusement de fabriquer ce bébé ? chuchota-t-il, la bouche dans ses cheveux.

C'était ce qu'elle avait envie d'entendre, elle aurait donné n'importe quoi pour être enfin mère, certaine que, ce jour-là, une partie de ses problèmes seraient enfin résolus.

— Sophie ?

Arnaud la saisit par le menton, l'obligeant à lever la tête vers lui.

— Tu pleures ?

Elle n'avait pas senti les larmes venir et elle s'accrocha à son mari avec désespoir.

— Je ne sais pas ce que j'ai... Je crois que je devrais... voir quelqu'un..., dit-elle d'une voix hachée.

— Oui, je le crois aussi, répondit-il calmement.

Sans lui, elle aurait fini par devenir folle. Il la préservait de tout, comme l'avaient fait ses frères avant qu'elle le rencontre. Ne seraitelle donc jamais capable de regarder la vérité en face et de l'accepter ? Car, quelles que soient la force de caractère d'Arnaud, sa compréhension ou sa patience, il ne pouvait pas assumer les démons de Sophie, démons auxquels elle refusait de donner leurs vrais noms.

Paul raccrocha, furieux. D'après la surveillante de l'étage, Marine avait quitté son service à dix-huit heures, comme prévu. Mais, à présent, il était presque neuf heures du soir, et elle n'était toujours pas rentrée. Baptiste avait dîné, regardé un dessin animé, puis il était sagement allé se coucher.

Une fois encore, Paul essaya le portable de sa femme et retomba sur la messagerie. Mais où était-elle donc ? Pour tromper son angoisse, il rafla deux pommes dans la corbeille de fruits puis sortit du mas. Il gagna l'ancienne étable qui abritait les chevaux et, après leur avoir donné des pommes, il s'assit sur un ballot de paille. En principe, il aimait passer un moment avec son camarguais, le regarder mâcher son foin, ou encore observer Moïra, la jument de sa femme, qui secouait la tête en faisant voler sa longue crinière. Depuis qu'elle la montait, Marine avait découvert le plaisir de se promener sans que détalent les renards ou les belettes, avec pour seul bruit le raclement des sabots sur les pierres. Elle prétendait adorer ces moments privilégiés où ils cheminaient côte à côte en silence, échangeant parfois un regard ébloui.

Devait-il appeler la gendarmerie, les urgences de l'hôpital ? Sa femme pouvait très bien avoir eu un accident de voiture, d'autant plus qu'elle conduisait vite, mais il ne pensait pas vraiment à ce genre de danger. Rongé de jalousie, il l'imaginait plutôt avec Antoine. Depuis qu'il les avait vus ensemble, dans le 4 4 arrêté au bord de la route, c'était même une idée fixe.

Personne n'appartient à personne. Cette phrase d'Antoine le révoltait. Son frère lui avait ainsi annoncé ses intentions. Que Marine soit mariée ne changeait rien pour lui : s'il voulait la reconquérir, il le ferait sans états d'âme. Et il y parviendrait, évidemment. Elle n'attendait que ça ! Durant sept ans, Paul n'avait-il été qu'une consolation, un pis-aller ?

Abandonnant le ballot de paille, il se mit à faire les cent pas devant les chevaux. Tout ce qu'il avait réussi à bâtir patiemment, jour après jour, allait-il s'effondrer d'un coup ? Pour Marine – et pour leur fils –, il avait eu le courage de retaper le mas pierre à pierre, consacrant tous ses loisirs à la plomberie, l'électricité, la peinture ! Pour elle, il avait aussi travaillé comme un fou à la pépinière, prospectant de nouveaux clients, cultivant de nouveaux plants. Rien ne lui avait semblé trop difficile, il aurait pu accomplir davantage encore tant il l'aimait. En réalité, il était fou d'elle, ne pouvait tout simplement pas vivre sans elle. Une véritable passion, qui le tenait depuis l'adolescence et ne le lâcherait jamais. À cause d'Antoine, il avait souffert comme un damné une première fois, et il n'imaginait pas recommencer ce calvaire. Serait-il l'éternel perdant ?

Il faisait nuit noire lorsqu'il entendit enfin le moteur de la voiture. Oppressé, il sortit de l'ancienne étable et fut surpris par le vent qui s'était levé et sifflait dans les pins. Machinalement, il alluma les lanternes extérieures au moment où Marine coupait ses phares. Tandis qu'elle descendait de voiture, claquait la portière puis s'avançait vers lui, une nouvelle vague de colère le secoua.

— Si tu m'as préparé un joli mensonge, inutile de le déballer ! lança-t-il avec hargne.

Elle s'arrêta à deux pas, apparemment contrariée par cet accueil. Sa robe était toute froissée, ses cheveux ébouriffés, des cernes creusaient son regard.

— Tu étais avec Antoine, n'est-ce pas ?

— Quoi ?

— Ne me prends pas pour un idiot, Marine, ce serait très humiliant.

— Je ne sais pas de quoi tu parles...

— De ça ! explosa-t-il. Tu t'es vue ?

D'un geste plein de mépris, il désigna sa robe.

— Tu sors de son lit, ma chérie ? Eh bien, tu peux y retourner !

— Paul, attends...

— Non !

— Mais qu'est-ce que tu as ? Tu deviens fou ?

— Sûrement ! Tu es la championne pour me rendre dingue et tu ne t'en prives pas ! Depuis qu'Antoine est là, tu ne penses qu'à lui. Je suis même étonné que tu aies résisté aussi longtemps ! Et ce n'était pas la peine de rentrer, ce soir, j'ai très bien compris la leçon. Vous êtes vraiment ignobles, l'un comme l'autre !

Ses mains tremblaient et il les enfouit dans les poches de son jean avant de se détourner.

— Je n'ai rien fait ! cria-t-elle derrière lui.

Complètement dégoûté, il s'appuya à la porte d'entrée pour reprendre son souffle. S'ils se mettaient à hurler tous les deux, ils allaient encore réveiller leur fils.

— Va-t'en, Marine, gronda-t-il d'une voix sourde. Je ne veux plus te voir.

S'il sentit à peine les premières gouttes de pluie qui s'écrasaient sur sa chemise, en revanche il perçut nettement le pas de sa femme qui repartait vers la voiture. Elle ne se l'était pas fait dire deux fois, elle s'en allait volontiers, peut-être soulagée de ne pas avoir à jouer la comédie. Il pénétra dans le mas dont il claqua violemment la porte.

Marine s'immobilisa, indécise, puis elle leva la tête pour scruter le ciel. L'obscurité s'épaississait, annonçant l'orage, et le tonnerre roulait déjà dans les collines. Elle s'obligea à respirer lentement, trois ou quatre fois de suite, encore sous le choc de la scène qui venait de se produire. Quand l'averse éclata pour de bon, elle se réfugia dans sa voiture, démarra. Face à elle, les fenêtres du mas restaient éteintes. Sur quoi Paul passait-il sa fureur ? Il n'était pas du genre à casser quoi que ce soit, il éprouvait trop de respect pour les objets. Les objets, les animaux, la nature : il n'écrasait même pas les mouches, il les chassait hors de la maison !

Paul... Pensait-il vraiment ce qu'il lui avait reproché ? La croyait-il capable de sortir du lit d'Antoine pour se glisser dans celui de son mari ? Elle l'avait épousé, bon sang ! Pourquoi n'avait-il pas confiance en elle ?

Au couvent d'Aigues-Blanches, où Marie-Angèle l'avait appelée alors qu'elle quittait l'hôpital, elle était restée plus de deux heures au chevet de la sœur Geneviève qui s'était éteinte dans ses bras. Une mort douce, sereine, pour cette femme de quatre-vingt-neuf ans qui, après avoir consacré sa vie à Dieu et à ses semblables, avait refusé d'aller encombrer un lit d'hôpital. Marine et Marie-Angèle avaient ensuite procédé à la toilette mortuaire, puis revêtu la malheureuse de ses habits de religieuse. Et bien sûr, pendant tout ce temps-là, Marine avait laissé son portable hors service ! Comment Paul avait-il pu imaginer qu'elle le trompait tranquillement, oubliant l'heure, leur fils...

Oh, la tentation était vive ! Oui, mille fois oui, elle y songeait. De là à passer à l'acte, il existait un grand pas qu'elle n'aurait pas franchi. Ou pas comme ça, pas maintenant.

Vraiment ? Alors, que faisait-elle sur la route de l'atelier ? L'orage se déchaînait, libérant des trombes d'eau, mais malgré le peu de visibilité elle n'avait pas raté l'embranchement. À quoi Antoine occupait-il ses soirées, seul face à ses souvenirs ?

De loin, elle aperçut de la lumière. La pluie ruisselait sur la verrière de l'atelier qui, par intermittence, se teintait de bleu ou de mauve sous les éclairs. Une lampe à l'abat-jour orangé était allumée, et Marine éprouva une irrésistible envie de se mettre à l'abri là-bas.

À une trentaine de mètres, elle fut obligée d'arrêter la voiture qui commençait à patiner dans la boue. La violence de l'averse avait dû transformer le petit ruisseau voisin en véritable fleuve. Dès qu'elle descendit, elle glissa et dut se raccrocher à la portière. Le vent soufflait avec une force incroyable, provoquant une série de grincements et de craquements lugubres dans les arbres. Elle essaya de courir mais elle était déjà trempée et elle ne voulait pas tomber. Lorsqu'elle parvint à la porte vitrée, qui était verrouillée, elle se mit à hurler le prénom d'Antoine.

Comme après chaque orage d'été, un calme extraordinaire accompagna le lever du jour. Le ciel, d'un bleu profond, semblait lavé, les pierres dépoussiérées, les arbres reverdis.

Marine fut réveillée par les premiers oiseaux qui troublèrent le silence. À côté d'elle, la tête dans ses bras repliés, Antoine dormait toujours.

Le cœur battant, elle se redressa, puis toutes les images de la nuit l'assaillirent en même temps et elle se sentit rougir. S'était-elle jamais livrée à Paul aussi totalement ? Son expérience des hommes s'arrêtait à ces deux frères si dissemblables, qu'elle aimait différemment, mais avec Antoine elle venait de retrouver toute la fougue de sa jeunesse. Ils s'étaient jetés l'un sur l'autre sans un mot, avides et affolés. Ses vêtements trempés devaient toujours être par terre, près de la porte de l'atelier, là où Antoine les lui avait arrachés. Il lui avait fait l'amour debout, avant de la porter dans la chambre, et ils ne s'étaient endormis que bien plus tard, à bout de forces.

Il bougea dans son sommeil, tâtonna autour de lui.

— Marine ?

Ouvrant les yeux sur elle, il se mit à sourire.

— Ah, tu es là... Ne pars pas...

Que pouvait-elle faire d'autre ? Il faudrait bien qu'elle rentre chez elle pour affronter Paul, se changer, emmener Baptiste à l'école et filer à l'hôpital. La vie ne s'arrêterait pas parce qu'ils étaient redevenus amants.

— Tu entends ? dit-il soudain en fronçant les sourcils.

Elle perçut le bruit du moteur et sut immédiatement ce qui allait arriver. Déjà debout, Antoine enfilait à la hâte un jean et une chemise.

— Reste ici, ne t'en mêle pas ! jeta-t-il d'une voix dure.

Au lieu de l'écouter, elle se précipita à la fenêtre et vit la voiture de Paul avancer au bout du chemin.

— Non, Marine, si tu viens, ce sera pire pour lui et pour moi.

Il quitta la chambre dont il referma la porte avec soin, traversa l'atelier et ouvrit à son frère. Avant qu'il ait pu prononcer un seul mot, le poing de Paul s'écrasa sur son menton avec une telle violence qu'il fut projeté au milieu de la pièce où il s'effondra dans un fracas de poterie brisée. Penché au-dessus de lui, Paul le prit par le col de sa chemise pour le relever, et presque aussitôt lui expédia un nouveau coup, dans l'estomac cette fois.

— Arrête ! Tu es fou !

Plié en deux, Antoine suffoquait, au bord de la nausée, mais il eut le réflexe d'éviter le coup suivant et il frappa à son tour, de toutes ses forces. Dans le corps-à-corps qui suivit, ils tombèrent ensemble sur les débris des terres cuites, cramponnés l'un à l'autre en s'injuriant. Antoine sentit un goût de sang qui envahissait sa bouche, une explosion de douleur sur la tempe. Ensuite, à travers un brouillard, il vit la silhouette de Paul s'éloigner enfin. Il y eut encore le bruit d'une explosion de verre puis le silence revint.

Cherchant de l'air, Antoine réussit à s'asseoir. Où Paul avait-il appris à taper comme ça ? Lui qui détestait se battre, qui se dominait toujours si bien, la colère l'avait rendu plus brutal que n'importe qui !

— Est-ce que ça va ? s'enquit Marine d'une voix hésitante.

Elle traversa l'atelier, évitant les éclats de verre des carreaux de la porte, que Paul avait claquée trop fort, ainsi que les morceaux des poteries brisées.

— Depuis le temps qu'il en avait envie, je suppose que ça l'a calmé, constata Antoine en se relevant avec un soupir.

Sa lèvre fendue commençait à enfler douloureusement et ses oreilles sifflaient.

— Il n'y a pas été de main morte, le salaud...

Debout devant l'évier, il s'aspergea d'eau froide, mouilla ensuite un torchon. De la réaction de Marine dépendaient tant de choses qu'il eut peur d'en dire davantage. Pour l'instant, il ne savait pas lequel des deux elle plaignait, ni de quel côté son cœur pencherait. Tout en maintenant le torchon trempé sur sa tempe, il repoussa le sentiment de culpabilité qui tentait de s'insinuer dans ses pensées. Paul était perdant, quoi qu'il arrive désormais, puisqu'il n'avait pas su garder sa femme. À huit ans d'intervalle, Antoine avait pu la lui reprendre si facilement !

— Il doit me haïr, chuchota Marine.

— À quoi d'autre t'attendais-tu ?

Il devait absolument la laisser choisir seule, pourtant il n'en eut pas le courage. Jetant le torchon dans l'évier, il s'approcha d'elle, la prit dans ses bras.

— Je t'aime, Marine. Je ferai ce que tu veux, je n'ai pas peur de Paul.

Il la sentit d'abord trembler puis elle éclata en sanglots, accrochée à lui, sans doute déchirée à l'idée du mal qu'elle était en train de faire à son mari.

— Les ordures, les fumiers ! s'exclama Emma.

La lecture de l'article, paru le matin même, la faisait bouillir de rage. Elle frappa le journal du plat de la main.

— « *Toutes les pistes, depuis sept ans, mènent droit aux Soubeyrand* », relut-elle à haute voix. Ils veulent que je ferme boutique, que je dépose mon bilan ?

— Si c'est ce qui t'inquiète, lui rétorqua Simon, personne ne boudera les *Tilleuls*. Crois-moi, les curieux vont plutôt venir en rang par quatre !

— J'appelle ça de la diffamation et je vais les attaquer ! Tiens, je téléphone tout de suite à Sophie, elle saura quoi faire...

Elle saisit le téléphone, sur le comptoir, mais n'acheva pas son geste. Impliquer Sophie était une très mauvaise idée. Tandis qu'elle réfléchissait, Simon tourna le quotidien vers lui et parcourut les deux colonnes.

— « *Le clan Soubeyrand* »..., on croirait l'affaire Dominici ! Remarque, c'est vrai que vous formez une tribu impénétrable, j'en sais quelque chose.

L'occasion était trop belle pour lui de faire remarquer, une fois de plus, à quel point il se sentait exclu.

— Si tu te confiais un peu, de temps en temps, je pourrais t'aider, ajouta-t-il.

Elle aurait dû l'écouter, s'appuyer sur lui, se livrer, mais elle en était absolument incapable. Le secret et le silence lui avaient toujours semblé les meilleures armes, elle n'était pas disposée à en changer.

— Ce que je voudrais, fulmina-t-elle, c'est qu'on ne parle plus de ce Labaume !

— Après avoir exhumé son cadavre, ça paraît difficile.

Contrairement à ce qu'elle avait espéré, il ne suffisait pas de faire disparaître les choses pour qu'elles cessent d'exister. Les fantômes du passé étaient en train de la rattraper, mais comment l'expliquer à Simon ? Comment être tout à fait sûre qu'il ne la considérerait pas avec horreur ? Or elle désirait le garder, elle estimait le mériter.

— Quoi que tu en penses, déclara-t-elle pour détourner son attention, ce n'est pas une bonne publicité. Je refuse de voir mon nom à la Une !

— On parle de nous dans le journal ? s'écria Mamette.

Elle trottinait sans bruit sur les semelles en corde de ses espadrilles et on ne l'entendait jamais arriver.

— J'aimerais bien mon café au lait ! lança-t-elle à sa fille.

Avec précaution, elle s'installa sur l'un des tabourets du bar. Depuis qu'elle avait découvert le plaisir de se jucher en hauteur, elle y passait presque toutes ses matinées. Excédée, Emma se tourna vers le percolateur.

— Si vous me faisiez la lecture, mon petit Jean ?

— Moi, c'est Simon, Mamette. Si-mon.

— Vraiment ? Je suis désolée, j'ai toujours cru que...

La pauvre femme s'interrompit, désemparée. Heureusement, elle avait oublié le journal, qu'Emma fit disparaître sous le comptoir.

— Jean est mort il y a longtemps, maman, dit-elle doucement.

Elle s'étonna d'avoir pu l'énoncer de manière aussi simple. Ce morceau-là de sa vie avait disparu pour de bon, et le chagrin avec. Comme quoi on finissait par se remettre de tout, même du pire. Elle croisa le regard de Simon, se décidant à sourire pour la première fois de la matinée. Que ces fouineurs de journalistes aillent se faire voir, elle tiendrait bon. Pas de preuve, pas d'accusé, pas de procès.

— Voilà, maman.

Près du café au lait, elle déposa une corbeille de croissants. Avec Mamette, elle-même, Paul et Baptiste, c'était quatre générations de Soubeyrand qui vivaient ensemble dans un paisible village de Provence... Sa seule volonté suffirait-elle à maintenir cette apparence de bonheur ? Elle avait déjà accompli beaucoup de sacrifices, elle était prête à continuer.

La lecture du même journal souleva d'autres problèmes au cabinet Rouvier, avocats associés. À peine Arnaud eut-il fini l'article qu'il se précipita dans le bureau de sa femme, hors de lui.

— Est-ce qu'il y a un seul mot de vrai dans cette histoire ? tempêta-t-il en jetant le quotidien en travers du dossier que Sophie était en train d'étudier.

— Affabulation, diffamation, se contenta-t-elle de répondre.

Elle prit le quotidien entre le pouce et l'index, d'un air dégoûté, puis le laissa tomber sur la moquette, à côté de la corbeille à papier.

— J'aurais apprécié que tu frappes avant d'entrer, ajouta-t-elle.

Il faillit s'excuser mais il la connaissait trop bien, et il devina qu'elle le provoquait uniquement pour échapper à la discussion.

— Si tout est faux, insista-t-il, nous allons les traîner en justice. Tu es d'accord, je suppose ?

— Non, impossible. Nous *sommes* la famille Soubeyrand. Et tu en fais partie aussi.

— Alors, Claire s'en chargera très bien !

Leur associée – ou plus exactement celle

d'Arnaud avant même qu'il rencontre Sophie – s'occupait toujours de tout à la perfection. Si elle prenait l'affaire en main, ils obtiendraient sans doute des dommages et intérêts.

— Nous n'avons rien à nous reprocher ! affirma Sophie avec une soudaine véhémence.

— Raison de plus pour démentir ces aberrations.

D'un geste nerveux, la jeune femme se passa la main dans les cheveux pour les rejeter en arrière puis fit mine de se replonger dans son dossier.

— Vis-à-vis de tes clients, tu ne peux pas laisser passer ça, ma chérie. Ceux qui te font confiance ne comprendraient pas que tu ne cries pas au scandale.

— Mais je m'en fous, Arnaud ! Je me fous de ce que les gens pensent ou croient !

— Même moi ?

La question lui avait échappé, il la regretta. Étant donné la fragilité de sa femme, l'interroger sur ses peurs ou sur ses faiblesses ne faisait que la renfoncer dans sa coquille. Il alla vers elle, se pencha et effleura ses lèvres.

— Excuse-moi... Libre à toi de décider, c'est toi que ça regarde. Et je suis désolé d'avoir fait irruption de cette façon ; la prochaine fois, je frapperai, promis. Mais tout ce qui te concerne me touche, tu comprends ?

— Oui...

— Tu ne me dis jamais rien, alors je m'inquiète. Tu n'as pas confiance en moi ? Le juge Herrero vous a tous interrogés, et il a forcément une bonne raison pour le faire, j'en suis persuadé.

Elle gardait la tête baissée, pourtant, lorsqu'il voulut s'éloigner, elle le retint en s'accrochant à sa main.

— Je n'ai pas tué Labaume, chuchota-t-elle d'une drôle de voix. Tu me crois ?

Stupéfait, il se figea. Que pouvait-il répondre à une pareille énormité ? Sophie était incapable de tuer une souris !

— Pourquoi me dis-tu ça ?

La sonnerie du téléphone les interrompit et, lorsque Sophie décrocha, il l'entendit s'exprimer avec un calme surprenant. Comme la conversation s'éternisait, a priori au sujet d'un divorce, il finit par regagner son propre bureau, très perplexe. Sa femme avait en elle une part d'ombre, de mystère, dont il s'était accommodé jusque-là comme d'un charme supplémentaire. Mais, sous son apparente vulnérabilité, elle possédait une volonté de fer qui lui avait permis d'achever ses longues études, de s'élever dans l'échelle sociale, et même d'accepter sans problème de participer à l'éducation de deux adolescents. Que lui arrivait-il donc ?

Un peu amer, il constata que, malgré l'amour fou qu'il lui portait, il ne la connaissait peut-être pas aussi bien qu'il le croyait. « *Je n'ai pas tué Labaume.* » Aurait-elle eu une raison de le faire ? Et pourquoi, en effet, ainsi que le prétendait l'article du journal, toutes les pistes menaient-elles aux Soubeyrand ? Si Sophie avait été témoin de quelque chose, quoi que ce fût, elle risquait sa carrière d'avocate en se taisant. Il décida d'avoir une conversation avec Emma, il fallait absolument qu'il en ait le cœur net. Mais y consentirait-elle ? Chaque fois qu'il avait essayé de lui parler, sa belle-mère s'était dérobée ou bien avait pris les choses de haut, comme s'il n'était qu'un étranger. Devait-il revenir à la charge ? Et Sophie ne serait-elle pas ulcérée d'apprendre qu'il cherchait ailleurs les réponses qu'elle-même refusait de lui donner ?

Avec un soupir résigné, il se remit au travail tout en sachant qu'il serait incapable de se concentrer.

Antoine sortit avec précaution les deux derniers objets du four. Derrière lui, Richard Bresson siffla d'admiration.

— Mais dis donc, c'est pas mal du tout ! Ma parole, tu tiens de ton père, toi...

Il vint se pencher par-dessus l'épaule d'Antoine, qui s'écarta pour le laisser voir.

— Je peux faire mieux, jugea Antoine.

Une partie de la nuit, il s'était acharné à travailler, malade d'inquiétude parce que Marine ne lui avait donné aucune nouvelle. À l'aube, il s'était endormi sans s'être déshabillé, et Richard l'avait réveillé en arrivant, le journal à la main. Il avait expliqué que, en tant que maire, il se faisait du souci pour les Soubeyrand et que, vu le caractère d'Emma, il avait préféré venir parler à Antoine.

— Tu sais bien comment est la presse... Des pisse-copie en mal de scoop, il y en a plein les rédactions, ne te laisse pas impressionner !

Antoine préféra s'abstenir de tout commentaire, il ne désirait ni la présence de Richard ni sa fausse bonhomie.

— Dommage que tu ne puisses pas disposer d'un meilleur matériel, poursuivit Bresson en revenant aux céramiques qui commençaient à refroidir. En tout cas, tu ne manques pas d'inspiration, c'est le principal ! Alors, si un jour l'envie te prenait de travailler chez moi… C'est ton copain Raphaël qui m'a suggéré l'idée, mais je t'avoue que je voulais d'abord savoir ce que tu vaux… Là, je suis convaincu !

— Je te remercie de ton offre, répondit Antoine un peu sèchement, mais je préfère me débrouiller seul.

Se retrouver salarié chez Richard ne l'intéressait vraiment pas. D'ailleurs, il doutait trop de lui-même et de son avenir pour faire des projets.

— Tu sais, Antoine, pour être artisan, de nos jours, il faut du courage ! Et puis, ne te lance pas tête baissée dans la profession, tu serais surpris du peu de débouchés.

— Tu les as bien trouvés, toi !

— Parce que j'en suis quasiment au stade industriel. Je viens d'ouvrir une boutique à Paris et je m'apprête à faire la même chose à New York. Tout ça demande beaucoup d'investissements, des reins solides et une production continue.

— En somme, tu cherches à me dissuader de poursuivre ? ironisa Antoine.

— Si tu veux faire cavalier seul, oui. Je te le dis par amitié. Alors n'oublie pas : chez moi, la porte est ouverte ! Si tu as quelques bonnes idées de création, on s'entendra toujours. Ton père a dû laisser des carnets de croquis, des choses comme ça ?

Agacé par tant d'insistance, Antoine ne répondit rien. Il n'avait pas l'intention de permettre à qui que ce soit d'accéder aux archives de Jean Soubeyrand – qui, c'était de notoriété publique, avait été en son temps beaucoup plus doué que Richard Bresson. Il raccompagna ce dernier jusqu'à sa voiture, le remerciant du bout des lèvres de sa visite. Pourquoi s'était-il déplacé jusqu'ici ? Il avait davantage parlé de céramique que de l'affaire Labaume, comme si celle-ci n'avait que peu d'importance, or c'était la principale conversation de tous les gens de la région !

De retour dans l'atelier, Antoine regarda de nouveau les trois vasques. Dans chacune de ses notes, son père insistait sur les couleurs et les infinies combinaisons des oxydes métalliques. Le mélange de manganèse et de chrome testé la veille, en combinaison avec du fer, donnait un délicat dégradé de violet, corail et rouge-brun sur l'émail d'une petite jarre très réussie. De cette pièce-là, et d'elle seule, Antoine se sentait fier. Si seulement Marine était là pour la voir...

Il passa dans sa chambre, se déshabilla et alla prendre une douche. De quelle façon Paul avait-il réagi face à sa femme ? L'idée qu'il avait pu se montrer violent avec elle faisait frémir Antoine, mais il était presque certain que ce n'était pas le cas. Pas Paul, non, impossible. Qu'il en soit venu aux mains, l'avant-veille, était déjà inexplicable et ne se reproduirait sûrement pas. En revanche, il était capable d'attendrir Marine, de la culpabiliser, de l'avoir aux sentiments. Saurait-elle résister ? Après tout, il était son mari, le père de son enfant, l'homme avec qui elle vivait et faisait l'amour depuis sept ans.

Après s'être rasé, Antoine enfila un jean et une chemise propres, puis il ressortit. Dans sa boîte aux lettres, au bout du chemin, il trouva une enveloppe en provenance du Brésil, qu'il décacheta sans entrain. Ainsi qu'il s'y attendait, Gloria se rappelait à son bon souvenir dans un français approximatif mais très imagé. L'espace d'une seconde, il revit la grande fille bronzée aux longs cheveux bruns qui avait été sa maîtresse à Santos, quelques mois avant son départ. Aurait-il pu être heureux avec elle ? Heureux tout court, s'il était resté là-bas ? Probablement pas. Et jamais autant qu'il l'avait été, deux nuits plus tôt, en serrant Marine contre lui.

— Marine..., gémit-il à voix basse.

Il froissa la lettre, repartit vers l'atelier. Pourquoi n'appelait-elle pas ? Il deviendrait fou s'il demeurait sans nouvelles. Il était prêt à assumer le scandale, à affronter sa mère, à se battre avec Paul une seconde fois : prêt à tout sauf à la perdre, maintenant qu'il l'avait retrouvée.

— Je t'assure que je peux comprendre, ne t'excuse pas, c'est ridicule ! Et ça me gêne...

Triturant le papier des fleurs qu'elle avait apportées, Liliane semblait danser d'un pied sur l'autre et Vincent tendit la main.

— Donne-les-moi, tu les tortures. Ce n'est pas à toi d'être gênée. J'ai un sale caractère, comme tu sais.

L'ennui qui ravageait ses journées lui faisait apprécier les visites, au bout du compte. Au début, il avait envoyé promener tout le monde, y compris ses frères, mais à présent une sorte de résignation le rendait moins agressif.

— Au salon, tout va bien ?

— Oh, oui ! Ne t'inquiète pas pour ça, c'est l'affluence. Et les clientes attendent ton retour avec impatience.

— Curiosité malsaine... Enfin, c'est humain.

Donne-leur un maximum de détails sur le pauvre handicapé, comme ça elles me foutront la paix quand je me pointerai là-bas.

Il s'imaginait mal promenant son fauteuil roulant au milieu du salon de coiffure. Hélas ! il allait y être obligé. Depuis son accident, les frais s'étaient accumulés de façon vertigineuse, et il n'avait pas d'autres revenus que son commerce. Grâce à Liliane, le chiffre d'affaires restait stable, il aurait dû lui en être reconnaissant mais il n'y parvenait pas. Un cuisant sentiment d'injustice dominait tous les autres. Pourquoi lui ? Pourquoi était-ce arrivé ? Pourquoi avait-il échappé à la mort ? Cette route, il l'avait parcourue des centaines de fois, aussi vite que cette nuit-là, sans le moindre incident, sans même ressentir la notion du danger.

— Vincent ?

Un peu inquiète, Liliane le dévisageait et il se força à lui sourire. Derrière elle, il aperçut Bertrand, qui passait dans son fauteuil roulant et qui se contenta d'un petit signe amical, sans s'arrêter.

— Un type sympa, celui qui s'en va dans l'allée avec un pull rouge... On s'est un peu bouffé le nez, lui et moi, mais c'est le seul à savoir jouer aux échecs, alors on a fini par s'entendre.

Il avait parfois l'impression d'être là depuis des mois, des années. Chaque jour ressemblait au précédent, et personne ne lui parlait jamais de guérison, on lui demandait seulement de s'habituer à son état, de devenir à peu près indépendant pour les gestes les plus simples. Une fois, une seule, il était descendu au sous-sol par l'ascenseur, et il avait observé ceux qui réapprenaient à se mouvoir dans l'eau tiède de la piscine, sous les directives des kinés. Un programme qui ne s'adresserait jamais à lui.

— Je vais bientôt pouvoir sortir, dit-il à mi-voix. Pas définitivement, non, juste en permission… J'aimerais bien faire la surprise à maman.

Cette perspective lui donnait le vertige. Au-delà des murs du centre de rééducation, il n'y avait que des gens normaux, debout sur leurs pieds, et d'avance il redoutait leurs regards apitoyés.

— Je peux compter sur toi ? Tu viendrais me chercher ?

Il nota l'effort qu'elle faisait pour rester souriante, alors que ses yeux brillaient de larmes refoulées. Il la trouva désespérément gentille avec lui, et aussi horriblement attirante.

— Bien sûr, Vincent. Quand tu veux.

Vouloir n'était pas le mot, en fait il n'avait qu'une seule envie : se terrer dans sa chambre. Mais il lisait les journaux, il remarquait l'air affolé de sa mère et ses cernes, il savait que sa famille était en danger. Même s'il ne servait plus à rien ni à personne, il désirait être à leurs côtés pour les soutenir. Et, par-dessus tout, il souhaitait qu'on cesse de le ménager !

— Tu as un joli chemisier, constata-t-il avec une désinvolture très étudiée.

Joli et trop ouvert, il avait du mal à détacher les yeux de ce qu'il voyait, en proie à un désir lamentable qui lui faisait honte. Pouvait-on avoir envie d'une fille uniquement dans sa tête ? Le reste était mort, il n'était pas près d'arriver à l'accepter.

6

Paul avait fait un détour par la bastide d'Arnaud et de Sophie pour leur livrer un olivier. Un arbre commandé par sa sœur depuis des semaines, et offert à Arnaud pour son anniversaire. Le matin même, Paul était venu creuser le trou destiné à l'olivier, ainsi la surprise avait-elle été totale. Ému, heureux comme un gosse, Arnaud avait sauté au cou de sa femme, ensuite ils avaient trinqué tous les trois au bord de la piscine. En les quittant, Paul avait éprouvé un sentiment aigu de tristesse devant leur bonheur. Ne s'était-il pas cru, lui aussi, le plus heureux des hommes jusqu'au retour d'Antoine ? Avant qu'il n'ait l'idée stupide de le faire rentrer du Brésil ! À présent, et par sa faute, son couple était en ruine. Aurait-il pu éviter ce désastre ?

Au volant du petit camion à plate-forme qui lui avait servi pour la livraison, il retourna lentement chez lui. De loin, il prit le temps de regarder son mas. Moins grand et moins beau que la bastide d'Arnaud, sans piscine, avec son ancienne étable retapée et ses clôtures de guingois, l'endroit possédait malgré tout un charme unique. Paul s'y était donné tant de mal ! Et aujourd'hui, voilà qu'il en franchissait le seuil à contrecœur, espérant mais redoutant que sa femme soit là. Depuis trois jours, ils se muraient l'un comme l'autre dans un silence lourd de reproches, afin d'épargner Baptiste, et ils faisaient chambre à part.

Marine le surprit alors qu'il guettait les bruits de la maison, immobile dans le salon. Elle descendait l'escalier, un sac de voyage sous le bras, les traits tirés, l'air de quelqu'un qui a pleuré.

— Tu t'en vas ? s'écria-t-il.

Elle le dévisagea avant de secouer la tête.

— J'ai préparé des affaires pour Baptiste. Il sera mieux chez Emma pendant quelques jours. Elle est d'accord et lui aussi.

— Tu lui as parlé ?

— À Baptiste ? Pas vraiment, non. Mais il nous entend, il nous voit, il se doute bien qu'il y a un problème entre nous.

Au moins, leur fils pourrait revenir de l'école jusqu'aux *Tilleuls* à pied, une forme d'indépendance qu'il allait apprécier. De plus, il adorait bavarder avec Mamette, il était le seul de la famille que la vieille dame faisait rire aux éclats.

— Et à ma mère, tu lui as raconté ?

— Non, bien sûr que non.

Marine posa le sac, qui semblait lourd, et elle attendit en le regardant droit dans les yeux.

— Je suis désolée, Paul.

— De quoi ? Je ne sais même pas ce que tu veux faire !

Après un petit silence, elle murmura :

— Moi non plus.

— Tu as revu Antoine ?

Il se sentit ridicule parce que sa voix avait tremblé sur le prénom de son frère. Il n'avait pas souvenir d'avoir jamais haï personne, pourtant c'était en train de lui arriver.

— Non, répondit Marine dans un souffle.

Toutefois, elle n'ajouta pas qu'elle ne comptait pas le revoir.

— Je suis de garde à l'hôpital, cette nuit, dit-elle seulement.

Lorsqu'elle passa devant lui, il faillit l'arrêter mais y renonça. À quoi bon la prendre dans ses bras si elle pensait à Antoine, si c'était lui qu'elle désirait ? Il la laissa partir et, au moment où la porte se refermait sur elle, il eut envie de se mettre à hurler.

Dehors, Marine hésita, mais elle finit par jeter le sac de Baptiste à l'arrière de sa voiture. Que pouvait-elle faire qui ne soit pas insupportable à Paul ? Ils étaient à vif tous les deux et, depuis trois jours, n'avaient pas réussi à se parler. Il souffrait à cause d'elle, leur fils aussi. Pourquoi ne tranchait-elle pas ? Si seulement elle n'était pas allée chez Antoine, la nuit de l'orage ! Si elle avait su résister à ses yeux, sa voix, sa peau...

Pour ne pas affronter Emma, à qui elle avait peur de ne pas savoir mentir, elle s'arrêta au garage de Simon et lui confia les affaires de Baptiste. Puis, tout le long de la route jusqu'à Apt, elle se fit en vain les mêmes reproches. Jamais elle ne se serait crue capable de trahison. En disant oui à Paul, dans l'église de Cucuron, elle s'était sincèrement engagée pour la vie, et elle l'avait trompé moins d'un mois plus tard ! Comment ne pas se mépriser après ça ?

Elle prit son service à vingt heures, essayant de se noyer dans le travail, mais quand elle quitta l'hôpital à six heures du matin, après une nuit quasiment blanche, elle n'avait toujours pas arrêté de décision.

Emma n'avait fait qu'apercevoir Antoine, la veille, au centre de rééducation. Il partait juste quand elle arrivait, mais elle avait bien remarqué l'hématome sur sa tempe, l'ecchymose de sa lèvre. Son absurde explication – une chute sur les pierres alors qu'il escaladait l'un des sentiers de chèvre, autour de l'atelier ! – prouvait bien qu'il lui cachait quelque chose. Pas dupe, Emma décida ce matin-là de faire un saut chez lui. Avec tous leurs ennuis, elle espérait qu'il n'allait pas créer un nouveau problème, ce n'était vraiment pas le moment.

Elle chargea dans sa voiture un plein carton d'archives constituées par les derniers cahiers que Jean avait écrits avant de mourir. Ceux-là étaient restés aux *Tilleuls* depuis son décès, et Antoine était bien le seul que tous ces gribouillis pouvaient intéresser.

Il était à peine neuf heures lorsqu'elle arriva chez lui. Tandis qu'elle extirpait le carton du coffre, il sortit en trombe de l'atelier, apparemment stupéfait de découvrir sa mère devant sa porte.

— Tu aurais dû m'appeler ! C'est quoi, tout ça ?

— Bonjour, d'abord, répliqua-t-elle en le toisant.

Vu de près, l'explication était évidente : il s'était battu avec quelqu'un. Mais qui ? Elle lui mit le carton dans les bras et passa devant lui.

— Attends, maman ! Où vas-tu ?

— Tu pourrais peut-être m'offrir un café ?

— Non, pas maintenant. Écoute...

Il se débarrassa en hâte du carton sur le muret de pierres. Sa confusion était telle qu'Emma se sentit brusquement très intriguée.

— Oui ? Vas-y, je t'écoute. Tu ne veux pas que j'entre ? Qu'est-ce que tu me caches ?

Tout d'abord, il ne répondit pas, cependant il se trahit en jetant un coup d'œil affolé vers l'autre bout de la maison. Elle suivit la direction de son regard et aperçut la calandre d'une voiture garée en retrait. Se déplaçant de quelques pas, elle découvrit la Twingo verte de Marine. Abasourdie, elle comprit d'un seul coup.

— Antoine... Tu n'as pas fait ça ? Antoine !

Les mains dans les poches, la tête basse, l'attitude de son fils était un aveu.

— Mais tu deviens fou ? Marine est ici ? Je rêve ! Et Paul, dans tout ça ?

Elle s'approcha de lui, menaçante.

— C'est lui qui t'a cassé la figure ? Il a bien

fait ! Tu te comportes comme un immonde petit salaud, et elle comme une traînée !

Elle le vit pâlir mais elle comprit que c'était de rage, pas de honte.

— Tu n'aurais jamais dû revenir ! Jamais !

Du plat de la main, elle poussa violemment le carton qui s'écroula dans la poussière, libérant les carnets et les feuilles volantes qu'elle se mit à piétiner.

— Et moi qui croyais te faire plaisir en t'apportant ces papiers ! Mais tu t'en fous pas mal, tu ne penses qu'à ton petit plaisir, tu ne respectes rien ! Rien !

Il la saisit par le coude pour l'écarter des papiers qu'elle massacrait, et elle faillit trébucher.

— Il ne s'agit pas de plaisir, hurla-t-il, pas de coucheries ! Je l'aime, tu comprends ? Je l'aime toujours, et elle aussi. Alors Paul n'a qu'à s'écarter de mon chemin !

— C'est son mari !

— Peu importe !

La gifle qu'elle lui asséna, de sa main libre, les surprit tous les deux. Ils restèrent face à face une ou deux secondes puis Emma se détourna. Elle monta dans sa voiture, claqua la portière et démarra dans un nuage de poussière.

Vincent luttait en vain, avec la sensation pénible d'être ridicule. Accroché à la barre de métal qui courait le long du mur de la piscine, il se déplaçait avec une lenteur désespérante, freiné par ses jambes qui traînaient dans l'eau, inertes.

— Oui, c'est bien, continuez ! l'encouragea le kiné qui suivait sa progression.

Serrant les dents, Vincent parcourut encore deux ou trois mètres, à la force des bras, puis il s'arrêta, à bout de souffle. Loin devant lui, Bertrand se tractait déjà sur l'échelle spéciale, surmontée d'un portique.

— Allez-y, vous pouvez y arriver !

D'où il était, Vincent ne voyait que les pieds du kiné dans ses tongs, et il fut contraint de renverser la tête en arrière pour croiser son regard.

— J'ai... passé l'âge... de ces conneries...

La natation avait toujours été pour lui un jeu merveilleux. À l'époque du lycée, il était le meilleur de sa classe, capable de traverser pratiquement tout le bassin sous l'eau.

— Respirez calmement, lui conseilla l'autre.

— Pour quoi faire ? Je ne vais pas me mettre à nager, abruti !

Ignorant l'injure, le kiné rétorqua :

— Vous avez besoin de retrouver un peu de verticalité. C'est un excellent exercice. Faites-le à votre rythme.

Les mains toujours crispées sur la barre, Vincent se sentit plus humilié qu'il ne l'avait jamais été. On lui parlait comme à un simple d'esprit, un vieillard sénile, en lui demandant d'effectuer quelque chose qui ne servait à rien et qui était au-dessus de ses forces.

— Je veux sortir, dit-il entre ses dents. J'ai froid.

— D'accord. Mais pour ça, il faut que vous alliez jusqu'à l'échelle.

Vincent constata que Bertrand avait réintégré sans mal son fauteuil roulant et qu'il s'approchait du bord, souriant. Pour ne pas avoir à subir ses conseils ou ses sarcasmes, il fit l'effort de recommencer à bouger. Les biceps tétanisés, il serra les mâchoires et s'acharna jusqu'au bout. S'il n'avait pas été infirme, il aurait volontiers volé dans les plumes du kiné, de Bertrand, de n'importe qui dans cet établissement de malheur !

Parvenu à l'échelle, il fut aussitôt remonté par deux aides-soignants qui l'attendaient et qui l'enveloppèrent d'un peignoir en éponge avant de le déposer comme un bébé dans son fauteuil.

— D’ici quelques mois, commença le kiné d’un air jovial, vous ne...

— Foutez-moi la paix ! gronda Vincent.

Malgré ses crampes, il actionna les roues du fauteuil pour s’éloigner au plus vite vers les ascenseurs. Malheureusement, c’était là que Bertrand l’attendait, et ils s’engagèrent ensemble dans la vaste cabine.

— Tu ne gagneras rien à te révolter comme ça, déclara Bertrand tandis que les portes se refermaient. J’étais comme toi, au début, et j’ai perdu un temps fou.

Le ton docte qu’il employait poussa l’exaspération de Vincent à son paroxysme.

— Nous ne sommes pas copains de régiment, tu serais gentil de me lâcher. Perdre du temps par rapport à quoi ? J’ai tout mon temps ! L’éternité ! Je vais rester cloué dans ce bon Dieu de fauteuil, à me pisser dessus en regardant mes jambes se ratatiner comme deux serpillières jusqu’à ma mort !

Les portes s’étaient rouvertes, au rez-de-chaussée, et Bertrand appuya sur le bouton pour les bloquer.

— Pas forcément, dit-il sans s’énerver. Aucun d’entre nous n’évolue de la même manière. Les causes et les séquelles sont chaque fois différentes. Si tu acceptes le pire, d'entrée de jeu, tout ce qui t'arrive ensuite est une victoire. En ce qui me concerne, je n'aurais jamais dû quitter un lit, les médecins étaient formels. Je n'arrivais même plus à articuler, et puis, tu vois, j'ai récupéré la parole – dommage pour toi – , et aussi mes bras, mais pour ça j'ai lutté longtemps. Engueuler le personnel soignant et haïr la terre entière ne te fera pas avancer d'un iota.

Il quitta l'ascenseur, laissant Vincent médusé. Ce type avait quel âge ? Vingt-cinq ? Trente ? Depuis combien de temps était-il là, et pour quelle raison ? Jusqu'ici, Vincent avait éprouvé tant de terreur qu'il ne s'était posé de question sur personne. Les gens qui l'entouraient ne lui servaient qu'à défouler son agressivité, c'était très égoïste, mais il ne pouvait penser à rien d'autre qu'à sa vie brisée, détruite.

À son tour, il émergea de l'ascenseur dont les portes se refermèrent sans bruit derrière lui. Peut-être le moment d'envisager une sortie était-il arrivé, sinon il finirait par se croire en prison et il prendrait bientôt les kinés ou les infirmiers pour des matons !

— Réagis, mon vieux, réagis..., marmonna-t-il tout bas en se dirigeant vers le bureau du médecin chef.

Raphaël observait sa mère du coin de l'œil tandis qu'elle nettoyait les fleurs fanées et disposait maladroitement un gros pot de géraniums sur la pierre tombale. Chaque semaine, sans jamais y manquer, elle venait se recueillir au cimetière, et quand son regard effleurait le prénom de son fils aîné, gravé sur la stèle, elle se mettait à pleurer.

Il s'éloigna un peu, sachant qu'elle se reprendrait dans quelques minutes. Mais jamais, sans doute, ne réussirait-elle à surmonter la mort de Thibaut. Son préféré, son fils aîné, celui qui avait tout réussi jusqu'au jour où il s'était pendu. Thibaut l'incomparable, auprès duquel Raphaël n'était qu'un vilain petit canard. Son père, comme sa mère, avait vécu en extase devant Thibaut jusqu'à l'électrochoc de son suicide.

En principe, Raphaël détestait les cimetières, mais il éprouvait une sorte de fascination malsaine à voir le chagrin de sa mère. Même sous terre, Thibaut continuait d'occuper la première place dans son cœur, et pour le cadet elle n'avait qu'une indulgence amusée ou vaguement attendrie en guise d'amour.

Au bout de l'allée, il marqua un temps d'arrêt. La visite-souvenir se prolongerait, il le savait, et il n'avait pas envie d'attendre. Au contraire, il voulait rire, rencontrer du monde, conduire sa TT à tombeau ouvert. Vivre, en somme, même s'il le méritait moins que ce frère modèle qui avait mis fin à ses jours.

Tout naturellement, dès qu'il fut au volant, il prit la direction de la bastide de Sophie. Elle l'attirait toujours comme un aimant, il n'y pouvait rien, ne cherchait même pas à lutter. Et jamais il ne comprendrait pourquoi elle avait épousé Arnaud, ce sinistre avocat trop âgé et trop content de lui. Sophie avec ce type, c'était comme offrir de la confiture aux cochons.

Il la trouva au bord de la piscine où elle aimait plonger lorsqu'elle rentrait d'Aix, en fin de journée. Les affreux adolescents d'Arnaud ne semblaient pas dans les parages, tant mieux ! Ces deux-là lui manifestaient ouvertement leur antipathie, soucieux de surveiller belle-maman pour faire plaisir à papa.

— Comment va la jolie sirène ? lança-t-il avec entrain. Je te dérange ?

— Jamais. Tu viens piquer une tête ?

— Je n'ai pas mon maillot.

— Prends-en un à Arnaud. Ils sont dans la...

— Des caleçons à fleurs ou des bermudas madras ? Merci bien ! Ton mari n'est pas précisément à la pointe de la mode et nos goûts vestimentaires sont très différents.

Elle éclata de rire, pour son plus grand plaisir, car en général elle n'appréciait pas qu'il se moque ouvertement d'Arnaud. S'agenouillant sur le bord, il saisit la main qu'elle lui tendait et fit mine de la baiser.

— Mon cher maître, tes courriers ont fait merveille : deux mauvais payeurs se sont acquittés de leurs dettes ce matin, papa est aux anges.

Par jeu, elle tenta de le faire tomber en tirant sur sa main. Il aurait très bien pu résister mais il n'en fit rien et bascula dans l'eau, tout habillé. Lorsqu'il émergea, il entendit ses cris de joie et il éprouva une irrésistible envie de la serrer dans ses bras. Bien entendu, il n'en fit rien.

— Tu vas devoir me garder ici le temps que je sèche ! Avec souplesse, il remonta sur le bord et commença à se déshabiller. Elle sortit de l'eau à son tour pour l'aider à étendre ses vêtements sur les chaises longues, puis elle alla lui chercher un peignoir.

— Je ne connaissais pas cet olivier, fit-il remarquer.

— Mon cadeau d'anniversaire à Arnaud.

— Très original. Tu l'aimes à ce point-là ?

— Raphaël...

— Bon, bon, je me tais !

À l'aise dans son rôle d'éternel soupirant, il lui adressa un sourire réjoui.

— Après avoir essayé de me noyer, tu vas bien m'offrir un verre, non ?

Arnaud rentrait toujours très tard, débordé de travail, et il était décidé à en profiter. Sculpturale dans son deux-pièces turquoise, Sophie rapporta du champagne et ils s'installèrent côte à côte dans des transats, face au soleil couchant.

— Tu es la plus jolie femme de toute la Provence, mais fais comme si je n'avais rien dit. Parle-moi de toi, plutôt... Tu vas mieux ? Tu avais une toute petite mine, ces temps-ci.

Il aurait adoré qu'elle ait envie de se confier à lui mais elle se contenta de hausser les épaules.

— Un peu de fatigue, rien de grave. C'est gentil de t'en soucier.

Jusqu'où pouvait-il pousser le marivaudage ? Ils étaient amis d'enfance et jamais elle ne l'avait regardé autrement que comme un bon copain.

— Les affreux jojos ne sont pas là ? demanda-t-il ironiquement.

— Les enfants ? Ils ne vont plus tarder... Ne sois pas désagréable avec eux, je les aime beaucoup. Oh, bien sûr, je préférerais en avoir un vraiment à moi mais... Mais je n'y arrive pas, voilà.

Il ravala de justesse le : « Encore heureux ! » qui avait failli lui échapper. Pour une fois qu'elle lui faisait une confidence, il ne devait pas la braquer.

— C'est beau, l'amour, dit-il seulement.

— Pour être honnête, je ne sais pas si c'est tout à fait de l'amour.

Elle l'avait avoué si bas qu'il eut peur d'avoir mal entendu. Prudent, il resta silencieux, le cœur battant à grands coups désordonnés.

Survoltée, Emma observa d'un œil critique sa table. La première sortie de Vincent était un tel événement que tout devait être parfait. Le couvert avait été dressé dans le jardin, à l'arrière des *Tilleuls*, sous la tonnelle. Comme le bar était fermé le dimanche, la famille pourrait déjeuner en paix, à l'abri de la curiosité des clients. Pour la circonstance, Emma s'était mise aux fourneaux dès l'aube, concoctant des artichauts à la barigoule, une fricassée d'anguilles et des légumes farcis.

Sans oublier les caladons, ces biscuits aux amandes dont Vincent raffolait.

Deux fois, déjà, Emma avait appelé Liliane pour s'assurer que celle-ci n'aurait pas besoin d'aide. Sollicitée par Vincent pour servir de chauffeur, la jeune femme devait aller le chercher au centre et Emma trouvait l'idée saugrenue. Ses frères se seraient mieux acquittés de la tâche délicate qui consistait à le faire passer du fauteuil roulant à la voiture, et inversement. Mais il n'avait rien voulu savoir, peut-être pour ne pas exhiber ses faiblesses, et Emma s'était inclinée de mauvaise grâce. Du coup, elle avait été obligée d'inviter Liliane à partager le déjeuner des Soubeyrand.

Paul se présenta le premier, un peu avant midi. Lui aussi conservait sur le visage quelques traces de sa bagarre avec Antoine, mais Emma les avait sermonnés l'un comme l'autre : pas de querelle en présence de Vincent. Sophie et Arnaud arrivèrent ensuite, toujours ponctuels, avec Romain et Agathe. Dix minutes plus tard, ce fut au tour de Marine, apparemment très nerveuse – et Emma ne fit rien pour la mettre à l'aise. Simon monta chercher Mamette qui jouait aux dominos avec Baptiste, et enfin Antoine débarqua, l'air boudeur, talonné par Marie-Angèle qui avait dû lui faire la morale sur le trottoir.

En les voyant tous réunis dans son trop petit jardin, Emma réalisa que la situation serait peut-être explosive, mais tant pis : Vincent avait le droit de profiter de sa famille entière, au diable les querelles !

À midi et quart, lorsque la voiture de Liliane se gara sur la place, ils s'arrêtèrent tous en même temps de bavarder.

— Eh bien, quoi ! rouspéta Simon à voix basse. Ne faites pas ces têtes-là, on n'est pas à un enterrement !

Comme Emma avait laissé le portillon ouvert, ils eurent tout loisir de voir approcher le fauteuil roulant de Vincent, avec Liliane qui marchait derrière, les joues rouges et le chignon défait. Sans doute avait-elle eu quelques difficultés à sortir Vincent du siège passager.

— Te voilà de retour..., dit Emma en s'avançant vers son fils.

— De passage, maman.

Crispé, il s'efforçait de sourire, mais il les engloba tous d'un regard inquiet.

— La famille au complet, souffla-t-il.

— C'est la moindre des choses, non ? lança Antoine.

Il alla se poster à côté de Vincent, lui mit la main sur l'épaule.

— On est très heureux de te voir à la maison parce que, quand tu jouais les gisants sur ton lit d'hôpital, on n'espérait pas déjeuner avec toi au soleil de sitôt !

Emma hocha la tête, approuvant vigoureusement la déclaration de son aîné, qui avait laissé sa main sur l'épaule de son frère. À cet instant précis, elle ne regretta plus qu'Antoine soit resté en France. Vincent avait besoin de son frère, tout comme il semblait avoir besoin de cette fille, Liliane, et ses désirs devaient être satisfaits, tant pis pour les conséquences. Elle se tourna vers Paul, curieuse de sa réaction, et le découvrit seul à l'écart, observant Antoine avec une expression proche de la haine. Bien sûr. Entre eux, la guerre serait sans merci, ils n'avaient plus rien à perdre ni l'un ni l'autre. Tout ça pour Marine ! Agacée, Emma chercha la jeune femme du regard, l'aperçut assise à côté de Baptiste, en train de lui parler à l'oreille. Au moins, elle était une bonne mère, et aussi une bonne infirmière, impossible de le nier... Et sans doute possédait-elle d'autres talents cachés, à voir comment se comportaient ses deux abrutis de fils ! Au bout du compte, n'étaient-ils pas davantage à blâmer que Marine ? Comme tous les hommes, avec leur orgueil de coqs de basse-cour, leur machisme, leur ego...

— Il est temps de servir l'apéritif, non ? Si tu veux, je m'en occupe.

Simon venait de surgir à côté d'elle, souriant et serviable. Celui-là était une perle rare, elle avait tort de toujours le traiter comme quantité négligeable.

— Tu es un amour, dit-elle en le prenant par la main.

À l'autre bout du jardin, Agathe s'était isolée avec Marie-Angèle sous la tonnelle.

— Si je continue à suivre régulièrement le catéchisme, je pourrai me faire baptiser en septembre. Ensuite, je ferai ma communion, et puis...

— Et puis ? s'enquit Marie-Angèle d'un ton calme.

L'enthousiasme de la jeune fille avait quelque chose de déroutant. Chaque mercredi après-midi, elle se rendait au couvent d'Aigues-Blanches, passait des heures à déambuler dans le cloître en posant une foule de questions, ou encore à méditer au fond de la chapelle, le regard perdu. Marie-Angèle l'écoutait, lui répondait, l'observait.

Pour l'instant, pas question de parler d'avenir, encore moins de vocation, mais à l'évidence Agathe n'était pas une adolescente comme les autres. Deux ans plus tôt, elle ignorait quasiment tout de la religion catholique, et peut-être son intérêt soudain dissimulait-il d'autres problèmes. Arnaud, qui ne semblait pas avoir remarqué le comportement étrange de sa fille, risquait de tomber des nues s'il apprenait qu'elle passait presque tout son temps libre avec des religieuses !

— Et puis un jour, poursuivit bravement Agathe, j'aimerais faire comme toi.

Simon les interrompit en leur proposant un verre de rosé qu'Agathe refusa d'un signe de tête.

— Ne t'en va pas si vite ! protesta Marie-Angèle.

Elle tendit la main vers le plateau et se servit.

— Consacrer sa vie à Dieu et à son prochain ne signifie absolument pas se priver de tout !

— Tu n'as pas fait vœu d'abstinence, Marie ? ironisa Simon.

— Bien sûr que non ! La chasteté, c'est déjà pénible, alors...

Sa repartie fit hurler de rire Simon qui faillit renverser le plateau. Il le rétablit de justesse et se dirigea vers Paul, toujours seul dans son coin.

— Tu trinques ?

Paul attrapa un verre, le vida d'un trait et le lui rendit en silence.

— Oh ! là là !... Reprends-toi, mon grand, arrête de bouder ! Tu n'es même pas allé embrasser Vincent, à quoi ça ressemble ?

— Pas tant qu'Antoine sera à côté de lui.

— D'accord, je m'en occupe.

Compréhensif, Simon traversa le jardin pour demander à Antoine de l'aider à ouvrir d'autres bouteilles. Dès que celui-ci se fut éloigné, Paul se dirigea vers Vincent qui le regarda approcher avec un grand sourire.

— Toi aussi, tu as des peintures de guerre ? Ma parole, vous vous êtes battus contre qui, Antoine et toi ? Je regrette de ne pas vous avoir donné un coup de main, mais je crois que vous ne pourrez plus compter sur moi dans les bagarres...

— Pour celle-ci, tu n'aurais rien pu faire : nous étions l'un contre l'autre, répliqua Paul.

Emma, qui était juste à côté d'eux, le foudroya du regard tout en lui adressant un signe impératif dont il ne tint aucun compte.

— Antoine est un sale con. Tu ne m'en

voudras pas si je m'en vais ? Je tenais juste à être là pour t'accueillir, et j'irai te voir au centre demain.

Il se pencha vers son frère et l'étreignit tandis que le silence se faisait autour d'eux.

— Paul, attends, lui glissa Vincent à l'oreille. S'il te plaît.

— Non, pas question. Je ne m'assiérai pas à la même table que lui.

Depuis qu'il était privé de l'usage de ses jambes et condamné au fauteuil roulant, Vincent avait acquis beaucoup de force dans les bras. Il cramponna le poignet de Paul, l'empêchant de bouger.

— Tout le monde nous écoute, murmura-t-il entre ses dents. Ton fils aussi... Tu n'es pas obligé de parler à Antoine. De toute façon, votre histoire ne m'intéresse pas, c'est toujours la même depuis huit ans que ça dure ! Tu sais ce que j'en pense ? J'aimerais que Marine en trouve un troisième, qui vous mettrait d'accord, mais au fond je m'en fous parce que, moi, aucune femme ne me regardera plus jamais, tu comprends ? Je n'ai plus que ma famille, alors si on pouvait déjeuner tranquilles, sans s'étriper...

Secoué par l'intonation amère de son frère, Paul se sentit soudain très égoïste. Quelle que soit la douleur qu'il éprouvait à savoir sa femme amoureuse d'un autre, n'était-ce pas dérisoire face à l'existence brisée de Vincent ?

— D'accord, mon vieux, d'accord, chuchota-t-il en posant sa main sur celle de son frère.

Lentement, Vincent desserra ses doigts pour le libérer. Presque aussitôt, les conversations reprirent, comme s'il ne s'était rien passé.

Lucien Sorgue sortit de chez le juge Herrero un peu sonné. Il ne lui donnait pas tort, néanmoins il n'était pas tout à fait convaincu par ses arguments. Bien entendu, la hiérarchie commençait à s'impatienter et Herrero rageait de n'avoir pas grand-chose dans son dossier d'instruction, alors il allait au plus simple, au plus évident : aux Soubeyrand. « Je sais que vous les aimez bien, capitaine, mais je ne les crois pas innocents ! » avait-il déclaré, péremptoire, en annonçant ses intentions.

Contrarié, Lucien prit la route de Cucuron la tête pleine de questions. Les mêmes depuis le début de l'enquête, or celle-ci s'était enlisée, et à défaut d'indices ou de preuves le juge essaierait désormais d'obtenir des aveux. Une procédure logique, qu'y faire ?

Oui, Lucien aimait bien les Soubeyrand, mais, non, son jugement n'en était pas faussé pour autant. Des années plus tôt, Simon l'avait coiffé sur le poteau en faisant la cour à Emma, il le regrettait sans en concevoir de rancune. Une maîtresse femme, Emma, avec des rondeurs appétissantes mais aussi un caractère en acier trempé qui forçait l'admiration du gendarme. Jamais, jusqu'à ce que le juge en reçoive à son tour, elle n'avait parlé des lettres du mystérieux corbeau. Parce que rien ne l'effrayait ou parce qu'elle avait quelque chose à cacher ?

En arrivant sur la place, Lucien se demandait encore quelle attitude adopter. Il se gara assez loin des *Tilleuls* et prit le temps d'allumer une cigarette. Il pouvait se contenter d'obéir aux ordres, ce serait sûrement plus raisonnable. Hélas, au cours de sa carrière, il avait vu tant de détresse, de situations inextricables, de faux coupables ! Et des familles détruites, quand il aurait suffi d'un mot au bon moment... Parfois, on pouvait changer le cours des choses avec un peu de jugeote ou d'initiative. C'était son rôle aussi, celui de tout gendarme de terrain. Connaître les gens et leur passé, les lieux et leur histoire donnait un avantage certain sur ces juges venus d'on ne savait où, qui se heurtaient le plus souvent à un mur de silence.

Il décida qu'il allait essayer mais, pour se donner du courage, il s'octroya d'abord une seconde Gitane.

Comme Simon n'ouvrait pas son garage le lundi, il n'était pas pressé de partir. Pour une fois, exceptionnellement, Emma s'était endormie dans ses bras et ils n'avaient émergé du sommeil qu'un peu avant huit heures, presque étonnés de se réveiller face à face.

Il aurait souhaité qu'il en soit ainsi tous les jours de leur vie. Dormir ensemble, se lever en même temps, avoir une commune existence au lieu de poursuivre cette liaison en pointillés qui durait depuis près de vingt ans. Au début, Emma avait tenu à sauver les apparences, mais l'habitude avait perduré, au grand désespoir de Simon.

Tandis que Rosine, ponctuelle, assurait l'ouverture du café à l'étage en dessous, Emma et Simon avaient joué les paresseux sous la couette. Un moment de pur bonheur, quelque chose comme de la félicité conjugale. Et pourquoi pas ? Il y songeait depuis un moment, seul le courage lui manquait pour faire sa demande. Une pratique bien démodée qui, à leur âge, risquait d'être absolument ridicule. Mais enfin, s'il en avait vraiment envie, il fallait qu'il se jette à l'eau. La seule fois où il s'y était risqué, le jour où Régis Cantel était passé faire du scandale aux *Tilleuls*, Emma avait éludé, prenant la chose comme une plaisanterie. Pourquoi ? Vouloir s'unir légalement était plutôt un gage d'amour et de sincérité, il n'avait pas à en rougir.

Lorsque Emma sortit de la salle de bains, fraîche et souriante, il l'attendait sagement assis sur le lit qu'il venait de refaire avec soin.

— J'ai quelque chose à te dire, Emma, commença-t-il d'un ton grave.

Traversant la chambre d'un pas alerte, elle s'arrêta un instant à la porte.

— Oui, oui, mais viens, il faut qu'on descende, je suis en retard !

— Attends une seconde, s'il te plaît. Rien ne te presse ?

Baptiste était retourné chez ses parents pour le week-end et ne serait de nouveau aux *Tilleuls* que ce soir et Rosine suffisait pour servir les clients de la matinée. Quant à

Mamette, elle ne se levait jamais avant dix heures.

— Bon, je t'écoute, concéda Emma.

Mais son air impatient démentait ses paroles. Simon faillit différer, pourtant il lança, comme pour la retenir :

— Et si on se mariait, ma belle ?

Sa question figea Emma sur-le-champ. Appuyée d'une main au chambranle, elle resta longtemps immobile et silencieuse.

— Eh bien ! finit par murmurer Simon. Je ne sais pas si je dois prendre ça pour une réponse...

Elle parut faire un effort sur elle-même et réussit à ébaucher un sourire crispé.

— Tu es sérieux ?

— On ne peut plus.

— Pourquoi, Simon ? Nous sommes heureux... Enfin, moi, je le suis, il ne faut rien changer.

Avait-il cru qu'elle sauterait de joie ? Il dut avaler sa salive, déçu et affreusement inquiet, mais il lui était impossible de revenir en arrière.

— Je t'aime, Emma. Et je vis en marge, en invité, toujours un peu à l'écart. Je n'ai plus envie d'être ton éternel soupirant, j'ai passé l'âge. Alors, même si ce n'est pas très romantique de désirer faire chambre commune, j'aimerais me réveiller tous les matins avec toi, et aussi être certain que tu as envie de vieillir avec moi.

— Je n'ai pas envie de vieillir du tout ! Ni de faire chambre commune, lavabo unique et compte joint. Je ne souhaite pas devenir une habitude pour toi, un acquis, encore moins que tu te fondes dans le paysage jusqu'à ce que je ne te voie plus. Le mariage, c'est quand on veut des enfants, quand on croit encore à l'éternité. Moi, je suis flattée d'avoir un soupirant, comme tu dis... Un amant, quoi ! Un homme pour qui je peux me faire belle... Désolée, Simon, mais la popote, très peu pour moi.

Elle franchit le seuil précipitamment, se jeta dans le couloir puis dans l'escalier. Le connaissant, elle savait qu'elle l'avait blessé, cependant elle n'y pouvait rien. Méritait-il un mensonge charitable ? Non, pas lui ! Mais qu'est-ce qui lui prenait ? Voulait-il se ranger, s'embourgeoiser ? Quelle idée stupide !

Très agitée, elle fit irruption dans la salle du café et avisa tout de suite Lucien Sorgue qui buvait un café au comptoir, son képi posé à côté de sa tasse.

— Ah, madame Soubeyrand... C'est vous que je cherchais.

Reprenant son souffle, elle dévisagea Sorgue. Celui-là n'était *jamais* porteur de bonnes nouvelles et, à en croire son expression sérieuse, aujourd'hui ne ferait pas exception.

— Tu nous sers deux cafés au fond, Rosine ? Vous en boirez bien un autre, capitaine, c'est une marque italienne que j'essaie et je le trouve délicieux, pas vous ?

Elle entraîna le gendarme vers une des banquettes, près de la fenêtre, et s'assit face à lui. Ils attendirent en silence que Rosine dépose les cafés sur le guéridon de marbre, puis Lucien Sorgue planta son regard franc dans celui d'Emma.

— Bon, voilà, je ne devrais pas vous...

Une porte claqua violemment, les interrompant, et Simon traversa la salle au pas de charge. Il passa devant leur table sans leur accorder le moindre coup d'œil, drapé dans sa dignité, et sortit sur la terrasse où il bouscula deux chaises avant de foncer à travers la place en direction de son garage. Emma resta bouche bée une seconde, mais elle reporta presque aussitôt son attention sur le gendarme. Pas question de se laisser distraire : si elle pensait à Simon maintenant, elle ne pourrait plus penser au reste. Machinalement, elle vérifia que les autres consommateurs étaient assez loin d'eux pour ne pas surprendre leur conversation.

— Vous ne devriez pas quoi ? répéta-t-elle d'une voix qui ne tremblait pas.

Sorgue se troubla, apparemment désemparé.

— Vous parler, souffla-t-il enfin.

Résignée, elle attendit la suite, devinant qu'une nouvelle catastrophe allait s'abattre sur elle.

— Le juge pense qu'Antoine avait un mobile pour tuer Laurent Labaume, lâcha-t-il enfin.

Avec un haut-le-corps, comme s'il l'avait giflée, Emma se redressa sur sa chaise.

— Je n'ai pas le droit de vous répéter ça, j'ignore pourquoi je le fais, chuchota-t-il. Si vous savez quelque chose, Emma, c'est vraiment le moment d'aller trouver Herrero.

Elle nota qu'il l'avait appelée par son prénom, pour la première fois depuis qu'ils se connaissaient. Il semblait à la fois inquiet et mal à l'aise, triturant le bord de son képi.

— Lucien ?

Il redressa la tête et, de nouveau, leurs regards s'accrochèrent.

— Y a-t-il un mandat d'arrêt contre Antoine ?

— Je pense que ça ne tardera pas. Aujourd'hui ou demain.

N'avait-il pas pu supporter l'idée de procéder à une arrestation arbitraire ? Éprouvait-il – comme tout le monde – de l'aversion pour ce petit juge à tête de fouine qui se croyait chez lui en Provence alors qu'il n'était qu'un parfait étranger ne comprenant rien à personne ? Ou Sorgue avait-il seulement de la sympathie pour la famille Soubeyrand, pour Emma en particulier ?

— Je suis certain que vous êtes mêlée de près ou de loin à cette affaire, insista-t-il. En vous taisant, vous êtes passible de...

— Stop !

Elle se mit debout, la main tendue devant elle. Contrairement à ce qu'il croyait, il n'avait pas besoin de la menacer : elle était prête au pire depuis longtemps. Acculé par le juge, Antoine serait capable de dire n'importe quoi, et ça, elle ne pouvait pas le permettre.

— Je vais vous faciliter la tâche, capitaine. Puisque nous en sommes là, je ne laisserai pas accuser mon fils. Si vous voulez, je vous suis à la gendarmerie.

— Et pourquoi donc ? se récria-t-il, les yeux ronds.

— J'ai des aveux à faire. C'est moi qui ai tué Labaume.

Son cœur battait si vite qu'elle ouvrit la bouche pour chercher un peu d'air. Elle vit Sorgue se lever à son tour, livide.

— Non, dit-il en secouant la tête, ce n'est pas possible...

— Je vous donnerai tous les détails. On y va ?

Sa voix manquait d'assurance mais sa détermination était intacte.

7

Arnaud remercia le ciel de l'absence de Sophie – partie plaider un divorce difficile à Marseille –, lorsqu'il reçut l'appel d'Emma. Celle-ci téléphonait depuis la gendarmerie, ainsi que la loi l'y autorisait, et il eut l'impression qu'elle était devenue folle.

Néanmoins, il se montra aussitôt d'une grande efficacité. En tant que gendre d'Emma Soubeyrand, il ne pouvait pas la défendre, aussi réquisitionna-t-il Claire, son associée, qui était une excellente avocate, capable de tenir tête à n'importe qui.

Juste après sa déposition, Emma fut déférée devant le juge et, malgré les interventions quasi systématiques de Claire qui l'interrompait tous les deux mots pour l'empêcher de parler, elle refit à Herrero les mêmes aveux qu'à Lucien Sorgue. Elle prétendait avoir tué Labaume et n'en démordait pas.

Aux questions exaspérées du juge, qui tombait des nues mais essayait d'y voir clair, elle répondit que Labaume avait fait faire six mois de prison à Antoine. La drogue, c'était lui, mais Antoine avait payé à sa place. À l'époque, pour venger son fils, elle s'était mise à fureter, s'intéressant de trop près aux affaires louches de Labaume. Celui-ci avait débarqué un jour aux *Tilleuls*, il s'en était violemment pris à elle et leur querelle avait mal tourné. Emma ne possédait aucun témoin de la scène, mais elle affirmait que, pour finir, Labaume avait fait une chute malencontreuse dans l'escalier de la cave où il voulait la pousser.

Dubitatif, Herrero la laissa d'abord parler, se bornant de temps en temps à lever les yeux au ciel, puis il explosa.

— C'est abracadabrant, madame Soubeyrand !

— Peut-être, mais ça s'est passé comme je viens de le dire, s'obstina Emma.

— Ben voyons ! Laurent Labaume tombe, se fracture le crâne, et vous descendez tranquillement récupérer son cadavre au fond de votre cave, vous le remontez, le chargez dans votre voiture, ensuite vous allez le jeter au fond d'un puits dans les collines ! Vous pratiquez sans doute l'haltérophilie ? Labaume était un géant ! Et naturellement, personne ne vous a aidée, personne ne vous a vue ?

— Non.

— Eh, si ! Le corbeau... Il ne faut pas oublier notre poète anonyme, celui qui savait où se trouvait le corps.

Saisie par l'argument, Emma resta muette tandis qu'Herrero la scrutait avec insistance.

— Or ce n'est pas vous qu'il accuse dans ses lettres, madame Soubeyrand, mais votre fils Antoine !

L'air excédé, il se tourna vers Claire et la toisa.

— Votre cliente me fait perdre mon temps, maître. Vous connaissez les sanctions prévues pour entrave à la justice, faux témoignage...

Il referma le dossier d'un coup sec, faisant sursauter Emma.

— Vous voulez couvrir quelqu'un, c'est évident, lui lança-t-il d'un ton hargneux. Je ne retiendrai donc pas vos pseudo-aveux.

— Monsieur le juge, plaida Claire, ma cliente est très perturbée, elle...

— C'est mon instruction qu'elle perturbe ! Alors, concertez-vous avec elle, je vous donne deux heures. Je vous entendrai à nouveau en début d'après-midi.

Claire se dépêcha d'entraîner Emma hors du bureau du juge, et la première chose qu'elle fit, dans le couloir, fut d'appeler Arnaud.

Sophie était assez contente d'elle-même, pour une fois, lorsqu'elle revint au cabinet en fin de matinée. Elle avait bien travaillé, bien défendu son dossier, un divorce pour brutalité conjugale qui l'avait rendue très mordante et lui avait permis d'obtenir le maximum de la partie adverse.

Mais à peine eut-elle franchi le seuil de son bureau qu'Arnaud déboula, visiblement agité.

— Ah, te voilà, ma chérie ! J'avais peur qu'un autre que moi ne te l'apprenne mais ta mère a... Comment dire ? Elle a encore fait des siennes.

— Maman ? Quoi donc ?

— Elle prétend avoir tué Labaume. Rien que ça !

Sophie eut l'impression de recevoir un coup de poing dans l'estomac et elle recula, cherchant son souffle.

— Claire est avec elle au tribunal, mais Dieu merci le juge...

— Qu'est-ce qu'elle a dit ? articula Sophie d'une voix blanche.

Rien de pire ne pouvait arriver. Elle ne voulait pas se souvenir, même pas y penser. Pourquoi sa mère s'accusait-elle ? Pourquoi décidait-elle toujours de tout ? Jusqu'à quel enfer allait-elle tous les conduire ?

— Des bêtises, semble-t-il. Mais c'est bien le problème avec vous, les Soubeyrand ! Ou c'est le silence, le mystère, ou c'est l'absurde ! J'en ai assez, Sophie, je sais très bien que tu me mens. Quelque chose cloche dans cette histoire, ne me prends pas pour un débutant. Je suis ton mari et tu me traites en étranger !

— Arnaud..., murmura-t-elle.

Il exigeait la vérité et elle n'était pas de taille à la lui révéler. Peut-être même l'avait-elle oubliée.

— J'ai l'habitude du pénal, poursuivit-il impitoyablement, je planche sur des meurtres à longueur de temps, et je te garantis que cette affaire va très mal se terminer pour vous. Herrero n'est pas quelqu'un avec qui on peut s'amuser, ta mère est irresponsable de le narguer ainsi ! De près ou de loin, vous êtes mêlés à ce crime, ça crève les yeux !

Sa voix s'était durcie, il était vraiment en colère et soudain elle eut peur de lui. Allait-il se révéler un homme comme les autres ? La violence l'effrayait tellement qu'elle ferma les yeux, mit ses mains sur ses oreilles.

— Sophie ! Sophie !

Elle l'entendait encore, mais de façon lointaine. Elle heurta le bureau derrière elle et sentit qu'elle perdait contact avec la réalité.

Désespéré, Arnaud acquiesça d'un signe de tête. L'ambulance attendait devant la bastide, portières ouvertes, et le médecin passa par la baie vitrée pour aller parler aux infirmiers. Allongée sur le canapé, toujours hagarde, Sophie avait les yeux ouverts mais le regard vide. Elle ne pleurait pas, n'avait pas prononcé un seul mot. Arnaud s'approcha d'elle, s'agenouilla et lui prit la main sans qu'elle réagisse.

— Ne vous inquiétez pas trop, maître Rouvier, dit le médecin derrière lui. Les choses rentreront dans l'ordre dans quelques heures, ou quelques jours... Là, elle est en état de choc.

— Pourquoi ? redemanda Arnaud.

Il avait déjà posé dix fois la question, incapable de se contenter de la réponse évasive du médecin.

— Il ne s'est rien passé, martela-t-il, je ne l'ai pas touchée, elle...

— Les mots ont parfois un poids redoutable, ce n'est pas à vous que je vais l'apprendre, n'est-ce pas ? Votre femme souffre à l'évidence d'un traumatisme ancien, que quelque chose a réveillé. S'abstraire est pour elle un moyen de défense.

Arnaud regarda sa femme une nouvelle fois, mais son état restait le même : les yeux fixes et l'expression figée. Il laissa passer les ambulanciers qui installèrent Sophie sur un brancard après l'avoir emmitouflée dans une couverture.

— Elle a besoin de dormir beaucoup, ajouta le médecin.

Il posa sa main sur l'épaule d'Arnaud, le faisant tressaillir.

— Votre présence n'est absolument pas nécessaire. Je pense même que...

— Je comprends, trancha Arnaud qui ne souhaitait pas s'entendre mettre à l'écart.

— Appelez-moi demain dans la matinée, je vous donnerai des nouvelles.

Anéanti, Arnaud serra machinalement la main que l'autre lui tendait. Quelques instants plus tard, l'ambulance démarra en souplesse, sans sirène et sans gyrophare. Arnaud la suivit des yeux, réalisant à peine ce qui venait de se produire. Il avait ramené lui-même Sophie du cabinet, persuadé qu'elle se sentirait mieux à la maison, mais elle n'avait pas ouvert la bouche depuis qu'elle s'était effondrée dans son bureau. Devant son mutisme persistant, il avait paniqué et appelé un médecin, cependant, comment aurait-il pu imaginer qu'elle serait embarquée sur-le-champ en psychiatrie ?

— Papa...

La voix angoissée de Romain le prit au dépourvu. Il avait complètement oublié ses enfants, qui avaient assisté à la scène de l'autre bout du salon.

— C'est pas grave, dis ?

— Non, bien sûr que non, affirma-t-il en essayant de retrouver une voix normale.

Agathe et Romain l'entourèrent aussitôt, et il parvint à se maîtriser pour ne pas les affoler davantage.

— Vous avez entendu le médecin ? D'ici quelques jours, elle sera complètement rétablie, vous verrez... Elle est seulement très fatiguée et très fragile.

Il savait à quel point les deux adolescents étaient attachés à Sophie. La plupart du temps, il s'en félicitait, mais qu'adviendrait-il si la crise se prolongeait ? Si Sophie les rejetait, lui et ses enfants ? Non, il ne voulait pas l'envisager, elle allait redevenir elle-même et la vie reprendrait son cours.

— On va manger, d'accord ? Et ensuite, j'irai prévenir sa... ses frères.

Ceux-là, il comptait bien leur dire sa façon de penser, il en avait par-dessus la tête du clan Soubeyrand !

— Je ne peux pas croire qu'elle ait fait une chose pareille ! s'écria Paul en donnant un violent coup de poing sur le comptoir.

— D'autant plus que c'est stupide, renchérit Marie-Angèle d'une voix calme.

— De toute façon, s'ils la gardent, j'irai me dénoncer à sa place, décréta Antoine.

— Inutile de jouer les héros, lui lança Paul d'un ton sarcastique. D'après Arnaud, le juge ne s'est pas donné la peine de la croire.

Assis seul à une table, Simon les écoutait, atterré. Il n'y comprenait rien. Sa seule pensée, lancinante, était qu'il n'aurait pas pu choisir pire moment pour harceler Emma avec sa demande en mariage, puis la quitter en claquant la porte, comme il l'avait fait le matin même.

— Mais enfin, qu'est-ce qui lui est passé par la tête ? demanda-t-il à la cantonade.

Marie-Angèle faillit répondre, mais elle se ravisa et haussa les épaules.

— Avec Emma, tu sais...

Elle jeta un coup d'œil à travers la vitre, guettant l'arrivée d'Arnaud qui avait promis de les rejoindre. Les derniers consommateurs étaient partis, Rosine avait compté la caisse avant de s'en aller à son tour, et le soleil couchant allongeait les ombres des arbres sur la place. Dans le silence pesant qui s'installait entre eux, Antoine et Paul échangèrent un regard chargé de haine.

— Le voilà ! s'écria Marine.

Jusqu'à présent, elle s'était tenue à l'écart, exactement comme Simon.

— Pas trop tôt, maugréa Paul tandis qu'Arnaud entrait dans la salle du café.

— C'est à moi que tu t'adresses ? Pas trop tôt quoi ? J'ai passé la journée à m'occuper de vous tous !

Ignorant les autres, il se tourna vers Antoine.

— Vous, les Soubeyrand, avec vos foutus mystères, vous allez vous retrouver en taule...

Lui toujours si courtois, maître de lui au point qu'Emma le taxait d'arrogance, semblait à bout de nerfs et incapable de se contrôler.

— Emma ne va pas tarder, mon associée la raccompagne jusqu'ici. Elle a eu de la chance : Herrero n'est pas un marrant, il aurait pu l'envoyer réfléchir en cellule. On ne peut pas raconter n'importe quoi à la justice et bafouer les magistrats ! Bien entendu, vous n'avez rien à me dire, ni l'un ni l'autre ?

D'un doigt accusateur, il désigna successivement Antoine et Paul.

— Et si je vais poser des questions à Vincent, au centre, il sera aussi muet que vous ?

— Laisse Vincent en dehors de ça, gronda Antoine. De quoi te mêles-tu ?

— J'ai épousé ta sœur, ça me donne certains droits ! Et tu sais où elle est, en ce moment ?

Le ton de sa voix était assez menaçant pour qu'Antoine se sente brusquement en alerte.

— Sophie ? Non, pourquoi ?

— Parce que, à la seconde où elle a appris les conneries de votre mère, elle ne s'est pas contentée de tomber dans les pommes : elle a carrément perdu les pédales, alors un psychiatre s'occupe d'elle dans une clinique où personne n'a le droit de lui rendre visite, même pas moi ! Tout ça pour qui ?... C'est quoi, votre secret ? C'est Sophie qui l'a buté, Labaume ?

Arnaud s'était mis à hurler et Antoine le considéra avec stupeur.

— Bien sûr que non, lâcha-t-il d'un ton méprisant. Si tu doutes de ta femme, je comprends qu'elle se sente mal !

Arnaud esquissa un pas dans sa direction, blême de colère, mais Paul le saisit par le bras.

— Arrête, Arnaud. Tu es crevé, ça se comprend, mais arrête ! On est en famille, on ne...

— Quelle famille ? Je ne suis pas un Soubeyrand, vous me l'avez assez fait sentir, non ? En revanche, je suis avocat, j'aurais pu vous aider, mais vous êtes tellement empêtrés dans vos mensonges que vous finirez par avoir ce que vous méritez et je ne vous plaindrai pas. Quant à Sophie, je la défendrai contre vous, contre elle-même, contre sa mère au besoin !

Faisant volte-face, il retraversa la salle du café, poursuivi par Marie-Angèle qui le rattrapa de justesse sur la place.

— Quelle clinique, Arnaud ? demanda-t-elle en l'empêchant d'ouvrir sa portière. C'est la première chose qu'Emma voudra savoir.

Il n'éprouvait aucune agressivité à l'égard de Marie-Angèle, elle était bien la seule des Soubeyrand à trouver grâce à ses yeux. Avec un soupir résigné, il lui donna l'adresse de la clinique, à Aix, et le numéro de téléphone du médecin.

— On la laissera peut-être voir sa mère, mais je ne vous garantis rien. En tout cas, moi, je me retrouve une fois de plus sur la touche, comme si tout ça ne me concernait pas ou, pire, comme si j'étais responsable de ce qui arrive à ma femme... Pourtant, si vous saviez à quel point je l'aime !

Il l'avouait sans honte, Sophie était tout pour lui et il avait une peur bleue de la perdre.

— Vous, Marie-Angèle, ajouta-t-il gravement, vous n'êtes au courant de rien, vous n'avez rien à m'apprendre ?

Son expérience d'avocat le rendait très réceptif aux réactions des autres, à leurs attitudes, et il détectait presque à coup sûr les mensonges. Il vit Marie-Angèle se troubler puis, baissant la tête, elle murmura :

— Je n'ai pas le droit, Arnaud. Pas moi.

Il eut la certitude qu'elle n'en dirait pas davantage, mais il venait d'obtenir la confirmation de ses doutes : d'une manière ou d'une autre, les Soubeyrand étaient effectivement mêlés au meurtre de Laurent Labaume.

Marine se retourna une fois de plus et, dans son sommeil, Antoine resserra son bras autour d'elle. Sur la table de nuit, les aiguilles phosphorescentes du réveil indiquaient quatre heures dix. Par la fenêtre entrouverte, une légère brise faisait frissonner le rideau de dentelle que Marine avait accroché deux jours plus tôt. Pourquoi avait-elle éprouvé le besoin de changer l'ancien ? Elle n'envisageait pourtant pas de s'installer ici, même si elle y rejoignait Antoine chaque nuit lorsqu'elle n'était pas de garde à l'hôpital.

Sans cesse, elle se reprochait sa faiblesse, pensait à son fils et à son mari qui dormaient seuls dans ce mas quasiment reconstruit pour elle. Leur maison. Celle où le bonheur avait semblé possible avec les cris de joie de Baptiste devant chaque arbre que son père plantait, et les chevaux à l'abri de l'ancienne étable, et la grande cheminée qui ronflait si fort les soirs d'hiver.

Antoine se plaqua encore davantage contre elle. Près de lui, elle pouvait laisser libre cours à une passion violente, dévastatrice, qu'elle n'avait jamais éprouvée pour Paul. Comment lutter contre cette irrésistible attirance ? Au nom du devoir ? Hélas ! ce n'était pas suffisant pour la retenir. Elle avait beau se dire qu'elle trahissait Paul, qu'elle déstabilisait Baptiste, qu'elle courait seulement après ses souvenirs de jeunesse et qu'elle finirait par se mépriser elle-même, elle se retrouvait presque malgré elle devant l'atelier. Le cœur battant parce que Antoine l'attendait sur le seuil, avide de le toucher, de le respirer, de tout oublier dans ses bras.

À présent, qu'allait-il arriver ? Antoine serait-il arrêté, ainsi que le prédisait Claire ? En raccompagnant Emma aux *Tilleuls*, l'avocate s'était proposée pour le défendre, certaine que le juge ne tarderait plus à lancer un mandat contre lui.

La famille Soubeyrand – cette famille à laquelle Marine avait si longtemps rêvé d'appartenir – craquait de toutes parts depuis l'accident de Vincent... À présent, Vincent était infirme, Sophie internée, Paul et Antoine dressés l'un contre l'autre. Et elle-même avait évidemment sa part de responsabilité dans ce naufrage. Sauf que, bien sûr, en ce qui concernait l'affaire Labaume, elle était comme Arnaud : elle n'y comprenait rien.

Que ferait-elle si le juge mettait Antoine en prison ? L'idée de le perdre une seconde fois lui était carrément insupportable. Paul en profiterait-il pour l'accabler ou au contraire pour tenter de la reconquérir ? Jusqu'où irait l'hostilité d'Emma à son égard ? Et pendant ce temps-là, qu'adviendrait-il d'Antoine ? Était-il responsable ou complice du meurtre de Labaume et pourquoi ? À ses questions pressantes il opposait un silence buté, inexplicable.

La main d'Antoine frôla son épaule, descendit le long de son dos, de ses hanches, puis se glissa entre ses cuisses.

— Tu dors ? murmura-t-il d'une voix ensommeillée.

Les caresses se firent plus précises et la respiration de Marine s'accéléra.

— Je t'aime, souffla-t-il, la bouche dans son cou.

Dans ces moments-là, tendresse et désir mêlés, il la faisait toujours chavirer, mais pour une fois elle le repoussa.

— Antoine, je voudrais savoir quelque chose...

Elle s'écarta un peu de lui et il grogna, contrarié.

— Qu'allons-nous devenir, tous les deux ? J'ai peur pour toi, pour moi, et je ne...

— Ne t'éloigne pas, dit-il d'un ton brusque.

Il la prit par les épaules, l'obligea à revenir contre lui et l'entoura de ses bras.

— Tu ne dois pas avoir peur. Pas si tu m'aimes.

— Mais tu ne me parles pas ! Je me fais un sang d'encre à propos de ce juge. Il peut vraiment t'envoyer en prison ? Pourquoi ? Qu'est-ce que tu as fait, Antoine ?

— Rien dont j'ai à rougir.

— À savoir ?

D'abord il resta silencieux, puis elle l'entendit soupirer, et finalement il la lâcha pour allumer sa lampe de chevet.

— Marine, tu es la femme que j'aime, *ma* femme... Je te jure que si je le pouvais, je t'expliquerais tout, mais je ne peux pas, alors ça ne sert à rien de m'interroger.

Son visage s'était fermé, il avait l'air grave, et sans doute ne dirait-il rien de plus. Elle se demanda s'il n'avait pas encore plus peur qu'elle. Quel secret protégeait-il si farouchement ? Renonçant à discuter, elle tendit la main vers lui.

— Antoine..., murmura-t-elle d'une voix angoissée.

Elle n'était pas sa femme, non. L'expression la troublait, la choquait. Pourtant elle était là de son plein gré, chaque soir elle faisait l'amour avec un autre homme que son mari, un homme qu'elle croyait connaître et aimer, pour qui elle avait décidé de bouleverser sa vie.

La lumière s'éteignit et Antoine se rallongea près d'elle. Au bout de quelques instants, il l'enlaça de nouveau, la serra un peu trop fort.

— J'ai envie de toi, chuchota-t-il.

Elle se laissa aller au plaisir que lui procurait le contact de ce corps contre le sien.

Ce fut le téléphone qui réveilla Antoine, bien plus tard dans la matinée, alors que Marine était partie depuis longtemps. L'appel, en provenance du Brésil, émanait de Gloria et lui fit l'effet d'une douche froide. Les années passées en Amérique du Sud étaient comme une parenthèse dans sa vie, dont le souvenir s'estompait à toute allure. Et même s'il se rappelait encore le visage de la jeune femme, l'envoûtante sensualité avec laquelle elle pouvait danser des nuits entières, il n'éprouvait aucune envie de la revoir. Il l'écouta babiller un moment, resta évasif, essaya de plaisanter, puis finalement raccrocha.

Il faisait très chaud dans l'atelier, à cause de la verrière, mais il avait besoin de la lumière du soleil pour étudier ses couleurs et il se contenta de fermer les persiennes du côté cuisine. Tout en buvant le café glacé dont Marine avait laissé une pleine carafe dans le réfrigérateur, il se remit à étudier les archives de son père. Il avait déchiffré la presque totalité de ses notes et s'attaqua aux derniers carnets de croquis, ceux que sa mère lui avait apportés dans le vieux carton. À première vue, des douzaines de dessins étrangement semblables se répétaient au fil des pages, mais Antoine savait que chacun, à peine différent du précédent, affinait la pureté de la forme. Rien de plus simple qu'un vase ou une amphore, néanmoins la perfection des proportions était rarissime. Jean Soubeyrand y avait consacré une partie de sa vie, avec l'acharnement à la fois d'un sculpteur et d'un peintre.

— Celle-là, je l'adore...

C'était l'avant-dernière esquisse, tracée d'une main ferme, qui aboutissait enfin à ces courbes uniques, idéales. En dessous, Jean avait écrit la formule monochrome mais complexe qu'il comptait y appliquer. Un long moment, Antoine resta songeur, visualisant parfaitement l'objet dont avait rêvé son père. Mais cette amphore élancée, sans pied, ne l'avait-il pas *déjà* vue, *en réalité* ? Bleu pétrole, bleu de Prusse et bleu canard, oui, ce subtil dégradé de tous les bleus tirant sur le vert, dans une harmonie très particulière...

Il tourna la page et reçut l'immédiate confirmation de ses soupçons. Sur l'ultime feuille, son père avait colorié le dessin à l'encre. Et, sans le moindre doute possible, cette amphore trônait dans le showroom des céramiques Bresson !

Une bouffée de colère lui coupa le souffle. « Ton père a dû laisser des carnets de croquis, des choses comme ça ? » Le jour où Richard lui avait rendu visite ici même, cherchait-il à s'assurer qu'il ne restait pas trace du travail de Jean Soubeyrand ? Un ami qu'il avait donc honteusement plagié après sa mort, spoliant du même coup sa veuve et ses enfants. « Si tu as quelques bonnes idées de création, ma porte est ouverte. » Le salaud... L'ignoble salaud !

La raison voulait qu'Antoine se tienne tranquille, il avait assez d'ennuis comme ça, mais c'était au-dessus de ses forces. Il prit le carnet avec lui et se précipita vers son 4 4. Tout le long de la route qui descendait à Cucuron, il roula à tombeau ouvert, ne freinant que devant le bâtiment des céramiques Bresson, à l'entrée du village.

Dans le prétentieux hall d'accueil, il repéra aussitôt l'amphore qui, en tant que fleuron de la collection, se trouvait exposée dans une vitrine. Il la détailla une seconde puis, négligeant l'hôtesse derrière son comptoir, il fila vers un escalier dont l'accès était expressément interdit. Au premier étage, il entra sans frapper dans le bureau ultramoderne où Raphaël l'avait reçu, quelques semaines plus tôt, se prétendant alors si heureux de le revoir.

— Antoine ? s'étonna le jeune homme en dressant la tête.

Assis devant son ordinateur, il semblait à la fois surpris et ravi de l'irruption de son copain.

— Étais-tu au courant ? lui lança Antoine d'un ton sec.

Le carnet de croquis atterrit à côté du clavier, ouvert à la bonne page. Raphaël le regarda d'abord sans comprendre puis le prit en main et le feuilleta.

— Où as-tu trouvé ça ?

— Dans les affaires de mon père. C'est son écriture, et j'imagine qu'on pourrait facilement estimer l'âge de l'encre.

Raphaël revint au dessin de l'amphore qu'il étudia en silence. Lorsqu'il releva les yeux vers Antoine, ils échangèrent un long regard.

— Je n'en savais rien, tu as ma parole.

— Alors, va me chercher ton père !

— Écoute, Antoine...

— Sinon, j'y vais moi-même.

Raphaël eut une drôle d'expression, néanmoins il se mit debout. Traversant le bureau, il ouvrit une double porte de communication et resta sur le seuil.

— Tu peux venir une seconde, s'il te plaît, papa ? C'est urgent, oui...

Quelques instants plus tard, Richard le rejoignit, de mauvaise grâce.

— Qu'est-ce que tu as de tellement... Tiens, Antoine ! Comment va ?

Il s'approcha, la main tendue, et Antoine en profita pour lui mettre le carnet sous les yeux.

— Je suppose que ça te dit quelque chose ?

Décontenancé, Richard hésita, se troubla.

— Eh bien, oui... C'est mon amphore.

— La tienne ? Tu crois ?

À l'autre bout du bureau, Raphaël les observait avec une sorte de curiosité inquiète, apparemment peu décidé à se mêler de leur querelle.

— Ces dessins sont de mon père, tu ne t'es même pas fatigué à changer le moindre détail !

— Quoi, ton père ? grogna Richard. C'est signé ? Déposé ? Breveté ? Les idées, ça va, ça vient. À l'époque, on travaillait ensemble, Jean et moi, sans savoir qui créait quoi.

Il reprenait de l'assurance mais Antoine l'interrompit brutalement.

— Tu te fous de moi ? L'artiste, le créateur, c'était lui ! Toi, tu n'es qu'un boutiquier, incapable d'avoir la queue d'une idée. La preuve, tu en cherches désespérément, tu comptais sur moi pour avoir l'inspiration qui te manque !

Comme il avait haussé le ton, une secrétaire passa la tête à la porte, inquiète. Richard lui fit signe de partir.

— Tu n'aimes pas le scandale ? Je te fais peur ? hurla Antoine.

— Pas du tout... Mais s'il y a bien quelqu'un, parmi nous, qui n'a pas intérêt à se faire remarquer, c'est toi. Ne remue pas le passé, sinon il risque de te rattraper. Et maintenant, dégage, tu n'es pas le bienvenu ici.

— Oh, je m'en doute ! Tu n'apprécies pas qu'on te traite de voleur, pourtant c'est ce que tu es, Richard, un sale voleur, un escroc sans talent, et je vais m'arranger pour que ça se sache !

Raphaël n'avait toujours pas dit un mot, cependant il considérait son père avec un tel mépris que celui-ci l'apostropha :

— Fous-le dehors au lieu de rester planté là ! Je ne vais pas me laisser donner des leçons de morale par un type qui a fait de la taule, non ? Et qui a du sang sur les mains, tout le monde le dit !

Hors de lui, Antoine saisit Richard par le col de sa veste et se mit à le secouer violemment, mais Raphaël s'interposa, repoussant son père et prenant Antoine par l'épaule.

— Viens, lâche-le. Ne te mets pas dans ton tort, viens... Il n'a jamais pensé qu'à l'argent... Je ne savais pas, pour ton père, je te le jure...

Il réussit à entraîner Antoine vers la porte tandis que Richard criait, derrière eux :

— Tu ne craches pourtant pas sur mon pognon, espèce d'incapable !

Raphaël ne se donna pas la peine de répondre, comme s'il avait déjà entendu ce genre d'attaque dans la bouche de son père. Poussant Antoine vers l'escalier, il descendit avec lui. Dans le hall, il jeta un rapide coup d'œil à la vitrine qui abritait l'amphore.

— Je me suis souvent demandé d'où lui était venu ce coup de génie, maugréa-t-il. Me voilà fixé !

Dehors, près du 4 4 d'Antoine, il lui tendit le carnet qu'il avait pensé à récupérer.

— Tiens...

Un peu calmé, Antoine hésitait sur la conduite à tenir et il ébaucha un sourire sans joie.

— Tu ne prends pas son parti ?

— Non, soupira Raphaël en secouant la tête. D'abord parce que, le connaissant, je suis certain que tu as raison et qu'il a tort, ensuite parce qu'il ne s'est pas donné la peine de beaucoup m'aimer, jusqu'ici.

— Ton père ? Mais je croyais que...

— Parce qu'il m'a offert un bureau, un titre et un salaire ? C'est un hochet destiné à me faire oublier que, si mon frère ne s'était pas suicidé, je n'aurais probablement jamais mis un seul pied ici. Thibaut était le bon fils, le bon élève, il avait toutes les qualités. Après sa mort, il a bien fallu que mes parents se rabattent sur moi, mais ils ne l'ont pas fait de gaieté de cœur. Je suis un second choix, toléré avec indulgence et considéré comme nul.

L'amertume et le désarroi de Raphaël surprirent Antoine. Pour lui, le fils Bresson avait vraiment été un copain, il croyait le connaître, or il découvrait chez lui une faille qu'il n'avait jamais soupçonnée.

— Pourquoi n'es-tu pas allé tenter ta chance ailleurs ?

— Par paresse, sans doute. Ou... Je ne sais pas. Je n'avais pas envie de partir.

Raphaël faillit ajouter quelque chose mais finalement il tendit la main à Antoine.

— J'espère que nous resterons amis. Si je peux t'aider en quoi que ce soit, dis-le-moi, mais, pour être honnête, je n'ai aucun poids dans l'entreprise.

C'était évident, et il risquait d'en avoir encore moins dans l'avenir : scandalisé par l'attitude de son fils, Richard ne lui pardonnerait sûrement pas. Résigné, Antoine monta dans le 4 4 et démarra, laissant derrière lui Raphaël, toujours immobile sur le parking.

Vincent reprit son souffle, étourdi par ce qui venait d'arriver. Tandis que Liliane se redressait lentement, il dut lever la tête pour continuer à la regarder. Il n'était pas certain d'avoir éprouvé du désir durant ce baiser, mais enfin ça y ressemblait beaucoup ! Il n'avait rien demandé – comment aurait-il osé ? –, elle avait tout fait seule. Par compassion ? Par défi ?

— Eh bien, dis-moi..., murmura-t-il.

Que pouvait-elle lui trouver ? Avant, oui,

elle aurait pu être attirée, mais désormais il n'était qu'un infirme grotesquement avachi dans un fauteuil. Et même si elle ressentait une attirance difficile à justifier, qu'espérait-elle donc ?

— Merci pour le lot de consolation, ajouta-t-il, mais on va s'arrêter là par la force des choses. Désolé.

De nouveau, elle se pencha vers lui, effleura ses cheveux.

— Vincent, s'il te plaît, ne me repousse pas maintenant.

— Moi ? Bien sûr que non ! Seulement, je te préviens, tu peux t'asseoir sur mes genoux pendant des heures et des heures, il ne t'arrivera rien et à moi non plus !

— Je suis amoureuse de toi, avoua-t-elle à voix basse.

Cette déclaration stupéfiante désamorça l'agressivité qu'il sentait monter.

— Non, Lily, tu me plains, c'est tout. Vous, les femmes, vous êtes tellement maternelles, si...

— Pas *les femmes*. Tu t'adresses à moi... « Lily », j'adore ! Tu ne m'avais jamais appelée comme ça.

D'autorité, elle lui prit la main, qu'elle guida vers l'échancrure de son chemisier. Sa peau était d'une extrême douceur et, presque malgré lui, il ébaucha une caresse qui la fit tressaillir. Quelques mois plus tôt, il l'aurait déjà déshabillée. Il avait été coureur, séducteur, jouisseur, un vrai cœur d'artichaut, et à présent tout ce qu'il espérait, c'était ressentir quelque chose, n'importe quoi.

Il retira sa main mais garda les yeux fixés sur la naissance des seins, la dentelle du soutien-gorge qu'il apercevait. Même si son corps ne réagissait pas, il avait incontestablement envie d'elle.

— Tu es vraiment très jolie, dit-il d'une voix rauque.

Le sourire éblouissant qu'elle lui adressa n'avait rien d'artificiel, il en fut réconforté. Mais, alors qu'il allait esquisser un autre geste vers elle, la porte s'ouvrit brusquement.

— Eh, tu m'avais promis une partie de pétanque ! Qu'est-ce que...

Bertrand s'était arrêté sur le seuil, son fauteuil à moitié engagé dans la pièce.

— Désolé, je te croyais seul, s'excusa-t-il.

Sans le moindre embarras, il détailla Liliane des pieds à la tête, en connaisseur.

— La pétanque attendra, évidemment !

Tandis qu'il manœuvrait pour sortir, la jeune femme lui lança :

— Non, c'est une très bonne idée, je vais vous accompagner tous les deux, je servirai d'arbitre en cas de besoin.

Vincent faillit protester, contrarié d'avoir été dérangé, mais l'expression ironique de Bertrand l'en dissuada. Depuis le début, celui-ci cherchait à l'aider, même s'il s'y prenait de façon exaspérante. Entre eux, un étrange rapport finissait par se tisser, fait de rivalité, de solidarité, d'humour noir.

— Après vous, mademoiselle, dit Bertrand en reculant son fauteuil.

« Je ne me sens pas très bien. » Mamette avait prononcé la phrase d'une voix calme, intelligible, et quelques instants plus tard elle s'en était allée. La mort l'avait saisie assise dans son lit, bien calée par ses oreillers, le plateau du petit déjeuner posé à côté d'elle.

Marie-Angèle, arrivée une demi-heure plus tôt aux *Tilleuls,* s'était chargée de lui monter ce plateau préparé par Emma. « Maman est fatiguée, va la voir, elle ne veut pas se lever. »

Non, elle ne se lèverait jamais plus, n'irait plus se jucher sur les hauts tabourets du comptoir pour siroter son café au lait trop sucré. Elle ne mélangerait plus les noms, les dates, ne jouerait plus aux cartes avec Baptiste.

Avant de prévenir sa sœur, Marie-Angèle ferma les yeux de Mamette, ôta l'un des oreillers et récita une longue prière. Elle était certaine que Mamette avait enfin trouvé la paix, et elle s'en réjouissait avec toute la force de sa foi en Dieu. Néanmoins, ce deuil représentait un nouveau coup dur pour la famille. Comment Emma allait-elle l'affronter ?

Debout au pied du lit, Marie-Angèle réfléchit un instant. Le grand tort de sa sœur avait été de prendre une mauvaise décision, bien des années auparavant, et les conséquences de ce choix désastreux n'en finissaient pas de retomber sur les Soubeyrand. Mamette ne verrait pas la suite des événements, tant mieux. Car, même si elle avait beaucoup perdu la tête ces derniers temps, elle aurait pu comprendre certaines choses et en souffrir.

Marie-Angèle se détourna, alla tirer les persiennes puis sortit. Dans l'escalier, elle rencontra Baptiste qui grimpait les marches quatre à quatre et elle l'attrapa fermement par la main, l'obligeant à redescendre.

— Tu arrives de l'école, toi ? Il est déjà si tard ? Non, non, tu ne peux pas monter chez Mamette maintenant, il faut d'abord que je te parle et qu'on aille chercher Emma.

Elle l'entraîna jusqu'à la cuisine, le fit asseoir puis appela sa sœur.

Simon apprit le décès de Mamette par l'un de ses clients, et il fut très choqué que personne de la famille n'ait songé à l'en informer. Ses rapports avec Emma, depuis cette stupide demande en mariage, n'avaient fait que se dégrader. Lorsqu'elle était rentrée de chez le juge, en compagnie de son avocate, elle l'avait ignoré, immédiatement accaparée par les questions pressantes d'Arnaud, puis assommée d'apprendre l'hospitalisation de sa fille en psychiatrie. Elle n'avait donné aucune explication quant à son ahurissante tentative de se dénoncer elle-même, pas plus à lui qu'à quiconque. Comptait-il donc si peu pour elle ?

Comme de coutume, Simon s'était effacé, espérant qu'Emma reviendrait d'elle-même. Après tout, vouloir l'épouser n'était pas injurieux, elle n'avait rien à lui reprocher, sauf peut-être d'avoir claqué la porte des *Tilleuls*, furieux. Mais pourquoi serait-elle la seule à piquer des colères ? Lui aussi avait son amour-propre, or elle l'avait repoussé sans ménagement. En disant quoi, déjà ? « La popote, très peu pour moi. » Bon sang, ils n'étaient plus des jeunes gens, et de toute façon ils avaient pris des habitudes depuis longtemps ! Non, elle ne voulait pas de lui, purement et simplement. Elle le tolérait en visite mais n'accepterait jamais qu'il revendique la place de Jean Soubeyrand. La preuve, elle venait de perdre sa mère, pour laquelle elle éprouvait une immense tendresse, et elle ne s'était pas donné la peine de traverser la place pour le lui apprendre, pour pleurer sur son épaule. Pourtant, comme il aurait aimé la consoler, lui servir à quelque chose !

Irait-il à l'enterrement de Mamette ? Pour la mémoire de la vieille dame, il le souhaitait. Toutefois, à l'idée de se retrouver seul à l'écart, étranger à cette famille dont il s'occupait depuis tant d'années, non, mille fois non !

Seulement, s'il n'y allait pas, que penserait Emma ?

— Rien, elle ne s'en apercevra même pas, elle se fout bien de toi, mon pauvre...

De lui, peut-être, mais pas de Mamette, pas de ce chagrin supplémentaire qui, ajouté à tous les autres, devait l'étouffer de douleur.

— Qu'est-ce que tu en sais ?

Il avait cru la connaître parce qu'il avait

souvent partagé son lit, ses soucis, mais avec l'affaire Labaume il avait déchanté. Emma était une femme secrète qui gardait jalousement ses mystères. D'ailleurs, il n'était pas le seul à en souffrir : Arnaud se plaignait d'être tenu à l'écart, et Marine aussi. Toutes les « pièces rapportées », en somme. Et lui, Simon, n'en était même pas une, on lui refusait ce maigre privilège !

— Là, tu en fais une histoire d'orgueil... De principe...

Allongé sous une voiture, il bougonnait à mi-voix tout en démontant un carter.

— De toute façon, je ne suis pas catholique, je n'irai pas à l'église.

Une goutte d'huile noire tomba sur sa joue, tout près de l'œil, et il se maudit de n'avoir pas mis ses lunettes de protection. De religion juive, il n'était pas pratiquant, et l'excuse tenait d'autant moins qu'il avait assisté à nombre de cérémonies dans cette église, dont la dernière en date était le mariage de Paul avec Marine.

— Un beau fiasco, tiens ! Et Dieu sait qu'il avait voulu l'épouser ! Comme quoi...

Aujourd'hui, Paul et Antoine se tapaient dessus. Mamette s'en était allée, et le pauvre petit Baptiste ne pourrait même plus se réfugier dans la chambre de son arrière-grand-mère pour y jouer aux cartes. Vincent resterait infirme, cloué dans son fauteuil. Sophie était internée. Le juge d'instruction s'acharnait sur les Soubeyrand...

— Est-ce que le moment est bien choisi pour faire la gueule, mon vieux Simon ?

Une petite toux discrète lui fit comprendre qu'il n'était plus seul dans le garage. Il vit des pieds approcher, s'arrêter à côté de la voiture sous laquelle il travaillait. De jolis pieds de femme, dans des sandales ouvertes, avec les ongles peints en rouge. Ce n'étaient pas ceux d'Emma, hélas ! et il en éprouva une déception inattendue qui le poussa à grommeler :

— Je suis occupé, repassez plus tard !

Aurait-il perdu toute curiosité pour les femmes ? Tout sens du commerce ? De mauvaise grâce, il s'extirpa d'entre les roues.

Arnaud coupa la communication et glissa son portable dans la poche de sa veste. Devait-il retourner au chevet de Sophie pour lui apprendre la nouvelle ? Elle allait à peine mieux, le décès de sa grand-mère tombait très mal.

— Pauvre Mamette, elle n'a pas choisi...

Mais, injuste, il trouvait que les Soubeyrand ne lui facilitaient vraiment pas la vie !

Obsédé jour et nuit par l'état de sa femme, il était en train de prendre du retard sur tous ses dossiers. Le psychiatre était assez optimiste, pourtant Arnaud ne voyait guère de changement dans le comportement léthargique de Sophie. Elle s'était déconnectée de la réalité, pour s'en préserver, et Arnaud s'accusait de n'avoir rien deviné, rien compris à sa détresse. Il n'avait pas réussi à la mettre en confiance, encore moins à la rassurer. À quoi donc lui servait son expérience d'homme mûr ?

Avant de remonter dans sa voiture, il considéra la façade de la clinique d'un œil perplexe. La disparition de Mamette pourrait-elle agir comme un électrochoc ? Il fallait qu'il en parle au médecin avant d'arrêter une décision.

Au fond de sa poche, le portable se remit à vibrer et il prit l'appel en voyant le numéro de son cabinet s'afficher.

— Arnaud ? C'est Claire. Je viens de croiser Herrero dans les couloirs du tribunal, et je crois qu'il nous prépare une mauvaise surprise. Il m'a vaguement parlé d'« éléments nouveaux » dans l'affaire Labaume, sans aucune précision. Mais, rien qu'à voir sa tête, je ne me sens pas tranquille, il ne va pas en rester là. À mon avis, il a décidé d'avoir la peau de ton beau-frère.

Exaspéré, Arnaud bougonna qu'il ferait le nécessaire pour qu'Antoine se tienne tranquille, mais il était sans illusions.

Deux jours plus tard, Lucien Sorgue reçut l'ordre de procéder à l'arrestation d'Antoine Soubeyrand. Consterné, il se demanda par quel mauvais hasard ce mandat arrivait précisément le jour de l'enterrement de Mamette ! Mais il devait faire son devoir d'officier de gendarmerie, et la seule liberté qu'il se permit fut d'attendre la fin de l'inhumation.

En compagnie de deux gendarmes, il patienta discrètement face au parking du cimetière, sachant que la famille resterait en dernier. Une à une, toutes les voitures s'en allèrent sauf quatre : celles de Paul, d'Arnaud Rouvier, de Marie-Angèle, et le 4 4 d'Antoine.

Emma franchit la grille la première, soutenue par sa sœur. Derrière elle, il y avait Vincent dans son fauteuil roulant, encadré de ses deux frères. Lucien fit deux pas en avant et s'arrêta, très raide.

— C'est gentil d'être venu, capitaine, bredouilla Emma.

Elle avait les yeux gonflés de chagrin et semblait épuisée.

— Je vous présente mes condoléances mais je ne suis pas là pour votre mère, madame Soubeyrand.

Mal à l'aise, il porta deux doigts à son képi puis s'écarta d'Emma.

— Antoine, le juge Herrero vous fait mettre en examen, je vais vous demander de nous suivre.

Un véritable cri de douleur échappa à Emma.

— Quoi ? Vous l'arrêtez ? Non, non !

Marie-Angèle se cramponna au bras de sa sœur et, presque aussitôt, Arnaud s'interposa.

— Tout va s'arranger, Emma, restez calme.

— Mais ils vont l'emmener, ils sont en train de l'arrêter ! Devant un cimetière !

De nouveau, les larmes roulaient sur ses joues – comme quelques minutes plus tôt lorsqu'elle avait vu disparaître le cercueil de sa mère dans le caveau familial.

— Je m'en occupe, affirma Arnaud d'un ton très professionnel.

Tout naturellement, Paul et Vincent s'étaient rapprochés de leur mère. Marine en profita pour saisir la main d'Antoine qu'elle serra très fort, juste une seconde. Éberlué, Lucien les vit échanger un regard brûlant qui ne laissait aucun doute sur leurs sentiments. Décidément, les Soubeyrand n'en finissaient pas de le surprendre.

— Je vais également te demander les clefs de ta voiture, déclara-t-il à Antoine, elle est placée sous séquestre.

Ignorant l'air furieux d'Arnaud, qui se tenait prêt à intervenir, Lucien récupéra le trousseau et fit signe à ses hommes d'emmener Antoine.

8

Le juge Herrero donna lecture à Claire et Antoine de la dernière lettre anonyme qui lui avait été adressée. Le corbeau y faisait allusion à un véhicule tout-terrain et suggérait de confier celui-ci au laboratoire scientifique de la police. Sept ans plus tôt, Antoine possédait déjà ce 4   4.

— Nous avons procédé à des prélèvements dans le coffre, annonça Herrero d'un ton satisfait. Nous pourrons comparer les résultats puisque nous disposons du corps de Laurent Labaume et de son ADN.

— Je n'ai pas le seul 4   4 du département ! s'insurgea Antoine.

Les traits tirés, le regard encore plus sombre que d'habitude, il semblait assez mal à l'aise.

— Certes, monsieur Soubeyrand, mais vous, vous êtes mon principal suspect. Vous aviez le mobile, à savoir vous venger de vos six mois de prison, et aucun alibi.

— Personne n'en a ! protesta Claire.

La nuit du 14 juillet 1996, où Laurent Labaume avait été vu pour la dernière fois, le traditionnel bal se tenait sur la place de Cucuron, et les allées et venues de chacun avaient été impossibles à vérifier. Trop de gens, de bruit, de couples qui s'isolaient dans l'obscurité, sans compter l'alcool qui coulait à flots.

— En attendant les conclusions du labo, reprit Claire plus posément, je demande la mise en liberté de mon client durant le temps de l'instruction.

— Non, maître, il va rester en détention provisoire.

— C'est tout à fait arbitraire !

— Vous trouvez ? Avec le faisceau de présomptions qui se resserre autour de M. Soubeyrand, il s'agit d'une mesure élémentaire. Je ne tiens pas à le voir filer au bout du monde, or c'est ce qu'il semble faire dès qu'il a des ennuis... D'autre part, à toutes fins utiles, je vais ordonner une perquisition à son domicile.

L'attitude d'Herrero disait à quel point il était persuadé de la culpabilité d'Antoine.

Exaspéré de piétiner dans l'affaire Labaume, il ne devait ses rares progrès qu'à son mystérieux correspondant dont toutes les informations se révélaient justes.

— Vous y assisterez ? demanda Antoine à Claire. Veillez à ce que les flics ne bousillent pas mes dernières céramiques...

— Nos gendarmes sont très consciencieux et ne dégradent rien pour le plaisir, monsieur Soubeyrand, précisa le juge.

Il adressa ensuite un signe à Claire qui se leva. Elle ne pouvait rien tenter pour l'instant, ni éviter l'incarcération à Antoine. Elle lui lança un regard qu'elle espérait rassurant, mais une sourde inquiétude l'avait gagnée, et elle se demanda ce que les techniciens allaient découvrir. Le corps de Labaume avait-il séjourné dans le 4   4 ? Si c'était le cas, Antoine deviendrait bien difficile à défendre. Et si Arnaud se retrouvait avec un beau-frère assassin, en plus de sa femme internée, le cabinet Rouvier & Associés resterait-il crédible ?

Au bord des larmes, Emma reposa la pile de vieux disques. Hormis Mamette, quelqu'un possédait-il encore des 45 tours en vinyle dans tout Cucuron ? Mireille Mathieu,

Dalida... Et le vieux tourne-disque de la même époque, qui trônait sur la commode au milieu des jeux de cartes, d'antiques bigoudis, de recettes de cuisine découpées dans des magazines.

— Mets-les dans un carton, conseilla Marie-Angèle, on les vendra un jour dans un vide-greniers.

— Ah, non ! Ce sont des souvenirs !

— Tu as tort de t'attacher aux objets. Tu n'écouteras jamais ces vieux trucs, tu le sais parfaitement.

— Pauvre maman, soupira Emma.

— Pourquoi ? Elle était heureuse, ici, et à présent elle doit l'être bien davantage.

— Oh, toi, avec tes certitudes ! Moi, je ne crois à rien d'autre qu'à la vie, je n'y arrive pas.

— C'est dommage, ça te condamne à avoir peur.

Emma parut touchée par l'argument et, au bout de quelques instants, elle demanda d'une voix altérée :

— Maman a eu peur, au dernier moment ?

— Non. Sa mort a été très douce, très facile. Ne te torture pas, Emma.

— Mais je n'étais pas là ! J'étais en bas, à servir des verres à des poivrots ! J'aurais tellement voulu...

— Quoi ? La retenir ?

Marie-Angèle lâcha la robe qu'elle pliait pour s'approcher de sa sœur. Avec tendresse, elle lui entoura les épaules de son bras.

— Tu passes ton temps à te faire des reproches. Tout ce qui ne va pas, dans la famille, tu crois que c'est ta faute. Tu as commis des erreurs, d'accord, mais qui n'en fait pas ? Et puis, tu mélanges tout, la mort de maman est venue à son heure.

Bouleversée, Emma se laissa aller contre elle, s'abandonnant une seconde.

— Le passé pèse trop lourd, murmura-t-elle.

— Seulement du poids qu'on lui donne. Il ne faut pas regarder en arrière.

— Oh, pour toi c'est facile : il ne t'est rien arrivé !

— Emma...

— Tu t'es mise à l'abri si tôt, Marie !

— À l'abri de quoi ?

Au couvent d'Aigues-Blanches, elle n'était pas coupée du monde, au contraire, son inépuisable dévouement envers son prochain lui avait donné à voir plus de misère et de souffrance que sa sœur ne le supposait.

— Des hommes ! lâcha Emma. Je finis par croire que tous les problèmes du monde viennent d'eux, toujours...

Marie-Angèle la toisa sans complaisance.

— Ne généralise donc pas. Jean était un type formidable, tes fils le sont aussi, et il me semble que Simon n'est pas le dernier des derniers.

Brusquement calmée, Emma haussa les épaules. En silence, elle recommença à trier les affaires de Mamette, jetant les vieux journaux, mettant les livres de côté pour les donner à la bibliothèque municipale. Durant un instant, sa sœur continua de l'observer. Depuis longtemps, très exactement depuis un certain drame survenu dans leur adolescence, le sort semblait s'acharner sur Emma qui n'avait jamais eu le recours de la foi pour accepter les épreuves. À plusieurs reprises, ces derniers mois, elle aurait pu s'effondrer, pourtant elle faisait face, sans doute soutenue par l'amour fou qu'elle portait à ses enfants. Un amour qui l'avait sauvée de tout. La naissance d'Antoine l'avait transformée. Pour lui et pour les trois qui avaient suivi, elle était devenue une femme forte. Elle allait avoir besoin de le prouver encore une fois.

— Pourquoi me fixes-tu comme ça ?

En se retournant, Emma venait de surprendre le regard de sa sœur.

— Je t'aime beaucoup, se borna à répondre Marie-Angèle.

Elle ne voulait ni pleurer sur le décès de leur mère ni inquiéter Emma, néanmoins l'avenir s'annonçait mal. Par Arnaud, elle savait que le sort d'Antoine était en train de se jouer, et qu'il n'avait guère de chances d'échapper au pire.

— Tu ne vois plus Simon, ces temps-ci ? demanda-t-elle d'un ton innocent.

— Il boude.

— Lui ?

— Parfaitement. Figure-toi qu'il est très capable de faire la gueule, et aussi de claquer les portes ! Vous le prenez tous pour un ange, mais il a son caractère.

— Encore heureux, sinon tu l'aurais mangé tout cru.

Emma éclata de rire mais, deux secondes plus tard, elle se remit à pleurer.

Au pied de l'escalier, immobile, Paul vit Marine descendre avec un gros sac de voyage. Quand elle était de garde à l'hôpital, elle n'emportait généralement qu'une trousse de toilette et des sous-vêtements de rechange.

S'écartant pour la laisser passer, il retint de justesse la question qui lui brûlait les lèvres. À quoi bon l'interroger ? Il n'avait aucune envie d'entendre la réponse. Elle fit quelques pas hésitants à travers le salon, puis pivota vers lui.

— Je vais m'installer chez Antoine pour quelques jours, annonça-t-elle à voix basse. En attendant...

— Quoi ? Son retour ? C'est ridicule !

L'imaginer seule dans l'atelier le hérissait.

— Tu vas jouer à la femme de détenu ? Lui préparer des colis, lui tricoter des chaussettes et lui porter des oranges ?

— C'est ton frère, Paul.

Un silence de plomb s'abattit entre eux. Oui, Antoine était son frère, son grand frère qui ne l'avait jamais beaucoup regardé, préférant faire le fou en compagnie de Vincent. À peine adulte, il avait voulu jouer au chef de famille pour remplacer leur père mais, au bout du compte, il s'était laissé entraîner par ses copains. La discothèque montée avec Labaume et Cantel n'était qu'un prétexte à faire la fête, à ne pas devenir grand, et finalement il y avait eu cette affaire de drogue. Coup monté ou pas, Antoine s'était retrouvé en prison. Ensuite...

Paul releva la tête et dévisagea Marine.

— Si tu veux partir, fais-le, mais explique-toi d'abord avec Baptiste parce qu'il va me poser des tas de questions.

Oserait-elle lui dire la vérité ? Qu'à son père elle préférait son oncle ? C'était absurde !

— Je lui ai déjà parlé. Il sait que les choses ne vont pas très bien entre toi et moi. Il n'est pas le premier enfant à qui ça arrive, dont les parents se...

— ... séparent ? Tu me quittes, alors ?

Il butait sur les mots, soudain en perdition. L'angoisse de la voir partir reléguait sa jalousie au second plan.

— Laisse-toi du temps pour y réfléchir, Marine. S'il te plaît.

Allait-il la supplier ? Il en était là ? Au prix d'un gros effort, il parvint à se dominer. Antoine était en prison, elle ne dormirait pas dans ses bras, seulement dans son lit. De toute façon, ils ne pouvaient pas continuer à vivre comme deux étrangers sous le même toit, mieux valait qu'elle s'éloigne. Traversant la pièce, il alla lui-même lui ouvrir la porte.

— Appelle-moi, on s'organisera, pour Baptiste, ajouta-t-il d'une voix étranglée.

Elle s'arrêta devant lui et il eut l'impression stupide qu'elle allait se jeter à son cou, mais elle franchit le seuil, la tête basse.

Emma n'avait acheté qu'une petite boîte de calissons. Pour Vincent, elle aurait volontiers dévalisé toute la boutique du confiseur, seulement il ne devait pas grossir. Les kinés l'avaient bien prévenue, la dernière fois, lorsqu'elle avait apporté un plein panier d'oreillettes tièdes et croustillantes.

La chambre était vide et elle déposa la boîte sur la table de nuit. Vincent prenait sans doute le soleil, dehors, ou bien il terminait une séance de rééducation. Mais qu'avait-il à réapprendre, le malheureux, puisqu'il ne marcherait plus jamais ?

Avec un soupir, Emma regarda autour d'elle. Cette chambre évoquait à la fois l'hôpital et la maison de retraite. Combien de jours, de semaines, son fils y passerait-il encore ? Il ne parlait pas de rentrer chez lui, pourtant il faudrait bien qu'il s'y résigne. Et, d'ici là, qu'il fasse équiper sa maison de tout l'attirail nécessaire à un infirme... Quelle pitié !

Pour ne plus y penser, Emma entra dans la petite salle d'eau attenante et prit le linge sale qu'elle enfouit dans un sac. Une tâche qu'elle accomplissait discrètement, pour ne pas infantiliser Vincent – mais qui pouvait désormais s'occuper de ces détails pour lui, sinon sa mère ?

Alors qu'elle revenait dans la chambre, la

porte s'ouvrit. Vincent apparut, et derrière lui se tenait Simon.

— Ah, maman ! Justement, on parlait de toi, tous les deux...

Figée, Emma se força à sourire. Évitant de regarder Simon, elle alla embrasser Vincent.

— Je t'ai apporté des calissons. Pas trop...

D'un coup d'œil rapide, elle le détailla et lui trouva bonne mine. Il parvenait à se dépenser physiquement, dans son fauteuil ou à la piscine, et il semblait nettement moins abattu que lors de son arrivée au centre. S'habituait-il à son état ? En ce qui la concernait, elle n'y arriverait probablement jamais.

Lorsqu'elle se redressa, elle surprit Simon en train de l'observer, mais il détourna les yeux aussitôt.

— Vous ne vous adressez plus la parole ? remarqua Vincent en s'esclaffant. Une querelle d'amoureux, à votre âge, c'est chouette ! Si je pouvais m'offrir ça, je serais le plus heureux des hommes.

Sa réflexion mit Emma mal à l'aise. Quoi qu'elle en pense et malgré tous ses soucis, elle était moins à plaindre que son fils.

— Je vais devoir vous laisser, ajouta-t-il, j'ai rendez-vous avec mon médecin. N'en profitez pas pour vous arracher les yeux.

Il manœuvra habilement son fauteuil et sortit en lançant :

— Merci pour les calissons, m'man !

Restée seule face à Simon, la gêne d'Emma augmenta d'un cran. Pour se donner une contenance, elle ramassa le sac de linge sale.

— Comment vas-tu ? demanda Simon d'une voix douce.

— Pas mal, pas mal...

— Tu sais que tu peux m'appeler quand tu veux, Emma ? Si tu as envie de parler, ou de te changer les idées... Il y a un restaurant qui vient d'ouvrir, à Bonnieux...

— À Bonnieux ?

La première fois qu'il avait osé l'embrasser, c'était dans ce village perché au-dessus de la vallée du Calavon. Ils avaient dîné au *Fournil,* dans la salle à manger troglodytique, et en sortant, surpris par la chaleur, ils avaient ri avant de se tomber dans les bras. À l'époque, Emma se sentait encore jeune.

— Eh bien, un de ces jours, pourquoi pas ?

Surpris d'avoir obtenu son accord, Simon tenta de dissimuler un sourire trop réjoui.

— Fais-moi signe ! lança-t-il en se sauvant.

La détermination d'Agathe et ses visites répétées finissaient par émouvoir Marie-

Angèle. Une telle assiduité, à seize ans, dénotait une force de caractère peu commune, ou bien, mais le mot devait être prononcé avec prudence, une réelle vocation religieuse.

En tout cas, Agathe s'accrochait à l'idée de son baptême. Chaque jour, en sortant du lycée, elle enfourchait son VTT pour monter au couvent d'Aigues-Blanches où elle suivait des cours de catéchisme, et le mercredi elle venait déambuler dans le cloître au côté de Marie-Angèle, qui répondait le mieux possible à ses innombrables questions.

Un jeudi soir, alors qu'elle rentrait à la bastide un peu plus tard que de coutume, elle trouva son père qui l'attendait, très inquiet de la fréquence de ses absences.

— Bon sang, Agathe, qu'est-ce qui t'arrive ? Tu as vu l'heure ? Je suis mort de faim, crevé, et je me suis fait un sang d'encre !

Le couvert était mis, sur la terrasse, mais Romain n'était nulle part en vue.

— Ton frère est allé s'écrouler devant la télé, il en avait marre d'attendre. Vous n'avez donc jamais de travail à faire, ni l'un ni l'autre ? Et tu trouves normal d'arriver à neuf heures ? Où étais-tu ?

Jusque-là, elle avait préféré garder pour elle son secret. Même à Romain, elle n'avait pas révélé grand-chose de ses intentions, sachant d'avance qu'il n'y comprendrait rien. Mais sans doute le moment était-il venu de parler à son père, et elle avoua, du bout des lèvres :

— J'étais à Aigues-Blanches.

— Là-haut ? Quelle drôle d'idée !

Peu convaincu, il la toisa en haussant les épaules.

— Je crois que vous me prenez pour un vieil imbécile, ton frère et toi. Je devrais sûrement être plus présent, surtout en ce moment où Sophie n'est pas là, mais j'ai du travail par-dessus la tête ! Il faut bien que je gagne de l'argent pour entretenir tout ça...

D'un geste circulaire, il engloba le parc et la piscine.

— Vous n'êtes plus des enfants, vous avez l'âge de vous prendre en charge, et de vous rendre compte que, pour mener ce genre de vie, on doit se donner un peu de mal !

— Papa, protesta Agathe d'une voix douce, c'est toi qui aimes vivre comme ça... Et tu adores aussi te noyer dans le boulot. J'étais vraiment au couvent, j'y vais souvent.

— Quoi faire ? demanda Arnaud, étonné.

— Parler avec Marie-Angèle. Prier.

Éberlué par la bizarrerie de la réponse, il

ouvrit de grands yeux, mais ne fit aucun commentaire.

— On va en faire une punaise de bénitier ! claironna Romain en déboulant sur la terrasse.

Il tenait à bout de bras un plat de macaronis trop gratinés.

— À force d'être réchauffés..., s'excusa-t-il.

— Garde tes réflexions pour toi ! lui lança Agathe, furieuse.

— Bon, l'incident est clos, décida Arnaud. À table.

Il s'installa face à Romain mais Agathe ne fit pas mine de les rejoindre. Elle avait autre chose à annoncer, qu'elle ne voulait plus différer.

— Je vais me faire baptiser.

Dans le silence qui suivit, elle vit son père se décomposer.

— Tu plaisantes ?

— Non.

— Qui t'a mis ça dans la tête ? Marie-Angèle ?

— Non. Au contraire, j'ai eu du mal à la convaincre. C'est mon idée, papa. Mon envie.

— Tu ne sais pas ce que tu dis ! Ah, l'adolescence, c'est vraiment l'âge bête !

— Tu as eu une vision ? railla Romain. Tu as entendu des voix ?

Elle les contempla l'un après l'autre, écœurée par leur attitude.

— Je ne te croyais pas si étroit d'esprit, dit-elle à son père.

— Je suis athée ! On l'est tous chez les Rouvier.

— Eh bien, pas moi ! Et si tu ne t'en es pas rendu compte, c'est parce que tu ne vois jamais rien. Même pour Sophie, tu n'as rien vu ! Tu n'es pas seulement athée, tu es absent !

Faisant volte-face, elle partit en courant vers le fond du parc et disparut dans l'obscurité. Stupéfaits, son père et son frère échangèrent un regard consterné.

Un peu avant onze heures, le soleil déjà brûlant achevait de dessécher toutes les plantations, dans le jardin de la clinique. Raphaël sortit du coffre de son Audi TT le superbe bouquet destiné à Sophie. Des fleurs bien fraîches, celles-là, payées une fortune chez le meilleur fleuriste d'Apt.

Il pénétra dans le hall, salua d'un sourire l'hôtesse d'accueil, en habitué, et se rendit jusqu'à la chambre de Sophie. Il lui avait rendu visite presque chaque jour, mais c'était la première fois qu'il osait lui apporter quelque chose.

Comme précédemment, elle parut ne pas le voir lorsqu'il s'arrêta au pied du lit. Le regard fixe, un vague sourire aux lèvres, elle était toujours aussi belle mais avait l'air désincarnée, et il en fut de nouveau déçu. Il installa le bouquet sur le rebord de la fenêtre, puis s'approcha de la jeune femme et déposa un baiser furtif sur sa tempe.

— Bonjour, jolie Sophie... Tu vas mieux ?

Elle sentait le savon, le shampooing, elle devait sortir de la douche. Se lavait-elle seule ? Y penser le fit frissonner et il s'écarta brusquement.

— Je reviendrai, chuchota-t-il.

Troublé, il retraversa la chambre et sortit sans bruit. Ce service de psychiatrie avait une excellente réputation, pourquoi Sophie ne faisait-elle aucun progrès ? Était-elle tellement malade ?

Sur le parking, tandis qu'il rejoignait sa voiture, il vit arriver Arnaud et, après une infime hésitation, il décida de l'attendre. Les deux hommes échangèrent une poignée de main, et Raphaël attaqua aussitôt :

— Tu as confiance dans le Dr Cassard, toi ? Parce que, franchement...

Arnaud avait les traits tirés, les yeux cernés, mais s'il y avait bien quelqu'un qui ne pouvait pas émouvoir Raphaël, c'était lui.

— Oui, entière confiance, répondit-il d'un ton agacé.

— Mais elle est toujours dans le même état.

— Cassard va essayer l'hypnose. C'est pour ça que je suis venu ce matin.

— L'hypnose ? Rien que ça ! Tu sais ce qu'il risque de provoquer, ton Cassard ? Une catastrophe ! Sophie est très fragile, très...

— Je suis en retard, Raphaël.

— Attends ! On parle de choses sérieuses, là ! Tu ne peux pas laisser ta femme subir n'importe quoi, tu...

— Lâche-moi, tu veux ?

Raphaël s'aperçut qu'il tenait le bras d'Arnaud et il le libéra. Dès qu'il était question de Sophie, il ne se contrôlait plus. Arnaud s'éloigna de quelques pas mais il s'arrêta, se retourna, le considérant d'un drôle d'air. Raphaël se contraignit à lui sourire alors qu'il avait envie de l'injurier.

Une heure plus tard, dans le bureau climatisé du Dr Yvan Cassard, Arnaud avait totalement oublié l'étrange comportement de Raphaël. Il se tenait dans un coin de la pièce, silencieux et immobile, fasciné par l'abandon absolu de Sophie. Les yeux fermés, elle gisait sur un confortable fauteuil de cuir, répondant aux questions d'une voix monocorde. En quelques mots apaisants, Cassard l'avait hypnotisée sans difficulté.

— Vous êtes calme, détendue... Dans vos souvenirs, quelque chose vous effraie. Quelque chose dont vous ne voulez pas vous rappeler mais que nous allons trouver ensemble, pour vous en débarrasser... Vous n'êtes pas seule, Sophie, je suis avec vous, je vous guide...

Le médecin parlait si bas qu'Arnaud avait du mal à comprendre ses paroles. Mais le désirait-il ? Il avait confié à Cassard le peu de renseignements dont il disposait, à savoir que Sophie ne supportait plus d'entendre parler du meurtre de Laurent Labaume. Au début, elle avait réussi à garder son calme, à feindre l'indifférence, mais petit à petit, entre les articles des journaux et le juge d'instruction qui harcelait sa famille, elle avait pris peur. Par la suite, apprendre que sa mère était allée se dénoncer lui avait carrément fait perdre les pédales. À l'évidence, elle savait quelque chose à propos de ce crime mais n'en était certainement pas l'auteur. Arnaud avait affirmé au médecin qu'il était prêt à affronter n'importe quelle vérité, de toute façon il répondait de sa femme.

— Cette nuit-là, c'est le bal du 14 Juillet..., chuchotait Cassard. Il y a de la musique, tout le monde danse...

En 1996, Arnaud se rappelait que, pour sa part, il avait passé l'été à installer son nouveau cabinet et à s'occuper de ses enfants. Il n'était toujours pas remis du départ subit de sa femme – qui s'était comportée avec une monstrueuse indifférence en lui abandonnant les enfants – , et il avait quitté Montpellier pour Aix-en-Provence, afin de changer de vie. Agathe et Romain avaient tout de suite aimé la bastide, ils s'amusaient dans la piscine du matin au soir. Durant le mois d'août, Claire, sa nouvelle associée, était souvent venue dîner sur la terrasse avec eux, mais Arnaud n'éprouvait que de l'amitié pour elle, rien d'autre, et elle l'avait compris. Bonne joueuse, elle s'était alors cantonnée à son rôle professionnel, et Arnaud avait continué de se consacrer à son métier, à ses enfants. Ignorant, à l'époque, qu'il rencontrerait plus tard une toute jeune avocate dont il tomberait fou amoureux...

Sophie poussa un cri perçant et Arnaud sursauta.

— Vous ouvrez les yeux, vous êtes réveillée, tout va bien, Sophie ! Vous êtes avec votre médecin, votre mari est là...

Cassard répéta plusieurs fois les mêmes phrases tandis que Sophie émergeait, hagarde. Arnaud se précipita vers elle, le cœur battant. Perdu dans ses propres souvenirs, il n'avait pas entendu ce qu'elle avait dit juste avant de hurler de terreur. Spontanément, il lui prit la main, se pencha vers elle, et il eut la surprise de la voir ébaucher un sourire.

— Arnaud..., souffla-t-elle.

Depuis son hospitalisation, c'était la première fois qu'elle s'adressait directement à lui. Il en éprouva une bouffée de reconnaissance envers Yvan Cassard qui, pour sa part, conservait un air un peu soucieux.

— C'est un bon début, se borna-t-il à dire.

Arnaud sentit que sa femme appuyait sa tête contre lui, et il décida que le reste n'avait aucune espèce d'importance.

« *C'est très dur de se retrouver ici, enfermé entre ces murs sales, avec cette chaleur moite qui rend les odeurs encore plus nauséabondes. Je pense à toi le jour et la nuit. Surtout la nuit. Si tu n'existais pas, je ne sais pas à quoi je pourrais me raccrocher pour supporter toutes ces heures immobiles. Je ne pensais pas revivre jamais ce cauchemar, mais c'est bien réel et sans doute loin d'être fini.* »

Marine relut de nouveau la lettre d'Antoine puis la replia et la rangea avec les deux autres. Elle devait ces courriers à la complaisance de Claire, mais n'avait pas la moindre possibilité de rendre visite à Antoine. Emma finirait peut-être par obtenir l'autorisation de se rendre au parloir de la prison, elle non.

Après la perquisition des gendarmes – qui n'avait rien donné –, Marine avait remis l'atelier en ordre. Puis, afin de s'occuper, elle avait effectué un grand ménage, lavant les sols, la verrière, nettoyant les fours, faisant la lessive. Antoine trouverait tout en ordre à son retour. S'il revenait. D'après Claire, Herrero était en train de réunir des preuves accablantes contre lui. Était-ce possible ? Antoine serait-il réellement l'assassin de Labaume ? Marine refusait d'y croire, il existait sans nul doute une autre explication.

Prête à essuyer une rebuffade, Marine avait eu le courage d'aller trouver Emma, qui détenait forcément la clef du mystère et n'avait plus le droit de se taire. Mais cette dernière lui avait opposé un silence hostile, comme si elle jugeait sa bru indigne d'être mise dans la confidence. Bien sûr, aujourd'hui, Marine était celle qui dressait l'un contre l'autre deux de ses fils. Cependant

Arnaud, gendre irréprochable, n'avait pas davantage obtenu de partager le secret des Soubeyrand.

L'atelier, l'hôpital, l'atelier... Marine avait l'impression de vivre en marge de tout. Parfois même, elle se demandait ce qu'elle faisait là, alors elle relisait les lettres d'Antoine. Chacun de ses mots était un cri du cœur, une déclaration d'amour, mais nulle part il n'essayait de la rassurer ou de clamer son innocence. Pourquoi ?

Ce soir-là, elle s'était préparé une salade de tomates et poivrons au basilic, sur laquelle elle chipotait tout en regardant les céramiques d'Antoine, rangées par ses soins sur une étagère. Il y avait beaucoup d'invention, de fantaisie, de force créatrice dans les formes et les couleurs. Quelque chose de plus puissant que tout ce qu'on pouvait voir chez Richard Bresson. Antoine possédait un véritable talent d'artiste, mais quel serait son avenir s'il devait rester enfermé ? L'idée était insupportable à Marine, elle se consumait de ne plus pouvoir se lover dans ses bras, respirer sa peau, le toucher...

Son portable vibra, sur la table, produisant le bruit d'un gros insecte. Le numéro de Paul s'afficha sur l'écran, et aussitôt elle décrocha.

— Bonsoir, Marine. Je te dérange ? Écoute, Baptiste est dans tous ses états. Il a un rhume, rien de méchant, il n'a que 38° 2, mais il veut que ce soit toi qui t'occupes de lui, personne d'autre.

— J'arrive, décida-t-elle.

Parce que sa mère travaillait à l'hôpital, Baptiste croyait dur comme fer, depuis toujours, qu'elle était seule capable de le soigner. De plus, elle lui avait juré qu'il pouvait l'appeler à n'importe quelle heure, qu'elle serait toujours disponible pour lui, qu'elle ne l'abandonnait pas.

Elle ramassa son sac, sauta dans sa voiture et fila jusqu'au mas. Paul avait allumé les lumières extérieures qui éclairaient le sentier allant de la maison à l'ancienne étable. En se garant, Marine eut une pensée émue pour sa jument, Moïra, qu'elle avait complètement abandonnée ces derniers temps. Paul devait s'en occuper, bien sûr, mais n'était-ce pas très injuste de lui laisser toutes les responsabilités ? Leur fils, leur maison, leurs chevaux... tout ce qu'il avait construit, tout ce pour quoi il s'était battu jusqu'à présent. Et elle l'avait planté là, avait fui chez Antoine. Comment ne pas se sentir écrasée de culpabilité ? Être mère, être mariée, avoir juré : rien ne l'avait arrêtée. Bien des années plus tôt, elle avait choisi librement entre deux hommes, deux frères, mais cette fois c'était différent : elle avait trahi.

Elle entra chez elle, grimpa quatre à quatre jusqu'à la chambre de Baptiste. Paul était assis au pied du lit, un livre ouvert sur les genoux, et le petit garçon, les yeux larmoyants, subissait une crise d'éternuements. Il se suspendit à son cou, lui raconta ses malheurs en reniflant, et elle dut lui reprendre la température, lui faire avaler du sirop, dissoudre de l'aspirine dans de l'eau sucrée avant qu'il s'apaise. Une demi-heure plus tard, il s'endormit enfin, la bouche ouverte et son ours serré contre lui.

Marine demeura un long moment à le contempler. Son fils était ce qu'elle avait de plus précieux au monde, que faisait-elle à plusieurs kilomètres de là au lieu de s'occuper de lui ? Pour combien de temps encore serait-il son petit garçon, vulnérable et fragile dans son pyjama semé de dinosaures ? Un jour prochain, il allait devenir un adolescent, se détacher d'elle. Voulait-elle vraiment se priver de ces années d'enfance pour rester avec son amant ? Vivre loin de Baptiste était un déchirement quotidien, pourtant elle n'avait pas le droit de l'emmener avec elle, ni de le priver de son père.

Écœurée d'elle-même, elle éteignit la lampe de chevet, brancha la veilleuse et quitta la chambre. Au rez-de-chaussée, elle trouva Paul dans la cuisine.

— Je me fais réchauffer des pâtes, tu en veux ?

Il paraissait fatigué, tendu, mais il n'exprimait aucune agressivité à son égard. S'apercevant qu'elle avait faim, elle accepta l'invitation en sortant du placard deux assiettes et deux verres. Des gestes si familiers qu'elle se sentit toute bête en les accomplissant. Du coin de l'œil, elle vit que Paul débouchait une bouteille de tavel, le rosé qu'elle préférait.

— Baptiste s'est endormi. Tu aurais dû m'appeler plus tôt.

— Il faut bien que j'essaie de me débrouiller avec lui, tu ne seras pas toujours disponible, répondit-il doucement.

Faisait-il allusion à ses gardes de nuit, à l'hôpital, ou au fait qu'il ne lui téléphonerait certainement plus lorsque Antoine serait de retour ?

— Je te l'ai déjà dit, en ce qui concerne Baptiste, tu peux me joindre quand tu veux, où que je sois.

Il lui tendit un verre, trinqua avec elle.

— Tu as mauvaise mine, Marine. Tu te fais du souci pour Antoine ?

Aussi franc qu'à son habitude, il abordait le problème de front.

— D'après ce que je sais, répondit-elle avec prudence, son avocate n'est pas très optimiste.

Paul esquissa un geste d'impuissance, secoua la tête et marmonna :

— Oui, je suppose que ça devait finir ainsi...

La phrase était sibylline, étrange, mais Paul était le dernier que Marine pouvait interroger. Passant derrière elle, il déposa le plat de spaghettis carbonara sur la table. Il ne savait toujours pas cuisiner et Baptiste devait manger la même chose tous les soirs.

— Sers-toi, je t'en prie...

Il s'installa en face d'elle, ainsi qu'il l'avait fait durant des années, puis l'observa ouvertement tandis qu'elle mangeait de bon appétit. Lorsqu'elle fut rassasiée, il lui resservit un verre de tavel.

— Tu me manques affreusement, dit-il tout bas.

Mal à l'aise, elle s'obligea pourtant à croiser son regard. Il était si différent d'Antoine qu'elle ne les avait jamais comparés. La séduction de Paul était celle d'un homme authentiquement gentil, tendre, plutôt réservé, et possédant une grande force de caractère. N'avait-il été pour elle qu'un lot de consolation au moment où Antoine avait fui au Brésil ? Non, elle l'avait aimé et désiré pour de bon, elle n'était même pas certaine que ce ne soit pas encore le cas. Horrifiée d'avoir pensé une chose pareille, elle se leva précipitamment.

— Je vais m'en aller...

Elle ne pouvait pas dire « rentrer chez moi », elle n'était plus chez elle nulle part. Sans protester, il quitta la table à son tour et la raccompagna jusqu'à sa voiture.

— Fais attention à toi, murmura-t-il en la prenant dans ses bras.

Il ne la serra qu'une seconde contre lui, n'essaya pas de l'embrasser.

Sur le marché de Cucuron, Emma déambulait entre les étals lorsque quelqu'un toucha son bras.

— Veux-tu que je t'aide ?

Souriant, Simon n'attendit pas la réponse pour la décharger du lourd panier d'osier rempli de légumes et de fruits.

— Il y a des rougets fantastiques chez le poissonnier, ajouta-t-il. Tu y es passée ?

— Pas encore... Mais tiens, tu me donnes une idée, je préparerais bien une bouillabaisse !

— Ils en font, à Bonnieux, dans ce restaurant dont je t'ai parlé.

— Meilleure que la mienne ?

— Je ne sais pas, je n'ai pas goûté la leur. Tu ne m'as pas appelé...

Elle s'arrêta devant le stand du poissonnier et, au lieu de lui répondre, se mit à examiner la marchandise. Dix fois, elle avait failli décrocher son téléphone, pourtant elle ne l'avait pas fait. Connaissant Simon, elle savait qu'il ne ferait pas marche arrière, or elle ne souhaitait décidément pas se marier. De surcroît, le moment était trop mal choisi pour y penser.

— Je vais prendre une rascasse, un grondin, un morceau de congre... et puis un loup, six rougets... et aussi de la lotte, si vous me la garantissez.

— Vous avez vu mes soles ? Tiens, achetez-m'en une et je vous offre l'autre, les amoureux !

Hilare, le commerçant ne remarqua pas la gêne d'Emma. Elle faisait son marché avec

Simon depuis tant d'années que tout un chacun les plaisantait gentiment. Jusque-là, elle n'y avait prêté qu'une attention distraite, mais peut-être Simon ne supportait-il plus, en effet, d'être l'éternel soupirant de la patronne du bistrot !

Elle régla ses achats et les déposa sur le dessus du panier.

— Il n'est pas trop lourd ?

— Bien moins qu'une batterie de voiture ou qu'une roue de camion, plaisanta Simon.

Sa gaieté sonnait tellement faux qu'Emma s'arrêta.

— Et si tu venais dîner, ce soir ?

Voyant son regard s'éclairer, elle se hâta de préciser :

— J'aimerais bien que tout redevienne comme avant, Simon.

— Comme avant ? répéta-t-il lentement. C'est-à-dire, de temps en temps, à la sauvette ? Je n'ai pas changé d'idée, Emma, je veux t'épouser.

— Tu es têtu, à la fin !

— Oh, oui ! Si têtu que je t'aurai à l'usure. Je ne renoncerai pas, tu es trop belle, même en colère...

Elle ouvrit la bouche, la referma, et au bout de quelques instants elle éclata de rire.

— Simon, je t'adore ! Tu...

— Madame Soubeyrand ?

Une femme venait de s'arrêter devant eux et la dévisageait avec une évidente hostilité.

— Emma Soubeyrand ? insista-t-elle.

— Oui.

— Vous avez bien de la chance de vous amuser ! Je suis Claude Labaume... La mère du garçon que votre fils a assassiné !

Clouée, Emma resta sans réaction. La femme se rapprocha encore et lui jeta au visage, d'une voix vibrante de haine :

— Je prie pour que cette ordure écope d'au moins vingt ans ! Moi, j'ai espéré pendant sept ans, et chaque jour je me suis forcée à croire que Laurent était parti au bout du monde... En réalité, il croupissait dans un puits, comme un animal !

Elle pointa son doigt vers Emma et le lui appuya sur le sternum.

— C'était mon fils unique, vous entendez ? Mon seul enfant !

Des gens commençaient à s'arrêter autour d'eux, mais Emma ne bougeait pas, livide. Simon fut le premier à réagir. Il posa le panier par terre et prit délicatement Claude Labaume par le bras.

— Venez, madame, venez...

Il réussit à l'entraîner avec lui, pressé de l'éloigner d'Emma.

— Je vais vous raccompagner, venez.

Il la sentit se raidir, puis elle lui échappa et se mit à courir droit devant elle, martelant le trottoir de ses talons. Il attendit qu'elle ait disparu au coin de la rue pour retourner vers Emma qui semblait statufiée.

— Qu'est-ce... Qu'est-ce qu'on pouvait... faire d'autre ? lâcha-t-elle.

De grosses larmes roulaient sur son visage tordu par une expression de souffrance aiguë. Simon passa un bras autour de ses épaules et elle s'abattit contre lui, secouée de sanglots convulsifs.

9

Raphaël réussit enfin à plier le fauteuil roulant sans se pincer les doigts. Il le chargea dans le coffre de l'Audi puis alla se glisser au volant.

— Tu as mis le temps, ronchonna Vincent. Je ne suis décidément pas facile à déplacer, hein ?

— Tu es surtout de mauvais poil, aujourd'hui ! Qu'est-ce que tu as ? La trouille ?

Vincent leva les yeux au ciel, mais sans pouvoir retenir un sourire. Au moins, Raphaël ne le traitait jamais comme un infirme et ne cherchait pas à le ménager.

— Je ne sais pas si c'est une bonne idée d'aller au salon, soupira-t-il.

Pourtant, c'était lui qui l'avait voulu. Un jour ou l'autre, il faudrait bien qu'il pousse la porte de son magasin, qu'il se retrouve devant ses clientes.

— Avant ton accident, quand tu leur coupais les cheveux, tu étais assis sur un tabouret, non ? Alors, ça revient au même. Si tu veux, je serai ton premier cobaye, ma chevelure est un peu longue à mon goût...

Touché par sa gentillesse, Vincent esquissa un nouveau sourire. Deux jours plus tôt, il avait fait un premier essai, avec la complicité de Bertrand qui s'était prêté au jeu. Dans sa chambre, au centre, il avait manié ciseaux et rasoir sur les boucles blondes de celui qui avait fini par devenir son copain à force de séances de sport en commun. La coupe, finalement assez réussie, avait provoqué entre eux de grands rires. Mais Bertrand était handicapé, comme lui, et affronter d'anciennes clientes représentait un tout autre enjeu.

— As-tu des nouvelles d'Antoine ? s'enquit Raphaël.

— Ce qu'on veut bien me dire. D'après maman, il ne supporte pas trop mal sa détention...

Il avait répondu de mauvaise grâce, peu désireux de parler de son frère. Il imaginait très bien dans quel dilemme Antoine se débattait, y penser le rendait malade.

À l'entrée de Cucuron, il commença à s'agiter, regardant de tous côtés avec angoisse.

— Ne te gare pas sur la place ! Va dans une rue tranquille, je ne tiens pas à ce qu'on me voie descendre.

Sa dépendance physique, qu'il n'acceptait toujours pas, lui parut soudain insupportable. Derrière les persiennes, combien seraient-ils à le regarder s'accrocher au cou de Raphaël pour quitter la voiture ? À ricaner quand il s'affalerait dans son fauteuil roulant ? Combien d'anciens rivaux, de types qu'il avait faits cocus, mais aussi de filles ou de femmes qui avaient partagé son lit ?

Il sentit que Raphaël le soulevait et, une fois installé, il considéra avec dégoût ses jambes inertes.

— Allez, vieux, ne fais pas cette tête-là...

Déjà, Raphaël le poussait vers la place. Quand il aperçut la vitrine du salon, Vincent posa ses mains sur les roues pour les bloquer.

— Lâche ça ou tu vas te faire mal. C'est parti, on ne s'arrête pas !

Sur le pas de la porte, Liliane venait d'apparaître, radieuse, et leur adressait de grands signes.

— Tout le monde t'attend, annonça-t-elle en s'avançant vers eux.

Impuissant, les joues brûlantes, Vincent ne lui adressa qu'un signe de tête. Était-ce bien elle qui avait déclaré, quelques jours plus tôt : « Je suis amoureuse de toi » ? La plus ridicule déclaration qu'il ait jamais entendue ! À travers la vitrine du salon, il distinguait les silhouettes des clientes, enveloppées de peignoirs lavande, mais surtout il voyait son propre reflet, celui de Liliane et surtout celui de Raphaël. Lui était un beau mec dont n'importe quelle fille pouvait tomber amoureuse ! Beau, riche, gentil, et valide. En pleine possession des moyens de leur âge.

Avec une rage désespérée, Vincent se propulsa dans la boutique en claironnant :

— Bonjour tout le monde !

Les odeurs de laque, de shampooing et de teinture l'assaillirent aussitôt. Et, tandis qu'il s'efforçait de répondre aimablement aux paroles de bienvenue, il éprouva de nouveau la tentation du suicide.

La fille qui venait de pénétrer dans le bar était superbe. Une véritable couverture de magazine. Grande, mince, bronzée, avec des jambes interminables, de longs cheveux bruns bouclés et d'immenses yeux noirs, elle avait une allure exotique qui devait rendre fous les hommes. Une lourde valise à la main, elle avait d'abord observé attentivement l'enseigne des *Tilleuls* avant d'y pénétrer d'un pas décidé.

Emma la regarda approcher du comptoir, très intriguée. En général, elle savait identifier les touristes, mais cette fille n'en était pas une, elle l'aurait juré.

— Vous devez être Emma ? lança la brune avec un accent portugais.

— Mme Soubeyrand, oui ! Que puis-je pour vous ?

— Vous êtes bien la mère d'Antoine ?

— Oui...

— Moi, je suis Gloria !

— Gloria, répéta Emma.

Le prénom ne lui disait rien du tout, mais elle commençait à deviner ce que voulait cette fille.

— J'ai fait un très long voyage, reprit Gloria en lâchant sa valise. Antoine vous a parlé de moi, je pense ?

— Non.

Les yeux de la fille s'agrandirent encore, puis soudain elle se mit à rire.

— Je comprends. Je crois qu'il a un peu peur de vous. Je suis ravie de vous rencontrer.

Elle tendit la main par-dessus le comptoir, et Emma la serra machinalement.

— Où est-il ? J'ai tellement hâte de le voir !

— Il n'est pas là.

— Où, alors ?

À l'évidence très déçue, Gloria regarda autour d'elle.

— C'est vraiment comme il avait raconté, ici... Il vous adore, vous savez ? Et sa sœur, son frère...

— *Ses* frères, corrigea Emma.

La présence de cette magnifique Brésilienne n'avait plus rien de mystérieux, cependant elle se demandait comment lui annoncer qu'Antoine était en prison. D'ailleurs, devait-elle le faire ?

— Antoine est absent pour quelques jours, vous ne pouvez pas le rejoindre là où il est, affirma-t-elle.

— Pourquoi ? Il est... avec une autre femme ?

— Non, pas du tout. Enfin, disons que... Vous auriez dû prévenir de votre arrivée.

— Je voulais lui faire une surprise. Il avait l'air tellement triste, au téléphone ! Les hommes, il faut les bousculer un peu, non ? Les surprendre, aussi. Antoine est l'homme de ma vie, je ne veux pas qu'il m'oublie.

Son expression de gaieté avait fait place à une moue angoissée. Emma eut une brève hésitation puis se décida à avouer :

— Antoine a des soucis. Mettons même des ennuis. Et sa vie sentimentale n'est pas simple non plus. Vous avez eu tort de débarquer comme ça.

Gloria baissa la tête, silencieuse. Il n'y avait aucun client dans la salle, les rares consommateurs s'étant installés à la terrasse, mais d'ici à une heure tout Cucuron saurait qu'une créature de rêve était arrivée.

— Vous devez mourir de soif, ajouta Emma d'une voix plus douce.

— J'ai vraiment fait un très, très long voyage. Il n'y a pas de chambre à louer, chez vous ?

À une autre époque, le *Café des Tilleuls* avait été un hôtel, cependant depuis des années Emma n'hébergeait plus que quelques habitués, l'été.

— Je peux vous loger ce soir, Gloria. Mais d'abord, il faut que nous parlions, toutes les deux.

La conversation menaçait d'être houleuse. Avant de faire comprendre à cette trop belle fille que son Antoine avait un *second* frère, sans doute passé sous silence, que celui-ci avait une femme, et que cette femme, justement...

— Bon, suivez-moi, décida-t-elle.

Mieux valait mettre les choses au point maintenant. De toute façon, cette Brésilienne ne pouvait pas rester, elle allait devoir se mettre en quête d'un vol retour pour São Paulo dès le lendemain.

Marine avait longtemps pesé le pour et le contre. Depuis que Paul et Antoine s'étaient battus à cause d'elle, Emma lui adressait rarement la parole et ne se donnait pas la peine de répondre à ses questions. Mais à cause de Baptiste, qui adorait sa grand-mère, la jeune femme était bien obligée de faire bonne figure.

En arrêtant sa voiture devant les *Tilleuls,* elle prit une grande inspiration. S'enfermer seule dans l'atelier d'Antoine ne faisait qu'augmenter son angoisse, il était temps qu'elle affronte le reste de la famille la tête haute.

Elle trouva Emma dans la cuisine, attablée seule devant une infusion, l'air morne.

— Tu tombes bien, toi ! lui lança-t-elle.

— Je viens aux nouvelles, je voulais savoir si tu as vu Antoine, répondit doucement Marine.

Emma avait la chance de pouvoir se rendre au parloir de la prison, un privilège pour lequel elle-même aurait donné n'importe quoi.

— Oui, je l'ai vu, soupira Emma. Ne t'inquiète pas trop, il va bien. Aussi bien qu'on peut aller dans ces conditions... Il a un peu maigri, c'est tout.

Un petit silence les sépara quelques instants, puis Marine déclara, d'une voix qui manquait d'assurance :

— Je sais ce que tu penses de moi, Emma. Tout ce que tu as envie de me dire, je me le suis déjà reproché. J'aime Antoine, je l'ai toujours aimé, que veux-tu que j'y fasse ? C'est plus fort que moi ! Mais le plus terrible, vois-tu, c'est que j'aime également Paul. D'une autre manière... Et je n'arrive pas à trancher. Tu me trouves malhonnête ? Égoïste ? Moi aussi ! Je souffre pour eux deux, pour Baptiste, pour moi...

Elle sentit que son menton s'était mis à trembler, et elle dut avaler sa salive pour chasser la boule qu'elle avait dans la gorge. Emma la regardait sans répondre, attendant la suite.

— Ce qui est terrible, avec Antoine, c'est que notre histoire n'était pas finie. Quand il est parti au Brésil, il ne m'avait pas quittée, on ne s'était pas dit adieu, je n'avais pas fait mon deuil de lui. Alors, quand il est revenu... J'ai essayé de me tenir loin de lui, je te promets que j'ai essayé ! Mais tu le connais, je n'étais pas de taille à lui résister, il est tellement...

Le sourire attendri d'Emma la prit au dépourvu et elle se tut.

— Tu ferais mieux de t'asseoir, Marine. Je ne veux pas me mêler de tout ça, mais vous ne me laissez pas le choix, ni les uns ni les autres ! Ta place n'est plus avec Antoine. Pourtant, si curieux que ce soit, je te comprends. Antoine a quelque chose d'irrésistible, que Paul ne possède pas, c'est vrai. Je ne devrais pas le dire, et je n'aurais jamais dû le penser. Malheureusement, j'ai préféré Antoine, et tout le monde l'a toujours préféré à Paul qui était trop réservé, trop peu démonstratif. Il cherchait à se faire oublier, et du coup on ne le voyait plus ! En réalité, il voulait avoir la paix. Il aimait la nature, le silence, et la joyeuse pagaille d'Antoine et de Vincent ne l'intéressait pas. Paul est le moins Soubeyrand de la famille, il ne ressemble à personne. Et quand il a des problèmes, il n'en parle à personne non plus... Il t'aime comme un malade. Il est jaloux d'Antoine, il a peur de lui, mais il n'a pas hésité à l'appeler au chevet de Vincent, tu t'en souviens ?

Marine baissa la tête, incapable de soutenir le regard d'Emma.

— La vie durant, on fait des choix, mais on ne peut pas changer d'avis tous les huit jours ! Si c'est vraiment Antoine que tu aimes, s'il ne s'agit pas que de braises sur lesquelles vous soufflez à plaisir, l'un et l'autre... Pour l'instant, Antoine ne pense qu'à toi, ne parle que de toi – c'est l'essentiel de ce qu'il me dit quand je vais le voir. Il a trop besoin de toi pour que je te rejette, même si je ne suis pas d'accord avec ce que vous êtes en train d'infliger à Paul. Tu aurais pu venir me trouver plus tôt. D'autant plus que, aujourd'hui, il y a quelque chose de nouveau. Plus exactement, quelqu'un...

Intriguée, Marine releva enfin les yeux et surprit l'air embarrassé, presque compatissant, d'Emma.

— Quelqu'un ? Qui ?

— Une femme qui est arrivée du Brésil.

— Ici ?

— Ben oui, ici. À la recherche d'Antoine. Parce qu'il n'a pas mené une vie de moine, là-bas, tu dois t'en douter !

— Qu'est-ce qu'elle veut, cette femme ?

— Elle veut Antoine. Comme toi.

La curiosité de Marine fut aussitôt emportée par une vague de jalousie, puis de souffrance.

— Où est-elle ?

— Dans une chambre, là-haut.

— Je vais aller m'expliquer avec elle !

— Si tu y tiens... Elle parle très bien français, elle n'aura pas de mal à s'y retrouver si tu lui dis que tu es la maîtresse de ton beau-frère ! À priori, Antoine ne s'est pas donné la peine de lui raconter certaines choses, bien qu'ils se soient téléphoné régulièrement.

Cette fois, Marine se sentit effondrée. Était-elle en train de briser sa vie, celle de Paul et celle de leur fils, pour un homme qui lui mentait ? Antoine n'avait même pas mentionné cette femme, il ne faisait jamais référence aux années passées à Santos, comme s'il les avait oubliées.

Au bord des larmes, elle se leva précipitamment. Emma devait la juger pitoyable, naïve, ridicule !

— Marine, attends...

Sans rien écouter, elle traversa la cuisine en courant, puis la salle du bar et, quand elle émergea sur la place où le soir tombait, elle se précipita vers sa voiture, qui risquait d'être dorénavant son seul refuge.

— Nous y voilà ! claironna Herrero en désignant les résultats du laboratoire de la police. C'est ce que j'espérais depuis le début, mon intuition ne m'avait pas trompé, maître…

D'un geste triomphant, il poussa les feuillets dans la direction de Claire. Elle parcourut le rapport en quelques instants, pâlissant au fur et à mesure de sa lecture. Quand elle se tourna enfin vers Antoine, il vit qu'elle en restait sans voix.

— Antoine Soubeyrand, c'est bien dans votre véhicule que le corps de Laurent Labaume a séjourné, martela le juge. Si vous voulez demander une contre-expertise, ne vous gênez pas !

Après un bref silence, Antoine se contenta d'ébaucher un geste d'impuissance. Nier l'évidence ne lui servirait à rien, puisque la preuve était établie.

— Vous avez une explication à me fournir ? insista Herrero.

Un nouveau silence, menaçant, contraignit Claire à murmurer :

— Antoine ? Souhaitez-vous vous entretenir avec moi ?

— Vous aurez tout loisir de parler à votre client, maître, mais pour l'instant c'est moi qui aimerais l'entendre ! À toutes fins utiles, j'ai procédé à une vérification : il n'y a pas trace d'une plainte pour vol de voiture, à l'époque des faits. Ce 4   4 était le vôtre, Antoine Soubeyrand, et vous y avez transporté un cadavre !

S'en souvenir rendait Antoine malade et il serra les dents. De toute façon, il ne regrettait rien, sauf peut-être d'avoir écouté sa mère.

— Très bien, trancha Herrero, je vous inculpe donc du meurtre de Laurent Labaume, perpétré la nuit du 14 juillet 1996. Vous allez regagner votre cellule jusqu'au procès.

Apparemment très content de lui, il fit signe à son greffier d'appeler le gendarme qui attendait dehors. Résigné, Antoine ne réagit pas quand on lui remit les menottes. Qu'aurait-il pu faire d'autre, à présent ?

— Antoine, écoutez-moi ! lui jeta Claire d'un ton pressant. Je viendrai à la prison cet après-midi, il faut que vous me parliez. Je ne peux pas vous défendre si vous ne me dites pas la vérité !

Il se laissa entraîner par le gendarme mais, au bout du couloir, il regarda par-dessus son épaule. Claire se tenait très droite, frêle dans sa robe d'avocate, petite bonne femme obstinée qu'il commençait à connaître et à respecter. Elle était son seul vrai lien avec l'extérieur. Devait-il se confier à elle ?

Sophie toucha le bord de la piscine la première, à bout de souffle mais ravie.

— J'ai gagné ! lança-t-elle à Agathe d'une voix hachée.

— De peu, de peu...

Hors d'haleine, l'adolescente se mit à faire la planche. Les rayons obliques du soleil rendaient la surface de l'eau éblouissante.

— En tout cas, tu es en forme ! constata Romain qui avait contrôlé la course depuis son transat. Qui veut un cocktail de jus de fruits ?

Aussi heureux que sa sœur d'avoir retrouvé Sophie, ils ne la lâchaient pas d'un pouce depuis son retour à la bastide. Leur père n'avait pas eu besoin de donner des consignes : d'eux-mêmes ils veillaient sur la jeune femme avec un soin jaloux.

— Pamplemousse, orange, tomate et cerise ! annonça-t-il en se levant.

Sophie et Agathe, ruisselantes, allèrent s'allonger sur deux matelas pneumatiques.

— C'est la meilleure heure, constata Sophie.

Elle se sentait assez bien, mais le soulagement d'être rentrée chez elle ne suffisait pas à dissiper ses angoisses. Yvan Cassard lui avait promis une amélioration rapide de son état, à condition qu'elle accepte de regarder la vérité en face. Pas vraiment facile. Pour commencer, elle devait parler à Arnaud. « Faites-le quand vous vous estimerez prête », lui avait conseillé le médecin. Lui-même était lié par le secret professionnel, il ne révélerait rien de ce qu'il avait appris durant ces séances d'hypnose – c'était à elle de se libérer.

Baissant les yeux sur sa Swatch étanche, Sophie constata qu'il était sept heures. Arnaud ne tarderait plus à revenir d'Aix, il avait promis de rentrer tôt. Perdue dans ses pensées, elle n'écoutait Agathe que d'une oreille distraite, mais un mot retint soudain son attention.

— ... religieuse. Évidemment, papa n'y comprend rien, il ne veut rien entendre. On dirait que ça lui fait peur. Moi, je suis sûre que c'est ma vocation.

Sophie se redressa sur un coude et dévisagea Agathe.

— Holà, pas si vite ! Tu as seize ans, Agathe, on n'est pas sûr de quoi que ce soit à ton âge.

— Je sais. Marie-Angèle me l'a déjà dit. C'est pour ça que je compte prendre mon temps. Le baptême d'abord, la communion ensuite, après on verra. Mais, même pour ça, papa se bute. Un baptême, il n'y a pas de quoi en faire un drame, non ?

— Non, bien sûr.

— Est-ce que tu pourrais... essayer de le convaincre ? Toi, il t'écoutera. Si tu lui demandais la lune, il s'arrangerait pour te la décrocher !

La réflexion, lancée en riant, rendit Sophie songeuse. Arnaud l'adorait et ne s'en cachait pas, c'était un mari idéal, un homme merveilleux, et pourtant elle n'arrivait pas à se sentir vraiment amoureuse de lui. Ni de personne, d'ailleurs. Un aveu qu'elle n'avait fait qu'à Raphaël, son confident depuis toujours. Était-elle incapable d'aimer ? Son passé ne lui permettrait sans doute jamais d'accéder au bonheur – ou du moins pas tant qu'elle l'occulterait, Cassard le lui avait affirmé. Elle avait encore un gros travail à effectuer sur elle-même, mais en aurait-elle le courage ?

— Je ferai ce que je peux, promis, murmura-t-elle.

Agathe parut se satisfaire de cette réponse et Sophie en fut émue. L'affection et la confiance que lui manifestait l'adolescente lui fit regretter, une fois de plus, de n'avoir pas d'enfant à elle. Mais elle s'était juré d'y arriver un jour – et aussi d'être une bonne épouse pour Arnaud, de devenir une grande avocate, de...

— Sophie ?

Elle ouvrit les yeux et découvrit son mari devant elle. Il faisait une drôle de tête, s'efforçant de sourire sans y parvenir.

— Comment vas-tu, ma chérie ?

— Mieux que toi, on dirait ! Qu'est-ce qui se passe ?

Malgré son costume beige impeccable, Arnaud s'assit à même les dalles de pierre pour être à côté d'elle.

— Je viens d'avoir une longue conversation avec Claire. Je préfère te le dire moi-même, car de toute façon tu l'apprendras : Antoine est officiellement inculpé du meurtre de Laurent Labaume.

— Oh, non ! Non !

— Le juge a des preuves. Les analyses du labo scientifique sont formelles. Les traces de sang séché retrouvées à l'arrière du 4 4 étaient infimes, mais bien incrustées dans la moquette. De nos jours, il suffit de presque rien...

— Je sais !

— Et apparemment, poursuivit Arnaud en cherchant ses mots, ton frère a avoué à Claire que c'est effectivement lui le meurtrier.

— Oui, c'est lui ! Bien sûr que c'est lui ! hurla Sophie.

Elle s'était levée d'un bond et tremblait des pieds à la tête. Ahuri, Arnaud la regardait sans comprendre.

— Mais comment peux-tu dire que...

— Parce que j'y étais ! Et Antoine n'est pas un meurtrier, je t'interdis de l'appeler comme ça ! Il n'a fait que me défendre, tu entends ?

Sa voix montait dans l'aigu, au bord de l'hystérie. Arnaud se redressa à son tour, tendit la main vers elle.

— Sophie...

— Je dois parler à Herrero, Arnaud... Je n'ai plus le choix. Vraiment plus !

D'un geste maladroit, elle ramassa sa serviette de bain et s'enveloppa dedans. Elle avait la chair de poule et son regard semblait s'être soudain creusé, laissant apparaître une immense fatigue.

— On va en finir avec cette histoire, murmura-t-elle.

Il était à peine neuf heures lorsque le greffier introduisit Sophie et Claire dans le bureau du juge.

— Maître Rouvier, vous vouliez me voir ? attaqua Herrero. Je constate que vous vous faites assister de votre consœur pour cette déposition de dernière minute...

— Je ne viens pas ici en tant qu'avocate, répondit Sophie, mais seulement comme témoin dans l'affaire Labaume.

— Ne vous ai-je pas déjà entendue à ce sujet ?

Manifestement peu disposé à la patience, le juge Herrero la toisait sans la moindre indulgence.

— Ce que j'ai à dire n'est pas facile, précisa Sophie, et sans l'aide de mon médecin je n'aurais pas pu m'y résoudre. Je sors d'une hospitalisation qui m'a aidée à prendre ma décision.

Sa curiosité éveillée, Herrero se carra dans son fauteuil, attentif.

— Je vous écoute, marmonna-t-il.

— La nuit du 14 juillet 1996, j'ai effectivement parlé à Laurent Labaume. Ou plutôt, c'est lui qui m'a abordée. Ne me demandez pas à quelle heure, je ne m'en souviens pas, mais le bal battait son plein... C'était juste avant le feu d'artifice.

Elle marqua une pause mais ni le juge ni Claire ne prononcèrent un seul mot.

— Labaume avait une sale réputation, reprit-elle avec effort. Dragueur, affabulateur, bagarreur, il picolait beaucoup et les filles l'évitaient. Antoine avait fait de la prison à cause de lui – croyez-le ou pas, c'est sans importance aujourd'hui... À l'époque, je fuyais Laurent comme la peste, seulement il est venu me chercher, là où j'étais... J'avais beaucoup dansé, j'étais en sueur et ma robe collait dans mon dos. Je m'étais éloignée de l'estrade avec une bouteille de Coca, histoire de reprendre mon souffle, de me recoiffer un peu. Je me demandais si je devais aller me changer, les *Tilleuls* étant juste de l'autre côté de la place... Laurent partait à ce moment-là, il était en train de manœuvrer avec sa voiture. J'ai cru qu'il trouvait le bal très « plouc », pas assez bien pour lui qui était plutôt branché techno, avec sa boîte... Il a baissé sa vitre, m'a fait signe d'approcher. Je n'avais pas envie de lui parler, je me méfiais bien trop de lui, mais comme je ne risquais rien sur la place, je l'ai rejoint. Il m'a dit qu'Antoine était en train de causer du bordel là-haut, dans sa discothèque, et qu'il valait mieux que quelqu'un le raisonne avant que ça tourne mal. « Viens avec moi, tu le calmeras, toi au moins il t'écoutera. » Antoine avait déjà un casier judiciaire, il ne pouvait pas se permettre le moindre incident, et je savais qu'il était capable de tout casser... Laurent avait l'air ennuyé, agacé, mais pas méchant. Il a continué dans ce registre, alors je me suis laissé convaincre : je suis montée avec lui.

Herrero se pencha un peu en avant, toujours silencieux. Claire gardait la tête baissée, impassible. Elle connaissait les faits et n'avait sans doute aucune envie de les entendre une seconde fois, néanmoins elle avait insisté pour être là, afin de soutenir Sophie par sa présence. Le greffier prenait des notes, sans le moindre bruit, et dans le silence lourd qui s'éternisait Sophie finit par enchaîner :

— Le *Stax* se trouve sur la route de Lourmarin. Laurent a d'abord pris cette direction mais, juste après Vaugines, il a brusquement tourné à droite sur une vicinale qui monte vers le Mourre-Nègre et se termine en chemin de terre. Presque tout de suite, j'ai paniqué. Dès qu'il a arrêté sa voiture, je suis descendue et je me suis mise à courir. Je voyais le feu d'artifice qui avait commencé en bas dans la vallée... Laurent m'a rattrapée facilement, parce que je me tordais les pieds, avec mes talons... Tout près, il y avait une cabane en pierres sèches, une borie, où il m'a traînée de force. Je criais comme une folle, il m'a giflée deux ou trois fois mais je ne voulais pas me taire, c'est seulement quand il m'a jetée par terre que j'ai eu le souffle coupé.

Jusque-là, Sophie avait réussi à garder son calme, parlant exprès d'une voix monocorde, pourtant elle s'enroua et s'arrêta de nouveau. Cette fois, il lui fallut presque une minute avant de reprendre la parole.

— Je n'étais pas ce qu'on appelle une fille délurée, monsieur le juge. Pas stupide non plus – j'avais eu des flirts, et puis mes frères m'avaient assez rebattu les oreilles avec leurs histoires... Je savais des tas de choses, mais... mais j'étais vierge. La robe que je portais avait une jupe assez large, Labaume me l'a rabattue sur la figure. J'ai continué à crier, j'ai crié tout le temps que ça a duré, mais il s'en fichait, personne ne pouvait m'entendre. Lui, il parlait beaucoup... Des mots crus, des cochonneries qui l'excitaient. Il sentait l'alcool et il me faisait très mal. J'ai crié longtemps, jusqu'à ce qu'Antoine lui tombe dessus.

Herrero faillit intervenir mais se ravisa. En tant qu'avocate, Sophie savait qu'il attendait la suite de ses explications et qu'elle ne pouvait pas s'arrêter là.

— Un copain m'avait vue partir dans la voiture de Labaume, il a trouvé plutôt curieux que je sois montée avec lui, alors il en a parlé au premier de mes frères qu'il a croisé, pendant le feu d'artifice. Antoine connaissait les petites habitudes de Labaume, ces parties qu'il organisait avec des filles qu'il saoulait d'abord au *Stax* et qu'il emmenait ensuite dans les collines. Antoine a compris, il a foncé. Quand il a surgi, Labaume se rhabillait. Moi j'étais sonnée, choquée... Je ne peux pas vous dire précisément ce qui s'est passé. Antoine avait l'air d'un fou, il a envoyé dinguer Labaume contre un des murs... Là, il s'est comme... empalé sur un gros morceau de métal qui dépassait, entre deux pierres, et il est tombé d'un bloc. J'ai dû m'évanouir parce que, après, tout est flou... Ma mère est arrivée, avec mes deux autres frères. Je ne parvenais pas à leur parler, j'avais l'impression d'être devenue folle, je continuais à crier dans ma tête. Ma mère a expliqué à mes frères que personne ne devait jamais apprendre ce qui s'était passé, que c'était le seul moyen pour que j'oublie un jour. Ils n'avaient pas l'air d'accord, mais je ne sais plus... Ils ont fini par faire ce qu'elle avait décidé et ils se sont occupés du... corps, tous les trois. Moi, ma mère m'avait déjà emmenée avec elle dans sa voiture. Après, on n'en a plus parlé, c'est vrai.

Du bout de la langue, Sophie se débarrassa d'une larme qui avait coulé jusqu'à sa lèvre.

— La borie existe toujours. Je suppose que, là aussi, vous pourrez faire des prélèvements, conclut-elle dans un souffle.

Herrero hocha la tête, puis attendit quelques secondes pour être certain que Sophie en avait terminé avec son récit.

— Je vous remercie, maître Rouvier, dit-il enfin d'une voix un peu rauque.

Il se tourna vers son greffier, qu'il observa comme pour s'assurer que tout avait bien été consigné.

— Allez nous chercher du café, lui demanda-t-il.

Durant son absence, il se contenta de pianoter sur les feuilles du dossier ouvert devant lui, laissant ainsi à Sophie le temps de se reprendre. Lorsque les gobelets furent posés devant eux, il s'adressa à Claire.

— Ce témoignage remet évidemment en cause les conclusions de l'instruction.

— Puis-je envisager la mise en liberté provisoire de mon client, Antoine Soubeyrand ?

Avec un mince sourire, Herrero approuva la présence d'esprit de l'avocate.

— Sans doute, maître... Faites votre demande et j'y donnerai probablement une suite favorable, le prévenu ne représentant pas de danger pour la société.

Il se décida enfin à regarder Sophie bien en face.

— Maître Rouvier, votre version des événements de la nuit du 14 juillet 1996 laisse un point important dans l'ombre...

— Lequel ?

— Qui est le corbeau ? Qui, depuis sept ans, aurait intérêt à envoyer ces lettres anonymes ? Qui a pu savoir, et comment ? Qui, en dehors des Soubeyrand, connaît les faits que vous venez de me révéler ?

— Je l'ignore, murmura-t-elle.

Les yeux du juge continuant de la vriller, elle baissa la tête, très mal à l'aise.

La nouvelle de la libération imminente d'Antoine rendit Emma folle de joie. Certes, au plus profond d'elle-même, elle souffrait à l'idée que le viol de Sophie soit bientôt connu de tous. Pis encore, sa fille avait dû revivre le drame en le racontant au juge, et à présent elle allait être livrée en pâture aux journalistes. Mais Sophie était beaucoup mieux armée pour subir leur curiosité que sept ans plus tôt, et son mari l'aiderait à franchir ce cap difficile, à garder la tête haute.

Convoquée par Herrero, Emma avait corroboré le récit de Sophie et endossé l'entière responsabilité de sa décision de l'époque. Oui, elle avait délibérément convaincu ses fils de cacher le corps de Labaume, maquillant ainsi en disparition ce qui était un *accident* et non pas un crime. Pour avoir défendu sa sœur, Antoine ne méritait pas la prison, et qu'il ait voulu flanquer une correction au violeur était somme toute légitime. Mais il n'avait pas souhaité sa mort et seule la malchance avait tué Labaume, cette nuit-là. Quant à porter l'affaire sur la place publique, non, Emma n'avait pas pu s'y résoudre ; devant Sophie en état de choc, elle n'avait songé qu'à la préserver.

Le juge ne s'était pas privé de commentaires plutôt aigres. Dissimulation de preuves, entrave à la justice, complicité d'un homicide involontaire, faux témoignage : Emma risquait d'être poursuivie. Imperturbable, elle lui avait lancé : « J'ai protégé ma fille, j'ai protégé mon fils, n'importe quelle mère en aurait fait autant, et j'en répondrai sans honte devant le tribunal ! »

Comme elle ne niait rien, Herrero l'avait laissée partir – et avait signé dans la foulée l'ordre de libération d'Antoine. Quelle que soit son opinion sur la famille Soubeyrand, il ne pouvait pas être du côté des violeurs.

Le soulagement d'Emma fut cependant de courte durée. À peine rentrée à Cucuron, lorsqu'elle voulut serrer Sophie dans ses bras, elle se heurta à une froideur inattendue. Sa fille, enfin libérée de son secret, ne lui pardonnait pas ces sept années de silence imposé qui, elle s'en rendait compte avec amertume, ne lui avaient jamais permis de guérir.

Emma ne tenait pas à se quereller avec Sophie, ni d'ailleurs à reparler de cette horrible histoire, aussi jugea-t-elle plus sage de ne pas réagir. Sophie ne tarderait pas à se sentir mieux, elle en était persuadée, et Antoine allait enfin revenir parmi eux.

La veille au soir, pour fêter l'événement, Emma avait attendu la fermeture des *Tilleuls* puis, avec Marie-Angèle, elles avaient vidé deux bouteilles d'un excellent bandol tout en se goinfrant d'aïoli. Une vieille habitude entre elles, qui les réjouissait autant l'une que l'autre. Seules dans la cuisine, elles avaient parlé jusqu'à l'aube. Bien sûr, l'énigme du corbeau subsistait, mais aucune des hypothèses qu'elles avaient successivement échafaudées n'était plausible. Dans la cabane de pierres sèches, ce 14 Juillet de sinistre mémoire, il n'y avait eu aucun témoin. Plus tard, quelqu'un avait-il aperçu le 4 4 d'Antoine montant vers Garbaud ? Surpris les frères Soubeyrand penchés au-dessus du puits ? Mais alors, pourquoi ne pas les avoir dénoncés sur-le-champ ? Ou, plus logique, pourquoi ne pas se livrer au chantage ? L'auteur des lettres anonymes savait tout et ne perdait pas la mémoire, pourtant il n'avait strictement rien exigé durant sept ans, ce qui demeurait inexplicable.

Le lendemain de sa petite fête avec Marie-Angèle, Emma se réveilla en pleine forme et décida de rendre visite à Simon. Elle ne l'avait pas revu depuis cette horrible rencontre au marché avec la mère de Laurent Labaume. Que devait penser la pauvre femme, à présent ? Avoir cru son fils disparu, puis le savoir mort, et enfin découvrir qu'il était un monstre...

Emma trouva le garage fermé, bien qu'il

soit déjà neuf heures, mais elle savait comment accéder à l'appartement au-dessus, et elle emprunta l'escalier extérieur. Matinal, Simon ouvrait toujours très tôt, cependant il pouvait avoir eu besoin de pièces détachées et être parti pour Aix ou Cavaillon. Si c'était le cas, Emma décida qu'elle lui laisserait un petit mot sur la table de la cuisine. Un mot gentil, pour une fois. Par exemple un rendez-vous ferme à Bonnieux, dans ce fameux restaurant, et pourquoi pas le soir même ? Elle avait acheté une nouvelle robe quelques jours plus tôt et mourait d'envie de l'étrenner, ce serait l'occasion idéale.

Alors qu'elle sortait de son sac la clef qu'elle avait conservée, la porte s'ouvrit sur Simon et sur une femme inconnue. La surprise cloua Emma sur place, tandis que Simon, apparemment très embarrassé, bredouillait d'inintelligibles présentations.

— Je vous laisse, décida la femme. À bientôt, Simon, j'ai été ravie...

Elle dévala l'escalier, sous le regard courroucé d'Emma.

— Ce n'est pas ce que tu crois, murmura Simon.

— Ah, non ? Quoi d'autre ?

En bas, dans l'impasse, l'inconnue était en

train de monter dans une petite voiture rouge. La quarantaine, une jolie silhouette, des vêtements à la mode. Ravalant sa rage, Emma reporta son attention sur Simon, qu'elle détailla. Il portait une chemise blanche largement ouverte, un pantalon beige, il était pieds nus dans ses mocassins et sentait l'eau de toilette.

— Qui est-ce ? Un représentant Michelin ? railla Emma.

— Je ne la connaissais pas il y a deux heures.

— Tu te fous de moi ?

— Non, bien sûr que non... Écoute-moi, Emma. Je n'en pouvais plus de toutes ces soirées à rester seul devant ma télé, je...

— Parfait ! On sait bien qu'un bonhomme, ça ne peut pas rester seul deux minutes ! Nous sommes toutes interchangeables, c'est si pratique ! Allez, je ne te demande pas de comptes, je te souhaite même bonne chance !

Elle fit demi-tour, mais il lui attrapa le bras pour l'empêcher de descendre.

— Attends ! Laisse-moi t'expliquer, s'il te plaît. Je m'ennuyais de toi, je pensais à toi, alors pour passer le temps je me suis promené sur Internet. Il y a un site de rencontres, c'était juste par curiosité, par...

— Internet ? répéta-t-elle, éberluée.

Deux ans plus tôt, Vincent, fou d'informatique, avait initié Simon aux joies de l'ordinateur. Depuis, Simon y faisait toute la comptabilité du garage, passait des commandes et recevait même des messages de ses clients. De là à aller y chercher l'âme sœur...

— La version moderne des petites annonces ou du courrier du cœur ? ironisa-t-elle. Eh bien, tu sembles avoir trouvé une femme pour te marier, mon vieux Simon, tous mes vœux !

Saisissant fermement la rampe métallique, Emma descendit le plus vite possible. Elle se sentait soudain pitoyable dans sa jupe à fleurs et son tee-shirt d'un bleu fané. Derrière elle, Simon la rappela en vain.

Marine attendait depuis plus d'une heure. La rue de la prison était quasi déserte, le bitume fondant sous le soleil de plomb. Pour ne pas suffoquer dans sa voiture, la jeune femme arpentait le trottoir, à l'ombre. De l'autre côté du haut mur d'enceinte, Antoine devait accomplir les formalités de sortie, et sans doute bouillait-il d'impatience.

Mille fois, depuis qu'elle connaissait enfin la vérité, Marine s'était reproché de n'avoir rien deviné, rien compris. Le départ précipité d'Antoine pour le Brésil ne lui apparaissait plus comme une fuite inexplicable mais plutôt comme un sacrifice. Il ne l'avait pas quittée sur un coup de tête, il avait été contraint de le faire et dans l'impossibilité de lui fournir une explication. Mais après ? Labaume avait été considéré comme disparu, l'affaire classée sans suite, oubliée. Antoine aurait pu rentrer plus tôt s'il l'avait voulu, or il était resté à Santos. Pourquoi ? Parce qu'il avait appris qu'elle venait d'avoir un enfant ? Non, apparemment Baptiste ne constituait pas un obstacle à leurs retrouvailles : Antoine n'avait pas tenu compte de lui lorsqu'il avait voulu reconquérir sa mère.

Assaillie de questions pour l'instant sans réponse, Marine s'en voulait de l'avoir mal jugé, de l'avoir cru lâche alors qu'il possédait tous les courages. Celui de défendre sa sœur, de respecter ses serments, de se sacrifier pour sa famille. Et si Sophie ne s'était pas résolue à parler au juge, Antoine se serait probablement laissé condamner. Il avait payé très cher la promesse faite à Emma mais ne s'en était jamais plaint. Aujourd'hui, il allait enfin pouvoir tirer un trait sur le passé, revivre normalement. Parviendraient-ils pour autant à être heureux ensemble ? Au sentiment de culpabilité qui la rongeait depuis qu'elle avait quitté Paul s'ajoutaient désormais l'angoisse et la jalousie provoquées par l'arrivée de cette Brésilienne. Délibérément, Marine avait évité les *Tilleuls*, refusant de rencontrer celle qui se prenait pour sa rivale. Elle avait d'ailleurs fui toute la famille Soubeyrand ces jours derniers, multipliant les gardes à l'hôpital et se terrant à l'atelier dans l'attente de la libération d'Antoine.

Elle entendit la lourde porte de la maison d'arrêt s'ouvrir dans son dos et elle pivota d'un bloc. Antoine apparut seul, en plein soleil, clignant des yeux. Au premier regard, elle constata qu'il avait maigri, pâli, que ses cheveux étaient un peu longs et ses vêtements tout froissés. Gêné par la lumière éblouissante, il mit une seconde à découvrir Marine, la main en visière, et durant cet instant il sembla tellement perdu qu'elle en fut bouleversée.

— Antoine !

Elle courut vers lui et se jeta dans ses bras, le faisant chanceler.

— Tu es venue..., chuchota-t-il. J'avais si peur que tu retournes chez ton mari, que tu ne veuilles pas m'attendre...

— À cause de la Brésilienne qui s'est installée aux *Tilleuls* ?

Cette question-là devait être réglée avant tout. Emma avait forcément averti Antoine de l'arrivée de Gloria, comment allait-il la justifier ?

— C'est une folle ! Je t'expliquerai. Je ne sais pas ce qu'elle a pu s'imaginer mais elle s'est trompée. Elle aurait dû repartir, je ne veux pas la voir.

Il prit Marine par les épaules, l'obligea à s'écarter de lui pour pouvoir la regarder bien en face.

— Je t'aime, Marine. Je me fous de cette fille, j'ai pensé à toi tout le temps.

Du bout des doigts, il suivit les contours de son visage, lui caressant les tempes, les pommettes, les lèvres.

— J'ai envie de toi, avoua-t-il à voix basse. On rentre ?

Ils gagnèrent la voiture en se tenant par la taille, serrés l'un contre l'autre. À l'intérieur, la chaleur était étouffante et ils roulèrent toutes vitres ouvertes. Lorsqu'ils arrivèrent en vue de l'atelier, Marine se sentit gagnée à son tour par l'impatience, pressée de se retrouver dans l'intimité de leur chambre, à l'ombre des persiennes. Avant de partir, quelques heures plus tôt, elle avait mis des draps propres, de la lavande dans un vase, une carafe de café dans le réfrigérateur.

— Oh, non ! s'écria Antoine d'une voix exaspérée.

Devant l'atelier, le vélo d'Emma était appuyé au muret, bien en vue, et ils aperçurent ensemble Gloria qui s'était installée non loin de là, à l'ombre d'un figuier. Dès qu'Antoine descendit de voiture, elle se précipita à sa rencontre avec un sourire éblouissant.

— Tonio ! Ils t'ont libéré pour de vrai ! hurla-t-elle.

Exubérante, elle lui mit les bras autour du cou et essaya de l'embrasser sur la bouche, sans tenir aucun compte de la présence de Marine qui lança :

— Ne vous gênez surtout pas pour moi !

— Tu es Marine ? dit Gloria d'un air réjoui. La femme de Paul, c'est ça ? Emma m'a tout raconté. Tu sais, Tonio, ta mère est géniale !

Antoine se dégagea brutalement de son étreinte et fit deux pas en arrière.

— Qu'est-ce que tu fous ici ? Je ne t'ai jamais demandé de venir !

— Mais, au téléphone, tu as dit... que je te manquais !

Balayant l'argument d'un geste impatient, Antoine s'écarta encore, comme s'il voulait mettre une distance entre Gloria et lui.

— Rentre au Brésil, je ne veux pas de toi.

L'expression était si crue que même Marine en fut choquée, mais à cet instant Gloria se tourna vers elle et la toisa.

— Cette femme n'est pas pour toi, Tonio. Tu le sais, tu l'as toujours su.

Son assurance n'avait rien d'artificiel, elle semblait énoncer une telle évidence qu'Antoine ne trouva rien à répondre. Gloria se dirigea alors tranquillement vers le vélo d'Emma, qu'elle enfourcha. Lorsqu'elle passa devant Antoine, elle lui envoya un baiser assorti d'un clin d'œil.

— La garce, gronda-t-il à voix basse.

Il rejoignit aussitôt Marine, sans parvenir à dissimuler son embarras.

— Désolé... Je ne lui ai rien demandé, je te jure. Et surtout pas de faire le voyage !

— Pourtant, si j'ai bien compris, tu ne l'en as pas dissuadée ?

— Elle raconte n'importe quoi. Les filles de là-bas sont de vraies tigresses, elles se croient tout permis.

Il tendit la main vers elle mais elle lui saisit le poignet au vol.

— Quand tu as quitté Santos, où en étais-tu avec elle ? Si tu n'as pas rompu, c'est normal qu'elle te poursuive ! Tu ne savais pas si tu resterais en France, et tu as voulu ménager la chèvre et le chou, n'est-ce pas ? Depuis combien de temps étiez-vous amants ? Quelques jours ou quelques années ? Ce n'est pas tout à fait pareil !

La colère la faisait trembler. Elle se sentait humiliée, déçue, frustrée.

— Marine, soupira-t-il, mon amour...

Il réussit à l'attirer contre lui malgré sa résistance.

— Tu es jalouse ?

— Oui !

— Alors, tu m'aimes ? Dis ?

Ses mains s'étaient glissées sous le débardeur, dans une caresse si douce qu'elle tressaillit.

— Je me moque de cette fille, chuchota-t-il, elle n'a aucune importance pour moi. Tu es la seule...

Il la tenait serrée et il était beaucoup plus fort qu'elle. De toute façon, elle n'avait pas vraiment envie de lui échapper, il y avait trop longtemps qu'elle attendait ce moment. Quand il fit glisser sa jupe le long de ses hanches, elle s'abandonna.

Sophie se réveilla en sursaut, le cœur battant à tout rompre, et elle alluma aussitôt sa lampe de chevet. À côté d'elle, Arnaud dormait paisiblement, un bras replié sous sa tête. Le cauchemar était encore trop présent, presque trop réel, pour qu'elle puisse se rendormir immédiatement. Elle se redressa avec précaution, ramena ses genoux contre elle et les entoura de ses bras. Combien de fois devrait-elle revivre cette nuit de juillet avant d'en être délivrée pour de bon ? Sa longue confidence au juge Herrero ne l'avait soulagée que partiellement, alors elle s'en était ouverte au Dr Cassard. « Il subsiste des zones d'ombre auxquelles votre mémoire refuse d'accéder pour l'instant », avait-il constaté. Il lui avait proposé de poursuivre les séances d'hypnose et elle avait accepté.

Réprimant un frisson, elle essaya de se concentrer. Quelque chose manquait, comme la dernière pièce d'un puzzle. Mais quoi ? Elle s'était obligée à revivre en pensée cette atroce scène de viol, pour mieux l'exorciser, toutefois elle n'en conservait que des images floues, éparses, qui se télescopaient dans ses souvenirs. À cause du tissu de la robe sur son visage, sans doute. Quant aux sons, aux bruits... rien que ses propres cris et les obscénités débitées par Labaume. « Quels mots ? » avait insisté Cassard. Elle ne voulait pas se les rappeler, elle les rejetait en bloc. À tel point que, lorsqu'elle avait fait l'amour avec Arnaud pour la première fois, elle lui avait demandé de ne rien dire, absolument rien. Elle voulait le silence et la lumière pour pouvoir supporter une étreinte. Il avait fait preuve d'une patience extraordinaire avec elle, surtout au début, ne la brusquant jamais et ne posant aucune question. Peu à peu, il l'avait ainsi apprivoisée, elle était parvenue à dominer sa répulsion, sa terreur, sans pour autant atteindre le plaisir. Était-ce la raison de son incapacité à tomber enceinte ?

Instinctivement, elle se rapprocha encore un peu de son mari, qui dormait toujours. Il grogna dans son sommeil, la chercha à tâtons, puis se rejeta sur son oreiller.

Elle *devait* retrouver chaque détail. L'oubli, comme le silence, avait failli la rendre folle, il était temps que sa mémoire ouvre les derniers verrous. Quels étaient donc ces mots si terribles, si sales, utilisés par Laurent Labaume ? Ceux d'un type capable de violer une femme pour assouvir ses pulsions. Sûr de sa force physique, de son pouvoir de mâle, il l'avait tenue par les poignets pour l'empêcher de se défendre, s'était servi de ses genoux pour lui ouvrir les cuisses. Mais l'avoir à sa merci n'avait pas suffi, il l'avait humiliée avec des paroles, comme pour se donner raison à lui-même et s'absoudre. « Tu aimes ça, hein ? Tu en redemandes, ma salope ? Arrête de crier, arrête ! Mais tiens-la, bordel ! »

Tiens-la... Tiens-la ? Un goût de sang, sur sa langue, lui fit desserrer les dents. Labaume était mort, et Arnaud était là, à côté d'elle, prêt à la défendre et à l'aimer pour le reste de sa vie. Elle ne craignait plus rien.

Tiens-la... Soudain, elle en fut certaine, eut même l'impression d'entendre distinctement les deux mots, et un voile se déchira quelque part dans sa tête.

Mais tiens-la, bordel ! Les mains de Labaume enserraient ses poignets, elle en avait conservé la marque plusieurs jours. Elle se revit, remuant la tête de droite à gauche, impuissante et terrifiée. Elle n'avait pas cessé de hurler, de se débattre, et à un moment le tissu de la jupe avait glissé, elle avait entr'aperçu le rictus hideux de Labaume, au-dessus d'elle, puis deux mains avaient prestement remis la jupe sur son visage. Deux *autres* mains, appartenant à quelqu'un qui se trouvait derrière elle, hors de son champ de vision.

Cette fois, elle se leva d'un bond, si oppressée qu'elle eut l'impression d'étouffer. Elle se précipita vers la fenêtre, qu'elle ouvrit en grand, à bout de souffle.

— Sophie ?

Derrière elle, la voix inquiète d'Arnaud lui sembla très lointaine.

— Ils étaient deux..., articula-t-elle de façon inintelligible.

Deux ? Il y avait donc eu un autre homme ? Témoin ou complice ? Un qui n'avait pas eu le temps de profiter d'elle, sans doute dérangé par l'arrivée du 4 4 d'Antoine, et qui s'était enfui. Labaume, lui, avait entendu trop tard le bruit du moteur, à cause des cris de Sophie et de ses propres grognements. Antoine lui était tombé dessus avant qu'il ait pu remonter son jean...

Sophie éclata en sanglots et se réfugia sur l'épaule d'Arnaud qui venait de se précipiter à côté d'elle.

10

La lettre anonyme fut cette fois adressée à Sophie et glissée dans la boîte aux lettres des Rouvier, à la bastide. Ce fut malheureusement Romain qui releva le courrier, ce matin-là, et il ne prit pas garde à l'enveloppe qu'il déposa, parmi d'autres, dans le tas destiné à sa belle-mère. Quand Sophie l'ouvrit, elle devint livide. Arnaud, qui prenait son petit déjeuner en hâte avant de partir pour Aix où il plaidait, arracha la feuille des mains de sa femme dès qu'il aperçut les mots grossièrement découpés et collés. « *Il y a sept ans, j'y ai pris goût, bientôt notre second rendez-vous.* »

Ivre de rage, Arnaud téléphona aussitôt au juge Herrero, qui promit de prévenir la gendarmerie. Les hommes de Lucien Sorgue effectueraient de discrètes patrouilles autour de la bastide dans les jours à venir, afin d'assurer la sécurité de Sophie.

— Notre corbeau s'énerve, c'est plutôt bon signe, décréta Herrero. Il finira par se trahir et nous lui mettrons la main dessus. Mais tranquillisez-vous, je ne le crois pas dangereux : s'il avait dû agir, depuis sept ans il l'aurait déjà fait.

Arnaud était trop en colère et trop inquiet pour se laisser rassurer par ce genre de propos. L'idée qu'un inconnu, tapi dans l'ombre, veuille s'en prendre à sa femme le rendait fou. Pour la première fois depuis qu'il avait épousé Sophie, il décida de demander de l'aide à ses frères. Pas Vincent, bien sûr, eu égard à son état, mais Paul qui avait su se taire durant des années, et Antoine qui avait donné la preuve de ce qu'il était prêt à faire pour défendre sa sœur. Il les appela l'un après l'autre et leur expliqua la situation, les mettant ainsi au pied du mur. La menace à peine voilée du corbeau n'était qu'une ultime conséquence de la nuit du 14 juillet 1996, un drame dans lequel Arnaud n'avait aucune part. Alors, même s'il se sentait de taille à veiller sur Sophie lorsqu'il était avec elle, il n'avait aucun moyen de la protéger pendant qu'il travaillait, ce serait donc aux frères Soubeyrand d'assumer leurs responsabilités.

Aux *Tilleuls,* Gloria n'avait toujours pas bouclé sa valise malgré les rebuffades successives d'Antoine. Elle ne se résignait pas à sa défaite, certaine qu'il lui suffirait d'un tête-à-tête pour le reconquérir. Hélas ! il la fuyait, refusait de la recevoir à l'atelier et ne mettait jamais les pieds au café. Depuis sa libération, il vivait la nuit dans les bras de Marine et le jour devant la porte de ses fours.

Emma, de son côté, ne faisait rien pour décourager Gloria. L'exubérance naturelle de la jeune femme l'amusait tellement qu'elle avait fini par lui louer la chambre pour un mois. Cette superbe Brésilienne lui apparaissait, depuis le jour de son arrivée, comme une solution possible au problème Antoine-Marine. Car, tant que ces deux-là poursuivraient leur idylle, s'aveuglant sur les simples restes d'un amour de jeunesse, la famille ne pourrait pas trouver la paix. Paul dépérissait, incapable de surmonter le départ de sa femme et la trahison de son frère. Quant à Antoine, le jour où il accepterait de regarder la vérité en face, il se verrait comme celui qui avait tout détruit autour de lui. Même Vincent, pourtant si indulgent dès qu'il s'agissait de son aîné, ne lui donnait pas raison. De plus, Marine semblait si mal dans sa peau, si culpabilisée...

Pour se gagner les bonnes grâces d'Emma – ou peut-être parce qu'elle s'ennuyait –, Gloria donnait un coup de main aux *Tilleuls*. Emma la laissait agir d'autant plus volontiers que les clients affluaient, curieux ou séduits par cette grande fille bronzée à l'allure exotique, dont le rire communicatif résonnait dès le matin dans la salle du café. Elle forçait la sympathie de tout le monde, jusqu'à Rosine pourtant peu liante, et même Baptiste, qui la suivait partout, subjugué. Le petit garçon, souvent confié à sa grand-mère, semblait avoir perdu tout espoir de voir ses parents se réconcilier, alors il se consolait en apprenant à danser sur des rythmes sud-américains, ce qui épatait ses copains de classe.

Dans la cuisine des *Tilleuls,* ce jour-là, Gloria défendait énergiquement sa dernière idée, à savoir organiser une soirée « brésilienne » pour les clients.

— Tu aurais un monde fou, Emma ! Je te prépare un plat typique, par exemple le feijoada, on décore un peu la terrasse et on met de la musique en fond sonore... Tu verras, tous les habitants de Cucuron se bousculeront pour venir !

— Je ne fais pas restaurant, protesta Emma, peu convaincue.

— Non, mais tu as la licence pour l'alcool, et c'est le plus important. Parce qu'ils ne feront pas que manger, ils boiront beaucoup : j'aime les sauces relevées !

— C'est bien joli, tout ça, mais pour te trouver les ingrédients de ton... comment, déjà ?

— Feijoada. Langue de bœuf, haricots noirs... vous avez ça ici, non ?

— Haricots *noirs* ?

— Haricots, quoi ! Et puis des oignons, des carottes, des poivrons, de l'ail, des grains de poivre, des tomates, du chou...

— Et quoi encore ?

— Du saindoux.

— Quelle horreur !

— Mais non, tu verras, c'est délicieux. En deux heures de cuisson, ça sentira bon jusqu'à l'église !

Son enthousiasme fit sourire Emma. À plusieurs reprises, Gloria avait révélé ses talents de cuisinière, elle adorait se lancer dans des préparations compliquées qui se révélaient toujours savoureuses.

— Après tout, si ça t'amuse, pourquoi pas ?

— Oui, ça m'amuse ! Et puis, tu n'as pas envie de gagner plus d'argent ? D'augmenter tes recettes ? On peut installer quarante couverts facilement. On mettra des guirlandes, des bougies... Tous ceux qui n'auront pas pu venir s'inscriront pour la fois d'après !

— Ah, parce qu'il y en aura une autre ? s'esclaffa Emma.

L'idée finissait par la tenter, après tout elle n'avait rien à y perdre.

— Mais il faudra demander à un de tes fils d'installer une sono, précisa Gloria d'un air innocent.

— Là, tu n'as pas de chance : Paul est meilleur bricoleur qu'Antoine. C'est lui que tu voudrais voir, hein ?

Le sourire disparut du visage de Gloria qui hocha lentement la tête.

— Oui, admit-elle d'une voix douce. Ton fils, c'est terrible, je l'ai dans la peau.

— Pour ces trucs-là, il faut être deux.

— Et alors ? Je ne vais pas te raconter, à toi sa mère, comment il était quand nous étions chez moi, à Santos ! On est faits l'un pour l'autre, je te le garantis, et avec cette femme il se trompe. Il rêve ! Je le connais, Antoine... Il a eu le temps de me parler, de se confier. Les hommes ne sont pas compliqués, mais lui, oui.

Perplexe, Emma la regarda un long

moment avant d'acquiescer. Antoine avait toujours été un garçon secret. À la fois dur et tendre, spontané mais buté, souvent difficile à comprendre. Et, sur un point précis, Gloria avait raison : Marine n'était pas pour lui. Quand il allait enfin s'en apercevoir, il serait trop tard, le mal serait fait.

— On va essayer ta formule, d'accord, céda Emma. De toute façon, à Cucuron, on manque de distractions.

— Si tu voulais, tu ne t'ennuierais pas. J'en connais un qui ne demande qu'à te distraire...

— Simon ? Il a bien autre chose à faire qu'à s'occuper de moi !

— Dans ce cas, pourquoi passe-t-il vingt fois par jour devant le café avec un air de chien battu ? Mais toi, tu ne lui adresses même pas un sourire. On dirait que tu ne le vois pas.

— Faudrait être aveugle ! explosa Emma. Écoute, Gloria, je ne veux pas parler de ça avec toi. Les sentiments, à mon âge, c'est plus difficile qu'au tien. On se remet moins bien des échecs, alors on essaie de limiter les bêtises.

— Dommage. Très dommage...

Gloria lui souriait d'un air attendri, et la

mauvaise humeur d'Emma se dilua aussitôt. Cette fille avait quelque chose d'irrésistiblement gai, elle transformait tout en fête. Le jour où elle déciderait de repartir dans son pays, elle laisserait un vide derrière elle.

— Simon cherche des consolations sur Internet, tu te rends compte ? avoua soudain Emma.

— Ben oui, quoi ? C'est courant, plein de gens font ça. Si tu le repousses, il va voir ailleurs, normal.

— Tu trouves ? Dis-moi donc pourquoi tu ne vas pas voir ailleurs, toi ? Pourquoi attends-tu après Antoine ?

— Moi, j'ai tout mon temps. La vie devant moi ! Ton Simon, peut-être pas...

Touchée par la pertinence de la réponse, Emma fronça les sourcils et se tut. Combien d'années Simon avait-il patienté sans obtenir d'elle ce qu'il désirait vraiment ? Ils seraient bientôt vieux tous les deux, s'ils ne l'étaient pas déjà.

— Peut-être pas, en effet, répéta-t-elle à mi-voix, songeuse.

Antoine se gara en catastrophe sur le parking du centre de rééducation. À peine descendu du 4 x 4, il aperçut Vincent qui fonçait vers lui, poussant comme un fou sur les roues de son fauteuil.

— Ah, quand même ! J'ai cru que tu ne rebrancherais jamais ton portable !

— Je n'ai rien compris à tes messages, Vincent ! Où est Paul ?

— Il a foncé là-bas, je n'ai pas réussi à lui faire entendre raison.

— Mais il est complètement cinglé ! Qu'est-ce qu'il espère ?

— Il dit que seul Régis Cantel peut être le corbeau.

— Oui, je sais, il m'en a parlé au téléphone.

Après l'appel au secours d'Arnaud, Paul avait joint Antoine, fou de rage à l'idée que leur sœur soit de nouveau menacée. L'homme qui cherchait à la terroriser ne pouvait pas être un inconnu, ses lettres étaient trop précises. Et si Cantel, en tant qu'associé de Labaume, avait eu les mêmes vices que lui ? D'ailleurs, qui d'autre aurait pu être présent, cette nuit-là ?

— Je n'ai aucune considération pour Régis, déclara Antoine, mais je ne l'imagine pas violant les filles. Il a beau rouler des mécaniques, c'est un trouillard.

— Il s'est peut-être laissé entraîner par Labaume.

— Non, je ne crois pas. À l'époque, si je me souviens bien, il était déjà très amoureux de cette brune, Cécile...

— Il l'a épousée, depuis.

— Alors, tu vois, ça ne colle pas.

Soucieux, Antoine enfouit ses mains dans les poches de son jean et fit quelques pas sur le parking. Il aurait voulu réfléchir mais Vincent le rejoignit, impatient.

— Paul est monté au *Stax* en partant d'ici, j'en mettrais ma main à couper !

L'expression était si stupide qu'il esquissa une grimace en poursuivant :

— Comme tous les grands calmes, Paul est capable de sortir de ses gonds, et là, tu le connais, plus rien ne l'arrête.

— Il va se faire casser la gueule par les videurs du *Stax*, prédit Antoine.

— Allons le chercher avant que ça tourne au drame. Je crois qu'une plainte contre un Soubeyrand serait très mal venue en ce moment...

Antoine lui jeta un coup d'œil un peu embarrassé. Que savait exactement Vincent de la tempête traversée par la famille ? Leur mère avait tenté de l'épargner, de lui en dire le moins possible, mais il devait lire les journaux et avoir compris tout seul l'essentiel.

— Ne t'en fais pas pour moi, lui lança Vincent comme s'il devinait ses pensées, Liliane ou Simon finissent toujours par me donner les détails qui me manquent ! Je suis infirme, pas sénile, et le juge Herrero s'est déplacé en personne jusqu'ici pour m'entendre.

Résigné, Antoine hocha la tête.

— Très bien. Je vais monter au *Stax* voir ce qui se passe.

— Pas tout seul ! Tu m'emmènes, Antoine.

— Tu es cinglé ? À quoi veux-tu donc me...

Il s'interrompit net, mais Vincent acheva pour lui.

— Te servir ? À appeler les flics en cas de besoin.

— Non, protesta Antoine. Tout ira bien, je te le promets.

— Sauf que Paul a pris un fusil avec lui. Alors, au lieu de discuter, on devrait y aller vite fait !

Antoine n'eut besoin que d'une seconde pour se décider. Laisser Vincent derrière lui était le meilleur moyen de le désespérer : s'il ne devait plus jamais être utile à rien ni personne, il finirait par se flanquer une balle dans la tête.

— Dépêche-toi, bougonna-t-il en ouvrant la portière côté passager.

Il souleva son frère dans ses bras, le déposa sur le siège et replia le fauteuil roulant. Puis il s'installa au volant et démarra en trombe.

— Quel fusil ? Il n'en possède pas. Ce n'est pas son genre, il aime trop la nature pour ça !

— Le vieux 12 de papa, soupira Vincent. Rappelle-toi, c'est lui qui l'avait récupéré, en souvenir...

Antoine leva les yeux au ciel. Cette histoire n'aurait donc jamais de fin ? Il n'avait pas remis les pieds au *Stax* depuis plus de huit ans mais il aurait pu s'y rendre les yeux fermés. Ouvrir une discothèque sur la route de Lourmarin avait été son idée, une excellente idée ainsi que l'avenir l'avait prouvé. Malheureusement, à l'époque, les deux seuls copains prêts à investir leurs économies dans ce projet n'étaient pas très recommandables. Pas vraiment des copains, d'ailleurs, plutôt de vagues relations de boîtes de nuit. Laurent Labaume était un requin, Régis Cantel un lâche, néanmoins ils s'étaient démenés tous les trois, retapant la grange eux-mêmes, coulant du ciment pour le parking, rivalisant d'ingéniosité pour installer des éclairages stroboscopiques sur les trois pistes de danse. Au début, ils se relayaient au poste de disc-jockey, puis, le succès venant, ils avaient embauché. Très vite, Antoine s'était senti mal à l'aise entre la cupidité de Régis et l'amoralité de Laurent. Il ne tenait pas à jouer au caïd, il l'avait dit trop fort, alors ses ennuis avaient commencé.

— Tiens, regarde ! s'exclama Vincent.

La voiture de Paul était garée de travers, juste devant l'entrée de la boîte. Vue à la lumière du soleil couchant, la grange n'avait rien d'extraordinaire. Pourtant, à minuit, le parking serait sans doute plein, comme chaque soir.

Sur le côté du bâtiment, deux autres voitures étaient rangées, dont un superbe coupé Mercedes.

— Si c'est la bagnole de Régis, il ne se refuse rien ! constata Antoine entre ses dents.

— Et il n'est pas seul...

Ils échangèrent un regard inquiet. Aucun bruit ne leur parvenait en provenance du *Stax,* mais Antoine savait à quel point l'insonorisation était bonne.

— J'y vais, décida-t-il.

Vincent sortit son portable de la poche de sa chemise et le posa sur ses genoux.

— Enferme-toi, à tout hasard, lui conseilla Antoine. Et appelle la gendarmerie si je ne suis pas revenu, disons, dans... dix minutes.

— Cinq.

— Non, laisse-moi le temps de gérer la situation, de parlementer.

Il descendit du 4 4, prit une grande inspiration et se dirigea vers l'entrée. Voler au secours de Paul était la dernière chose qu'il se serait imaginé faire, cependant, il ne pouvait pas le laisser tomber. Vincent avait raison : malgré toute sa douceur, Paul était capable de devenir violent.

La lourde porte n'étant pas verrouillée, Antoine entra discrètement. Toute la salle, immense, était plongée dans le noir, hormis les veilleuses obligatoires sur les issues de secours, mais il n'eut aucun mal à se repérer. Il contourna le bar et poussa une petite porte, à peine visible, qui conduisait aux bureaux de la direction. Le couloir, capitonné de liège, étouffait les bruits, toutefois il perçut des éclats de voix, sur sa gauche, et il s'immobilisa. L'altercation devait se produire dans la plus grande des trois pièces, celle en principe réservée au comptable, où se trouvait le coffre. Cantel en avait-il fait son bureau ? Résolument, Antoine ouvrit à la volée et se rua à l'intérieur. En une fraction de seconde, il enregistra la scène : Paul tenait en joue Cantel et ses deux videurs, mais il eut la mauvaise idée de se retourner pour voir qui arrivait. L'un des hommes en profita pour lui sauter dessus et il y eut une détonation assourdissante, accompagnée d'un bruit de verre brisé. Dans la confusion qui suivit, Antoine fut le plus rapide pour ramasser le fusil.

— Plus personne ne bouge ! hurla-t-il.

À côté de lui, Paul se releva en titubant, le visage en sang, tandis que les trois autres reculaient de nouveau vers le fond de la pièce. D'un geste sûr, Antoine ouvrit et referma le fusil, trop vite pour qu'une intervention soit possible. Il restait une cartouche, Paul n'avait donc tiré sur personne avant son arrivée.

— Vous êtes des branques ! Des fondus ! glapit Cantel.

— Ferme-la, lui enjoignit Antoine en le mettant en joue.

— J'ai déjà dit à ton connard de frangin que je n'y suis pour rien ! Ce n'est pas moi, je n'étais pas là ce soir-là : j'étais à Paris, en virée ! Bon sang, Antoine, j'ai des témoins, j'avais été interrogé par les flics après la disparition de Laurent !

D'un rapide coup d'œil, Antoine s'assura que Paul allait bien. Il saignait du nez, toujours sonné par le violent coup de tête qu'il venait de recevoir. Ça l'avait calmé.

— Sors le premier, Paul, murmura Antoine. Ma voiture est dehors, quelqu'un nous attend.

Sans baisser son arme, il toisa Cantel et ses deux acolytes. Sur le mur du fond, un miroir avait volé en éclats et un gros morceau de plâtre était tombé.

— Il y a un salaud qui nous fait chier, dit-il entre ses dents.

— Eh bien, cherche-le ailleurs ! protesta Cantel. Je suis marié, Antoine, je ne suis pas un violeur et je n'écris pas de lettres anonymes. Laurent était une ordure, tu l'as buté. Je m'en fous éperdument, c'est votre histoire, pas la mienne.

— Pourquoi m'as-tu accusé, si tu n'avais rien vu ?

— Tu l'as fait le premier, je t'ai renvoyé la balle !

Indécis, Antoine hésitait. Régis ne lui inspirait qu'un profond mépris, pas une réelle inquiétude.

— Va-t'en, Antoine, je ne porterai pas plainte. Je ne cherche pas les ennuis, ni que le *Stax* soit catalogué par les gendarmes comme un truc à problèmes. Mais ton frère est un malade, j'ai vraiment cru qu'il allait faire un carton... Vous finirez mal, les Soubeyrand !

Haussant les épaules, Antoine désigna les deux videurs.

— Tiens tes chiens en laisse, Régis. Je me casse, mais je veux partir tranquille.

Il sortit à reculons, retraversa la grande salle posément et émergea enfin à la lumière du jour. Paul était assis au volant de sa voiture, tenant un mouchoir plaqué sur son nez. Antoine déchargea le fusil qu'il déposa sur la banquette arrière.

— Suis-moi jusqu'à l'atelier, il faut qu'on parle, tous les deux.

— Tous les trois, non ?

Paul désignait le 4 4 où Vincent attendait toujours.

— Tu l'avais emmené en renfort ? Tu es cinglé ?

— Moins que toi : il aurait appelé les gendarmes si on avait eu le dessous.

Mais l'arrivée de Sorgue et de ses hommes au beau milieu d'une rixe armée aurait sans aucun doute signifié le retour d'Antoine en prison. Il rejoignit Vincent et démarra aussitôt, suivi de près par Paul.

— Tu n'as pas entendu de coup de feu ? demanda-t-il à son frère.

— Si...

En tournant la tête vers lui, Antoine surprit son expression réjouie, très inattendue.

— Et alors ?

— Je me suis dit que j'allais compter lentement jusqu'à soixante avant de faire le numéro de la gendarmerie, et à cinquante-six j'ai vu sortir Paul.

— Bien raisonné.

Ils roulèrent quelques instants en silence puis Antoine demanda :

— Qu'est-ce qui t'amuse, Vincent ? D'avoir participé au rodéo ?

— Oh, « participé », n'exagère pas ! Même comme spectateur, je n'étais pas aux premières loges. Non, c'est plutôt que...

Vincent s'interrompit, cherchant ses mots, et finalement il secoua la tête sans achever. Pour échapper au regard inquisiteur d'Antoine, il fit semblant de s'absorber dans la contemplation du paysage. Il y avait bien longtemps qu'il ne s'était pas offert une balade aussi loin du centre, qu'il n'avait pas revu ces routes. Il s'imagina lancé à fond sur sa moto, s'inclinant dangereusement dans les virages, jouant avec la vitesse, testant de vertigineuses accélérations, jouissant des vibrations de la machine entre ses jambes. Des sensations désormais interdites, inaccessibles, qui appartenaient à une autre vie. Aujourd'hui, toute son ambition se limitait à des choses dérisoires telles que guetter le moindre signe d'amélioration de son état. Et, quelques minutes plus tôt, quand il avait perçu la détonation assourdie du fusil, alors qu'il était sur le point de paniquer en pensant à ses frères, il avait eu le réflexe machinal de vouloir descendre de voiture. À peine la portière ouverte, il avait réalisé sa stupidité, mais, juste au moment où il manquait de basculer sur le ciment du parking, il avait réussi à se rétablir en faisant porter son poids sur sa jambe droite. L'avait-il rêvé ? Le cœur tapant à cent à l'heure, sa main gauche toujours crispée sur son portable, un espoir dément l'avait submergé, balayant toute autre pensée consciente. Cette minute qu'il prétendait avoir comptée, il l'avait en réalité passée à recouvrer son souffle, à se calmer, jusqu'à ce que Paul émerge de la discothèque.

Très discrètement, afin qu'Antoine ne surprenne pas son geste, il posa sa main sur sa jambe. Était-ce de l'autosuggestion ? Ressentait-il vraiment un vague, très vague engourdissement dans la cuisse ? À peine un fourmillement, peut-être...

— Vincent, ça va ?

Antoine l'observait avec curiosité et il essaya de prendre l'air indifférent.

— Oui, oui ! J'ai eu la trouille pour vous deux, c'est tout.

Comme ils arrivaient en vue de l'atelier, son frère n'insista pas. D'autant plus que Marine se tenait sur le seuil, apparemment très étonnée de voir la voiture de son mari derrière le 4 4. Néanmoins, dès que Paul en descendit et qu'elle constata dans quel état il était, elle se précipita vers lui. Coupant court à ses explications embarrassées, elle l'entraîna à l'intérieur.

— Je vais nettoyer et désinfecter, ensuite je pense que tu devras passer une radio, annonça-t-elle en fermant la porte de la salle de bains.

Elle le fit asseoir sur un tabouret puis, penchée au-dessus de lui, se mit à enlever délicatement les traccs de sang séché.

— À mon avis, ton nez est cassé, mais c'est une fracture sans déplacement, il n'y a rien de particulier à faire. Tu auras probablement les deux yeux au beurre noir...

Elle remarqua qu'il regardait autour de lui. Sur la patère, derrière la porte, son peignoir de soie bleue était pendu, et ses produits de maquillage se trouvaient alignés sur la tablette du lavabo. Le peignoir, il le lui avait offert à Noël, et elle éprouva un sentiment désagréable de honte et de regret.

— Tu es vraiment allé au *Stax* ?

— Oui...

— Qu'est-ce que tu voulais faire ?

— Nous débarrasser de Cantel.

— Tu es fou à lier, Paul !

— Pourquoi ? Parce que je n'ai pas l'habitude de me battre ? Parce que je ne sais pas me servir d'un fusil ? Antoine fait ça très bien, il est arrivé à pic. Mais lui, c'est un aventurier, un héros, pas moi !

Son amertume atteignit Marine comme une gifle. Sans doute se sentait-il un peu ridicule, maintenant que sa colère était tombée.

— Même si tu t'es trompé au sujet de Cantel, tu as été très courageux d'y aller, déclara-t-elle doucement.

La chemise de Paul était tachée de sang, et elle commença à la déboutonner ainsi qu'elle aurait procédé avec n'importe quel patient arrivé en urgence à l'hôpital. Il était bronzé, comme toujours en été puisqu'il passait tout son temps dehors. Lorsqu'elle frôla sa peau, par inadvertance, il tressaillit.

— Marine..., murmura-t-il.

Seulement son prénom, avec une intonation d'une insupportable tristesse. Elle retira sa main et resta immobile devant lui, sans savoir quoi dire, tout à fait consciente d'être troublée par la proximité de cet homme qu'elle avait aimé.

— Tu me manques, ajouta-t-il tout bas. Je ne crois pas que j'arriverai à m'en remettre.

Il se contentait de la regarder, ne tentant pas un seul geste vers elle, et elle eut envie de le toucher, de le prendre dans ses bras. Au même instant, Antoine ouvrit la porte de la salle de bains.

— Alors, tout va bien ?

Marine perçut un peu d'agressivité dans la question. Antoine entra carrément et elle eut soudain l'impression d'étouffer, coincée entre eux deux.

— Prête-lui un tee-shirt ou une chemise, la sienne est bonne à jeter.

La pièce était trop petite, il fallait qu'ils sortent de là tous les trois. Antoine fut le premier à réagir, sautant sur l'occasion de les séparer.

— Viens avec moi, lança-t-il à son frère.

Emma avait beau en rire, elle ne réussissait pas à dissimuler son émotion.

— Tu te rends compte ? Avec le vieux fusil de Jean ! Oh, j'aurais tellement voulu voir la tête de Cantel ! Sûrement moins fier que lorsqu'il est venu me menacer aux *Tilleuls*...

— C'est un minable, pourtant je ne le crois pas méchant, répondit Simon.

— Tu dis ça parce qu'il aime les voitures.

Assis à une table isolée, des bougies posées entre eux sur la nappe de dentelle, et des loups grillés parfumés aux herbes dans leurs assiettes, ils étaient heureux de se retrouver. À l'initiative d'Emma, ce dîner sempiternellement différé avait enfin lieu, et elle s'en félicitait.

— De toute façon, si Paul a été pris d'une colère pareille, ce n'est pas seulement à cause de Sophie, fit remarquer Simon. Il est tellement mal dans sa peau, en ce moment, que la moindre étincelle peut le faire exploser. Quand je le vois passer au volant de son camion, j'ai de la peine pour lui.

Brusquement attristée, Emma hocha la tête et but deux gorgées de vin.

— Moi aussi, avoua-t-elle d'une voix tendue. Pour eux quatre. Vincent m'a demandé de lui trouver un appartement de plain-pied, il va bientôt quitter le centre et il est mort de peur à l'idée de ce qui l'attend. Le regard des gens, une vie radicalement différente de celle qu'il menait avant... Il n'est pas certain d'en avoir le cran. Quant à Paul, tu as raison : il est malheureux comme les pierres, même s'il essaie de tenir le coup pour Baptiste. Mais le plus dur, pour moi, c'est Sophie. Elle me bat froid, elle refuse de me parler, elle ne vient plus jamais me voir.

— Elle t'en veut ?

— Elle ne me laisse pas m'expliquer. À l'époque, j'ai fait ce que je croyais être le mieux pour elle, et elle était d'accord. Tu imagines de quelle manière ses copains l'auraient regardée, à la fac, si son nom et sa photo avaient fait la une des journaux ? Si elle avait été interrogée, obligée de témoigner dans un procès, contrainte de revivre sans cesse ce... cette abomination ! Elle était trop jeune, trop fragile, je ne pouvais pas supporter l'idée !

Luttant contre son émotion, elle reprit son souffle. Simon se taisait, attentif, sans la quitter des yeux.

— Arnaud prétend que ça lui passera... à condition que ce corbeau de malheur la laisse en paix ! Pourquoi ne peut-on pas trouver ce cinglé et en finir ?

Pour dissimuler sa peine, elle baissa la

tête, regarda son assiette sans la voir. Si elle se mettait à penser à ses enfants, elle allait se couper l'appétit. Chaque fois qu'un problème se réglait, un autre surgissait, tout aussi désespérant.

— Tu ne dis rien d'Antoine ? murmura Simon.

— Oh, Antoine ! Au moins, il n'est plus à croupir dans une cellule, ça me rendait folle.

Relevant la tête, elle croisa le regard de Simon.

— Tu te rends compte de tout ce qu'on a traversé, depuis le début de l'été ? Très exactement depuis le mariage de Paul avec Marine. Leur noce n'était pas placée sous une bonne étoile...

— Laisse tes superstitions de côté, ça n'a aucun rapport.

Les yeux dans les yeux, ils se turent durant quelques instants et le patron du restaurant en profita pour s'approcher de leur table, inquiet de ne pas les voir manger. Emma lui décrocha son plus beau sourire, le rassura, empoigna sa fourchette. À peine se fut-il éloigné qu'elle chuchota :

— Je n'ai pas toujours été gentille, Simon, et je le regrette.

— Toi ? Des regrets ?

— Parfaitement ! Je sais que je me suis montrée injuste, intransigeante, tout ce que tu veux, mais je me suis tellement rongé les sangs pour les enfants que...

— ... que tu m'as oublié.

— Non, pas du tout. C'est toi qui as voulu me trouver une remplaçante, pas le contraire.

— J'étais malheureux, je croyais que tu m'avais rayé de ta vie. Au revoir et merci, après presque vingt ans à s'aimer, tout ça parce que je t'avais demandée en mariage ! Mais, sois tranquille, s'il y a bien un sujet que je ne remettrai plus sur le tapis...

« Vingt ans à s'aimer », l'expression surprit Emma. Déjà vingt ans ? Elle n'en avait pas vécu autant, loin de là, avec Jean Soubeyrand. Vingt ans que Simon s'effaçait, se faisait discret... Quoi d'étonnant à ce qu'il soit lassé d'être en touche ?

— Je vais prendre du fromage, décida Emma.

Elle ne souhaitait pas écourter la soirée, ils avaient trop de choses à se dire. Après un dessert, ils pourraient prendre le temps de flâner un peu dans les rues escarpées de Bonnieux en continuant à bavarder. Et ensuite...

— À quoi penses-tu, ma belle ?

Il était le seul à l'appeler ainsi, le seul à la regarder avec autant de tendresse.

— Je me disais que tu m'as manqué, avoua-t-elle sincèrement.

— Tu as eu beaucoup de soucis, et personne pour te soutenir.

— Non, non, pas que ça, Simon. Tu m'as manqué la nuit aussi. Dans mon lit.

Elle le vit accuser le coup, d'abord embarrassé puis soudain très fier, et elle éclata de rire.

Lorsque Régis Cantel gara son coupé Mercedes à côté de l'Audi TT, Raphaël l'attendait depuis un quart d'heure, de très mauvaise humeur. Il avait passé le temps à contempler la vallée de l'Aigue-Brun, en contrebas de la route qui menait au fort de Buoux, remuant de sombres pensées.

— Tu pourrais m'expliquer pourquoi tu donnes tes rendez-vous dans ce coin paumé ? attaqua-t-il dès que Régis l'eut rejoint.

— Pour être certain que personne ne nous écoutera.

— Tiens donc ! Aurions-nous des secrets à partager, toi et moi ?

— Ce n'est pas impossible. Figure-toi que j'ai reçu la visite des frères Soubeyrand, au *Stax*...

— Et alors ?

— L'entrevue a failli mal finir, je n'ai pas besoin de te dire à quel point ces types sont dangereux.

— « Dangereux » ? À ma connaissance, ils ne sont que deux, Vincent ne compte plus, répliqua Raphaël en ricanant.

— Oui, mais ce crétin de Paul est arrivé avec un fusil chargé. Rien que ça ! Et lui, sorti de ses arbres... Tout juste s'il ne le tenait pas à l'envers.

— Donc, tu n'en as fait qu'une bouchée ?

— Antoine a débarqué à son tour, et celui-là, c'est autre chose. Pas besoin de te faire un dessin, on sait qu'en colère il peut tuer.

— Une seule fois, pour défendre sa sœur, rappela sèchement Raphaël.

Il se sentait nerveux et se demandait ce qu'il faisait là. Il ne fréquentait plus le *Stax* depuis longtemps, très exactement depuis sept ans, ayant renoncé à la drogue.

— C'est de ça que je veux te parler, enchaîna Cantel. D'homme à homme.

— Pourquoi moi ? Nous ne sommes pas des amis, Régis. Si les Soubeyrand s'en prennent à toi, je m'en fous.

— Vraiment ? Moi, je crois que ça t'arrange.

Carrément inquiet, Raphaël se rapprocha de sa voiture pour mettre un peu de distance entre Cantel et lui.

— Je ne suis pas le corbeau, poursuivit Cantel. J'étais à huit cents kilomètres d'ici quand toute cette... merde est arrivée. Mais toi, tu avais souvent rendez-vous avec Laurent à la borie, parce qu'il te fournissait en coke.

— Pas que moi ! rétorqua Raphaël en ricanant de nouveau. Et pas tous les soirs. Qu'est-ce que tu insinues, mon vieux ?

— Tu étais peut-être là, tu as peut-être vu ou entendu quelque chose, et c'est peut-être toi qui t'amuses à envoyer des lettres anonymes. Voilà, tu es fixé.

Raphaël resta abasourdi quelques instants, puis il explosa.

— Pauvre con ! hurla-t-il. Tu m'as dérangé pour me servir ce tas d'insanités ?

Son angoisse s'était envolée, il n'éprouvait plus que de la colère.

— Sophie Soubeyrand te branchait, je m'en souviens très bien. D'ailleurs, elle faisait fantasmer tout le monde avec son air de sainte-nitouche. Laurent a fini par péter un câble, et qui sait si tu n'attendais pas ton tour...

— Moi, je sais ! rugit Raphaël. Oui, j'étais fou de Sophie et je le suis toujours ! Elle et moi, nous sommes comme les deux doigts de la main et je t'interdis de parler d'elle. Je vais même te dire mieux : si Antoine n'avait pas réglé son compte à Laurent, c'est moi qui l'aurais fait. C'est clair ? Alors ne viens plus me sortir tes élucubrations de minable. Et ne me dérange plus jamais pour rien !

Furieux, il ouvrit sa portière à la volée, mais Régis le rattrapa et s'accrocha à lui.

— Je ne porterai pas le chapeau, tu es forcément mêlé à l'histoire. Si je veux, je te ferai chanter. Tu paries avec moi ? Je vais appeler Sophie et...

D'un geste brutal, Raphaël saisit Cantel par le col de sa chemise et le plaqua contre la carrosserie.

— Tu ne prononces plus son prénom, compris ? À partir de maintenant, tu ne sais même pas qu'elle existe...

Il lui tordit violemment la tête vers la vallée de l'Aigue-Brun en achevant :

— ... sinon, je te balance là-dedans.

Sa détermination devait être assez évidente car Régis était devenu livide. Raphaël le lâcha et le repoussa, le faisant trébucher.

11

Vincent parvint à sourire alors qu'il avait l'estomac au bord des lèvres. Tout, dans ce nouvel appartement arrangé avec amour par sa mère, lui faisait horreur. Un univers de nain, voilà ce qu'il voyait : la hauteur de toutes les poignées de porte avait été baissée, comme celle du lavabo dans la salle de bains ou de l'évier dans la cuisine. Sa vie en serait peut-être facilitée, mais ceux qui viendraient lui rendre visite risquaient d'être surpris !

Emma et Simon attendaient sa réaction avec tant d'inquiétude qu'il se sentit injuste, aigri.

— Super, m'man ! dit-il d'un ton presque enthousiaste. Je crois que je vais pouvoir me débrouiller sans problème, tu as pensé à tout.

— Pour la place des meubles, tu verras avec Simon, ou avec tes frères... J'ai fait au mieux mais tu peux tout changer si tu veux.

Elle avait reconstitué le décor de son ancien appartement, situé au-dessus du salon de coiffure, poussant le souci du détail jusqu'à raccrocher ses gravures et ses photos à peu près de la même manière. Et il n'avait pas besoin d'ouvrir les placards pour savoir que tout serait rangé dans le même ordre... mais plus bas. Devant les fenêtres, de plain-pied sur la place, Emma avait mis des voilages jaune pâle et des doubles rideaux d'un imprimé provençal très chaleureux, comme il les aimait.

Simon lui proposa de boire une coupe de champagne, pour arroser son retour, et Vincent dut poursuivre ses efforts de fausse gaieté durant près d'une heure avant de se retrouver enfin seul. Il refit lentement le tour du living, de la chambre, de la cuisine, et constata que le passage du fauteuil roulant avait été largement prévu. Comment sa mère n'avait-elle pas pleuré en arrangeant tout ce bazar pour infirme ? Avant son accident, elle ne mettait jamais les pieds chez lui, respectant son indépendance de célibataire endurci, mais sans doute se croirait-elle obligée, désormais, de veiller sur lui quotidiennement ?

L'idée de ce qui l'attendait le désespéra

soudain de façon aiguë. La seule chose à laquelle il pouvait encore se raccrocher était cet espoir minuscule et fou qui le hantait depuis l'expédition avec Antoine au *Stax*. Sitôt rentré au centre, il en avait parlé aux médecins, plutôt dubitatifs, et seul le kiné s'était montré intéressé : « Dans les histoires neurologiques, tout est possible, vu que personne ne sait rien. » Un jugement abrupt, mais émanant d'un homme d'expérience qui, au moins, ne s'était pas moqué de lui.

Dix fois par jour, Vincent guettait le moindre signe, traquait les impressions les plus furtives. Parfois, il croyait sentir une petite douleur, trop fugace pour être prise en considération, et une nuit il s'était même imaginé avoir des fourmis dans un mollet. Deviendrait-il fou à force d'épier son corps ?

Il fit rouler son fauteuil jusqu'à l'une des fenêtres et observa la place. Il ne pouvait pas voir les *Tilleuls* mais, en se penchant, il apercevait la vitrine du salon de coiffure. Inutile de retarder le moment, il devait se remettre à travailler, à gagner de l'argent, ne plus s'apitoyer sur lui-même. Mais les clientes voudraient-elles de lui autrement que par compassion ou curiosité malsaine ? Possédait-il un réel talent de coiffeur ? S'il faisait son métier correctement, il avait toujours mis plus d'enthousiasme à séduire les femmes qu'à leur couper les cheveux !

— Il va falloir que ça change, déclara-t-il à voix haute pour rompre le silence pesant de l'appartement.

La bouteille de champagne, restée dans son seau sur la table basse, était encore à moitié pleine. Il eut la tentation de la finir d'un coup, peut-être avec un ou deux tranquillisants, afin de s'endormir comme une masse dans son fauteuil et de ne plus penser à son avenir. Au moment où il tendait la main vers une coupe, la sonnette retentit.

— C'est ouvert ! cria-t-il sans se déplacer, persuadé qu'il s'agissait de l'un de ses frères.

— Je ne te dérange pas, j'espère ? lança joyeusement Liliane en entrant.

Elle était resplendissante, moulée dans un bustier de coton blanc et une minijupe en jean.

— Eh ! Tu travailles dans cette tenue ? On aura vite davantage de clients que de clientes !

— Merci du compliment. Alors, tu es bien installé ?

— Regarde toi-même...

Il lui fit signe de s'asseoir mais, négligeant

son offre, elle vint vers lui et se pencha pour l'embrasser. Sur la joue d'abord, puis elle glissa vers les lèvres.

— Je suis heureuse de te voir, chuchota-t-elle.

Un peu gêné, il ne chercha pas à résister au baiser très sensuel qui les mit tous les deux à bout de souffle.

— Cadeau de bienvenue ? plaisanta-t-il lorsqu'elle se redressa.

— Il y a des mois que j'en rêve, le cadeau est pour moi, répliqua-t-elle.

Son assurance acheva de déconcerter Vincent qui bredouilla :

— Tu veux boire quelque chose ? Il reste du champagne.

— Avec plaisir, mais...

Elle s'empara de la bouteille, d'une coupe, puis elle pivota sur ses hauts talons et s'éloigna en direction de la chambre dont la porte était ouverte.

— Où vas-tu ? protesta-t-il.

— M'allonger sur ton lit. Tu viens ?

Contrarié, il la rejoignit tandis qu'elle enlevait ses chaussures.

— Écoute, Lily, arrête ça tout de suite, c'est très embarrassant pour moi et ça ne nous conduira nulle part, je te l'ai déjà dit.

Sans l'écouter, elle s'assit en tailleur, cala un oreiller dans son dos puis versa du champagne dans la coupe.

— Viens, répéta-t-elle d'une voix très douce. De quoi as-tu peur ? On sera beaucoup mieux là, tous les deux.

— Je n'ai pas peur, j'ai honte, lâcha-t-il tout bas. Tu peux comprendre ?

— Honte de quoi ? Je meurs d'envie que tu m'embrasses, que tu me caresses, et tu en as honte ? Je ne sais pas comment faire quand tu es coincé dans ce fauteuil, je veux juste que tu me câlines un peu...

En disant ces mots, elle s'était mise à rougir, et il comprit qu'elle était beaucoup moins sûre d'elle que ce qu'elle affichait. En silence, il manœuvra son fauteuil pour venir au bord du lit et réussit à s'y asseoir avec la force de ses bras. Il installa ses jambes inertes puis s'adossa à l'autre oreiller, toujours muet. Sa confusion était si intense qu'il ferma les yeux. Pourquoi avait-il accepté et pourquoi le provoquait-elle ? Il se sentait malheureux, humilié, angoissé.

— Vincent...

Elle se glissa contre lui, posa sa tête sur son épaule. Au bout d'une ou deux minutes, presque timidement, il l'entoura de son bras.

Le plaisir de signer sa première commande ferme avait rendu Antoine très gai. Même si, indirectement, Gloria était à l'origine de l'engouement du client. Les soirées « exotiques » organisées aux *Tilleuls* attiraient du monde et, trônant sur la terrasse, six des plus belles céramiques d'Antoine avaient fini par être remarquées.

Pour fêter l'événement, Antoine était allé chercher Marine à l'hôpital et l'avait emmenée dîner à l'*Auberge du Presbytère,* à Saignon. Ensuite, ils étaient rentrés par de petites routes contournant la montagne du Lubéron. Arrivé à l'atelier, Antoine avait échafaudé mille projets, ses derniers croquis à la main, prêt à croire que la chance lui souriait enfin. Ensuite, ils avaient fait l'amour passionnément, et Antoine s'était endormi vers une heure du matin, anéanti par la fatigue.

Marine, que le sommeil fuyait, s'était relevée sans bruit. Pour tromper son insomnie, elle se mit à ranger l'atelier, agacée par le sempiternel désordre qui y régnait. Antoine passait là presque toutes ses journées et ne rangeait jamais rien.

Regardant autour d'elle, elle fut bien obligée de constater que la maison d'Antoine ressemblait au joyeux capharnaüm d'un artiste célibataire. Les traces de sa présence à elle étaient invisibles, hormis dans la salle de douche. Ils vivaient toujours comme des amoureux, pas comme un couple, et elle semblait n'être que de passage. Avait-elle envie de rester, de construire quelque chose avec Antoine ?

Étonnée d'avoir pu se poser la question, elle alla s'asseoir sur le radassié et examina les lieux. Si elle devait vivre ici, comment héberger Baptiste, même occasionnellement ? Il n'y avait qu'une chambre, la pièce à vivre et l'atelier. D'ailleurs, Baptiste accepterait-il un jour la situation, et de quelle façon la lui présenter ? Le petit garçon savait que sa mère et son père avaient choisi de se séparer *momentanément,* mais connaissait-il le rôle de son oncle Antoine ? Paul ne lui avait rien dit à ce sujet, Marine en avait la certitude.

Elle abandonna l'inconfortable banc de paille et regagna l'atelier. Les dernières créations d'Antoine étaient encore plus réussies que les précédentes, il semblait avoir trouvé une inspiration nouvelle, qu'il explorait avec talent. Peut-être se sentait-il enfin délivré de son terrible secret ? Cette nuit atroce où il avait accidentellement tué Laurent Labaume, puis charrié son corps jusqu'au puits, avait dû le hanter durant des années. En acceptant de parler, sa sœur l'avait plus sûrement libéré que le juge Herrero. Aujourd'hui, il pouvait enfin regarder l'avenir avec sérénité, décider de son sort et faire des projets. Mais quelle place lui réservait-il, à elle ?

Mal à l'aise, Marine décida de sortir pour marcher un peu dans la fraîcheur de la nuit. Elle n'avait pas envie de penser au lendemain, à tout ce chemin qui lui restait à parcourir pour se détacher de Paul. Et comment pourrait-elle l'oublier, ou même l'ignorer, alors qu'elle le désirait toujours ? En le soignant, quelques jours plus tôt, elle avait eu envie de se blottir dans ses bras, de retrouver sa douceur et sa tendresse, d'effacer les derniers mois. Était-il possible d'aimer deux hommes à la fois ? Et pourquoi se sentait-elle tellement insatisfaite ?

Autour d'elle, le silence de la nuit avait quelque chose d'angoissant. Pas un souffle d'air, aucun bruit d'insecte ou d'animal dans le lointain. Au mas, il suffisait de prêter l'oreille pour entendre les crapauds de la mare, un cheval s'ébrouant dans l'ancienne étable, le sifflement aigu des moustiques, ou même le frôlement d'un lézard sur une pierre. Elle s'était vraiment sentie chez elle dans cette demeure restaurée avec tant d'amour par Paul. Un vrai foyer, construit pour elle.

Elle s'arrêta de marcher de long en large et regarda l'atelier dont la verrière luisait sous la lune. Une irrésistible envie de s'enfuir la saisit par surprise. Elle était en tee-shirt, short et sandales, la clef de sa voiture se trouvait sur le contact, rien ne l'empêchait d'aller faire un tour. Rouler dans la seule lumière de ses phares sur les routes désertes et mettre de l'ordre dans sa tête à défaut d'en mettre dans sa vie.

Elle se glissa au volant, referma doucement la portière et lâcha le frein à main, ne démarrant son moteur qu'une fois en bas de la pente. Sans l'avoir décidé, elle prit tout naturellement la direction du mas, comme si elle avait besoin d'observer l'endroit. Elle voulait seulement passer au ralenti sur le chemin d'où on l'apercevait, au pied de la colline, mais lorsqu'elle y parvint elle eut la surprise de voir que la maison était éclairée, ainsi que l'écurie et la cour. À trois heures du matin ? Brusquement folle d'inquiétude, elle accéléra. Baptiste était peut-être malade, ou

Paul lui-même, et bien sûr, la sachant dans les bras d'Antoine, personne ne l'en avait avertie ! Elle se gara à côté d'un gros break qu'elle ne connaissait pas, descendit en catastrophe et se précipita vers le mas dont la porte était ouverte. Il ne lui fallut que quelques instants pour constater que ni son mari ni son fils n'étaient dans leurs lits. Elle ressortit en courant et faillit se heurter à Paul qui arrivait.

— Qu'est-ce que tu fais là ? demanda-t-il d'un air ébahi.

— Et toi ? Dis-moi ce qui se passe ! C'est Baptiste ?

— Non, non... Tu as eu peur ? Mais pourquoi es-tu venue ? Il t'a prévenue ?

— Qui ?

— Baptiste.

Paul avait l'air triste, fatigué, et Marine s'affola pour de bon.

— Explique-toi, merde !

Il l'attrapa par l'épaule, d'un geste familier, et l'entraîna vers l'ancienne étable.

— J'ai appelé le vétérinaire, c'est sa voiture. Moïra était couchée dans son box, elle se débattait... Il s'agit d'une crise de colique, assez grave d'après le véto. Elle a eu une piqûre de calmants et on l'a fait marcher pendant des heures mais ça ne va pas mieux. Il est en train de la sonder.

— Baptiste est avec lui ?

— Je n'ai pas pu l'en empêcher, je suis désolé. Toi, il t'écoutera peut-être...

La première chose que vit Marine en pénétrant dans l'écurie fut son fils, assis par terre et la tête dans les mains, secoué de sanglots silencieux. La jument était couchée de tout son long sur la paille, le vétérinaire derrière elle. Marine se précipita vers Baptiste, qu'elle prit dans ses bras, puis, du regard, elle interrogea le vétérinaire qui esquissa un sourire las.

— Je crois que ça va aller, déclara-t-il. Le pire est passé et il n'y a pas de torsion de l'intestin. Le gamin peut sécher ses larmes, la jument devrait s'en sortir...

Avec un gros soupir de soulagement, Baptiste enfouit sa tête dans le cou de sa mère, sans doute vexé qu'on l'ait vu pleurer.

— Je veux rester avec Moïra, chuchota-t-il.

Marine se laissa glisser sur un coin de paille propre, tenant toujours son fils contre elle.

— D'accord, encore un moment. Endors-toi, je veille sur elle.

Tandis que Paul raccompagnait le vétérinaire à sa voiture, elle se contenta de bercer Baptiste en lui murmurant des mots d'amour. Pourquoi n'était-elle plus là lorsque son fils ou son mari avaient besoin d'elle ? Pourquoi les abandonnait-elle à eux-mêmes ? Et si le vétérinaire avait été contraint d'abattre Moïra ? Paul aurait-il réussi à éloigner leur petit garçon, à le consoler ?

La jument, toujours couchée sur le flanc, soufflait doucement, les naseaux dilatés. Marine tendit la main vers elle et la caressa sur le chanfrein, sur la joue. Moïra l'avait emmenée dans des promenades fantastiques à travers les collines. Elle était le plus merveilleux cadeau que Marine ait jamais reçu, un cadeau de fiançailles tellement plus extraordinaire qu'une bague !

— Il s'est endormi, constata Paul à voix basse.

Revenu sans bruit, il regardait sa femme et son fils avec une évidente nostalgie.

— Assieds-toi un peu, répondit-elle sur le même ton. On ira le coucher tout à l'heure...

Il s'installa en silence à côté d'eux. Son tee-shirt était sale, une barbe naissante ombrait ses joues. De nouveau, Marine eut envie de le toucher, de le voir sourire.

— J'ai pensé à quelque chose, déclara-t-il en appuyant sa tête contre le mur, derrière lui.

La jument s'agita un peu, replia un antérieur et commença à se relever. Une fois debout, elle s'ébroua.

— Tu reviens de loin, toi...

La voix de Paul exprimait une telle tendresse que Marine faillit lui prendre la main, mais elle s'en abstint. Ils observèrent Moïra un moment, aussi émus l'un que l'autre.

— À quoi as-tu pensé ? demanda enfin Marine.

— Je crois que nous devrions... divorcer.

Elle s'y attendait si peu qu'elle eut l'impression de recevoir une claque.

— Nous sommes dans une situation vraiment ridicule, pour nous et pour toute la famille. Mieux vaut que les choses soient claires, au moins vis-à-vis de Baptiste. Et je suppose que tu aspires à la liberté... En tout cas, ce sera moins pénible pour moi.

Atterrée par le désastre qu'elle avait provoqué, Marine ne sut que hocher la tête sans dire un mot.

— Si, affirma Raphaël, mon père était fou de rage en apprenant que ce type, qui devait signer une grosse commande chez nous, a finalement préféré les vasques de ton frère ! plus originales, d'après lui !

Il se mit à rire, comme s'il se réjouissait de la déconvenue de son père.

— Antoine a un bel avenir devant lui, ajouta-t-il. D'abord parce qu'il a du talent, ensuite parce que certains clients préféreront toujours avoir affaire à un artisan plutôt qu'à une entreprise industrielle. Haute couture et prêt-à-porter !

De son transat, Sophie lui adressa un sourire reconnaissant. Non seulement il ne prenait pas le parti de la société Bresson – dont il hériterait pourtant un jour –, mais il reconnaissait les qualités d'Antoine et prédisait sa réussite.

— Ton père doit le voir d'un mauvais œil, non ? s'enquit Arnaud.

— Et alors ? Il n'a pas le monopole de la céramique en Provence, il finira par se faire une raison !

Même sous le parasol, la chaleur était étouffante pour sept heures du soir. Rentré d'Aix cinq minutes plus tôt, Arnaud avait trouvé sa femme lancée dans une grande discussion avec Raphaël qui la pressait de retravailler. Un excellent conseil, qu'il n'aurait pas osé donner lui-même, mais Sophie avait besoin de se changer les idées, d'oublier son obsession du corbeau, dont elle redoutait chaque matin de recevoir une nouvelle lettre. Les dossiers contentieux de Bresson constitueraient un premier pas facile, franchi d'autant plus aisément qu'elle appréciait la compagnie de Raphaël.

— Je vais mettre un maillot et je vous rejoins ! leur lança Arnaud pour les laisser bavarder tranquillement.

Dans la bastide, il croisa Romain qui sortait de la cuisine et qui l'apostropha :

— Emma nous a apporté de la vraie bouffe, on va enfin se régaler ce soir ! Depuis le temps qu'on se tape des surgelés...

— Emma ? Ici ?

— Oui, mais Sophie n'a pas voulu la voir et je crois qu'elle en a eu de la peine... Bon, je vais faire mes devoirs.

Traînant les pieds, il se dirigea vers l'escalier et Arnaud eut pitié de lui.

— Tu ne veux pas d'abord piquer une tête dans l'eau avec moi ?

— Il est toujours là, Bresson ? Alors, c'est non. Ce mec me sort par les yeux. Il vient squatter un jour sur deux, j'en ai marre.

— C'est le meilleur ami de Sophie, protesta Arnaud, et tu sais qu'elle a besoin d'être entourée, de...

— Il ne l'entoure pas, il la dévore des yeux ! T'es aveugle ou quoi, papa ?

Amusé, Arnaud haussa les épaules. Il ne s'était jamais senti jaloux de Raphaël, sachant exactement ce que sa femme pensait de ce genre de play-boy. Du palier du premier étage, Romain lui cria encore :

— Agathe ne rentrera pas avant huit heures et demie, elle est avec Marie-Angèle !

— Encore ?

— Elle prépare son baptême, tu sais bien.

Romain n'avait mis aucune ironie dans sa phrase, et Arnaud espéra qu'il ne serait pas gagné à son tour par cette extravagance qui précipitait sa fille dans la foi chrétienne. Peut-être avait-il eu tort de les élever sans rien leur expliquer de la religion, un domaine négligé parce qu'il ne possédait lui-même aucune croyance. Devait-il s'intéresser de près à cette histoire de baptême ? Avoir une vraie conversation avec Agathe ? Peut-être s'occupait-il trop de sa femme, de ses plaidoiries, et pas assez de ses enfants.

Songeur, il entra dans sa chambre et, tout en se déshabillant, jeta un coup d'œil par la fenêtre. En bas, Sophie et Raphaël s'étaient mis à l'eau sans l'attendre et chahutaient comme des gamins. Il entendit le rire de sa femme qui se mêlait à la voix grave du jeune homme. Car Raphaël était beaucoup plus jeune que lui, et sans doute infiniment plus séduisant. Un regard machinal vers la glace en pied lui fit prendre conscience qu'il se laissait un peu aller. À force de vivre en costume-cravate, sa peau était vraiment trop blanche, et les plats surgelés tout prêts évoqués par Romain l'avaient fait légèrement grossir. Mais, même s'il perdait cinq kilos et s'obligeait à cuire au soleil pour bronzer, il ne retrouverait pas sa jeunesse. Sophie prétendait être rassurée par son âge, son expérience, et elle répétait qu'il lui plaisait tel qu'il était. Devait-il la croire ?

« T'es aveugle ou quoi, papa ? » La phrase de son fils lui revint en mémoire et il se rapprocha de la fenêtre. Raphaël était probablement amoureux de Sophie, la meilleure preuve en était qu'on ne lui connaissait pas de petite amie. Cependant, cette attirance n'impliquait pas la réciproque. Arnaud le vit soulever sa femme par la taille, la jeter dans l'eau, et de nouveau il les entendit rire. Que Sophie retrouve sa joie de vivre était ce qu'il souhaitait par-dessus tout, alors si Raphaël y contribuait, tant mieux. Il aimait trop sa femme pour la priver de ses amis en faisant le vide autour d'elle.

— Ces soirées ont un succès fou, mon chiffre d'affaires a grimpé en flèche, où est donc le problème ? demanda Emma d'un air faussement innocent.

Agacé par sa mauvaise foi, Antoine haussa les épaules.

— Et tu vas garder Gloria jusqu'à quand ?

— Je n'en sais rien. Tant qu'elle voudra... Elle paie sa chambre, elle m'aide à tenir le bar, elle a redonné un coup de jeune aux *Tilleuls,* je ne suis pas pressée de la voir partir !

— C'est insupportable de la savoir ici, grogna-t-il.

— Pourquoi donc ? Si tu t'étais montré plus honnête avec elle, peut-être serait-elle restée au Brésil ! Mais tu es parti de là-bas sans rien lui dire de précis, et quand elle t'a téléphoné tu n'as pas pris la peine de la décourager.

— Maman !

— Regarde les choses en face, Antoine. Tu as trente-cinq ans, et tout ce que tu trouves à faire, c'est prendre la femme de ton frère.

— Nous y voilà...

— Il faut bien que quelqu'un te le dise !

Lui tournant le dos, Antoine acheva d'installer les jarres qu'il avait apportées. Tout ce qu'il mettait en exposition aux *Tilleuls* était immanquablement acheté par l'un des clients de ces soirées « exotiques » qui attiraient de plus en plus de monde. L'ambiance bon enfant, la personnalité de Gloria et sa cuisine pimentée, ainsi qu'une musique très bien choisie en justifiaient le succès.

— Sophie m'a suggéré de porter plainte contre Richard Bresson, annonça-t-il pour changer de sujet.

— C'est une très mauvaise idée : ce sera le pot de terre contre le pot de fer. Sophie veut toujours tout régler avec le code pénal, et elle a oublié ce qu'était la vie d'un village... Je te rappelle que Richard est maire.

— Tu as peur qu'il te retire ta licence ? Qu'il décrète un couvre-feu ? Tu devrais être scandalisée qu'il ait piqué les idées de papa !

Au lieu de répondre, Emma désigna l'une des jarres.

— Celle-là est de toi ? Pas de ton père ? Eh bien, même si je n'y connais rien, je la trouve fantastique. Tu n'as pas besoin de remuer encore et toujours le passé, Antoine.

— Vous parlez du passé ? interrogea Gloria.

Elle venait d'apparaître sur la terrasse, superbe dans une robe courte et moulante, au décolleté plongeant.

— Je comprends mieux pourquoi les gens se bousculent, ironisa Antoine.

— Tu me trouves bien comme ça ? Tu aimes ?

Elle esquissa deux pas de danse, et il s'aperçut qu'il avait du mal à détacher d'elle son regard. Avec autant de naturel que d'aplomb, elle pouvait se montrer d'une affolante sensualité.

— Tu sais, Tonio, ça fait plaisir de te voir, tu ne passes jamais...

Avant qu'il ait le temps de réagir, elle lui mit les bras autour du cou et l'embrassa au coin des lèvres.

— S'il te plaît, Gloria.

Il l'écarta sans conviction, et elle éclata de rire.

— Je sais à quoi tu penses, ne me dis pas le contraire !

— Je pense que j'aimerais te savoir loin d'ici, articula-t-il en se forçant.

— Pourquoi ? Tu as peur de craquer ?

Discrètement, Emma s'éloigna, comme pour les laisser seuls, ce qui fit réagir Antoine. Il rafla les clefs de son 4 4, qu'il avait posées sur une table, et quitta la terrasse à grandes enjambées. Les efforts de Gloria pour le reconquérir l'énervaient d'autant plus qu'il n'y était pas insensible. Comment résister sereinement à une fille pareille ? Il avait d'elle des souvenirs précis, intimes, auxquels il préférait ne pas penser. À Santos, il s'était presque cru amoureux d'elle, de son corps parfait, de sa tendresse, mais là-bas il était trop obnubilé par son désir de rentrer en France pour parvenir à s'attacher.

Il se glissa au volant de sa voiture et démarra en évitant de regarder vers la terrasse des *Tilleuls*. Qu'espérait donc sa mère ? Croyait-elle vraiment qu'il renoncerait à Marine ? Il en était incapable !

Sans même s'en apercevoir, il avait pris la route d'Apt. Songer à Marine le rendait nerveux. Depuis quelques jours, il la trouvait distante et distraite, silencieuse, triste. Elle répondait à ses questions de manière évasive et il avait fini par renoncer à l'interroger. Même lorsqu'elle était rentrée à l'aube, quelques jours plus tôt, en lui racontant une histoire de cheval malade. Leur liaison adultère devait lui peser, ce n'était pas le genre de femme à pouvoir supporter longtemps une situation pareille.

Quand il se gara sur le parking de l'hôpital, la chaleur était accablante. Depuis plusieurs semaines il n'y avait pas eu une seule goutte d'eau, même pas un de ces orages d'été qui éclatent sur la montagne du Lubéron et rafraîchissent un peu la terre. Paul devait connaître de gros soucis d'arrosage dans sa pépinière. Était-ce pour lui que Marine s'angoissait ?

Antoine grimpa directement à l'étage de médecine générale et alla frapper au poste des infirmières, mais Marine était partie déjeuner. Une aide-soignante lui indiqua le chemin de la cafétéria réservée au personnel, où il découvrit la jeune femme attablée seule, à l'écart, chipotant devant une salade de crudités.

— J'avais envie de te voir, je ne pouvais pas attendre ce soir, déclara-t-il en s'installant face à elle.

Le sourire qu'elle lui adressa n'était pas très convaincu, et brusquement il éprouva un sentiment de peur. Était-elle en train de s'éloigner de lui ? De regretter ? Elle l'avait attendu pendant qu'il croupissait en prison, elle criait de plaisir dans ses bras chaque nuit, et pourtant, en la regardant, il était bien obligé de constater qu'elle n'avait pas l'air d'une femme heureuse. Loin de là.

— Marine, je voulais te dire quelque chose d'important. J'aimerais qu'on se marie, toi et moi.

Comme elle le considérait, les yeux ronds, il s'empressa d'ajouter :

— Oui, je sais, il faut d'abord que tu divorces, mais ça peut aller très vite si Paul accepte.

— Il acceptera...

— Alors c'est parfait, épouse-moi.

— Parfait ? répéta-t-elle lentement. Tu trouves ?

Sa manière de le dévisager avec insistance le mit un peu mal à l'aise.

— Si tu désires prendre Baptiste avec toi, je n'y verrai aucun inconvénient.

— Non, Paul aime trop son fils, je ne lui ferai jamais ça.

— Et à moi, tu me ferais des enfants ?

Il prit sa main et la serra, sans la quitter des yeux.

— Dis-moi oui, Marine, je t'en supplie... Tu es la femme de ma vie, je ne veux pas te perdre une seconde fois.

Il avait réussi à la toucher, il la vit se décomposer.

— Antoine, je... je ne sais plus où j'en suis, avoua-t-elle d'une voix étranglée.

Elle retira sa main, croisa les bras et baissa la tête pour fuir son regard. Un silence insupportable s'installa entre eux et se prolongea, jusqu'à ce qu'Antoine se décide à se lever. Durant une ou deux minutes, il patienta encore, debout à côté de la table, espérant un geste ou un mot. Lorsqu'il s'éloigna enfin, elle ne fit rien pour le retenir.

Tout l'après-midi et toute la soirée, Antoine travailla rageusement. Il s'acharna sur sa planche à dessin, puis sur son tour de potier, recommençant les mêmes choses dix fois sans arriver à rien. Ruisselant de sueur au milieu des fours, il essayait en vain d'oublier la scène qu'il avait eu la bêtise de provoquer. Dans la poche de sa chemise, son téléphone portable restait désespérément muet.

À onze heures, n'y tenant plus, il quitta l'atelier et descendit à Cucuron. Marine pouvait avoir une bonne raison de ne pas être rentrée, mais pourquoi ne l'appelait-elle pas ? Si Baptiste était malade, ou si elle avait décidé au dernier moment de prendre une garde de nuit à la place d'une collègue, ou n'importe quoi d'autre, il voulait le savoir. La seule chose qu'il n'envisageait pas était qu'elle soit allée se réconcilier avec Paul. Il ne souhaitait pas de mal à son frère, néanmoins il le voyait toujours comme son rival et se sentait prêt à se battre de nouveau si nécessaire.

Il faillit pousser jusqu'au mas, mais il fit demi-tour à moins d'un kilomètre. Harceler Marine ne servirait à rien, et si elle avait un problème avec son fils, elle risquait de très mal prendre son intrusion.

Finalement, il s'arrêta sur la place, devant les *Tilleuls*. Le café était fermé, toutefois, en passant par-derrière, il vit de la lumière dans la cuisine. Sa mère se couchait assez tard et elle serait sûrement ravie de lui offrir quelque chose à manger. Il n'avait rien avalé depuis son petit déjeuner et il s'aperçut qu'il était mort de faim.

Lorsqu'il entra, ce ne fut pas Emma qu'il trouva mais Gloria. Le bruit de la porte avait dû l'effrayer car elle se retourna d'un bloc, brandissant un long couteau de cuisine.

— Du calme ! dit-il avec un petit sourire ironique.

— Tu es fou d'arriver comme ça ?

Elle était en nage d'être restée devant les fourneaux, son tee-shirt plaqué sur elle et ses longs cheveux relevés par une grosse pince dorée.

— J'aurais pu te tuer ! Je devrais, d'ailleurs...

— Où est maman ?

— Oh, tu es trop craquant quand tu dis ce mot ! *Maman*. Tu parles d'un grand gosse ! Ta mère est dans sa chambre, mais je ne te conseille pas d'aller la déranger, Simon est avec elle.

D'un air gourmand, elle lui adressa un clin d'œil appuyé qu'il ignora.

— Et toi ? insista-t-elle. Marine travaille et tu t'embêtes ? Tu cherches de la distraction ?

— J'avais faim, c'est tout.

— Alors tu tombes bien, j'essaie une recette. Viens sentir.

Il la rejoignit tandis qu'elle soulevait le couvercle d'une cocotte. Une délicieuse odeur de tomate, de basilic et d'oignons rissolés le fit saliver.

— Je peux goûter ?

Elle se tourna vers lui et ils se retrouvèrent l'un contre l'autre.

— Goûter à quoi, chéri ?

Délicatement, elle lui présenta une cuillère en bois, le laissa avaler une bouchée, puis elle l'embrassa.

— Non, Gloria, protesta-t-il d'une voix mal assurée.

Collée à lui, elle passa une main sous sa chemise et il tressaillit.

— Ne sois pas si bête, laisse-toi faire...

Elle chuchotait, la bouche près de son oreille, et lorsqu'elle toucha la ceinture du jean il cessa de lutter.

L'accident avait été signalé par un automobiliste et les pompiers arrivèrent sur les lieux en même temps que les gendarmes. La Mercedes gisait en contrebas de la route, renversée sur le toit. À l'intérieur, Régis Cantel n'avait pas survécu au choc malgré l'airbag car il ne portait pas sa ceinture de sécurité.

Pour Lucien Sorgue, ce décès présentait fatalement quelque chose de louche, et il devinait que le juge Herrero allait sauter au plafond. Des trois anciens associés du *Stax*, seul survivait Antoine Soubeyrand après deux morts violentes. Qu'en déduire ?

Interrogé en premier par Lucien, Antoine ne put fournir aucun alibi, et au bout du compte ce fut la Brésilienne récemment installée aux *Tilleuls* qui débarqua à la gendarmerie pour témoigner. Elle affirma qu'Antoine, à l'heure de l'accident, était avec elle, dans sa chambre. La sincérité de sa déposition semblait si évidente que Lucien la crut, même s'il ne comprenait plus rien aux agissements des Soubeyrand. La liaison adultère de Marine avec Antoine alimentait les conversations des habitants de Cucuron depuis des semaines, or voilà qu'une autre femme se mêlait soudain à l'histoire pour l'embrouiller davantage ! Entendue à son tour, Marine prétendit ignorer les frasques de son amant, et Sorgue, exaspéré, décida qu'il aurait tout le monde à l'œil en attendant les ordres du juge ainsi que l'expertise de la Mercedes. Mais, d'ores et déjà, il avait pu remarquer, lorsqu'on avait treuillé l'épave hors du ravin, que le pare-chocs arrière, enfoncé, portait des traces de peinture.

Quant aux employés de Régis Cantel, questionnés l'un après l'autre, ils livrèrent une information surprenante en déclarant que Paul Soubeyrand était venu menacer leur patron armé d'un fusil.

Sorgue était assez avisé pour savoir que le dossier Labaume n'avait été fermé qu'à contrecœur par le juge Herrero et que celui-ci s'empresserait de le rouvrir. Le mystère du corbeau demeurait, Cantel n'était sans doute pas sorti de la route tout seul, et curieusement, une nouvelle fois, toutes les pistes conduisaient aux Soubeyrand.

Avec un peu de nostalgie, et aussi une certaine dose d'humour noir, le capitaine de gendarmerie finissait par penser qu'il avait peut-être eu de la chance. S'il avait regretté, à une certaine époque, que Simon le devance en faisant la cour à Emma, il se sentait plus tranquille aujourd'hui de ne pas partager la vie de cette maîtresse femme. Certes, il la trouvait toujours belle et l'admirait, mais elle se débattait à la tête d'un clan vraiment impossible à gérer.

— Il s'est tué cette nuit ? répéta Sophie, hébétée.

— Ou on l'a tué, les gendarmes ont l'air de le croire et l'enquête le précisera.

Elle planta son regard dans celui de Raphaël pour s'assurer qu'il ne s'agissait pas de l'une de ces plaisanteries dont il avait le secret.

— Bon, soupira-t-il, on ne va pas le pleurer, ce n'était pas un ange.

— Mais tu te rends compte ? articula-t-elle d'une voix blanche.

L'idée d'un nouveau meurtre la soulevait de dégoût. Elle regarda les dossiers étalés devant elle sans les voir. Le cauchemar ne cesserait donc jamais ? Depuis le début de la semaine, elle avait recommencé à travailler, finalement assez heureuse de retrouver son bureau, au cabinet, ou même les couloirs du palais de justice. Son métier était pour elle un refuge, le moyen d'oublier qu'un fou la guettait peut-être quelque part, et dans son rôle d'avocate elle se sentait plus forte.

— Tu devrais te réjouir, poursuivit Raphaël. Si c'était bien Cantel le corbeau, tu auras enfin la paix...

Il affichait un sourire rassurant mais elle se leva d'un bond, renversant son fauteuil.

— Si quelqu'un l'a tué, je sais qui c'est !

Son angoisse dut se transmettre à Raphaël car elle le vit blêmir et changer d'expression.

— Calme-toi, dit-il en se dressant lui aussi. Tu ne sais absolument rien...

— Si ! Ma mère est capable de tout, surtout du pire ! Elle a toujours fait faire n'importe quoi à mes frères, elle les tient à sa botte et les manipule. Elle est folle, Raphaël, complètement folle !

— Ta mère ? répéta-t-il d'un air stupéfait.

Puis soudain, de façon incongrue, il se mit à rire. Il contourna le bureau et vint la prendre par les épaules, d'un geste très doux.

— Arrête de crier, tu vas faire peur à ta secrétaire... Je ne crois pas qu'Emma soit mêlée à ce meurtre...

Elle se laissa aller une seconde contre son épaule tandis qu'il lui caressait les cheveux. En l'absence d'Arnaud, parti plaider à Marseille, Raphaël était le seul capable de la rassurer.

— On va aller déjeuner tous les deux, dit-il. Je t'invite au *Clos de la Violette,* on mangera des sablés de langoustines. Tu as besoin de te détendre, ma Sophie. Pourquoi ton mari s'occupe-t-il si mal de toi ?

Elle ne l'écoutait pas, toujours affolée à l'idée qu'un de ses frères soit responsable de la mort de Cantel. Durant des années, chaque fois qu'elle avait pensé à Antoine, exilé au Brésil par sa faute, elle s'était sentie écrasée par la culpabilité. Mais à présent c'était fini : elle ne laisserait plus personne gâcher sa vie et ne se voilerait plus la face. Si dure que puisse être la vérité, elle voulait la connaître. Et tout de suite, pas dans quelques mois sur le fauteuil d'un psychiatre.

— Je rentre à Cucuron, décida-t-elle.

— Non, reste avec moi !

— Lâche-moi, Raphaël.

De toute façon, elle ne pouvait pas continuer à fuir sa mère, elle devait l'affronter. Elle se dégagea de l'étreinte trop affectueuse de Raphaël et le poussa vers la porte, raflant son sac au passage.

— On déjeunera ensemble demain si tu veux, promit-elle avant de l'abandonner sur le trottoir.

Elle courut jusqu'à sa voiture et démarra en trombe. Plus déterminée qu'elle ne l'avait jamais été ces derniers mois, elle se sentait revivre malgré son angoisse. Pourquoi s'abritait-elle toujours derrière Arnaud ou Raphaël ? Dans son enfance, déjà, ses frères étaient comme un rempart autour d'elle. N'était-il pas temps qu'elle cesse d'être la *petite* Sophie ?

Aux *Tilleuls,* elle fonça jusqu'à la chambre de sa mère, qu'elle découvrit en pleine discussion avec Marie-Angèle.

— Vous parlez de quoi ? leur lança-t-elle en entrant. De la mort de Régis, je suppose ?

Emma, saisie de la voir là, resta d'abord sans réaction, et ce fut Marie-Angèle qui répondit, d'un ton conciliant :

— Non, pas du tout. Ta mère pense à louer des chambres, alors on fait des projets. Il y a celle de Mamette, celle qu'occupe Gloria pour l'instant, et puis deux autres qu'on pourrait rénover mais...

— Je m'en fous ! hurla Sophie.

Elle fit deux pas pour se planter devant sa mère.

— Ce que je veux savoir, c'est si tu as mis mes frères dans le coup... Si c'est encore une de tes idées tordues !

— Quoi ?

— Auquel des deux t'es-tu adressée pour finir le travail ?

— De quoi parles-tu ? intervint Marie-Angèle.

Sophie se tourna alors vers sa tante, qu'elle dévisagea froidement.

— Tu es toujours au courant de tout, c'est vrai... Comment justifies-tu ces horreurs vis-à-vis de Dieu ? Le mensonge, le meurtre... Et tout ça pour me protéger, moi ? Mais ça me rend encore plus coupable ! Même si Régis était le corbeau, même si c'était lui le second homme, le complice de Laurent, personne n'avait le droit de le tuer ! Il y a une justice, vous n'avez qu'à vous en servir au lieu de vous croire au-dessus des lois !

Sortant de sa stupeur, Emma s'exclama :

— Tu m'accuses ? Pourquoi ?

— Parce que tu ne peux pas t'empêcher de décider pour les autres. Il y a sept ans, plutôt que d'appeler les gendarmes, tu as voulu qu'on se taise. Tu avais peur du scandale, peur d'être montrée du doigt, ou même peur qu'on ferme ton bistrot !

Malgré sa colère, elle regretta ses derniers mots mais c'était trop tard. Livide, sa mère recula jusqu'au mur où elle s'adossa.

— Le café ? Oh, non, il ne m'importait guère ! Enfin, si... Après tout, nous en vivions, et tu avais tes études à finir, ça coûtait très cher. Mais la question n'est pas là. Je n'avais pas envie que ce soit toi qu'on montre du doigt. Être victime d'un viol, pour certains, c'est comme si on l'avait provoqué. Les gens sont ignobles, je sais de quoi je parle, je les entends à longueur de journée. On t'aurait reproché d'avoir porté une robe trop courte, ou bien soupçonnée d'avoir suivi Labaume avec une idée en tête... Les filles sont des allumeuses, c'est bien connu...

Les yeux pleins de larmes, Emma semblait plus âgée, et soudain presque vulnérable. Elle fit un effort visible pour se reprendre.

— Contrairement à ce que tu crois, Sophie, ce n'est pas uniquement pour toi que j'ai eu peur de prévenir les flics. D'accord, je ne voulais pas qu'on t'interroge, je ne voulais pas qu'on t'examine, tu n'as pas idée de ce qu'on te fait subir dans ces cas-là...

— Qu'est-ce que tu en sais ? coupa Sophie d'une voix cinglante.

Sa mère la toisa avec une expression indéchiffrable avant de lâcher :

— Je suis passée par là avant toi, je l'ai vécu.

Saisie, Sophie resta d'abord la bouche ouverte, puis elle se tourna de nouveau vers Marie-Angèle pour la prendre à témoin de cette énormité.

— Comment ça, « vécu » ? marmonna-t-elle.

D'un simple signe de tête, sa tante acquiesça, confirmant les paroles d'Emma.

— Mais enfin, maman... Tu n'as jamais...

Elle vit sa mère se redresser, serrant ses bras autour d'elle.

— J'aurais dû vous le raconter ?

Avec un sourire amer, Emma balaya cette éventualité.

— S'il y a bien une chose dont je ne veux pas me souvenir... J'avais seize ans, Sophie !

Un brusque silence s'abattit dans la chambre tandis qu'Emma fermait les yeux une seconde, le temps de surmonter l'émotion qui la faisait soudain trembler.

— Je ne souhaite à personne de subir toutes les questions qu'on m'a posées à l'époque. L'air soupçonneux des policiers, du médecin... Même mon père n'y croyait qu'à moitié ! J'étais une fille salie, suspecte, perdue. Pendant des semaines, tout le monde m'a regardée comme une bête curieuse, les gens bien intentionnés chuchotaient, d'autres ricanaient. Finalement, ma famille a préféré déménager. On est venus ici, où nul ne nous connaissait. Deux ans plus tard, quand j'ai rencontré ton père, Mamette m'a conseillé de ne rien lui raconter, mais ce n'était pas la peine, j'avais compris la leçon. De toute façon, je ne voulais plus en parler. Jamais ! À mes enfants moins qu'à quiconque...

Sophie se mordit les lèvres, trop désemparée pour dire quoi que ce soit.

— Alors tu comprends, ma Sophie, en te voyant dans cette cabane, j'ai... j'ai perdu les pédales. L'idée de ce que tu aurais à affronter si on appelait les flics m'était intolérable. J'ai choisi de te protéger comme je ne l'avais pas été, c'est vrai... Sans compter qu'Antoine risquait de passer une partie de sa vie en prison ! Il en sortait, il avait une bonne raison de se venger de Labaume... Qui aurait pu croire à l'homicide involontaire ? J'ai pensé à tout ça, mais est-ce que j'arrivais encore à penser à quelque chose ? J'ai décidé, oui... En cinq minutes, j'ai décidé pour vous parce que tu étais en état de choc, et Antoine aussi. J'ai fait un mauvais choix ? Peut-être. J'espère que tu ne te trouveras jamais devant ce genre de dilemme.

Le visage fermé, elle se dirigea vers la porte, hésita, pivota sur elle-même.

— Je n'ai commandité aucun meurtre, Sophie. Pour répondre à tes questions, non, je n'ai rien demandé d'aussi monstrueux à mes fils. Rien du tout.

Elle sortit en titubant, comme si elle était ivre.

— Maman !

Sophie s'élança à sa suite, mais Marie-Angèle l'arrêta.

— Tout à l'heure. Laisse-lui un peu de temps.

Pendant près d'une minute, elles se dévisagèrent, puis Sophie s'effondra sur le pied du lit.

— Je suis désolée, murmura-t-elle.

— Ne le sois pas. Il fallait crever l'abcès.

— Si seulement j'avais su ! Il y a des années que je la juge mal, que je lui en veux !

La tête dans les mains, Sophie refoula ses larmes. Comment aurait-elle pu deviner que l'horreur vécue entre les mains de Labaume représentait pour sa mère une ignoble répétition de ce qu'elle-même avait subi dans sa jeunesse ?

— Et moi, je croyais que c'était à cause du qu'en-dira-t-on...

Égoïste, injuste, elle n'avait pensé qu'à elle, à sa propre souffrance, sans se poser la moindre question. La peur, la honte, le dégoût, sa mère les avait connus avant elle. Et ce qu'elle avait pris pour de l'autoritarisme n'était en réalité que la conséquence d'une blessure impossible à guérir. À présent, l'affrontement qu'elle venait de provoquer la laissait complètement désemparée. Marie-Angèle s'approcha de sa nièce, lui posa les mains sur les épaules d'un geste tendre et rassurant.

— Ta mère est quelqu'un de bien. Elle a toujours désiré le meilleur pour vous, et elle a tenté de vous le donner. En ce qui concerne Labaume, elle a sûrement eu tort, mais tu comprends à présent pourquoi personne n'est parvenu à la faire changer d'avis... Je suis contente qu'elle t'ait enfin parlé.

Taraudée par le besoin de rejoindre sa mère pour la prendre dans ses bras et se réconcilier avec elle, Sophie essaya de rassembler ses idées. Il faisait très chaud dans la chambre, malgré les persiennes tirées, et elle se sentit soudain au bord du malaise.

— Marie, articula-t-elle lentement, si Cantel a vraiment été poussé dans ce ravin, ce n'était donc pas lui le corbeau ?

— Sans doute pas.

— Alors qui est-ce ? Qui nous en veut à ce point ?

Le danger était toujours là, plus inquiétant que jamais.

L'histoire, qui se répétait, n'aurait-elle jamais de fin ?

Existait-il une sorte de malédiction sur la famille Soubeyrand ?

— Va-t'en, Gloria, répéta Antoine. Je ne veux pas que tu mettes les pieds ici.

Marine pouvait arriver d'un instant à l'autre et la présence de Gloria ne ferait que compliquer les choses. Déjà, ils n'arrivaient plus à se comprendre, Marine lui échappait chaque jour un peu plus.

— Je suis juste passée t'inviter à la soirée de samedi, plaida la jeune femme. Il y aura le président du club de foot, qui désire absolument te rencontrer : il bave devant tes céramiques chaque fois qu'il vient aux *Tilleuls* !

Indifférente à sa mauvaise humeur, elle ne pouvait s'empêcher de le provoquer, de le poursuivre où qu'il aille, et même jusque chez lui. Il s'en voulait beaucoup de lui avoir cédé, c'était exactement ce qu'il n'aurait pas dû faire avec une femme aussi têtue qu'elle – il s'était mis tout seul dans les ennuis.

— Amène Marine si tu y tiens, ajouta-t-elle d'un ton câlin. Je n'ai plus peur d'elle puisque je te plais toujours...

— Arrête.

— Je ne te plais pas ? C'était bien imité !

Que pouvait-il répondre pour se défendre ? Que le désir n'avait rien à voir avec l'amour ? Elle lui rirait au nez !

— S'il te plaît, Gloria, laisse-moi tranquille.

Parce qu'il l'avait dit sans hargne, d'un ton presque résigné, elle accepta de réenfourcher son vélo.

— Ciao, Tonio ! lança-t-elle gaiement.

Mais c'était trop tard : la voiture de Marine remontait le chemin dans un nuage de poussière et les deux femmes allaient forcément se croiser. Antoine enfouit ses mains dans les poches de son jean et resta où il était, en plein soleil, attendant que Marine l'ait rejoint. À sa façon de claquer la portière, il sut qu'elle était en colère. Elle vint droit sur lui et le toisa des pieds à la tête avant de lâcher.

— Tu pourrais lui donner rendez-vous ailleurs qu'ici !

— Elle est passée pour nous inviter à...

— *Nous* inviter ? Je rêve ! Ne me traite pas comme une idiote, c'est très vexant. Et avant que tu me serves un ramassis de mensonges, je préfère te prévenir : Sorgue a gaffé.

À un moment ou à un autre, elle l'aurait su, de toute façon. Peut-être aurait-il été mieux avisé de le lui dire lui-même, mais il n'en avait pas eu le courage.

— Tu as vraiment couché avec elle ou elle t'a juste servi d'alibi ?

Incapable de soutenir son regard étincelant de fureur, il baissa la tête.

— Je veux une réponse, Antoine. Je veux l'entendre !

Avait-il encore le choix ? Raconter n'importe quoi n'était pas digne d'eux, elle ne le lui pardonnerait pas.

— C'est vrai, admit-il à voix basse.

Relevant les yeux, il fut bouleversé par l'expression de mépris qu'elle ne cherchait pas à dissimuler.

— Tout ça pour en arriver là..., laissa-t-elle tomber. Elle fit demi-tour, repartit vers sa voiture, et il se précipita derrière elle.

— Attends ! Je ne sais pas ce qui m'a pris. Je suis con, comme tous les mecs, d'accord. Mais ça ne compte pas, c'est toi que j'aime.

— Tu appelles ça de l'amour ? Pas moi. On a fait fausse route, Antoine, on est en train de tout bousiller pour rien. Entre nous deux, c'était juste de l'histoire ancienne, un truc de gamins qu'on aurait dû conserver au rayon des souvenirs.

Les mots de Marine l'atteignirent avec autant de violence que si elle l'avait frappé.

— Non, non ! cria-t-il.

Il tendit la main mais renonça à la toucher. Pourtant, s'il la laissait partir maintenant, il la perdrait, il en avait l'absolue certitude.

— On ne peut pas faire autrement que s'aimer, tu le sais très bien ! J'ai eu tort, je te demande pardon. J'étais complètement déboussolé, tu ne rentrais pas, j'avais peur que tu sois retournée avec Paul et j'en... crevais de jalousie... Je...

Il s'était mis à bafouiller, se sentant impuissant à la convaincre. Il la vit ouvrir sa portière, s'installer résolument au volant. Quand elle leva la tête vers lui, elle affichait un air calme qui acheva de l'anéantir.

— Il fallait que nous écrivions le mot « fin », Antoine. C'est fait.

Même s'il la méritait, la condamnation était pire que prévu.

12

Appuyé sur un coude, Vincent regardait la nuque de Liliane, son dos, le creux de ses reins.

— Tu m'as complètement... tuée ! marmonna-t-elle, le nez dans l'oreiller.

— Tu es sûre ?

Elle se retourna pour le regarder, souriante, les yeux brillants.

— J'avais l'air de simuler ?

— Non...

Il se sentait bien, beaucoup moins amer qu'il ne l'avait craint, et pas vraiment frustré, même s'il ne s'était occupé que de son plaisir à elle. L'excitation qu'il éprouvait, dans sa tête, se transmettait parfois à son corps de manière étrange, intermittente, comme un circuit défaillant, mais ces étincelles recelaient un tel espoir qu'il ne voulait même pas y penser.

— Tu vas être en retard, constata-t-elle d'un ton de regret.

La pendule indiquait déjà neuf heures et il soupira. Pas question d'arriver le dernier au baptême d'Agathe : avec son fauteuil roulant, il ne pouvait pas espérer faire une entrée discrète dans la chapelle.

— Bon, je me dépêche de prendre une douche.

Grâce à l'aménagement de l'appartement, il arrivait à se débrouiller pour mener une vie quasiment normale. Et, pour l'instant, ce « quasiment » lui apparaissait déjà comme un miracle. Il n'avait rien oublié de son réveil à l'hôpital, de son premier jour au centre de rééducation, de ses velléités de suicide, mais ce calvaire était derrière lui : aujourd'hui, il était en train de tomber amoureux et il débordait de projets.

Une heure plus tard, il avait réussi à se laver, se raser, s'habiller seul. Liliane lui avait laissé un mot sur l'oreiller, rappelant qu'elle passerait la journée au salon de coiffure mais qu'elle comptait sur lui pour l'inviter à dîner. Lorsqu'il sortit sur le trottoir, le long duquel Antoine venait de ranger son 4   4, Vincent était radieux.

— Je n'ai pas mis les pieds dans une église

depuis des lustres, dit-il tandis que son frère l'installait sur le siège passager. Il faut vraiment que ce soit pour faire plaisir à Marie-Angèle ! Et à la petite Agathe, évidemment, même si je trouve un peu dommage qu'elle envisage d'être religieuse... Pas toi ?

— Je m'en fous, répondit Antoine, laconique.

Il avait sa tête des mauvais jours, et Vincent l'observa avec curiosité tandis qu'il s'engageait sur la route du couvent d'Aigues-Blanches.

— Tu as un problème ?

— Un sacré problème, oui ! Marine m'a quitté.

— Oh...

Éberlué, Vincent se garda de tout commentaire. Son affection pour Antoine l'avait empêché de prendre position entre ses deux frères, mais il lui était arrivé de plaindre sincèrement Paul.

— Elle est rentrée chez elle ? se borna-t-il à demander

— Je ne sais pas.

Antoine conduisait trop vite, les mâchoires crispées, le regard dur.

— Ralentis, lui intima Vincent, j'ai peur.

— Toi ? Tu ne... Oui, bien sûr, excuse-moi.

Il reprit aussitôt une allure normale, parut se détendre un peu.

— Je vais devenir fou si elle retourne avec Paul, avoua-t-il du bout des lèvres.

— Pourquoi ? C'est sa place, Antoine.

Jamais, quelques années plus tôt, Vincent n'aurait émis un tel jugement. Mais, à présent, il voyait les choses différemment.

— Sa place ? répéta son frère, indigné. Parce qu'elle s'est mariée ? Alors elle doit faire son devoir, c'est ça ?

— Non... Juste parce que je crois qu'elle aime Paul pour de bon.

Antoine parut se tasser sur son siège, pourtant il n'essaya pas de prétendre le contraire. Jusqu'à ce qu'ils atteignent le couvent, il resta muré dans un silence hostile.

Emma s'était mise sur son trente et un. Elle voulait faire honneur à sa fille, à ses fils, et surtout à Simon. Depuis qu'ils étaient réconciliés, Simon ne parlait plus de mariage mais l'entourait de sa tendresse, et elle se reposait la question toute seule. À défaut d'une noce en bonne et due forme, pourquoi ne vivraient-ils pas ensemble ? N'était-ce pas un peu ridicule, à la fin, qu'ils dorment chacun de leur côté, lui au-dessus de son garage et elle au-dessus de son café ? Avait-elle vraiment envie de continuer à le voir se relever en pleine nuit ou disparaître à l'aube comme un conspirateur ? Jean Soubeyrand n'était plus qu'une ombre dans ses souvenirs, que voulait-elle donc préserver en maintenant Simon à distance ?

Dans la chapelle du couvent, Emma avait pris place au deuxième rang, juste derrière Sophie, Arnaud et Romain. Simon était à sa gauche, et Marie-Angèle vint s'installer à sa droite. De l'autre côté de l'allée, Paul, Baptiste, Vincent et Antoine étaient là, comme promis, mais l'absence de Marine se remarquait dans cette cérémonie intime et familiale. Se sentait-elle trop coupable pour figurer parmi eux ?

Le prêtre parlait d'une voix monocorde, s'adressant davantage à Agathe qu'à l'assistance. La jeune fille, très recueillie, l'écoutait avec un visage serein, et en la regardant Emma ne pouvait s'empêcher de songer à Marie-Angèle à son âge : la même foi paisible l'avait poussée à prononcer ses vœux, à consacrer sa vie à Dieu et à son prochain. Un chemin dont elle ne s'était jamais écartée, contrairement à elle-même dont l'existence avait été beaucoup plus mouvementée. Des deux sœurs, laquelle avait eu la meilleure part ?

— Agathe, je te baptise au nom du père, du fils et du Saint-Esprit.

À présent, le prêtre faisait couler un peu d'eau bénite sur le front de l'adolescente. Emma se demanda ce qu'Arnaud, complètement athée, pouvait bien éprouver. Curiosité ? Indifférence ? Colère ? Au moins, il n'avait pas cherché à dissuader sa fille de suivre sa voie. Il savait se montrer libéral en ne souhaitant que le bonheur de ceux qu'il aimait, Emma était bien obligée de le reconnaître. Pourquoi donc avait-elle tant de mal à accepter son gendre ? Parce qu'il lui avait « pris » Sophie ? Sa fille, sa petite dernière, celle qu'elle n'avait laissée partir qu'à regret... Sophie décrétée fragile et surprotégée par sa mère, par ses frères... aujourd'hui par son mari lui-même.

Songeuse, Emma laissa errer son regard sur les épaules délicates de la jeune femme, sa taille fine, ses hanches étroites. Qui pouvait bien être celui qui la guettait dans l'ombre, cet inconnu témoin du drame survenu sept ans plus tôt ? La réponse se trouvait forcément dans leur entourage. À Cucuron même ? À Aix ? Tant que cet homme n'aurait pas été identifié, toute la famille continuerait à trembler pour Sophie et à veiller sur elle, l'empêchant de voler de ses propres ailes.

Agathe, en train de se relever, allait quitter son prie-Dieu, et Emma se secoua. Une collation était prévue aux *Tilleuls,* elle devait se dépêcher de partir.

— Laisse-moi passer, il faut que je sorte la première, chuchota-t-elle à Marie-Angèle.

Celle-ci se tourna vers elle, souriante.

— Tu t'es tellement bien tenue que je finissais par me demander si tu n'avais pas une... révélation mystique !

L'humour de sa sœur la prit au dépourvu et faillit la faire éclater de rire dans le silence de la chapelle.

À peu près à la même heure, Nicole Bresson revenait du cimetière. Comme d'habitude, elle était allée déposer des fleurs sur la tombe de son fils aîné, un rituel dont elle ne pourrait jamais se passer. Tant qu'elle penserait à Thibaut, et tant qu'elle se reprocherait sa mort, il ne disparaîtrait pas tout à fait.

La chaleur, toujours aussi accablante, l'avait mise en nage, puis la climatisation de sa voiture l'avait glacée. Arrivée dans son garage, elle se rangea à côté de l'Audi TT de Raphaël, un peu étonnée que son fils soit là à cette heure. Moins il passait de temps à la maison, plus il était content, semblait-il. Et pourtant, il ne faisait pas d'heures supplémentaires dans l'entreprise de son père ! S'il devait un jour se retrouver à la tête de l'affaire, ce serait la faillite garantie. Raphaël était parfois charmant, parfois odieux, mais à coup sûr incapable de diriger quoi que ce fût.

En passant devant l'Audi, Nicole remarqua distraitement le pare-chocs avant, enfoncé sur tout un côté. À force de conduire à tombeau ouvert, Raphaël finirait par détruire cette superbe voiture et par en réclamer une autre.

Sur le point de sortir, elle s'arrêta net. Puis elle se retourna et observa le pare-chocs avec plus d'attention. N'était-il pas question de peinture rouge dans l'article concernant l'accident mortel de Régis Cantel ? Perplexe, elle hésita un moment. Pourquoi Raphaël aurait-il eu un différend avec le patron du *Stax* ? Et pourquoi ne pouvait-elle s'empêcher de le soupçonner, systématiquement, des pires méfaits ?

Elle quitta le garage et gagna la maison,

toujours préoccupée. Une fois à l'intérieur, elle appela Raphaël sur tous les tons, sans obtenir de réponse, et finalement elle monta jusqu'à sa chambre. En principe, elle n'y entrait pas, considérant qu'à presque trente ans son fils avait droit à un minimum d'intimité. Elle aurait préféré le voir s'installer ailleurs, mais il n'était apparemment pas pressé de quitter le toit de ses parents. Entre la piscine, le court de tennis, et l'employée qui faisait le ménage tous les jours, pourquoi se serait-il privé d'un tel confort ?

La chambre, immense, était plongée dans la pénombre, mais Raphaël ne s'y trouvait pas. Nicole décida d'ouvrir les volets pour y voir plus clair, puis elle regarda autour d'elle avec intérêt. Un univers typiquement masculin, où des revues automobiles côtoyaient une collection d'armes anciennes, un ordinateur portable dernier cri, un appareil photo numérique. Sur le lit, un livre oublié éveilla sa curiosité parce qu'une photo en dépassait. S'approchant, elle tira sur le coin corné et examina le cliché. Tout de suite, elle reconnut Sophie Rouvier, en train de marcher sur ce qui semblait être le cours Mirabeau, à Aix. Mais la photo avait sans doute été prise à son insu car la jeune femme ne regardait pas l'objectif, la tête penchée, perdue dans ses pensées.

Intriguée, Nicole feuilleta le livre et découvrit une deuxième photo. Sur celle-là, Sophie descendait de sa voiture, sa jupe remontée sur ses cuisses bronzées, l'air pressé.

Une véritable bouffée d'angoisse la submergea, faisant battre son cœur à grands coups affolés. Non, elle ne devait pas, une fois de plus, accabler Raphaël. Même s'il était secrètement amoureux de Sophie, ça ne signifiait rien, après tout ils étaient amis d'enfance. D'ailleurs, ils se voyaient tout le temps !

Justement. Quel besoin avait-il de photographier Sophie sans qu'elle le sache ? D'un pas décidé, Nicole se dirigea vers le bureau de Raphaël dont elle ouvrit les tiroirs l'un après l'autre. Dans l'avant-dernier, sous une pile de documentation informatique, elle trouva d'autres photos, peut-être prises au téléobjectif car Sophie était au bord de sa piscine, chez elle, endormie dans un transat.

Sur le point de refermer le tiroir, Nicole tendit la main vers des journaux qui tapissaient le fond. Du premier quotidien qu'elle déplia s'échappèrent des morceaux à moitié déchirés qu'elle contempla un long moment.

Puis, les doigts tremblants, elle extirpa tout le paquet et découvrit, encore incrédule, des brouillons de lettres, des mots découpés et collés sur des feuilles blanches.

— Raphaël, non...

À genoux devant le bureau, elle eut l'impression de s'enfoncer dans la moquette. Elle ne parvenait pas à réaliser pleinement, mais elle avait compris l'essentiel. Que pouvait-elle faire, doux Jésus ? Appeler Richard au bureau ? Il ne lui serait d'aucun secours ! Il n'aimait pas Raphaël, il le tolérait seulement. Comme elle, comme tout le monde, Richard avait lui aussi adoré leur fils aîné, Thibaut, et ne s'était jamais remis de son décès. Raphaël le sentait, le savait, le leur faisait payer chaque jour. Mais ça... Pourquoi en était-il arrivé là ?

Là ? Où donc ? Indéniablement, c'était lui le fameux corbeau dont la presse avait parlé, celui qui envoyait des lettres anonymes, cependant dans quelle mesure était-il mêlé au reste de l'histoire ? Labaume avait été tué de façon involontaire par Antoine Soubeyrand. Quant à l'accident de Régis Cantel...

Bien. Avant tout, il fallait qu'elle sache ce qui était arrivé à l'Audi. Raphaël n'avait mentionné aucun accrochage, mais il ne disait jamais rien. Il croisait ses parents sans les voir, leur rendant leur indifférence au centuple. Sa passion de l'informatique l'avait fait vivre longtemps dans un monde virtuel, et sa passion cachée pour Sophie avait dû l'enfermer dans un univers secret de fantasmes. Hélas ! il semblait être passé à des choses plus concrètes...

Nicole se releva d'un bond, se demandant avec angoisse où il était et ce qu'il faisait à ce moment précis. Pouvait-il vraiment représenter un danger pour Sophie ?

— Bien sûr que oui ! Dépêche-toi, espèce d'idiote !

Fébrile, elle se jeta sur le téléphone et composa le numéro de la bastide des Rouvier. Au bout de huit sonneries, elle obtint le répondeur et raccrocha. Le plus simple était de prévenir Emma. Dans n'importe quelle circonstance, Emma Soubeyrand savait quoi faire, et là il s'agissait de sa fille.

Après une dernière hésitation, Nicole décida de descendre à Cucuron elle-même. Emma était forcément aux *Tilleuls,* elle allait la prendre à part pour lui parler, la situation était trop grave pour être expliquée par téléphone.

— Qu'est-ce que tu fais ici ?

La voix cinglante de Raphaël la fit sursauter et elle faillit crier. Il était entré dans sa chambre sans qu'elle l'entende, sans que rien ne l'avertisse de cette présence silencieuse derrière elle. Il se tenait devant la fenêtre dont elle avait ouvert les volets, à contre-jour, et elle ne distinguait pas son expression.

— Tu fouilles, maman ? Tu as tort !

— Peux-tu m'expliquer ce que tout ça signifie ? parvint-elle à demander. Et d'abord, qu'est-il arrivé à ta voiture ?

— Rien de grave.

Il fit deux pas vers elle et, d'instinct, elle recula, mit le bureau entre eux.

— Je te fais peur ? railla-t-il.

— Écoute-moi, Raphaël... Je crois que tu débloques complètement... Ces photos de Sophie, ces lettres...

— Et alors ? Je l'aime, je n'en ai pas fait un mystère !

— Enfin, ça ne s'appelle pas aimer ! Tu deviens fou ou quoi ?

L'énoncer à voix haute avait quelque chose de si effrayant qu'elle recula encore.

— Dis-moi que tu n'es pour rien dans l'accident de Cantel, chuchota-t-elle.

Elle avait besoin d'en avoir la certitude, ou elle allait se mettre à hurler de terreur.

— Mais on s'en fout ! explosa-t-il. C'était quoi, Régis ? Un petit maître chanteur de rien du tout ! Tu vas le plaindre ? Évidemment ! Tu peux t'apitoyer sur n'importe qui, sauf sur moi. Déjà, quand j'étais petit, tu ne me regardais pas, tu vivais les yeux fixés sur Thibaut !

— Ne parle pas de ton frère, tu mélanges tout...

— Oh, je n'ai même plus le droit de prononcer son prénom ? Bientôt, ce sera saint Thibaut !

Il avança encore, poussa du bout du pied les journaux éparpillés sur la moquette.

— Qu'est-ce que tu vas faire, maintenant, ma pauvre maman ?

Était-il en train de la menacer ? Elle chassa cette idée et parvint à raffermir sa voix pour déclarer :

— Il faut que tu te fasses soigner.

— Ben voyons ! Tu vas m'envoyer chez ce bon Dr Cassard ? Il me mettra sous hypnose et je lui dirai tout ce que je rêve de faire à Sophie ! Là, tu seras déçue, parce que je ne lui veux aucun mal... Je l'aime, simplement. Et je l'aurai, même s'il faut que je détruise cet abruti d'Arnaud, même s'il faut que je te détruise, toi. C'est clair ?

Sa voix était devenue métallique, Nicole eut l'impression d'avoir affaire à un étranger. Elle devait absolument surmonter la peur qu'il lui inspirait, sinon elle serait en danger pour de bon. Avait-il vraiment prétendu qu'il pourrait la *détruire* ? Elle rassembla son courage, contourna le bureau et vint s'arrêter devant lui.

— Tu vas jeter toutes ces saloperies de journaux, et les photos aussi. Peut-être devrais-tu t'éloigner d'ici un moment. Faire un voyage... Tu pourrais nous démarcher des clients à l'étranger ? Il faut que tu oublies Sophie, que tu cesses de la voir...

Comme il ne répondait rien, elle s'enhardit et ramassa deux des photos qu'elle se mit à déchirer. Elle s'aperçut trop tard de ce que ce geste pouvait signifier pour lui.

Sophie haussa les épaules, agacée.

— Non, Arnaud, ce ne serait pas gentil. Il a toujours été là pour moi, chaque fois que j'ai eu besoin de lui !

— Il est quand même un peu collant ! protesta Arnaud. C'est le baptême d'Agathe, tu ne le lui as pas dit ?

— Si, mais il n'avait pas l'air bien du tout, et si je peux l'aider, je dois le faire.

Ils s'étaient mis à l'écart de la famille pour discuter à mi-voix. De l'autre côté du petit jardin des *Tilleuls,* Emma était en train de raconter, entre autres souvenirs de jeunesse, la communion de Marie-Angèle. Vincent riait de bon cœur, donnant de grandes tapes dans le dos de Simon qui était assis à côté de lui. Marie-Angèle feignait d'être scandalisée par les propos de sa sœur, mais elle ne pouvait s'empêcher de sourire.

— Bon, vas-y, soupira Arnaud. Va voir ce qu'il veut, je reste ici.

Sophie se mit sur la pointe des pieds pour lui déposer un baiser au coin des lèvres.

— Je ne serai pas longue. C'est mon meilleur ami, tu sais...

— Je ne risque pas de l'oublier !

Elle se faufila discrètement hors du jardin afin de ne pas troubler la fête. Résigné, Arnaud se rapprocha des autres et s'assit près de Romain. Il finissait par apprécier les Soubeyrand, malgré tous leurs défauts. Au début de son mariage, il avait bien cru qu'il ne parviendrait jamais à supporter sa belle-famille, mais il s'y était habitué. Les réflexions aigres-douces d'Emma, le côté protecteur des trois frères, la bonhomie de Simon, ou même, en son temps, les folies de

Mamette : tout cela formait un ensemble indissoluble et chaleureux auquel il appartenait désormais.

Prenant la bouteille de rosé qui se trouvait devant lui, Arnaud se servit un verre, puis se coupa un morceau de gâteau à la nougatine.

— Eh bien, mon gendre, lui lança Emma, on se décontracte un peu ?

Malgré lui, il ébaucha un sourire qu'elle lui rendit aussitôt.

— À la vôtre, dit-elle en levant son verre. Où est passée Sophie ?

— Elle va revenir.

Emma allait ajouter quelque chose, mais son attention fut attirée par Marine qui se tenait à l'entrée du jardin, hésitant à avancer. D'un geste impérieux, elle lui fit signe d'approcher.

— On t'attendait plus tôt !

— J'étais à l'hôpital...

— Viens trinquer avec nous.

En passant près d'Agathe, Marine lui glissa quelque chose dans la main.

— Un petit cadeau de baptême, murmura-t-elle à l'oreille de la jeune fille.

Arnaud surprit le regard hostile qu'échangeaient Paul et Antoine. Vaguement inquiet, il espéra que les deux frères n'allaient pas, une fois encore, s'affronter à cause de Marine.

— Regarde, papa...

Émue, Agathe dépliait entre ses doigts un fin chapelet de nacre. Arnaud adressa un sourire à Marine, tout en se reprochant de ne pas y avoir pensé lui-même. Qu'avait-il offert à sa fille, aujourd'hui ? Une montre ! Le fait d'être athée le rendait-il idiot ?

Timidement, Marine s'arrêta à côté de son mari. Pour se donner une contenance, elle mit ses mains sur les épaules de Baptiste. Paul s'écarta un peu, sur le banc, afin de lui faire une place, et la jeune femme s'assit aussitôt près de lui. Ils avaient l'air un peu crispés, tous les deux, mais ils étaient si touchants qu'Arnaud, par discrétion, cessa de les observer. Il évita aussi de regarder dans la direction d'Antoine, qui venait de se lever.

— On va tous porter un toast à Agathe, décréta Emma fermement.

Essayait-elle d'empêcher Antoine de partir ? Arnaud réprima un sourire, amusé par l'autoritarisme d'Emma. Même si elle commettait beaucoup d'erreurs, cette femme avait une sacrée personnalité.

— Emma ? Emma !

La voix stridente de Nicole Bresson fit

cesser les conversations. Avec un bel ensemble, toute la famille se tourna vers la pauvre femme qui traversait le jardin en titubant. Échevelée, un œil à moitié fermé par un énorme hématome qui s'étendait sur la moitié du visage, elle fonça sur Emma.

— Où est ta fille ? Dis-moi où elle est : hurla-t-elle.

— Sophie n'est pas là, Nicole...

— Oh, mon Dieu !

S'abattant sur l'épaule d'Emma, Nicole éclata en sanglots.

— Monte, je t'expliquerai.

Sophie se glissa sur le siège passager et n'eut que le temps de claquer la portière, déjà Raphaël démarrait sur les chapeaux de roue.

— Tu as des ennuis ? demanda-t-elle en bouclant sa ceinture.

Il ne répondit pas, continuant à conduire extrêmement vite, et il s'engagea sur la route de Lourmarin.

— Où allons-nous ? Tu devrais ralentir un peu, on va se tuer.

— Sûrement ! lâcha-t-il en ricanant.

À la hauteur de Vaugines, il vira brutalement à droite sur un chemin de grande randonnée où l'Audi TT se mit à cahoter. Sophie regarda le paysage, soudain mal à l'aise.

— Je n'aime pas cet endroit et tu le sais très bien ! Fais demi-tour, tu veux ?

— Non. Pour ce que j'ai à te dire, on doit être là, pas ailleurs.

Il semblait dans un tel état de nerfs que Sophie posa une main sur son genou.

— Qu'est-ce que tu as, Raphaël ?

Une seconde, il baissa les yeux, regarda la main de Sophie.

— C'est ma conne de mère, articula-t-il. Si seulement elle ne fourrait pas son nez partout ! Maintenant, foutu pour foutu...

Sa manière de s'exprimer, autant que ses paroles, était de plus en plus étrange. Anxieuse, Sophie voulut retirer sa main mais il la saisit avec brusquerie et la reposa à la même place.

— Écoute, protesta-t-elle, on m'attend aux *Tilleuls*. Je ne veux pas qu'Arnaud s'inquiète, il...

— Arnaud ! Quand vas-tu te décider à plaquer cet abruti ?

Un peu plus loin devant eux, le chemin s'interrompait et Raphaël pila net. Dans un hoquet, le moteur s'éteignit.

— Ne me dis pas que tu l'aimes ! ajouta-t-il d'une voix rageuse.

— Si, d'une certaine manière, je...

— Alors ce n'est pas la bonne. Tu ne préférerais pas que je te montre comment c'est, quand on aime vraiment ?

Sophie ne l'écoutait pas avec assez d'attention, car elle observait les alentours à travers le pare-brise. Elle haïssait ce qu'elle voyait, à flanc de colline : cette cabane de pierres sèches où elle avait cru devenir folle sept ans plus tôt. Raphaël la prit par l'épaule, l'obligeant à se tourner vers lui.

— Sophie, je t'aime à la folie, depuis toujours...

La bouche de Raphaël s'écrasa sur la sienne et elle commença à se débattre. Il lui prit les poignets, les serra trop fort.

— Ne m'oblige pas à te tenir. Même pour Laurent, je ne l'ai pas fait.

— Quoi ?

Incrédule, elle cessa de résister, le scrutant avec horreur.

— Ce n'était pas toi qu'il devait ramener, il avait dit « une fille », et toi, tu étais tout sauf ça ! Je suis arrivé en retard, il avait déjà commencé...

— Arrête ! hurla-t-elle, soudain terrorisée. Pas toi, non !

— Mais tu le savais, tu l'as toujours su !

— Non !

— Je ne t'aurais touchée pour rien au monde. Et si ton frère n'était pas arrivé, c'est moi qui aurais tué Laurent. Avec plaisir.

Les yeux pleins de larmes, elle murmura, d'une voix étranglée :

— Tu pouvais l'en empêcher !

— Tu m'aurais vu. Tu m'aurais détesté.

— Lâche-moi, Raphaël. Je t'en supplie, lâche-moi...

Elle luttait à la fois contre lui et contre la panique qui la submergeait. Il libéra ses poignets, mais pour écarter son chemisier qui se déchira. Étouffant un gémissement, il commença à caresser ses seins, tandis qu'elle tâtonnait pour déboucler sa ceinture de sécurité. Elle l'entendait respirer bruyamment, ses mains courant sur elle. Elle réussit à ouvrir la portière. Quand elle bascula à l'extérieur, il voulut la retenir de force, cependant il était encore attaché et elle parvint à lui échapper.

— Sophie !

Elle se mit à courir comme une folle, droit devant elle, en direction de la cabane. Mais elle ne pourrait pas s'y enfermer, il n'y avait pas de porte, et si elle entrait là-dedans elle serait coincée. Elle bifurqua vers le Mourre-Nègre dont la silhouette s'élevait au loin, à plus de mille mètres d'altitude, majestueux et inaccessible. Sous les semelles de ses petites chaussures trop élégantes, les cailloux de la pente roulaient et elle trébucha. Presque aussitôt, Raphaël fut sur elle.

Arnaud, Paul et Antoine s'étaient levés en même temps, mais Arnaud fut le plus rapide. Il était déjà à la porte du jardin quand Paul lui lança, d'un ton sans réplique :

— Attends-nous, on y va ensemble !

Une seconde, sa main effleura la joue de Marine, comme s'il voulait la rassurer, puis il s'élança à la suite d'Arnaud. Emma tenait toujours Nicole dans ses bras, s'efforçant de la calmer, tandis qu'Agathe se pressait contre Marie-Angèle, folle d'inquiétude pour Sophie et pour son père. Pendant ce temps, Vincent, suspendu au téléphone, essayait de joindre Sorgue à la gendarmerie.

Antoine rattrapa les deux autres sur le trottoir et leur fit signe de monter dans son 4x4 dont il venait de déverrouiller les portières. Il devina la présence de Marine, derrière lui, mais lorsqu'il se tourna il constata qu'elle ne cherchait pas à les accompagner : elle se contentait de regarder Paul qui s'installait à l'arrière. Un regard d'une telle intensité qu'Antoine se sentit trahi.

— Ne t'en fais pas, je te le ramènerai entier ! jeta-t-il entre ses dents.

Il démarra dans un hurlement de pneus et traversa Cucuron en trombe, prenant d'emblée la direction de la bastide des Rouvier. À côté de lui, livide, Arnaud se taisait.

— Tu as une arme, chez toi ? lui demanda-t-il.

— Non, aucune.

Le silence retomba jusqu'à ce qu'ils aient atteint la bastide. La voiture de Sophie était là, désespérément vide, et ils n'eurent besoin que de deux minutes pour vérifier que la maison était déserte.

— Que t'a-t-elle dit exactement, avant de partir ?

— Que Raphaël avait un problème, qu'il avait besoin de la voir.

— Où devait-elle le retrouver ?

— Ici.

Ils remontèrent dans le 4 4, mais Antoine ne savait pas de quel côté se diriger. Par acquit de conscience, ils se rendirent à la villa des Bresson, sans y trouver personne.

— Il n'a pas une planque, un truc de célibataire quelque part ? suggéra Paul.

— Pas que je sache, répliqua Antoine, mais ça ne prouve rien. Je croyais le connaître, et je me suis fait avoir, comme tout le monde !

Il enrageait d'avoir été si naïf, si confiant dans l'amitié de Raphaël. Un garçon adorable sous ses airs de fils à papa, serviable, fidèle, drôle, un peu frivole... Voilà le portrait qu'il en aurait brossé jusqu'à cet instant !

— Moi, j'aurais dû comprendre, lâcha Arnaud d'un ton amer. Il était toujours là, omniprésent, accroché à Sophie... Elle disait qu'il était son meilleur ami depuis toujours, et je ne voulais pas avoir l'air bêtement jaloux, alors je feignais de trouver ça normal... Mon fils m'a traité d'aveugle, il avait raison...

— Bon, coupa Antoine, inutile d'épiloguer, il faut qu'on les rattrape.

— Mais où ?

D'un geste exaspéré, Arnaud désigna la vallée, les collines, la montagne au loin. Raphaël pouvait avoir emmené Sophie n'importe où. La main sur le levier de vitesses, Antoine hésita puis se tourna brusquement vers Paul.

— Et si on essayait ? Après tout, il est cinglé !

— Vas-y, ça vaut le coup, répondit son frère.

— Essayer quoi ? De quoi parlez-vous ? s'écria Arnaud.

— De cette foutue cabane !

— Celle où...

— Oui, celle où Laurent approvisionnait toute la région en came, celle où il entraînait les filles, celle où il est mort !

Raphaël pouvait très bien avoir eu l'idée tordue de ramener Sophie à cet endroit maudit. Son Audi risquait de casser sur le chemin pierreux, mais ce n'était sûrement pas le genre de choses qui l'arrêterait. Une heure plus tôt, il n'avait pas hésité à frapper sa mère avec une violence inouïe, il n'était plus dans un état normal. L'avait-il jamais été, depuis sept ans ? Et peut-être même avant. Entre le suicide de son frère et le viol de Sophie, il avait perdu tous ses repères. Antoine se rappelait certaines phrases de Raphaël : « Je suis une potiche. Un second choix. Mon père ne s'est jamais donné la peine de beaucoup m'aimer. » Des confidences qui en disaient long sur son malaise, cependant Antoine n'y avait pas pris garde.

Tout en fonçant sur la route de Lourmarin, il maugréa :

— Pourquoi envoyait-il ces lettres anonymes ?

Mais ni Paul ni Arnaud ne connaissaient la réponse à cette question. Raphaël voulait-il que Sophie n'oublie jamais cette nuit de juillet où elle s'était fait violer ? Tant qu'elle allait mal, qu'elle restait fragile, elle avait besoin de lui. Qu'avait-il pu échafauder, dans sa tête de malade ? Pourquoi, dès le retour d'Antoine, avait-il écrit au juge, désignant le puits de Garbaud qui contenait la dépouille de Labaume ? Parce que Antoine, en tuant Labaume, l'avait privé de sa vengeance et qu'il souhaitait le punir ? Enfin, s'il était fou amoureux de Sophie, comment avait-il pu supporter de voir Labaume sur elle ? Un fantasme qu'il était incapable de concrétiser seul ?

Presque sans ralentir, Antoine engagea le 4 4 sur le chemin de grande randonnée. Tout au bout, ils distinguèrent la tache rouge de l'Audi au milieu des pierres ocre.

Sophie ne pleurait plus, elle était au-delà de la peur. Quand Raphaël l'avait rattrapée, il tenait à la main un revolver, mais il ne s'en était servi que pour lui donner un coup de crosse, sur la tempe, qui l'avait à moitié assommée.

À présent, elle gisait sur le sol de terre battue, dans la cabane où il l'avait portée, et il était assis à côté d'elle. Hagarde, elle ne cherchait même plus à comprendre les mots qu'il répétait comme une litanie. Il était armé, physiquement plus fort qu'elle, plus rapide et, pire que tout, il était en pleine crise de démence. Seule avec lui dans cette borie perdue au pied de la montagne, que pouvait-elle faire pour s'échapper ? Elle se sentait à bout de résistance, épuisée, choquée, et cependant elle n'éprouvait pas de véritable haine pour Raphaël. Il n'avait pas cessé de lui répéter qu'il l'aimait, le visage ravagé, presque plus désespéré qu'elle.

Sans s'interrompre, il posa une main sur sa cuisse et elle se recroquevilla. Jusque-là, il n'avait pas essayé de la forcer, il s'était contenté de la caresser avec maladresse sans cesser de lui parler.

— On va partir tous les deux, ma Sophie... Je peux t'emmener au bout du monde ! Tu voudrais ?

De la main droite, qui tenait toujours le revolver, il effleura ses cheveux, ses épaules nues sur lesquelles pendait le chemisier déchiré.

— Nous n'irons nulle part, Raphaël, articula-t-elle dans un souffle.

Elle ne protestait plus que machinalement, le sachant hors d'atteinte.

— Si on meurt ensemble, ce sera le plus beau des voyages, affirma-t-il d'une voix exaltée.

Il était tout à fait capable de la tuer d'abord et de se mettre une balle dans la tête ensuite. C'était peut-être sa conception de l'amour, et puis il n'avait plus d'autre choix. Les yeux baissés vers elle, il la scrutait comme s'il attendait une réponse. Ses traits, familiers, semblaient déformés, tandis que son regard demeurait étrangement fixe.

— Raphaël..., gémit-elle.

Avait-elle pitié de lui ? Était-ce possible ? Elle ferma les paupières pour ne plus le voir.

— Labaume était un porc, tu ne méritais pas ça, ma Sophie... Mais, moi tout seul, je n'aurais jamais osé. Tu comprends ?

Aurait-elle pu deviner quelque chose ? Pendant sept ans, elle n'avait cherché qu'à oublier, effacer, et Raphaël avait été pour elle comme un frère supplémentaire, un rempart de plus. Pas une seule fois elle n'avait eu conscience du danger qu'il représentait, malgré ses déclarations ambiguës. Avait-elle joué avec le feu sans le savoir ?

— Tu m'aimes aussi, chuchota-t-il en l'embrassant. Maintenant, plus personne ne nous séparera.

Elle n'avait plus la force de le repousser, mais soudain il s'écarta de lui-même et se redressa, aux aguets. Puis il se leva d'un bond, la saisissant par la taille et l'obligeant à se mettre debout aussi. Il la traîna vers une petite ouverture, entre les pierres sèches.

— Les voilà...

Il ne la lâcha qu'une seconde, le temps d'armer le chien du revolver, avant de la plaquer à nouveau contre lui.

— Tu ne sentiras rien, je te le jure, bredouilla-t-il.

Le canon s'enfonça douloureusement entre les côtes de Sophie, sous son sein gauche.

— Non, non ! hurla-t-elle. Ne fais pas ça !

Une vague de terreur la prit à la gorge et elle se suspendit au cou de Raphaël.

— Je ne veux pas mourir ! Je t'en supplie, lâche-moi !

Elle eut à peine conscience d'un bruit de voix, au-dehors. Ni son mari ni ses frères ne pourraient être assez rapides pour la sauver. Alors elle fit la seule chose qui lui parut possible : elle serra le visage de Raphaël dans ses mains, affronta en face le regard halluciné.

— Je ne veux pas, répéta-t-elle tout bas. Tu

m'entends, Raphaël ? Tu ne vas pas me tuer, ni me faire mal, j'ai confiance en toi.

C'était à la fois absurde et vrai, mais elle n'avait pas le temps d'y réfléchir.

— Eux vont m'abattre, dit-il tristement.

Il fronça les sourcils, secoua la tête, puis il serra Sophie plus fort, le revolver toujours entre eux. Antoine entra le premier, s'arrêta net.

— Lâche-la, Raphaël !

— Ne bouge pas, reste où tu es ! cria Sophie à son frère.

Antoine comprit tout de suite et, tendant le bras, il empêcha Arnaud et Paul de pénétrer à leur tour dans la cabane.

— Allez, lâche-la, répéta-t-il seulement.

La chaleur était insupportable à l'intérieur, Sophie ruisselait de sueur entre les bras de Raphaël qui la tenait comme dans un étau.

— Viens la chercher, ça fera deux fois que tu la sauves ! cracha Raphaël d'une voix aiguë.

— Tu as fait assez de dégâts comme ça, libère-la.

Un bruit de moteur, nettement perceptible, fit tressaillir Raphaël.

— Tu attends des renforts, Antoine ? Tu as ameuté la cavalerie ? Je n'ai que six balles, mais crois-moi, c'est quatre de trop !

Sophie réalisa qu'il était en train de prendre peur et qu'il allait devenir incontrôlable. Au lieu de résister encore, elle se laissa aller contre lui.

— Arrête tant qu'il en est temps, Raphaël, je t'en prie. Personne ne souhaite t'abattre, on te soignera, je serai là... S'il te plaît.

Elle sentit l'arme bouger et la déflagration fut assourdissante.

— Faites directement le chèque au nom d'Antoine Soubeyrand, indiqua Gloria.

Très satisfaite, elle regarda le client inscrire la somme et signer. Antoine serait surpris du prix qu'elle avait exigé pour cette paire de vases Médicis bleu canard, mais il ne devait pas sous-estimer son talent. D'autant plus que la saison touristique s'achevait. L'automne était déjà là, même si la canicule persistait. Bientôt, Cucuron serait déserté par les derniers vacanciers. Pourtant, Gloria était certaine que les gens n'hésiteraient pas à venir de loin pour visiter l'atelier d'Antoine. Il suffisait d'avoir quelques bonnes idées pour la promotion, et Gloria ne manquait jamais d'idées.

Richard Bresson avait démissionné de ses fonctions de maire, et il se désintéressait de son affaire de céramiques. Il était allé voir

Antoine, faisant amende honorable au sujet de Jean Soubeyrand et prêt à proposer son aide sous n'importe quelle forme – c'était un homme différent, depuis le drame. Raphaël, interné à Marseille dans un hôpital pénitentiaire, refusait obstinément de le voir, n'acceptant aucune visite hormis celles de Sophie.

Emma ne parvenait pas à comprendre comment sa fille supportait de se retrouver en face de l'homme qui avait gâché sa vie – leurs vies à tous – durant plus de sept ans. Sourde à ses questions, Sophie refusait d'abandonner tout à fait Raphaël. Arnaud semblait l'approuver, puisqu'il avait pris la peine de convaincre l'un de ses plus brillants confrères d'être le défenseur de Raphaël. Qu'il soit déclaré irresponsable et remis aux mains des psychiatres ou condamné par la justice, Raphaël allait devoir répondre du meurtre de Régis Cantel, ainsi que de sa complicité lors du viol de Sophie en 1996.

L'affaire Labaume était close, l'existence pouvait reprendre un cours normal chez les Soubeyrand, pourtant, rien ne serait plus jamais pareil, ils le savaient tous.

Sophie, plus que les autres, s'était transformée. Lorsqu'elle avait réalisé, dans la cabane de pierres sèches, que malgré l'arrivée de ses frères et de son mari son sort ne dépendait que d'elle-même, elle s'était libérée de tout ce qui l'entravait jusque-là. Raphaël, en tournant son arme contre lui-même, l'avait délivrée du passé et lui avait permis de pardonner. À la fin du mois d'octobre, elle découvrit qu'elle était enceinte.

Vincent ne parlait à personne de l'espoir insensé qui l'animait chaque jour davantage. Des signes tangibles de sensibilité traversaient régulièrement sa jambe droite, et il avait pris rendez-vous avec un neurologue de grand renom, à Paris. Il s'interdisait de rêver, mais il ne pouvait s'empêcher d'y croire et, d'avance, il était prêt à toutes les batailles pour obtenir une amélioration de son état, si infime soit-elle. Son accident lui avait appris la patience et, depuis, Liliane lui apprenait l'amour.

Paul veillait sur Marine, comblé par son retour inattendu. Sans la moindre rancune, il lui avait ouvert toute grande la porte de leur mas. Qu'elle l'ait délibérément préféré, alors qu'elle avait retrouvé Antoine, n'en finissait pas de le surprendre et de l'émerveiller. Dans la rivalité cruelle qui l'avait opposé à son frère aîné, jamais il n'aurait pu s'imaginer vainqueur. Plus amoureux qu'au premier jour, il savourait un bonheur dont lui seul connaissait le prix.

Antoine, contraint de s'incliner devant la décision de Marine, s'était longuement interrogé. Dix fois, il avait failli partir, quitter la Provence et tenter une autre aventure. Mais, au fond de lui-même, il donnait raison à Marine d'avoir mis un terme à leur liaison – une histoire trop ancienne qu'ils n'avaient pas su faire revivre, qui était morte avec leur jeunesse. Finalement, Antoine accrocha sur la verrière de l'atelier un large panneau : « CÉRAMIQUE D'ART, SOUBEYRAND FILS », et cet hommage à son père l'enracina définitivement. Le Brésil avait été pour lui une terre d'exil, il n'y retournerait jamais. Même pas pour faire plaisir à Gloria, mais elle ne le lui demandait pas, elle n'exigeait rien : elle attendait son heure et la devinait proche.

Emma se donnait cinq ou six ans, pas davantage, avant de vendre le *Café des Tilleuls*. Derrière le comptoir, dans le petit jardin clos à l'arrière, ou encore dans sa chambre, elle avait vécu trop de drames. Elle préférait, en secret, faire des plans d'avenir où elle imaginait comment elle transformerait un jour l'appartement de Simon. À moins qu'ils n'achètent une maison neuve ? Au-delà du village de Bonnieux, en montant vers Lacoste ou Ménerbes, en direction des hautes plaines qui dominent la vallée de la Durance, peut-être arriveraient-ils à dénicher un coin de paradis ?

Pour Emma, comme pour tous les Soubeyrand, les événements du 14 juillet 1996 étaient à ranger au rayon des mauvais souvenirs, ceux qu'on oublie, de gré ou de force. Avait-elle vraiment pris la mauvaise décision, cette nuit-là ? Qui pouvait l'affirmer avec certitude aujourd'hui ? Ses enfants, même grands, resteraient toujours ses petits, sur lesquels elle continuerait de veiller quoi qu'il arrive.

Un jour, Antoine reprendrait la tête du clan, il était en passe de le faire – d'ailleurs, c'était lui qui ressemblait le plus à Jean. Du moins Emma se plaisait-elle à le croire, car elle n'en savait plus rien. Mais un jour, elle en était certaine à présent, elle allait enfin trouver la paix.

Aubin Imprimeur
LIGUGÉ, POITIERS

Achevé d'imprimer en mai 2004
pour le compte de France Loisirs
123, bd de Grenelle, 75015 Paris
N° d'édition 40389 / N° d'impression L 66862
Dépôt légal mai 2004 / Imprimé en France